计算机基础与实训教材系列

多媒体技术及应用

于冬梅 陆斐 王苏平 编著

清华大学出版社

北京

内 容 简 介

本书由浅入深、循序渐进地介绍了多媒体技术的相关知识,其中包含了多个多媒体制作软件的操作方法和使用技巧。全书共分 12 章,分别介绍了多媒体技术基础知识(概论)、多媒体设计入门、多媒体艺术基础、文本处理技术、图像的获取与处理、数字音频的获取与处理、数字动画处理技术、使用 Flash CS5 制作动画、视频处理技术、多媒体演示文稿制作、多媒体合成软件 Authorware 等内容。最后一章还安排了综合实例,用于提高读者对各种多媒体软件使用方法的掌握程度。

本书内容丰富,结构清晰,语言简练,图文并茂,具有很强的实用性和可操作性,是一本适合于大中专院校、职业学校及各类社会培训学校的优秀教材,也是广大初、中级电脑用户的自学参考书。

本书对应的电子教案、实例源文件和习题答案可以到 http://www.tupwk.com.cn/edu 网站下载。

图书在版编目(CIP)数据

多媒体技术及应用/于冬梅,陆斐,王苏平 编著. —北京:清华大学出版社,2011.5
(计算机基础与实训教材系列)
ISBN 978-7-302-25394-5

Ⅰ. 多…   Ⅱ. ①于… ②陆… ③王…   Ⅲ. 多媒体技术—教材   Ⅳ. TP37

中国版本图书馆 CIP 数据核字(2011)第 063826 号

责任编辑:胡辰浩(huchenhao@263.net)   袁建华
装帧设计:孔祥丰
责任校对:蔡 娟
责任印制:杨 艳
出版发行:清华大学出版社   地   址:北京清华大学学研大厦 A 座
         http://www.tup.com.cn   邮   编:100084
         社   总   机:010-62770175   邮   购:010-62786544
         投稿与读者服务:010-62776969,c-service@tup.tsinghua.edu.cn
         质 量 反 馈:010-62772015,zhiliang@tup.tsinghua.edu.cn
印 装 者:北京国马印刷厂
经   销:全国新华书店
开   本:190×260 印 张:19.25 字 数:505 千字
版   次:2011 年 5 月第 1 版   印   次:2011 年 5 月第 1 次印刷
印   数:1~5000
定   价:32.00 元

产品编号:034804-01

计算机已经广泛应用于现代社会的各个领域，熟练使用计算机已经成为人们必备的技能之一。因此，如何快速地掌握计算机知识和使用技术，并应用于现实生活和实际工作中，已成为新世纪人才迫切需要解决的问题。

为适应这种需求，各类高等院校、高职高专、中职中专、培训学校都开设了计算机专业的课程，同时也将非计算机专业学生的计算机知识和技能教育纳入教学计划，并陆续出台了相应的教学大纲。基于以上因素，清华大学出版社组织一线教学精英编写了这套"计算机基础与实训教材系列"丛书，以满足大中专院校、职业院校及各类社会培训学校的教学需要。

一、丛书书目

本套教材涵盖了计算机各个应用领域，包括计算机硬件知识、操作系统、数据库、编程语言、文字录入和排版、办公软件、计算机网络、图形图像、三维动画、网页制作以及多媒体制作等。众多的图书品种可以满足各类院校相关课程设置的需要。

◉ 已出版的图书书目

《计算机基础实用教程》	《中文版 Flash CS3 动画制作实用教程》
《中文版 Windows Vista 实用教程》	《中文版 Flash CS3 动画制作实训教程》
《电脑入门实用教程》	《中文版 Flash CS4 动画制作实用教程》
《计算机组装与维护实用教程》	《中文版 Dreamweaver CS3 网页制作实用教程》
《五笔打字与文档处理实用教程》	《中文版 Dreamweaver CS4 网页制作实用教程》
《电脑办公自动化实用教程》	《中文版 CorelDRAW X3 平面设计实用教程》
《中文版 Word 2003 文档处理实用教程》	《中文版 CorelDRAW X4 平面设计实用教程》
《中文版 Word 2007 文档处理实用教程》	《中文版 InDesign CS3 实用教程》
《中文版 PowerPoint 2003 幻灯片制作实用教程》	《中文版 InDesign CS4 实用教程》
《中文版 Excel 2003 电子表格实用教程》	《Authorware 7 多媒体制作实用教程》
《中文版 Excel 2007 电子表格实用教程》	《Director 11 多媒体开发实用教程》
《Excel 财务会计实战应用》	《中文版 Premiere Pro CS3 多媒体制作实用教程》
《中文版 Access 2003 数据库应用实用教程》	《中文版 3ds Max 9 三维动画创作实用教程》
《中文版 Project 2003 实用教程》	《中文版 3ds Max 2009 三维动画创作实用教程》
《中文版 Office 2003 实用教程》	《中文版 3ds Max 2010 三维动画创作实用教程》
《中文版 Photoshop CS3 图像处理实用教程》	《中文版 AutoCAD 2009 实用教程》

《中文版 AutoCAD 2010 实用教程》	《JSP 动态网站开发实用教程》
《AutoCAD 机械制图实用教程(2009 版)》	《Java 程序设计实用教程》
《AutoCAD 机械制图实用教程(2010 版)》	《中文版 SQL Server 2005 数据库应用实用教程》
《AutoCAD 机械制图实用教程(2011 版)》	《SQL Server 2008 数据库应用实用教程》
《Mastercam X3 实用教程》	《ASP.NET 3.5 动态网站开发实用教程》
《Mastercam X4 实用教程》	《Visual C#程序设计实用教程》
《网络组建与管理实用教程》	《ASP.NET 3.5（C#）实用教程》
《Excel 财务会计实战应用（第二版）》	《中文版 Illustrator CS5 平面设计实用教程》
《Windows XP 实用教程》	《中文版 Project 2007 实用教程》
《中文版 Office 2007 实用教程》	

二、丛书特色

1. 选题新颖，策划周全——为计算机教学量身打造

本套丛书注重理论知识与实践操作的紧密结合，同时突出上机操作环节。丛书作者均为各大院校的教学专家和业界精英，他们熟悉教学内容的编排，深谙学生的需求和接受能力，并将这种教学理念充分融入本套教材的编写中。

本套丛书全面贯彻"理论→实例→上机→习题"4 阶段教学模式，在内容选择、结构安排上更加符合读者的认知习惯，从而达到老师易教、学生易学的目的。

2. 教学结构科学合理，循序渐进——完全掌握"教学"与"自学"两种模式

本套丛书完全以大中专院校、职业院校及各类社会培训学校的教学需要为出发点，紧密结合学科的教学特点，由浅入深地安排章节内容，循序渐进地完成各种复杂知识的讲解，使学生能够一学就会、即学即用。

对教师而言，本套丛书根据实际教学情况安排好课时，提前组织好课前备课内容，使课堂教学过程更加条理化，同时方便学生学习，让学生在学习完后有例可学、有题可练；对自学者而言，可以按照本书的章节安排逐步学习。

3. 内容丰富、学习目标明确——全面提升"知识"与"能力"

本套丛书内容丰富，信息量大，章节结构完全按照教学大纲的要求来安排，并细化了每一章内容，符合教学需要和计算机用户的学习习惯。在每章的开始，列出了学习目标和本章重点，便于教师和学生提纲挈领地掌握本章知识点，每章的最后还附带有上机练习和习题两部分内容，

教师可以参照上机练习，实时指导学生进行上机操作，使学生及时巩固所学的知识。自学者也可以按照上机练习内容进行自我训练，快速掌握相关知识。

4. 实例精彩实用，讲解细致透彻——全方位解决实际遇到的问题

本套丛书精心安排了大量实例讲解，每个实例解决一个问题或是介绍一项技巧，以便读者在最短的时间内掌握计算机应用的操作方法，从而能够顺利解决实践工作中的问题。

范例讲解语言通俗易懂，通过添加大量的“提示”和“知识点”的方式突出重要知识点，以便加深读者对关键技术和理论知识的印象，使读者轻松领悟每一个范例的精髓所在，提高读者的思考能力和分析能力，同时也加强了读者的综合应用能力。

5. 版式简洁大方，排版紧凑，标注清晰明确——打造一个轻松阅读的环境

本套丛书的版式简洁、大方，合理安排图与文字的占用空间，对于标题、正文、提示和知识点等都设计了醒目的字体符号，读者阅读起来会感到轻松愉快。

三、读者定位

本丛书为所有从事计算机教学的老师和自学人员而编写，是一套适合于大中专院校、职业院校及各类社会培训学校的优秀教材，也可作为计算机初、中级用户和计算机爱好者学习计算机知识的自学参考书。

四、周到体贴的售后服务

为了方便教学，本套丛书提供精心制作的 PowerPoint 教学课件(即电子教案)、素材、源文件、习题答案等相关内容，可在网站上免费下载，也可发送电子邮件至 wkservice@vip.163.com 索取。

此外，如果读者在使用本系列图书的过程中遇到疑惑或困难，可以在丛书支持网站(http://www.tupwk.com.cn/edu)的互动论坛上留言，本丛书的作者或技术编辑会及时提供相应的技术支持。咨询电话：010-62796045。

多媒体技术是一门多学科交叉、跨行业渗透的综合技术，多媒体技术的出现使计算机能够处理的信息从单纯的数字计算进一步扩大到了图像、声音、动画和视频等多种媒体，进而改变了人们传统的学习、思维、生活和工作的方式，并对人类社会的发展产生了深远的影响。作为新时代的大学生，很有必要系统地学习和掌握多媒体技术的相关知识，提高计算机的应用水平，同时提高自身的计算机文化素质。

本书从教学实际需求出发，合理安排知识结构，从零开始、由浅入深、循序渐进地讲解多媒体技术的基本知识和使用方法。本书共分 12 章，主要内容如下。

第 1 章介绍了多媒体的概念及其应用和研究领域等内容。

第 2 章介绍了多媒体系统的组成、特点、制作流程以及常用的多媒体制作工具等内容。

第 3 章介绍了多媒体艺术基础，包括构图的原则和色彩搭配原理等内容。

第 4 章介绍了文本处理技术的相关知识以及几种常用的文本处理工具的使用方法。

第 5 章介绍了图像处理的基本知识以及 Photoshop CS5 的基本使用方法。

第 6 章介绍了声音处理的基本知识以及 Adobe Audition 的基本使用方法。

第 7 章介绍了数字动画处理的基本知识以及 Flash CS5 的基本使用方法。

第 8 章介绍了如何使用 Flash CS5 制作动画，包括逐帧动画和动作补间动画等。

第 9 章介绍了视频处理的基本知识以及 Premiere Pro 的基本使用方法。

第 10 章介绍了使用 PowerPoint 2007 制作多媒体演示文稿的基本方法。

第 11 章介绍了多媒体合成软件 Authorware 7.0 的基本使用方法。

第 12 章为综合实例，分别通过几个具体的实例介绍了相关软件的使用方法。

本书图文并茂，条理清晰，通俗易懂，内容丰富，在讲解每个知识点时都配有相应的实例，方便读者上机实践。同时在难于理解和掌握的部分内容上给出相关提示，让读者能够快速地提高操作技能。此外，本书配有大量综合实例和练习，让读者在不断的实际操作中更加牢固地掌握书中讲解的内容。

除封面署名的作者外，参加本书编写的人员还有洪妍、方俊、何亚军、王通、高娟妮、杜思明、张立浩、孔祥亮、陈笑、陈晓霞、王伟、牛静敏、牛艳敏、何俊杰、葛剑雄等人。由于作者水平有限，本书难免有不足之处，欢迎广大读者批评指正。我们的邮箱是huchenhao@263.net，电话 010-62796045。

作　者

2011 年 3 月

章　　名	重点掌握内容	教 学 课 时
第 1 章　多媒体技术概论	1. 多媒体的概念 2. 多媒体技术 3. 多媒体的应用领域 4. 多媒体的研究领域 5. 多媒体的发展前景	2 学时
第 2 章　多媒体设计入门	1. 多媒体系统的组成 2. 多媒体系统的特点 3. 多媒体的制作流程 4. 常用的多媒体制作工具	2 学时
第 3 章　多媒体艺术基础	1. 艺术基础 2. 构图基础知识 3. 色彩的三要素 4. 配色的基本原则	2 学时
第 4 章　文本处理技术	1. 字体文件的安装 2. 使用 Word 处理文字 3. 使用 Cool 3D 制作特效文字 4. 使用 Photoshop 制作特效文字 5. 使用超文本标记语言 HTML	3 学时
第 5 章　图像的获取与处理	1. 图像的基本概念 2. 图像的获取方式 3. 认识 Photoshop CS5 4. 使用 Photoshop CS5 处理图片	3 学时
第 6 章　数字音频的获取与处理	1. 声音的基本概念 2. 声音的采集方式 3. 使用 Adobe Audition 编辑音频文件 4. 声音的特殊效果	3 学时
第 7 章　数字动画处理技术	1. 动画的基本概念 2. Flash 动画的特点及应用 3. Flash 动画中的常用术语及概念 4. 认识 Flash CS5 及其基本操作方法	3 学时

(续表)

章　名	重点掌握内容	教 学 课 时
第 8 章　使用 Flash CS5 制作动画	1. 时间轴和帧的概念 2. 逐帧动画的制作 3. 动作补间动画与形状补间动画 4. 高级动画制作与 ActionScript 编程基础 5. Flash 动画中的音频与视频	4 学时
第 9 章　视频处理技术	1. 视频基础知识 2. 视频的压缩与编码 3. 使用 Adobe Premiere Pro CS4 处理视频 4. 视频的后期处理	4 学时
第 10 章　多媒体演示文稿制作	1. 创建演示文稿与幻灯片的基本操作 2. 编辑文本和表格与插入多媒体元素 3. 设置演示文稿外观和动画效果 4. 设置交互式演示文稿与演示文稿的放映	3 学时
第 11 章　多媒体合成软件 Authorware 7.0	1. Authorware 7.0 的功能 2. Authorware 7.0 的特点 3. Authorware 7.0 的工作界面 4. Authorware 7.0 的基本操作	2 学时
第 12 章　多媒体技术综合实例	1. 使用 Word 制作精美菜谱 2. 使用 Photoshop 制作泡泡效果 3. 使用 Flash 制作卷轴画效果 4. 使用 Premiere Pro 制作镜头光晕特效 5. 使用 PowerPoint 制作公司简介 6. 使用 Authorware 制作化学课件	4 学时

注：1. 教学课时安排仅供参考，授课教师可根据情况作调整。

2. 建议每章安排与教学课时相同时间的上机练习。

CONTENTS

计算机基础与实训教材系列

计算机基础与实训教材系列

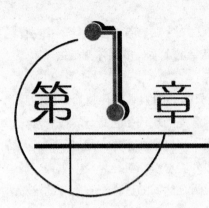

第1章

多媒体技术概论

学习目标

计算机和网络的出现，不断地改变着人们的生活。进入 21 世纪，人们考虑的已经不仅仅是让计算机的外观如何更具有人性化，而是从更深层次，从技术本身的改造开始，让技术在更基本的层面上，接近并渗透到普通人的生活中。本章将主要介绍多媒体、多媒体计算机的含义，多媒体的应用领域、研究领域以及发展前景等。

本章重点

- ◉ 多媒体的概念
- ◉ 多媒体技术
- ◉ 多媒体的应用领域
- ◉ 多媒体的研究领域
- ◉ 多媒体的发展前景

1.1 多媒体与多媒体技术

多媒体技术是一种快速发展的综合性电子信息技术，它给传统的计算机系统、音频和视频设备带来了方向性的变革，对大众传媒产生了深远的影响。多媒体计算机将加速计算机进入家庭和社会各领域的进程，给人们的工作、生活和娱乐带来深刻的变革。

1.1.1 多媒体的概念

"多媒体"一词译自英文"Multimedia"，而该词又是由"multiple(多样的)"和"media(媒体)"复合而成的。媒体原有两重含义，一是指存储信息的实体，如磁盘、光盘、磁带、半导体存储器等，中文常译作媒质；二是指传递信息的载体，如数字、文字、声音、图形等，中文译作媒介。与多媒体相对应的一词是"单媒体"(Monomedia)，从字面上看，多媒体就是由"单媒体"复合而成的。

那么什么是多媒体呢？多媒体是当漆黑的屏幕上出现两只闪亮的狼眼时伴随着恐怖的嚎叫；它是当用户单击"圣诞快乐"4 个字时绽放出的一朵朵的漂亮的玫瑰；它是一本概念汽车的类别目录，为用户提供导购服务；它是一个实时的视频会议，可以坐在家里，通过手机、互联网与身处世界各地的公司同仁开会；它是虚拟世界中，用户驾驶着滑翔机在天空中飞翔、骑着骏马在草原中驰骋；它是一个交互式的视频序列，表现了《阿凡达》的过程——所有的这一切只要通过显示器就能够完成。

根据上面的描述，多媒体是通过计算机或其他电子、数字处理手段传递给用户的文本、艺术、声音、动画和视频的组合。如图 1-1 所示，即为各种媒体传播介质。

多媒体技术从不同的角度出发，会具有不同的定义。比如有人定义"多媒体技术是一组硬件和软件设备，结合了各种视觉和听觉媒体，能够产生令人印象深刻的视听效果。在视觉媒体上，包括图形、动画、图像和文字等媒体；在听觉媒体上，则包括语言、立体声响和音乐等媒体，可以从多媒体计算机同时接触到各种各样的媒体来源"。还有人定义多媒体技术是"传统的计算媒体——文字、图形、图像以及逻辑分析方法等与视频、音频以及为了知识创建和表达的交互式应用的结合体"。

图像文字　　　　声音　　　　　动画　　　　　视频

图 1-1　多媒体的各种传播介质

国际上的一般定义是：多媒体技术，就是计算机交互式综合处理多媒体信息(文本、图形、图像和声音)，使多种信息建立逻辑连接，集成为一个系统并具有交互性。简言之，多媒体技术就是具有集成性、实时性和交互性的计算机综合处理声、文、图信息的技术。多媒体在我国也有自己的定义，一般认为多媒体技术指的就是能对多种载体(媒介)上的信息和多种存储体(媒介)上的信息进行处理的技术。

1.1.2　多媒体的平台软件

在制作多媒体产品的过程中，通常先利用专门软件对各种媒体进行加工和制作。当媒体素材制作完成之后，再使用某种软件系统把它们结合在一起，形成一个互相关联的整体。该软件系统还提供操作界面的生成、添加交互控制、数据管理等功能。完成上述功能的软件系统叫做"多媒体平台软件"。所谓"平台"，是指把多种媒体形式置于一个平台上，进而对其进行协调控制和各种操作。

1．软件种类

完成多媒体平台功能的软件有很多种，高级程序设计语言、专门用于多媒体素材连接的专用软件，还有既能运算、又能处理多媒体素材的综合类软件等都能实现平台的作用。比较常见的多媒体平台软件如下。

⊙　Word——文本编辑软件

Word 是由微软公司开发的办公系列软件，用 Word 软件可以编辑文字、图形、图像、声音、动画，还可以插入其他软件制作的信息，也可以用 Word 软件提供的绘图工具进行图形制作，编辑艺术字，数学公式，能够满足用户的各种文档处理要求，如图 1-2 所示。

⊙　PowerPoint——幻灯片制作软件

PowerPoint 也由微软公司开发，运行在 Windows 环境中。人们通常把用 PowerPoint 制作的多媒体演示成品简称为 PPT，如图 1-3 所示。设计和制作 PPT 多媒体演示文稿无须专业的程序设计思想和手段，具有一般计算机使用知识的人很容易就能掌握它。使用该软件开发的多媒体产品具有一定的灵活性、丰富的演示功能和良好的视觉效果，但是，优秀的 PPT 也要建立在深入地熟悉和掌握该软件的基础上。

图 1-2　Word 2003 界面

图 1-3　PowerPoint 2003 界面

⊙　Photoshop——图像处理软件

Photoshop 是 Adobe 公司旗下最为出名的图像处理软件之一，是集图像扫描、编辑修改、图像制作、广告创意、图像输入与输出于一体的图形图像处理软件。它凭借强大的图像处理功能而深受广大平面设计人员和电脑美术爱好者的喜爱。如图 1-4 所示为 Photoshop 界面。

⊙　Flash——动画制作软件

Flash 是一种动画制作工具，设计人员和开发人员可使用它来创建演示文稿、应用程序和其他允许用户交互的内容。其界面如图 1-5 所示。Flash 可以包含简单的动画、视频内容、复杂演示文稿和应用程序以及介于它们之间的任何内容。用户可以通过添加图片、声音、视频和特殊效果，构建包含丰富媒体的 Flash 应用程序。

计算机 基础与实训教材系列

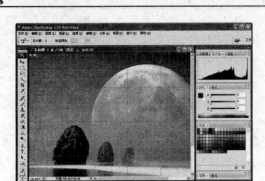

图 1-4　Photoshop 界面

图 1-5　Flash 界面

◉　Visual Basic——高级程序设计语言

Visual Basic 由 Basic 语言发展而来，运行在 Windows 环境中。通常把 Visual Basic 简称为 VB，它的启动界面如图 1-6 所示。该程序语言通过一组叫做"控件"的程序模块完成多媒体素材的连接、调用和交互性程序的制作。使用该语言开发多媒体产品，主要工作量是编写程序。程序使多媒体产品具有明显的灵活性。但是，没有编程经验的人要在短时间内驾驭 Visual Basic 并不容易。

◉　Authorware——专用多媒体制作软件

Authorware 使用简单，交互性功能多而强。它具有大量的系统函数和变量，对于实现程序跳转、重新定向游刃有余，如图 1-7 所示。多媒体程序的整个开发过程均可在该软件的可视化平台上进行，程序模块结构清晰、简捷，采用鼠标拖动就可以轻松地组织和管理各模块，并对模块之间的调用关系和逻辑结构进行设计。

图 1-6　Visual Basic

图 1-7　Authorware 界面

2. 软件作用

多媒体平台软件是多媒体产品开发进程中最重要的系统，它是多媒体产品能够成功的关键。其主要作用如下。

◉　控制各种媒体的启动、运行与停止。

◉　协调媒体之间发生的时间顺序，进行时序控制和同步控制。

◉　生成面向用户的操作界面，设置控制按钮和功能菜单，以实现对媒体的控制。

- ◉　生成数据库，提供数据库管理功能。
- ◉　对多媒体程序的运行进行监控，其中包括计数、计时、统计时间发生的次数等。
- ◉　对输入和输出方式进行精确地控制。
- ◉　对多媒体目标程序打包，设置安装文件、卸载文件，并对环境资源以及多媒体系统资源进行监测和管理。

1.1.3　多媒体的载体

多媒体项目经测试合格后，便可以对外发布，它的发布载体有多种，通常一个多媒体项目的容量都比较大，目前比较流行的载体有 CD-ROM(光盘只读存储器)只读光盘、DVD(数字通用磁盘)光盘、闪盘和网络。

1. CD-ROM 光盘

CD-ROM 光盘是目前多媒体项目最具成本优势的发布载体，如图 1-8 所示。它的生产成本非常低廉，容量也比较大，约 700 MB，可以包含一段长达 80 分钟的视频和声音节目，它还可以包含由制作系统控制生成的图像、声音、视频和动画，并以此来提供任意的全屏幕视频和声音。其工作特点是采用激光调制方式记录信息，然后将信息以凹坑和凸区的形式记录在螺旋形的光道上。

2. DVD 光盘

DVD 光盘分为两种类型：DVD-Video 和 DVD-ROM。它很好地支持了全动态的视频以及高质量的环绕音频，是一种新的光盘技术，如图 1-9 所示。其制造工艺与 CD-ROM 光盘不同，能够提供更大的 GB 级别的存储量，单面单层 DVD 盘存储量为 4.7GB，容量更高的双层双面可以达到 17GB。

图 1-8　CD

图 1-9　DVD

现在流行的 DVD 技术采用的是波长为 650nm 的红色激光和数字光圈为 0.6 的聚焦镜头，因而被称为红光 DVD。蓝光 DVD 技术采用波长为 450nm 的蓝紫色激光和广角镜头比率为 0.85 的数字光圈，其单面单层容量达到了 27GB，也可以制成双层双面，容量将更大，但蓝光 DVD 价格较高，目前还没有广泛流行。

3. 闪盘

闪盘是当今最为流行的存储设备，俗称"U"盘，如图 1-10 所示。它不仅具有亮丽的外表，最为重要的是具有体积小、容量大、数据可靠性高的优点，而且随着技术的完善，其成本也在不断降低。市面上最大的闪盘容量已经达到了 32GB，新一代的"随身听"(MP3)和"随身看"(MP4)很多都使用了闪盘来存储数据，因而闪盘也成为多媒体的重要载体之一。

4. 移动硬盘

移动硬盘(Mobile Hard disk)顾名思义是以硬盘为存储介质，实现大容量数据交换，并强调便携性的存储产品，如图 1-11 所示。与 U 盘相比，它的优点是容量更大、传输速率高、可靠性更强等。目前移动硬盘的容量已高达 2TB，可满足大多数用户的需求。

图 1-10　U 盘

图 1-11　移动硬盘

5. 网络

无论是 CD-ROM 光盘、DVD 光盘，还是闪盘，从长远来看，它们都只是过渡型的存储技术，计算机整体性能的提高和网络的普及，使得多媒体数据高速公路的应用越来越普遍。铜芯电缆、玻璃纤维和无线电/蜂窝技术将成为交互式多媒体文件发布的主流渠道，多媒体项目开发者可以直接将软件放置在网上进行发布。网络将成为多媒体最重要的发布载体。

①.1.4　多媒体计算机技术的定义

多媒体技术的产生和发展，是技术和应用发展的必然。在信息社会，人们迫切希望计算机能以人类习惯的方式提供信息服务，因而多媒体技术应运而生。它的出现，使得原本"面无表情"、"死气沉沉"的计算机有了一副"生动活泼"的面孔。人们不仅可以通过文字信息，还可以通过直接看到的影像和听到的声音，来了解感兴趣的对象，并可以参与或改变信息的演示。

现在人们谈论的多媒体技术往往与计算机联系起来，这是因为计算机的数字化及交互处理能力极大地推动了多媒体技术的发展。多媒体计算机技术，是用电子形式来模拟实现图像、声音、文字这三种基本媒体的高级形式，是一种将先进的计算机技术与视频、音频、通信等技术融为一体的新技术。

曾经有人预测，20 世纪 90 年代将是一个多媒体的时代。事实证明，多媒体计算机在 20 世纪 90 年代确实有了飞速发展。多媒体技术赋予计算机综合处理声音、图像、动画、文字、视频和音频信号的功能，这是 20 世纪 90 年代计算机的时代特征。今天，多媒体一词对于许多人来说，已经不是新名词了。计算机多媒体的普及，将会给社会生活带来巨大变化。

①.1.5 多媒体计算机技术的特点

多媒体计算机技术不是将文字、图形图像、声音等各种信息媒体简单集成，而是通过计算机对它们进行综合处理，不仅能用多种媒体表现所要传达的信息，而且能对这些信息进行加工处理，不仅能表达、处理多种媒体，而且还要能同步进行。多媒体计算机技术具有以下特点。

- ◉ 交互性：真正意义上的多媒体应该具有与多媒体使用者之间的交互作用，即可以做到人机对话，人们可以对信息进行选择和控制。这是计算机多媒体技术与传统信息交流媒体的主要区别之一，传统的信息交流媒体只能单向地、被动地传播信息，而多媒体计算机技术实现了人对信息的主动选择和控制。
- ◉ 数字化：多媒体计算机技术应该是采用数字信号来传达各种信息的。
- ◉ 集成性：可以综合处理文字、声音、图形、动画、图像、视频等多种信息，并将这些不同类型的信息有机地结合在一起。
- ◉ 实时性：当发出操作命令后，相应的多媒体信息能够得到实时控制。
- ◉ 非线性：多媒体技术的非线性特点改变了传统循序渐进的读写模式。以往读写方式采用的是章、节、页的框架形式，而多媒体计算机技术则以超链接的方式，使内容更加灵活，更方便人们阅读。
- ◉ 智能性：提供了易于操作、十分友好的界面，使计算机更直观，更方便，更亲切，更人性化。
- ◉ 易扩展性：可方便地与各种外部设备连接，实现数据交换，监视控制等多种功能。此外，采用数字化信息有效地解决了数据在处理传输过程中的失真问题。
- ◉ 信息结构的动态性：可以按照自己的目的和认知特征重新组织信息，增加、删除或修改节点，重新建立链接。

①.2 多媒体的应用领域

多媒体技术的应用领域非常广泛，几乎遍布各行各业以及人们生活的各个角落。由于多媒体技术具有直观、信息量大、易于接受和传播迅速等显著的特点，因此多媒体应用领域的拓展十分迅速。近年来，随着国际互联网的兴起，多媒体技术也渗透到国际互联网上，并随着网络的发展和延伸，不断地成熟和进步。

①.2.1 商业领域

在商业和公共服务中，多媒体将扮演一个重要的角色。互动多媒体正越来越多地承担着向客户、职员和大众发布信息的任务。它以一种新方式来进行教学、传达信息和售卖等活动，同时还能提高机构效率和使用乐趣。商业领域的多媒体应用包括演示、培训、营销、广告、产品演示、数据库、目录和网络通信等，如图1-12所示。在很多局域网和广域网中，都通过分布式的网络和互联网协议提供了语音邮件和视频会议服务。

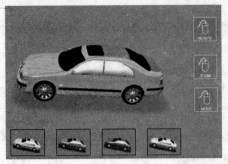 

图1-12　利用多媒体进行3D动画演示和家具产品演示

在各种培训项目中，多媒体正被广泛地应用。例如航班乘务人员在模拟环境下训练如何应对国际恐怖行动，以保障安全。交互式的视频和图片还被用来培训联合国禁毒机构人员，以便在飞机和船舶上发现可能藏匿毒品的地方。战斗机的飞行员在实战之前要通过全地貌的实战演练。各种制作程序和媒体生产工具日新月异，使用起来也越来越方便。

多媒体在办公室的应用也比较广泛，例如图像采集设备可以用来建立员工身份和徽章数据库，还可以用于视频评论以及实时的视频会议。可以通过网络进行视频会议，用邮件传送各种文件和资料，此外，采用蓝牙技术的移动电话和PDA技术使得通信和商业活动更加高效。

历史已经证明，人类通信技术的进步将会带来新的通信文化，如同从无线电到电视的演变，同样，随着公司和商业机构不断追求更强的多媒体处理能力，以及建立多媒体系统的成本不断降低，多媒体技术的发展也必将带来一场新的文化变革。

1.2.2　教学领域

学校可能是最需要多媒体的地方了，在国内，多媒体技术主要应用在教学领域。通过多媒体教学光盘，学习者在家里就可以聆听最优秀教师或教授的课程，并且教学内容图文声形并茂，形象生动，虽然教学录像产品在一定程度上也可以实现这些功能，但多媒体教学较之前者的一个最大优势在于它具有强大的交互能力。学生可以根据自己的基础和兴趣，选择学习进度、学习内容以及学习方法。

利用多媒体进行计算机辅助教学的软件通常称为多媒体CAI课件，这种软件具有良好的交互性，克服了传统教学方法下，学生跟着老师的思维走，围绕教师设计好的教学内容转的弊端，使得学生走出被动局面，充分激发学生的学习兴趣和认知主体作用，另外，多媒体教学提高了教学效率，便于教学信息的管理和组织，减轻了教师教学的工作量。

多媒体教学的优点主要体现在以下几个方面。

- ◉ 形象生动：多媒体教学通过计算机屏幕显示文字、图片、动画和声音等多种媒体信息，向学生传授知识，更加直观、形象。

- 效率高：多媒体教学展示教学素材的速度特别快，节约了课堂教学时间，提高了工作效率，并且显示的内容丰富、知识量大，能够跨越时间和空间的界限。
- 交互性强：多媒体教学可以利用人机交互的手段和快速的计算机处理能力进行教学。
- 强大的集成性：多媒体教学可以将各种视频信息组织在一起，充分体现了计算机强大的兼容性和集成性。

随着多媒体教学研究的发展，未来的趋势是利用网络资源，采用多机交流的形式进行教学，教学已经不再仅限于一间教室或一个学校，将完全打破传统的班级教学模式。可以说，多媒体将导致教育思想、教育体制、教育内容、教育方法等方面的根本革命。

1.2.3 家庭生活

目前，大多数的家庭都已拥有一台电视机(液晶电视或高清晰数字电视)，部分家庭消费者拥有一台带有 CD-ROM 或 DVD-ROM 的计算机。多媒体已经进入我们的家庭。园艺、装潢设计、甚至是菜谱都有了相应的多媒体软件，它们最终将通过电视机的屏幕或计算机的显示器呈现给广大的消费者。

今天，家庭视听娱乐设备(如电视、音响、DVD 播放机等)以及其他资讯、通信产品(如 PC、打印机、扫描仪等)的普及度愈来愈高，为家庭网络市场的成长提供了机会，同时多媒体娱乐应用堪称是最主要的家庭应用，其主因不仅是平常人们在家中活动时，最常使用和使用时间最长的就是多媒体娱乐的应用，还有就是为满足消费者多媒体娱乐需求而必须添置的各种设备(如电视、音响、DVD 播放机等)为产业创造了庞大的商机。因此随着多媒体家庭网络的议题逐渐引人瞩目，无论是来自于消费性电子产品领域的厂商或是来自于电脑通信产品领域的厂商，都积极地步入这个迷人的家庭多媒体娱乐网络设备市场。

1.2.4 公共场所

在旅馆、火车站、购物超市、图书馆等公共场所，多媒体已经作为独立的终端或查询系统为人们提供信息或帮助，还可以与手机、PDA 等无线设备进行连接。例如，在图书馆，可以在查询机上查找所需图书的位置，并提前预订；在旅馆，可以通过查询机得到所在城市的地图、航班时刻表，并且提供类似自动退房的客户服务；在火车站，可以通过候车室大屏幕的液晶显示器观看到丰富多彩的娱乐节目。这些多媒体装置，不仅减少了传统的信息台和人工的开销，增加了附加值，而且重要的是它们可以不间断地工作，即使在深夜也能够为用户的求助提供帮助。

1.2.5 虚拟现实

虚拟现实是多媒体的一种扩展，是技术进步和创新思想的融合。它是当前信息领域的热门研究课题，包括对图形图像、声音、文字的处理、压缩、传送等高新技术，并且有可能是最大程度上扩展了的交互式多媒体。

在虚拟世界中，奇异的人机交互界面将使用户置身于一个近乎真实的生活体验之中，向前走一步，视野将变得清晰，通过鼠标旋转一下虚拟自己的头部，视野也会同时旋转。伸手触摸某个物体，将会发生意想不到的结果。

虚拟现实对计算机的性能要求比较高，这是因为在虚拟世界中，用户的电脑空间由无数绘制在三维空间的几何物体构成，用户的每一个动作，都将使得计算机对视野中所有物体的位置、角度、尺寸、外形等进行重新计算，并且要保证场景每秒变化 30 次，才能保证视觉效果的流畅。

1.2.6 网络应用

人类社会进入 20 世纪 90 年代以来，信息技术革命的步伐大大加快。20 世纪 90 年代后期，网络从还只是少数业内人士熟知的名词，一下子"忽如一夜春风来，千树万树梨花开"。铺天盖地的网络广告、热火朝天的网络话题讨论和如雨后春笋般冒出的大大小小的网站都预示着网络时代的来临。在汹涌澎湃网络大潮的影响下，社会正在发生着改变——经济、道德、艺术、文学、日常生活、宗教、政治无一例外地在变化或将要改变。网络发展到今天，已对传统媒体造成了极大的冲击，它正与传统媒体在信息传播竞争中激烈竞争，并日益扩大自己的影响。网络可以传输文字、图表、图片、声音、录像、动画等多种形式的信息，而且能将它们有机结合起来，为信息传播走向"多媒体化"展示了广阔的前景，在全球范围内正酝酿着一场媒体的重大变革。

多媒体网络技术，简言之就是通过网络来传播各种多媒体信息的技术，它是计算机的交互性、网络的分布性和多媒体信息综合性的有机结合，并且突破了计算机、通信、出版等行业的界限，为人们提供了全新的多媒体信息服务。

相对于传统媒体，多媒体网络技术具有难以比拟的优势，具体体现在以下几个方面。

- ⊙ 网络可以实现"信息源、传播媒介、传播受众"的紧密结合。网络使得信息来源更丰富，传播渠道更多样，信息覆盖面更宽广，为实现大众传播开辟了更广阔的道路。这既为世界性通讯社大力拓展业务提供了良机，也使它们在信息市场上面临着更加激烈的竞争。

- ⊙ 网络可以减少传播的中间环节，增强大众选择新闻的自主性。网络的发展有可能使新闻信息产品通过网络直接与大众见面，而大众选择的多元化，则增加了媒介在控制传播进程，引导舆论，履行社会责任方面的难度。在这种情况下，如何进一步提高引导舆论的艺术性，提高时效性，扩大报道面，增加信息量，强化感染力，已经成为人们适应网络时代的需要，建设更强、更大的世界性媒介是人们所面临的十分紧迫的任务。

- ⊙ 网络传播是传播方式上的一次重大变革，它集合报纸、广播和电视传播的优点于一身，为增强传播内容的感染力和影响力提供了保证。美国传播学家曾做过试验，研究人在了解外部世界时对各种信息的接收程度，最后得出结论：人获得的信息中有 20%左右来自文字，30%左右来自声音，40%以上来自图形和图像，因此在传播过程中调动的感官越多，传播的效果就越好。随着网络多媒体技术的进一步发展，网上的人们已经可以同时接收到图文并茂、声色兼具的多媒体新闻了。多媒体复合型的传播方式虽然还不太成熟，但已经成为网络媒体未来发展的重要趋势之一。

- 网络成本相对低廉，能大量储存、检索和利用新闻信息。网络还便于用户的信息反馈，加强了媒体与大众之间的互动。这使得媒体能够及时发现受众所关注的新闻热点问题，掌握大众对重大新闻事件的不同看法，了解人们对改进报道内容和形式的意见，并以此为根据，调整报道结构，提高服务质量，增强报道的针对性，更好地满足各类用户的需求。

1.3　多媒体的研究领域

多媒体能够得到迅速发展，与视频、音频等媒体压缩/解压缩、多媒体专用芯片、多媒体输入/输出、多媒体存储设备、多媒体系统软件等诸多技术密不可分。近年来，随着计算机与网络的发展，多媒体被广泛应用于网络，又产生了一系列新的技术，如多媒体处理与编码技术、多媒体系统技术、多媒体信息组织与管理技术、多媒体通信网络技术等，它们将直接影响到多媒体在网络上的传播和接收效果。

1.3.1　数据压缩技术

多媒体需要解决的关键问题之一，是使计算机能够实时地综合处理声音、文字、图像等信息。然而，由于数字化的图像、声音等多媒体数据量非常大，而且视频、音频信号还要求快速地传输处理，这导致一般的计算机产品，特别是在个人计算机上开展多媒体应用难以实现，因此，视频、音频数字信号的编码和压缩算法成为一个重要的研究课题。

1. 数据压缩技术的 3 个指标

数据的压缩与还原技术，是多媒体技术的灵魂。高效实时地压缩视频和音频数据，才能使多媒体信息流畅地传递。衡量一个多媒体数据压缩效果有以下 3 个重要指标。

- 压缩前后所需的信息存储量之比要大。
- 实现压缩的算法要简单，压缩、解压缩速度要快，要尽可能地做到实时压缩和解压缩。
- 恢复效果要好，要尽可能地完全恢复原始数据。

2. 数据压缩的常用方法

数据的压缩方法，从总体上来说，有无损压缩和有损压缩两种。无损压缩是对数据的存储方式进行优化，压缩后的数据可以完全恢复，而有损压缩则是对数据进行重构，重构后的数据与原有数据有所不同，因而不能完全恢复。目前比较常用的压缩方法有冗余压缩法和熵压缩法。

计算机 基础与实训教材系列

- 冗余压缩法：属于无损压缩法的一种，也称为熵(平均信息量)编码，它是一种可逆的数据压缩方法。
- 熵压缩法：属于有损压缩法的一种。有损压缩法压缩了熵，会减少信息量。

3. 常用编码方法

编码方法的选择将会影响多媒体信息传递的有效性，合适的编码方法能够提高数据的压缩比，同时，数据在解压缩时速度也可以更快。常用的编码方法主要有变长编码、Huffman 编码、预测编码、变换编码和模型编码。

4. 声音的压缩与编码

只有当声音的信源产生的信号具有冗余时，才能对其进行压缩。统计分析结果表明，在语音信号中主要包括时域冗余和频域冗余。另外考虑到人的听觉机理特征，也能对语音信号进行压缩。这是对声音进行压缩编码的原理。

在多媒体计算机系统中，声音信号被编码成二进制数字序列，经传输和存储，最后由解码器将二进制编码恢复成原始的声音信号。设计声音压缩编码系统必须考虑的主要因素有以下几个。

- 输入声音信号的特点。
- 传输速率及存储容量的限制。
- 对输出重构声音的质量要求。
- 系统的可实现性及其代价。

声音信号的编码方式主要有波形编码、分析合成和混合编码 3 种。

5. 图像的压缩与编码

图像的压缩有无损压缩和有损压缩两种，目前世界上主要的图像压缩标准有两个：JPEG标准和 MPEG 标准。

JPEG 是彩色、灰度、静止图像压缩编码的国际标准，MPEG 标准是 ISO/IEC 委员会的第11172 号标准草案，该标准包括 MPEG 视频、MPEG 音频和 MPEG 系统三大部分。

MPEG 和 JPEG 相同的地方是均采用了 DCT 帧内图像数据压缩编码。

MPEG 和 JPEG 的主要区别在于：JPEG 是静止图像压缩编码的国际标准，MPEG 是针对运动图像的数据压缩技术，为了提高压缩比，帧内图像数据和帧间图像数据压缩技术必须同时使用。MPEG 采用了帧间数据压缩、运动补偿和双向预测，这是和 JPEG 主要不同的地方。

①.3.2 多媒体专用芯片技术

多媒体专用芯片是多媒体计算机硬件体系结构的关键。为了实现音频、视频信号的快速压缩、解压缩和播放处理，需要大量的快速计算，只有采用专用芯片，才能取得满意的效果。多媒体计算机专用芯片可归纳为两种类型：一种是固定功能的芯片；另一种是可编程的数字信号处理器(DSP)芯片。

今后，多媒体专用芯片的发展趋势是朝着更高的集成度，包含更多的功能，并且成本更加低廉的方向发展。

1.3.3 多媒体输入/输出技术

多媒体输入/输出技术包括多媒体变换技术、多媒体识别技术、多媒体理解技术和多媒体综合技术。

- ◉ 多媒体变换技术：多媒体变换技术是指改变媒体的表现形式。如当前广泛使用的视频卡、音频卡(声卡)都属于多媒体变换设备。
- ◉ 多媒体识别技术：多媒体识别技术是对信息进行一对一的映像过程。例如，语音识别技术和触摸屏技术等。
- ◉ 多媒体理解技术：多媒体理解技术是对信息进行更进一步的分析处理和理解信息内容。如自然语言理解、图像理解、模式识别等技术。
- ◉ 多媒体综合技术：多媒体综合技术是把低维信息表示映像成高维的模式空间的过程。例如，语音合成器就可以把语音的内部表示综合为声音输出。

1.3.4 多媒体存储设备与技术

多媒体项目要进行发布，必须具备大容量的存储设备。利用数据压缩技术，在一张 CD-ROM 光盘上能够存取长达 80 多分钟的全运动视频图像，或者十几个小时的语言信息，或者数千幅静止图像。

现在，在 CD-ROM 基础上，又开发出了 CD-I 和 CD-V、可录式光盘 CD-R、高画质、高音质的光盘 DVD 以及 PHOTO CD 等，尤其是目前带宽不断提高的网络技术，更加方便了多媒体的发布。

1.3.5 多媒体系统软件技术

多媒体软件技术主要包括 6 个方面的内容，分别包括多媒体操作系统、多媒体素材采集与制作技术、多媒体编辑与创作工具、多媒体数据库技术、超文本/超媒体技术和多媒体应用开发技术。

1. 多媒体操作系统

多媒体操作系统是多媒体软件的核心。它负责多媒体环境下多任务的调度，保证音频、视频同步控制以及信息处理的实时性，提供多媒体信息的各种基本操作和管理，它具有对设备的相对独立性与可扩展性。Windows 系列操作系统都提供了对多媒体的支持。

2. 多媒体素材采集与制作技术

它主要包括采集并编辑多种媒体数据，如声音信号的录制编辑和播放，图像扫描及预处理，全动态视频采集及编辑，动画的生成编辑，音频/视频信号的混合和同步等。

3. 多媒体编辑与创作工具

它是多媒体专业人员在多媒体操作系统之上开发的一种工具，又称多媒体创作工具，供特定应用领域的专业人员组织、编排多媒体数据，并把它们连接成完整的多媒体应用系统。高档的多媒体编辑与创作工具用于影视系统的动画制作及特技效果，中档的用于培训、教育和娱乐节目制作，低档的用于商业简介、家庭学习材料的编辑。

4. 多媒体数据库技术

多媒体信息是结构型的，致使传统的关系数据库已不适用于多媒体的信息管理，需要从下面 4 个方面研究数据库技术：

- ⦿ 多媒体数据模型
- ⦿ 媒体数据压缩和解压缩的模式
- ⦿ 多媒体数据管理及存取方法
- ⦿ 用户界面

5. 超文本/超媒体技术

多媒体是文本、图像、声音、动画、视频等媒体在一次演示中的集成，当能够控制何时观看何种信息时，就成为交互式的多媒体。更进一步，当交互式多媒体的开发者为用户的导航和交互提供一套结构化的链接元素，它便成为所谓的超媒体。

当超媒体项目中包含大量的文本或符号内容时，这些内容可以被编成索引，然后其元素可以通过链接来提供快速的电子化检索相关信息的能力。当一些单词被编入关键字或者作为其他单词的索引时，超文本(Hypertext)便产生了。

超文本与传统的文本有很大的区别，它是一种电子文档，一个非线性的网状结构，其中的文字包含有可以链接到其他字段或内容的超文本链接，允许跳跃式的阅读。用户可以根据需要，利用超文本系统提供的联想查询机制，迅速找到自己感兴趣的内容或有关信息。

超媒体可以看作是超文本的进一步深化，因为它们二者并没有本质的区别。超文本管理的是纯文本，而超媒体管理的是多媒体，不仅包括文本，还有声音、图像等，超媒体是超文本和多媒体的综合产物。随着多媒体技术的不断发展，它们二者之间的区别已很难划分，从目前的情形来看，单纯的超文本系统基本上已经没有，超媒体技术被广泛应用于教学、信息检索、字典和参考资料、商品演示等信息查询领域。

6. 多媒体应用开发技术

多媒体应用开发会使一些采用不同问题解决方法的人集中到一起，包括计算机开发人员、音乐创作人员，图像艺术家等，他们的工作方法以及思考问题的方法都将是完全不同的。对于项目管理者来说，研究和推出一个多媒体应用开发方法学是极为重要的。

1.3.6 流媒体技术

在流媒体技术产生之前，多媒体文件需要从服务器上下载后才能播放，一个 1 分钟的较小视频文件，在 56K 的窄带网络上至少需要 30 分钟时间进行下载，这限制了人们在互联网上大量使用音频和视频信息进行交流。利用流式媒体传输方式，人们可以在从 28K 到 1200K 的带宽环境下在线欣赏到连续不断的高品质的音频和视频节目，实现了网上动画、影音等多媒体的实时播放。流媒体技术的产生和发展必然会给人们的日常生活和工作带来深远的影响。

1. 流媒体定义

流媒体是一种可以让音频、视频等多媒体元素在网上实时播放而无须下载的技术。流媒体技术的发展依赖于网络的传输条件、媒体文件的传输控制、媒体文件的编码压缩效率以及客户端的解码等几个重要因素。其中任何一个因素都会影响流媒体技术的发展和应用。

2. 流媒体的传输特点

采用流媒体方式传输数据时，先将动画、音乐等多媒体文件压缩成一个个的小压缩包，然后由视频服务器向用户计算机通过不同的路由进行连续、实时地传送，用户端不必等到全部文件下载完就可以观看多媒体视频文件，计算机后台服务器会继续传输文件，用户端将文件进行一定的延时后会继续播放，当带宽达到一定程度时，就可以连续地进行播放，这可以用来解释在网上观看在线视频，人数比较多时画面会出现停顿的现象。流媒体传输方式具有以下优点。

- 可以实时观看，而不必等到将全部多媒体信息下载完毕。
- 可以充分利用网络的带宽，流媒体观看采用边下载边观看的方式，因而可以将下载任务分配到观看过程中的不同阶段来完成，不会因为都集中在一起下载造成网络的堵塞拥挤。
- 不占用硬盘空间。在网上观看多媒体信息，有两种方式：下载方式和流传输方式。采用流媒体传输方式观看多媒体信息时，不用将信息保存在本地磁盘上。
- 节省缓存。采用流媒体传输多媒体信息时，不需要将所有内容下载到缓存中，因而，节省了用户端的缓存。

但是，流媒体传输方式需要特定的传输协议，在目前的方案中，采用 HTTP/TCP 来传输控制信息，而用 RTP/UDP 来传输实时多媒体数据。

3. 流媒体的播放方式

目前，流媒体有单播、组播、点播、广播 4 种播放方式。图 1-13 所示的左图描述的是单播和点播的网络结构，右图描述的是组播和广播的网络结构。

- 单播：在客户端与媒体服务器之间需要建立一个单独的数据通道，从一台服务器送出的每个数据包只能传送给一个客户机，这种传送方式称为单播。每个用户必须分别对媒体服务器发送单独的查询，而媒体服务器必须向每个用户发送所申请的数据包拷贝。这种巨大冗余首先造成服务器沉重的负担，响应需要很长时间，甚至停止播放，管理人员也被迫购买硬件和带宽来保证一定的服务质量。

- 组播：IP 组播技术构建一种具有组播能力的网络，允许路由器一次将数据包复制到多个通道上。采用组播方式，单台服务器能够对几十万台客户机同时发送连续数据流而无延时。媒体服务器只需要发送一个信息包，而不是多个，所有发出请求的客户端共享同一信息包。信息可以发送到任意地址的客户机，从而减少了网络上传输的信息包的总量。组播方式使得网络利用效率大大提高，成本大为下降。

- 点播：点播连接是客户端与服务器之间的主动的连接。在点播连接中，用户通过选择内容项目来初始化客户端连接。用户可以开始、停止、后退、快进或暂停"流"。点播连接提供了对流的最大控制，但这种方式由于每个客户端各自连接服务器，会迅速用完网络带宽。

- 广播：广播指的是用户被动接收"流"。在广播过程中，客户端接收"流"，但不能控制"流"。例如，用户不能暂停、快进或后退该"流"。

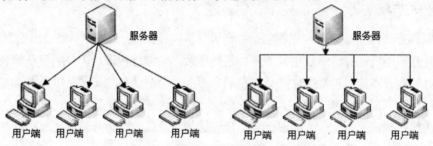

图 1-13　流媒体广播网络结构示意图

4. 流媒体的组成

一个完整的流媒体系统包括流服务应用软件、集中分布式视频系统、视频业务管理媒体发布系统、视频采集制作端系统、媒体内容检索系统、数字版权管理(DRM)、媒体存储系统、客户端系统等重要组成部分。

- 流服务应用软件：这是流媒体系统中最重要的组成部分，要求能够在最广的范围、多种连接速度基础上提供性能最好的多媒体效果，具有强有力的系统管理和可伸缩性能力，以及开放的、标准的、跨平台的架构。流服务应用软件系统必须具有极高的压缩比和很好的传输能力，能够适合网络发布。服务器端软件应该具有强大的网络管理功能，支持广泛的媒体格式，支持最大量的互联网用户群与流媒体商业模式。

- 集中分布式视频系统：面对越来越巨大的流媒体应用需求，流媒体系统必须拥有良好的可伸缩性。随着业务的增加和用户的增多，系统可以灵活地增加现场直播流的数量，并通过增加带宽集群和接近最终用户端的边缘流媒体服务器的数量，增加并发用户的数量，以满足用户对系统的扩展要求。

- 视频业务管理媒体发布系统：该系统包括广播和点播的管理，节目管理，创建、发布及计费认证服务，提供定时按需录制、直播、传送节目的解决方案，管理用户访问及多服务器系统负载均衡调度服务等。

- 视频采集制作端系统：该系统利用媒体采集设备进行"流"的制作与生成。它包括了一系列工具，从独立的视频、声音、图片、文字组合到制作丰富的"流媒体"，这些工具产生的"流"文件可以存储为固定的格式，供发布服务器使用。视频采集制作系统可以实时向发布服务器提供各种"视频流"，提供实时的多媒体信息发布服务。

- 媒体内容检索系统：该系统能对媒体源进行标记，捕捉音频和视频文件并建立索引，建立高分辨率媒体的低分辨率代理文件，从而可以用于检索、视频节目的审查、基于媒体片段的自动发布，形成一套强大的数字媒体管理发布应用系统。

- 数字版权管理：这是在互联网上以一种安全方式进行媒体内容加密的端到端的解决方案，它允许内容提供商在其发布的媒体或节目中对指定的时间段、观看次数及其内容进行加密和保护。

- 媒体存储系统：由于要存储大容量的影视资料，因此该系统必须配备大容量的磁盘阵列，具有高性能的数据读写能力，访问共享数据，高速传输外界请求数据，并具有高度的可扩展性、兼容性，能够支持标准的接口。这种系统配置能满足上千小时的视频数据的存储，实现大量片源的海量存储。

- 客户端系统：该系统支持实时音频、视频的直播和点播，可以嵌入到流行的浏览器中，可以播放多种流行的媒体格式，支持流媒体中的多种媒体形式，如文本、图片、Web页面、音频和视频等。在带宽充裕时，流式媒体播放器可以自动侦测视频服务器的连接状态，选用更适合的视频，以获得更好的效果。目前应用最多的播放器有 RealPlayer、MediaPlayer 和 Quicktime。

5. 流媒体的技术流派

目前，互联网上使用较多的流媒体格式主要有 Real Networks 公司的 RealMedia 和微软公司的 Windows Media。它们是网上流媒体传输的两大技术流派。

6. 流媒体的文件格式

以目前的技术，只有文本、图片可以按照原有格式在网络上传输。声音、动画、视频等多媒体文件则只能采用流媒体传输方式，不同公司产品的文件格式不同，传送方式也有差异，目前比较常见的流媒体文件格式参见表 1-1 所示。

表 1-1 常见流媒体文件格式及主要作用

流媒体文件格式	主要应用
SWF 格式(.swf)	流式动画格式，可用 Flash 软件制作，具有体积小、功能强、交互能力好、支持多个层和时间线程的优点，主要应用于网络动画
ASF 格式(.asf)	流式媒体格式，其播放器已经与 Windows 捆绑在一起，它的使用与 Windows 密切相关

（续表）

流媒体文件格式	主 要 应 用
RM/RA 格式(.rm/.ra)	Real Networks 公司开发的流式视频 RealVideo 和音频 RealAudio 文件格式。主要用于低速率网络上的视频、音频文件实时传输，它们可以根据网络数据传输速率的不同而采用不同的压缩比
AAM/AAS 格式(.aam/.aas)	用 Authorware 制作的多媒体软件可以压缩为 AAM 或 AAS 流式文件格式
QT 格式	苹果公司开发的流式文件格式，拥有先进的音频和视频功能，支持 RLC、JPEG 等领先的集成压缩技术
MTS 格式	MetaCreations 公司开发的流式文件格式，用于实现网上流式三维网页的浏览，主要用于创建、发布及浏览可缩放的 3D 图形和电脑游戏

1.4　多媒体的发展前景

　　多媒体能够得到迅速发展，与视频、音频等媒体压缩/解压缩、多媒体专用芯片、多媒体输入/输出、多媒体存储设备、多媒体系统软件等诸多技术密不可分。近年来，随着计算机与网络的发展，多媒体被广泛应用于网络，又产生了一系列新的技术，如多媒体处理与编码技术、多媒体系统技术、多媒体信息组织与管理技术、多媒体通信网络技术等，它们将直接影响到多媒体在网络上的传播和接收效果。

1.4.1　多媒体的网络化发展趋势

　　网络技术和计算机技术的创新和发展，使诸如服务器、路由器、转换器等网络设备的性能越来越高，包括用户端的 CPU、内存、图形卡等在内的硬件能力空前扩展，人们将受益于无限的计算和充裕的带宽；它改变了网络用户以往被动式接受信息处理的状态，使他们能够以更加积极主动的姿态去参与眼前的网络虚拟世界。

　　多媒体技术的发展将使多媒体计算机形成更完善的计算机支撑的协同工作环境，消除空间距离和时间距离的障碍，为人类提供更加完善的信息服务。

　　交互的、动态的多媒体技术能够在网络环境下，创建出更加生动逼真的二维和三维场景。人们还可以借助摄像机等设备，把办公室和娱乐工具集成在终端多媒体计算器上，可以在实时视频会议上与千里之外的同行共同进行市场讨论、产品设计和欣赏高质量的图像画面。新一代用户界面与人工智能等网络化、人性化、个性化的多媒体软件的应用还可使不同国籍、不同文化程度的人们通过"人机对话"，来消除他们之间的隔阂，从而自由地沟通与了解。

　　世界正迈进数字化、网络化、全球化的信息时代。信息技术将渗透于人类生活的方方面面，其中网络技术和多媒体技术是促进信息社会全面实现的关键技术。多媒体技术与网络技术相结合，尤其是与宽带网络通信等技术相结合，将是多媒体技术的重要发展趋势之一。

1.4.2 多媒体终端的多样化发展趋势

目前随着多媒体计算机硬件体系结构和视频、音频接口软件的不断改进，尤其是采用了硬件体系结构设计和软件、算法相结合的方案，使多媒体计算机的性能指标得到进一步提高，但要满足多媒体网络化环境的要求，还需对软件作进一步的开发和研究，使多媒体终端设备具有更高的部件化和智能化特性，对多媒体终端增加如文字的识别和输入、自然语言理解和机器翻译、图形的识别和理解、机器人视觉和计算机视觉等智能化功能。

过去 CPU 芯片设计较多地考虑计算功能，主要用于数学运算及数值处理。随着多媒体技术和网络通信技术的发展，需要 CPU 芯片具有更高的综合处理声音、文字、图形图像信息及通信的功能。因此，可以将媒体信息实时处理和压缩编码算法内置到 CPU 芯片中。

从目前的发展趋势看，可以把这种芯片分为两类：一类是以多媒体和通信功能为主，融合 CPU 芯片原有的计算功能，它的设计目标是用于多媒体专用设备、家电及宽带通信设备，以取代这些设备中的 CPU 及大量 ASIC 和其他芯片；另一类是以通用 CPU 计算功能为主，融合多媒体和通信功能，它们的设计目标是与现有的计算机系列兼容，同时具有多媒体和通信功能，主要用于多媒体计算机中。

近年来随着多媒体技术的发展，TV 与 PC 技术的竞争与融合越来越引人注目。传统的电视主要用于娱乐，而 PC 重在获取信息。随着电视技术的发展，电视浏览收看、交互式节目指南、电视上网等功能应运而生，而 PC 技术在媒体节目处理方面也有了很大的突破，视频流、音频流功能的加强，搜索引擎、网上电视等技术相应出现。比较看来，收发 E-Mail、聊天和视频会议终端功能有可能率先成为 PC 与电视技术的融合点。数字机顶盒技术适应了 TV 与 PC 融合的发展趋势，延伸出"信息家电平台"的概念，使多媒体终端集家庭购物、家庭办公、家庭医疗、交互教学、交互游戏、视频邮件和视频点播等全方位应用于一身，代表了当今嵌入式多媒体终端的发展方向。

嵌入式多媒体系统可应用在人们生活与工作的各个方面，在工业控制和商业管理领域，如智能工矿设备、POS/ATM 机、IC 卡等；在家庭领域，如数字机顶盒、数字电视、网络电视、网络冰箱、网络空调等消费类电子产品。此外，嵌入式多媒体系统还在医疗类电子设备、多媒体手机、掌上电脑、车载导航、娱乐、军事等领域有着巨大的发展前景。

1.4.3 多媒体新技术和新产品

多媒体技术的发展日新月异，不少的新技术和新产品也层出不穷，例如三维扫描技术、三维打印技术、三维显示技术等。

* 三维扫描技术：传统的扫描技术指的是平面扫描技术，例如照片扫描、身份证扫描等。随着多媒体技术的发展。人们对三维实物影像采集的需求越来越多，目前使用三维技

术的扫描仪已经开始运用在某些领域。例如在文化艺术数字化保存方面，有意大利的古代铜像数字化、中国的古代佛像数字化、古代文物数字化等；在三维动画模型建构方面有电影《指环王》、《阿凡达》等；在医学研究方面有对牙齿、骨头的扫描等。使用三维数字化扫描仪可以快速地对模型进行扫描并建构，另外随着互联网技术的发展网络三维虚拟世界也将得到大力的发展。

- ⊙ 三维打印技术：传统的打印技术只能打印平面的文档材料或者彩色图片，而三维打印技术可以首先根据产品的要求建立 CAD 模型，经过数字化处理模拟，然后通过计算机控制三维打印设备逐层式逐点完成整个打印过程。目前三维打印机技术由于价格比较高，仅被某些企业用来打印模具。当三维打印技术普及后，人们在外出旅游时，可随时打印一个纸杯来使用，这就是三维打印技术的一个简单的家庭应用。

- ⊙ 三维显示技术：大部分人应该看过三维立体电影，对三维效果有所体会，看三维立体电影时需要戴上立体眼镜，实际上完美的三维技术不需要观看者佩戴任何立体观看工具，即可直接显示出三维立体效果的影像。目前该种显示器已经面世，相信在不久的将来，三维显示技术的显示器将代替平面显示器走入千家万户。

- ⊙ 语音识别技术：目前语音识别技术已经日益成熟，人们正在试图开发电脑语音开机和语音操作系统。语音识别技术的最新成果是同声翻译电话，相信在不久的将来会进入千家万户，给人们的工作和学习带来极大的方便。

1.5 习题

1. "多媒体"一词的英文简称是什么？有哪两层含义？
2. 多媒体的主要发布媒介有哪些？
3. 网页上使用的 HTML 语言是一种什么语言，它与传统的文本的区别是什么？
4. 数据的压缩方法，从整体上可以分为哪两种？
5. 多媒体软件技术主要包括哪 6 个方面的内容？
6. 流媒体的播放方式主要有哪 4 种？
7. 简述多媒体计算机技术的特点。
8. 简述对超文本和超媒体的理解。
9. 简述多媒体的研究领域及流媒体技术的特点。
10. 简述多媒体的主要发展趋势。

第2章 多媒体设计入门

学习目标

如果一台计算机具备了多媒体的硬件条件和适当的软件系统，那么，这台计算机就具备了多媒体功能。此外，一个好的多媒体节目不仅能有声有色地把作品内容表述出来，而且能达到最佳的效果。本章将为读者介绍多媒体 PC 系统的基本组成，多媒体系统的特性和分类，以及多媒体项目制作的一般流程和常用设计工具。

本章重点

- ◎ 多媒体系统的组成
- ◎ 多媒体系统的特点
- ◎ 多媒体的制作流程
- ◎ 常用的多媒体制作工具

2.1 多媒体 PC 系统

目前，市面上主流的计算机大都是多媒体计算机(MPC)。所谓多媒体计算机，是指配备了声卡、视频卡的计算机。更确切地说，是一种将数字声音、数字图像、数字视频、计算机图形和通用计算机集成在一起的人机交互系统。现在，多媒体系统常常指的就是多媒体计算机系统。

2.1.1 多媒体系统的组成

完整的多媒体计算机系统是由硬件系统和软件系统两部分组成的。硬件系统主要由计算机主机和用来接收、播放多媒体信息的各种输入/输出设备组成；软件系统主要由多媒体操作系统及各种多媒体工具软件和应用软件组成。

1. 多媒体的硬件系统

从整体上来划分，一个完整的多媒体硬件系统主要由主机、音频部分、视频部分、基本输入/输出设备、大容量存取设备和高级多媒体设备 6 部分组成，如图 2-1 所示。

- 主机：主机部分是整个多媒体系统的核心。它需要具备以下几个特点。有一个或多个处理速度较快的中央处理器(CPU)；较大的内存空间；高分辨率的显示系统；较为齐全的外设接口。

- 音频部分：音频部分主要完成音频信号的 A/D 和 D/A 转换及数字音频的压缩、解压缩及播放等功能，主要包括音频卡、外接音箱、话筒、耳麦、MIDI 设备等。音频卡俗称声卡，在多媒体计算机中，音频卡是基本的必需硬件之一。现在几乎所有的计算机都配置有内置的扬声器和专用的声音处理芯片，无须任何外部硬件和软件即可输入音频。

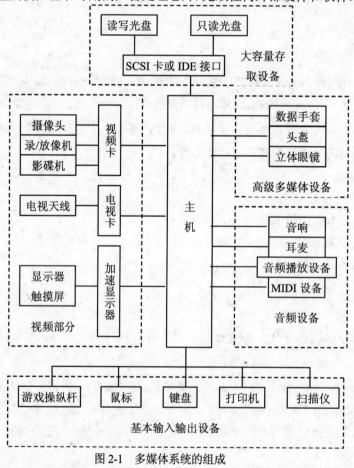

图 2-1　多媒体系统的组成

- 视频部分：视频部分负责多媒体计算机图像和视频信息的数字化获取和回放，主要包括视频压缩卡、电视卡、加速显示卡等。视频压缩卡主要完成视频信号的 A/D 和 D/A 转换及数字视频的压缩和解压缩功能，其信号源可以是摄像头、录/放像机、影碟机等。电视卡(盒)主要完成普通电视信号的接收、解调、A/D 转换以及与主机之间的通信。

从而可在计算机上观看电视节目，同时还可以以 MPEG 压缩格式录制电视节目。加速显示卡主要完成视频的流畅输出，是 Intel 公司为解决 PCI 总线带宽不足的问题而提出的图形加速端口。

⊙ 基本输入/输出部分：在开发和发布多媒体产品时，要使用到各式各样的输入/输出设备，其中视频/音频输入设备包括摄像机、录像机、影碟机、扫描仪、话筒、录音机、激光唱盘和 MIDI 合成器等；视频/音频输出设备包括显示器、电视机、投影电视、扬声器、立体声耳机等；人机交互设备包括键盘、鼠标、触摸屏、光笔等；数据存储设备包括 CD-ROM、磁盘、打印机、可擦写光盘等。

⊙ 大容量存取设备：制作多媒体项目，需要将彩色图像、文本、声音、视频剪辑以及所有元素结合在一起。因此，需要有一定数量的存取空间，如果这些元素大量存在，那么需要大量的存取空间。现在，可以使用刻录机将多媒体项目刻录在光盘上。相信不久，蓝光技术将逐步普及，蓝光空白刻录盘的价格也会下降，届时大型的多媒体项目就可以以 G 字节为度量来存取了。

⊙ 高级多媒体设备：随着科技的进步，近年来出现了一些新的输入/输出设备，比如用于传输手势信息的数据手套，数字头盔和立体眼镜等。

2．多媒体系统的软件系统

如果说硬件系统是多媒体系统的基础，那么软件系统就是多媒体系统的灵魂。

多媒体软件按功能分，可以分为系统软件和应用软件。多媒体系统软件主要包括多媒体操作系统、多媒体素材制作软件及多媒体函数库、多媒体创作工具与开发环境、多媒体外部设备驱动软件和驱动器接口程序等。多媒体应用软件是在多媒体创作平台上设计开发面向应用领域的软件系统。

多媒体软件按层次划分，可以分为 5 个层次，如图 2-2 所示，这种层次划分并没有绝对的标准，它是在发展过程中逐渐形成的。

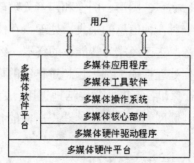

图 2-2　多媒体软件系统的层次结构

⊙ 多媒体硬件驱动程序：位于多媒体软件系统的最底层，是那些直接和多媒体硬件打交道的驱动程序，它们在系统初始化引导程序作用下完成设备的初始化、各种设备的打开与关闭、基于硬件的压缩和解压、图像的快速交换等功能，通常随硬件启动，并常驻内存。

- 多媒体核心部件：多媒体计算机的核心软件，即视频/音频信息处理核心部件，其任务是支持随机移动或扫描窗口下的运动及静止图像的处理和显示，为相关的音频和视频数据流的同步问题提供所需的实时任务调度等。

- 多媒体操作系统：为多媒体信息处理提供与设备有关的媒体控制接口。例如，Windows操作系统提供的媒体控制接口。具有实时任务调度、多媒体数据转换和同步控制机制等功能。

- 多媒体工具软件：多媒体制作软件，包括基本素材制作软件，如声音录制、图像扫描、全动态视频采集、动画生成等软件，以及多媒体项目制作专业软件，如 PowerPoint、Authorware 等。

- 多媒体应用程序：包括一些系统提供的应用程序，如 Windows 系统中的录音机、媒体播放器和为用户开发的多媒体应用程序等，用于多媒体项目的播放。多媒体应用程序是多媒体项目和用户连接的纽带。

②.1.2　多媒体系统的特点

计算机 基础与实训教材系列

现在的多媒体系统的意义不再仅仅是单纯的两种或两种以上媒体的简单组合，它具有以下特点。

- 处理数位化的信息：要能够综合处理多种媒质，必须要有高性能的计算机。近年来，PC 的性能越来越好，其 CPU 已经拥有了处理多媒体数据的各种扩展功能。这些新的扩展技术配合相应的软件，能够提升处理器优化图像和处理 3D 图像的效率，使音频、视频流的处理更加流畅，强化计算机在接收多媒体信息及语音辨别的能力。

- 组成：多媒体计算机系统既是各种硬件的集合，如高速 CPU、大容量的硬盘和内存，性能优良的数据、图形处理器，声音压缩卡及显示器等；又是各种软件的集合，如各种系统操作软件，数据、文字、图形、图像和声音处理软件等。

- 技术：多媒体计算机系统对各种信息的采集、处理、存储、传输和显示全部能够实现数字化，包括图像和声音，它已经成为智能化的终端。经过数字技术处理过的信号无论是在质量上、还是数据处理性能上都远远超过传统的模拟技术的处理。

- 应用：通过操作多媒体计算机，可以非常灵活地调用、处理和显示文字、图形、图像、声音等内容，通过各种互联网络可以方便地获得所需的各种信息资源。

②.1.3　多媒体系统的分类与标准化

多媒体系统按功能划分，可分为开发系统、演示系统、教育系统和家庭系统等类型。

- 开发系统：具备多媒体应用的开发能力，系统配备有功能强大的计算机、功能齐全的声音、文本、图像信息的外部设备和多媒体演示的著作工具，典型用户有多媒体系统制作者和电视编辑等。

- ◉ 演示系统：增强型的桌上多媒体系统，可以完成多种多媒体的应用，并与网络连接。典型的用户是专业技术工作者、大公司经理和高等学校的教师等。
- ◉ 教育系统：属于单用户多媒体播放系统。该系统以 PC 为基础，包含光盘驱动器、声音和图像的接口控制卡以及相应的外部设备。此类多媒体系统通常用于家庭教育、小型商业销售点和教育培训等。
- ◉ 家庭系统：多媒体播放系统，通常配备有光盘驱动器，采用 320×240 点阵的家用电视机作为显示器，可供数名观众使用。

多媒体是一项综合性技术，其中包括计算机、通信、电视和电子产品等多个领域。多媒体技术能够迅速发展的关键是实现标准化，使各个厂家的产品之间具有兼容性。目前，已有几个多媒体平台被用户所接受，如 Macintosh 平台、Windows 平台等。

 知识点

多媒体的标准化应着重解决两个关键问题：一是如何保证应用软件和工具软件能在各种操作系统和硬件设备支持下操作和运行，例如，动画或图形软件需要数字音响或数字视频设备，而这些设备又要通过操作系统进行管理。另一个就是数据交换的兼容性，这个兼容性在使用不同编码方法和硬件设备时就显得特别重要。

②.2　多媒体素材的获取工具

多媒体包括图片、声音和视频等元素，那么这些元素从何而来呢？这就要用到多媒体素材的获取工具。例如要获得图片可以使用照相机或扫描仪，要获取视频信息可使用数码摄像机等。

②.2.1　数码相机简介

数码相机的英文全称是 Digital Camera，简称 DC，是一种利用电子传感器把光学影像转换成电子数据的照相机，如图 2-3 所示。

与传统的胶片照相机不同，数码相机采用固定的或者是可以拆卸的半导体存储器来保存获取的图像，还可以直接将数字格式的图像输出到计算机、电视机或者打印机上。总的来说使用数码相机拍照有如下优点。

- ◉ 拍照之后可以立即看到图片，从而提供了对不满意的作品立刻进行重拍的可能性，减少了遗憾的发生。
- ◉ 只需为自己满意的并且想要冲洗的照片付费，其他不需要的照片可以删除，而不像胶片照相机那样浪费胶片。
- ◉ 色彩还原和色彩范围不再依赖胶卷的质量。
- ◉ 感光度也不再因胶卷而固定，光电转换芯片能提供多种感光度选择。

在制作多媒体时，如果想要使用数码相机中的图片，可通过如图 2-4 所示的数据线将数码相机中的图片转移到电脑上。不同品牌的数码相机，其数据线的结构也不尽相同，但其与电脑相连的一端一般都是 USB 接口。

图 2-3　数码相机

图 2-4　数码相机的数据线

若要将数码相机中的照片转移到电脑中，应先将数据线的一端连接到数码相机上，然后将另一端与电脑相连。连接成功后，在桌面任务栏的右下角会出现发现新硬件的提示信息，并且在任务栏中显示 图标，如图 2-5 所示。

与使用 U 盘一样，打开【我的电脑】窗口，然后在【有可移动存储的设备】区域，双击【可移动磁盘】图标，如图 2-6 所示，可打开【可移动磁盘】窗口。

显示可移动磁盘的图标

图 2-5　任务栏中显示图标

图 2-6　【我的电脑】窗口

例如用户想要将照片转移到桌面上，可先找到照片在数码相机中存放的位置，选定要转移的照片后按下 Ctrl+C(复制)或者 Ctrl+X(剪切)键，然后切换至电脑的桌面，按下 Ctrl+V(粘贴)键即可，如图 2-7 和图 2-8 所示。

图 2-7　选中并复制图片

图 2-8　粘贴图片

②.2.2　扫描仪简介

扫描仪是一种输入设备，它的主要作用是将图片、照片、胶片以及文稿资料等书面材料或实物的外观扫描后输入到电脑当中，并以图片文件格式保存起来。如图 2-9 所示为平板式扫描仪、滚筒式扫描仪和手持扫描仪。

平板式扫描仪　　　　　　　　滚筒式扫描仪　　　　　　　手持式扫描仪

图 2-9　常见的扫描仪

在多媒体制作中使用扫描仪的用途和意义有以下几点。

◉　可在多媒体文档中加入扫描后的美术作品和图片。

◉　可将印刷好的文本扫描输入到文字处理软件中，免去重新打字的麻烦。

◉　对印制版、面板标牌样品扫描录入到计算机中，可对该板进行布线图的设计和复制，解决了抄板问题，提高抄板效率。

◉　可实现印制板草图的自动录入、编辑、实现汉字面板和复杂图标的自动录入。

　　使用扫描仪前首先要将其正确连接至电脑，并安装驱动程序。下面以安装 Microtek ScanWizard 5 为例，介绍安装扫描仪驱动程序的方法。

【例 2-1】安装扫描仪的驱动程序。

(1) 首先应将扫描仪和电脑正确地相连，然后双击 Microtek ScanWizard 5 的安装程序 Setup.exe，打开安装向导，同时显示【注册协议】对话框，在此选中【接受】单选按钮，如图 2-10 所示。

(2) 单击【下一步】按钮，在打开的对话框中设置驱动程序要安装的位置，本例保持默认设置，如图 2-11 所示。

 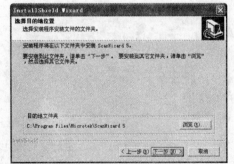

图 2-10　【注册协议】对话框　　　　　　　　　图 2-11　选择安装路径

(3) 单击【下一步】按钮，在打开的对话框中选择程序文件夹，在此保持默认设置，如图 2-12 所示。

(4) 单击【下一步】按钮，开始安装驱动程序，同时在打开的对话框中显示安装进度，如图

2-13 所示。

图 2-12 选择程序文件夹

图 2-13 正在安装驱动程序

(5) 安装完成后，系统将自动打开一个对话框，要求用户重新启动 Windows。直接单击【确定】按钮，重新启动电脑后即可完成驱动程序的安装。

正确安装扫描仪驱动程序之后，就可以使用扫描仪扫描图片了。一些常用的图形图像软件都支持使用扫描仪，下面以具体实例来介绍如何使用 Microsoft Office 工具中的 Microsoft Office Document Imaging 扫描图片。

【例 2-2】使用 Microsoft Office 工具的 Microsoft Office Document Imaging 扫描图片。

(1) 选择【开始】|【所有程序】| Microsoft Office |【Microsoft Office 工具】| Microsoft Office Document Imaging 命令，打开 Microsoft Office Document Imaging 窗口，如图 2-14 和图 2-15 所示。

(2) 选择【文件】|【扫描新文档】命令，打开【扫描新文档】对话框。然后打开扫描仪的盖子，将需要扫描的图片放入扫描仪中。

图 2-14 【开始】菜单

图 2-15 选择【文件】|【扫描新文档】命令

(3) 在【扫描新文档】对话框的【选择扫描预设】列表框中选择【彩色模式】选项，然后单击右侧的【扫描】按钮，开始扫描图片，同时在【扫描新文档】对话框中显示扫描进度，如图 2-16 和图 2-17 所示。

(4) 扫描完成后，自动关闭【扫描新文档】对话框，并且在 Microsoft Office Document Imaging 窗口中显示扫描好的图片，如图 2-18 所示。

(5) 选择【文件】|【保存】命令，即可保存扫描后的图片。

图 2-16 【扫描新文档】对话框　　图 2-17 正在扫描　　图 2-18 扫描完成的效果

②.3 多媒体制作流程

开发一个多媒体项目，需要较好的计算机硬件、软件以及良好的构思。有时一些优秀的多媒体作品，还需要作者具有一定的天赋。对于大多数多媒体项目或网站来说，它们的制作过程都是分阶段的，后一阶段必须在前一阶段完成后才能进行。图 2-19 形象地描述了制作一个多媒体项目的基本流程。

图 2-19 多媒体制作基本流程

②.3.1 产品规划与设计

任何一个多媒体项目的制作总是来自于一个想法或需求，产品创意阶段其实也就是制作多媒体项目的规划和设计阶段。在该阶段，应该列出主要的消息和对象，用以描述最初的想法或需求，同时必须明确每个消息和对象如何在将要制作的系统中实现。在这个阶段，需要完成的事情有以下几项。

- 确定产品在时间轴上的分配比例、进展速度和总长度。
- 撰写和编辑信息内容，其中包括教案、讲课内容、解说词等。
- 规划用何种媒体形式来表现何种内容。其中包括界面设计与展示、色彩设计、功能设计等内容。
- 界面功能设计，内容包括按钮和菜单的设置、互锁关系的确定、视窗尺寸与相互之间的关系等。
- 统一规划并确定媒体素材的文件格式、数据类型、显示模式等。
- 确定使用何种软件制作媒体素材。
- 确定使用何种平台软件，如果采用计算机高级语言编程，则要考虑程序结构、数据结构、函数命名及其调用等问题。

◉ 确定光盘载体的目录结构、安装文件，以及必要的工具软件。

◉ 将全部创意、进度安排和实施方案形成文字资料，制作脚本。

虽然，现在多媒体项目的素材加工工具与产品开发工具越来越强大，用户可以很快进入产品的开发阶段，但是，从长远来看，产品的规划与设计阶段是很重要的一个阶段。在该阶段花费的时间越多，在中途需要返工和再次计划的次数就会越少，完成项目的时间可能就会越短；反之，没有精心准备和筹划就开始，往往会导致错误的频繁出现，而事倍功半。

②.3.2 素材加工与媒体制作

进入该阶段，标志着多媒体项目具体开发的开始。在该阶段，主要为后面的多媒体项目制作准备各种材料。

在对文字、颜色、声音、图形图像、动画、视频进行设计时，应注意以下几个方面。

1. 文字的设计

多媒体软件中包含了大量的文字信息。设计时要做到以下方面。

◉ 文字内容要简洁、突出。重点文字内容应尽量简明扼要，以提纲式为主。有些实在舍不去的文字材料，如名词解释、数据资料、图表等，可采用热字、热区交互形式提供，阅读后自行消失。

◉ 文字内容要逐步引入，对于滚屏文字资料，应该随着读者的阅读逐步显示。引入时，还可采用与内容相合的动画效果和音响效果。

◉ 要采用合适的字体、字号与字形。对于文字内容中关键性的标题、结论、总结等，要用不同的字体、字号、字形和颜色加以区别。

◉ 文字和背景的颜色搭配要合理。文字和背景颜色搭配的原则是醒目、易读，一般文字颜色以亮色为主，背景颜色以暗色为主。

2. 颜色设计

合理的颜色应用可以给多媒体软件增加感染力，但运用要适度，颜色搭配要合理，颜色配置要真实，动、静物体颜色要分开，前景、背景颜色要分开，每个画面的颜色不宜过多。

3. 声音的设计

声音主要包括人声、音乐和音响效果声。人声主要用于解说、范读、范唱等。软件中，合理地加入一些背景音乐和音响效果，可以更好地表达所要传达的内容。

对背景音乐和音响效果的设计，注意音乐节奏要与内容的风格相符，使用要适可而止。同时要设定背景音乐的开关按钮或菜单，便于用户控制。

4. 图形、图像、动画、视频的设计

对于多媒体软件，由于集成了大量的真彩图像、三维动画及高音质的声音，一般多媒体软件的文件都比较庞大，给安装使用带来了一些不便。设计过程中在不影响它们功能的前提下，应尽量做小一些。例如在 Authorware 中可以把经常使用或在一个文件中使用次数比较多的图标放入库中，在打包时，把库文件和程序分别打包，将会极大地减少软件的容量。

②.3.3 编制程序

程序编制阶段也就是对多媒体素材的集成以及多媒体作品用户界面、导航按钮的制作阶段。在该阶段，要做的事情有以下几项。

- 设置菜单结构，主要确定菜单功能分类、鼠标单击菜单模式等。
- 确定按钮操作方式。
- 建立数据库。
- 界面制作，其中包括窗体尺寸设置、按钮设置与互锁、媒体显示位置、状态提示等。
- 添加附加功能，例如趣味习题、课间音乐欣赏、简单小工具、文件操作功能等。
- 打印输出重要信息。
- 帮助信息的显示与联机打印。

②.3.4 成品制作与发布

在对多媒体项目或网站发布之前，需要反复进行测试和检查，以确保其中不再包含错误，操作和视觉效果方面都达到指标，并且满足客户提出的需求。因发布不成熟产品而招致的恶名足以令一个原本十分优秀的、花费数千个小时开发出来的多媒体作品毁于一旦。如果有必要的话，应该尽量延期发布作品，以保证其质量的尽可能完善。

在这一阶段，需要完成的事情有以下几项。

- 确认各种媒体文件的格式、名字及其属性。
- 进行程序标准化工作，其中包括确认程序运行的可靠性、系统安装路径自动识别、运行环境自动识别、打印接口识别等。
- 系统打包，所谓"打包"，是指把全部系统文件进行捆绑，形成若干个集成文件，并生成系统安装文件和卸载文件。
- 设计光盘目录的结构、规划光盘的存储空间和分配比例，如果采用文件压缩工具压缩系统数据，还要规划释放的路径和考虑密码的设置问题。
- 制作光盘。需要低成本制作时，可采用 5 英寸的 CD-R 激光盘片。CD-RW 可读写激光盘片的成品略高于 CD-R 盘片，但由于 CD-RW 盘片可以重新写入数据，因此为经常修改程序或数据提供了方便。

- ⊙ 设计包装。任何产品都需要包装，它是所谓"眼球效应"的产物。现今社会越来越重视包装的作用，包装对产品的形象有直接影响，甚至对产品的使用价值也起到不可低估的作用。设计优秀的包装并非易事，需要专业知识和技巧。

- ⊙ 编写技术说明书和使用说明书。技术说明书主要说明软件系统的各种技术参数，其中包括媒体文件的格式与属性，系统对软件环境的要求，对计算机硬件配置的要求，系统的显示模式等。使用说明书主要介绍系统的安装方法，寻求帮助的方法，操作步骤，疑难解答，作者信息，以及联系方法等。

除了使用上面介绍的 CD-ROM 方式发布多媒体产品外，还可以选择在网上发布。发布一个为网络设计的多媒体项目就好比重命名一个目录或向网络服务器传送一组文件那么简单。从表面上看，将一个项目放置到网络中的方法非常微不足道，主要是因为在整个项目开发过程中可能已经针对网络空间进行过专门的设计、构建和测试。但是在网络上发布作品，应该是一项谨慎处理的工作，在与多媒体内容相关的主题之外还存在许多需要考虑的技术因素，如果希望自己的项目获得成功，那么就必须懂得和灵活运用这些技术。

②.4 常用的多媒体工具

多媒体设计软件基本上可分为两大类：一类由完成支撑平台功能的软件构成，称为平台软件；另一类由各种各样专门用于制作素材的软件构成。

②.4.1 多媒体设计核心软件

多媒体设计的核心软件，又称为平台软件，通常是一些可编程的系统，主要作用是把各种素材有机地组合起来，并利用可编程环境，创建人机交互功能，如 Authorware 等。这类设计软件还提供操作界面的生成、添加交互控制、数据管理等功能。

对于不擅长编程的初中级用户，在进行多媒体制作时可以选用操作简单、易于上手的 Authorware。选用 Authorware 的好处是几乎无须编程任务即可制作十分精美的课件。Authorware 7.0 是著名的多媒体制作软件，由它制作的多媒体源文件很小(大小只有以前版本的一半)，同时它还提供导出内部媒体文件(exportMedia)及字体平滑和去除锯齿(anti-aliased)等功能，尤其是打包后的可执行文件的体积异常小，而运行速度却非常快。

当开发的多媒体软件要求多媒体编辑系统既有较强的动画创作能力(或支持各种动画文件)，又能提供丰富的变量、函数和内部程序语言时，用户可以选择这一方面的代表性产品 Director。Director 最大的特点是采用描述语言通过程序设计完成多媒体软件的制作，但 Director 在实现人机交互和连接时几乎都要通过 lingo 语言来实现，这样就最适合擅长程序设计的中高级用户使用。

另外，现在在开发多媒体课件时用得比较多的工具是 PowerPoint，严格意义上来说 PowerPoint 不能算是一个多媒体编辑系统，而是一个很好的简报系统。因为它在动画、交互等功能上还存在很多不足，只能添加简单效果，完成基本的演示，充其量算是一个连续播放的幻灯片，或是电子翻页机，只能机械地传授教学内容，很难达到较好的教学效果和演示效果。

②.4.2　素材编辑软件

多媒体的素材编辑软件有很多，适用于不同元素的处理。按照处理对象的不同，可以分为文字编辑软件、图像处理软件、音频采集与处理软件、动画制作软件、视频处理软件等。

1. 文字编辑软件

文字编辑软件通常是计算机用户学习的第一个软件，同时也可能是设计和创建多媒体产品最常用的软件。常用的文字编辑软件有 Word、WPS 等，它们都是功能强大的应用软件，集成了拼音检查、制表、词典以及信件、简历、定单等常用文档预建的模板。有很多字处理软件还同时允许嵌入文本、图像和视频等多媒体元素。

2. 图像处理软件

对于封面图形及图片的加工制作，可以选用功能强大的图像处理软件 Photoshop。例如选取一张有代表意义的照片，在 Photoshop 中通过虚化、添加噪音、调节亮度、对比度等处理，达到一种朦胧、暗淡的背景效果，可以用在封面中。至于特效文字、按钮等都可以在 Photoshop 中完成。为更符合商业应用，可选用 Photoshop 的外挂滤镜，以生成特殊的卷边效果，这种效果在商业制作中是很常见的。此外，还有以建立和处理矢量图见长的 CorelDraw。

3. 音频采集与处理软件

音频采集与处理软件可以进行声音的数字化处理和制作 MIDI 声音，它允许用户在听音乐的同时也能够观察到音乐。通过乐谱或者波形的方式以微小的增量将声音图形化地表现出来，可以非常精确地对声音进行剪切、复制、粘贴和其他编辑处理，这些都是实时的音乐播放无法做到的。

常用的音频处理软件有：GIF Construction Set、Real Jukebox，这两个软件主要用于将声音进行数字化处理；Goldwave、Adobe Audition、Acid WAV，这三个软件用于对数字化后的声音进行剪辑、编辑、合成；L3Enc、Xingmp3 Encoder、WinDAC32，这三个软件用于将音频文件压缩成 mp3 格式。

4. 动画制作软件

动画由一系列快速播放的位图或矢量图构成。但是在动画制作系统中，通过快速改变物体的位置，或通过改变子画面来产生运动感的方法也可以制作出动画，大多数的制作系统在制作动画时采用面向帧或者面向对象的途径，但是很少能够同时采用这两种方法。

动画的常用编辑软件有：Animator Pro、Flash、3ds max、Maya、Cool 3D、Poser 等，这几个软件是动画的绘制和编辑软件，它们拥有丰富的图形绘制和着色功能，并具备了动画的生成功能，是原始动画的重要创建工具；Animator Studio 和 GIF Construction Set，这两个软件是动画的处理软件，用于对动画素材进行后期的合成加工。

5. 视频处理软件

常用的视频编辑软件有 Adobe Premiere 和 After Effects，它们都是功能强大和性能优良的视频编辑软件，而且操作简单，界面友好。

6. 网上发布作品的多媒体软件

随着互联网应用越来越广泛，课件成品也越来越趋向于在 Internet 上发布，以达到资源共享的目的。对于不太复杂的动画，建议使用 Flash 来制作，Flash 可以生成动画、创建互动及加入声音；做出来的动画不但是矢量的(不论把它放大或缩小多少倍，它依然那么清晰)，而且带保护。另外，Flash 上手很容易，凡是用过 Photoshop 软件和了解 Director 设计思路的人都可以很轻松地掌握用 Flash 制作动画的方法。最重要的是，用 Flash 生成的动画体积很小，且播放时应用"流技术"，在网络上可以边下载边演示，特别适宜在网上播放。

②.5 习题

1. 简述多媒体硬件系统的组成。
2. 简述多媒体软件系统的组成。
3. 简述多媒体系统的特点。
4. 简述多媒体项目制作的一般流程。
5. 请读者列出所知道的多媒体设计软件及它们的应用对象和功能。

第3章

多媒体艺术基础

学习目标

艺术来源于生活，而生活中又无处不存在着艺术。同样在多媒体制作中艺术因素也占据着举足轻重的作用。要想制作出具有较高观赏性和艺术性的多媒体作品，首先应对艺术的概念有所了解。本章主要来介绍构图方面和色彩搭配方面的基本常识。

本章重点

- ◉ 艺术基础
- ◉ 构图基础知识
- ◉ 色彩的三要素
- ◉ 配色的基本原则

3.1 艺术基础

艺术是人们为了更好地满足自己对主观缺憾的补充需求和感官器官的行为需求而创造出的一种文化现象。艺术还是人们在日常生活中进行娱乐游戏的一种特殊方式，又是人们进行情感交流的一种重要手段。

3.1.1 什么是艺术

艺术在汉语词典中有以下 3 种解释。

- ◉ 对社会生活进行形象的概括而创作的作品，包括文学、绘画、雕塑、建筑造型、音乐、舞蹈、戏剧、电影等，例如雕刻艺术。
- ◉ 指富有创造性的方式、方法，例如领导艺术。

⊙ 形状独特而美观的，例如说这个房间布置得很艺术。

那么到底什么是艺术呢？概括地说艺术泛指能够给人带来想象、思考、感受的"事"和"物"的意识形态表现。其中"事"泛指一些手法、行为(例如：一些专业的技术表现，社会上的一些行为艺术)；"物"泛指一切实物作品。

③.1.2 现实美与艺术美

自然界为艺术家提供了丰富的艺术素材，是人们取之不尽、用之不竭的灵感源泉。许多优秀的艺术作品的灵感都来自人们对大自然的感受和重新创造。好的艺术作品会给人一种美不胜收的感觉。总的来说，美的表现形态不管有多丰富，均可划分为两大类：现实美和艺术美。

1. 现实美

现实美指的是存在于客观世界中的自然事物和人类生活中的美。在人们的日常生活中，经常会把感受到的和认识到的社会事物作为审美对象，对之作出审美评价和体验。人们认为，美是社会实践的产物，社会美是这种产物最为直接的存在形式。人类的社会生活是多方面的，复杂的和丰富的。其中最为基本的，则是生产劳动和科学实验。与之相关的是人的思想品质和情操等。这些方面当然又是彼此制约相互促进的。社会生活中的现实美就主要表现在社会生活的这些领域中。

历史表明，生产劳动是美的最早的领域。原始氏族的生产活动、生产工具以至生产对象，常常是现实美的最早的朴素形态。在流传下来的原始艺术中，可以清楚地看到原始人如何将自己生产劳动的活动、场面等等作为美来欣赏和反映的。随着历史的发展，现实美扩大到自然界和社会生活的各个方面，融入了人类的生活。总体来说现实美包括：人自身的美(人体、服装、仪表仪态)；环境美(自然风光、城市建设、环境艺术设计、雕塑作品等)；科技美(科技产品、建筑等)；公共关系美(企业形象、广告设计等)。总的来说，现实美的最大特点就是不能离开人类的参与，否则它就失去了生机和意义。

2. 艺术美

现实生活中的社会美和自然美虽然广阔、生动和丰富，但是由于许多限制，它们仍然不能充分地满足人们的审美需要，于是艺术美应运而生。经过艺术创造实践，把现实生活中的自然美加以概括和提炼，而集中地表现在艺术作品中的美就称为是艺术美。

艺术美是美学研究的主要对象，艺术又离不开形象，因此艺术美研究的主要领域是艺术形象的美。艺术美作为美的反映形态，它是艺术家创造性劳动的产物。和普通实际生活的美相比较，它具有"更高、更强烈、更有集中性、更典型和更理想"的特点。

当把现实的审美经过相对的抽象而化平淡为神奇，就可能具有更为长久的魅力。作为第二性的美，艺术美不仅来自于现实生活，是现实美的反映，而且也反作用于现实美的存在和发展。它不仅加深和敏锐着人们对现实中的美的感受和领悟，而且更能影响人们的思想感情。

3. 现实美与艺术美的关系

现实美和艺术美是可以相互转化的，现实美是美的客观存在形态，而艺术美是这种客观存在的主观反映的产物，是美的创造性的反映形态。现实美是艺术美的唯一的源泉，属于社会存在的范畴，即第一性的美；艺术美却是属于社会意识的范畴，即第二性的美。艺术家从生活中获得创作的灵感，而人民大众从艺术作品中获得精神方面的愉悦和提升。如图 3-1 所示，即是现实中存在的艺术美。

公园中的雕塑作品

创意家居用品

图 3-1　现实中存在的带有艺术美的设计作品

③.1.3　艺术设计的分类

艺术设计是一门独立的艺术学科，它的研究内容和服务对象有别于传统的艺术门类。同时艺术设计也是一门综合性极强的学科，它涉及到社会、文化、经济、市场、科技等诸多方面的因素，其审美标准也随着这诸多因素的变化而改变。总的来说，艺术设计大致可分为以下几类：环境艺术设计、视觉传达艺术设计、室内设计、网页艺术设计、工业设计和 CG 设计。

1. 环境艺术设计

环境艺术设计的叫法，始于 20 世纪 80 年代末，所谓的"环境艺术设计"就是指室内装饰、室内外设计、装修设计、建筑装饰和装饰装潢等，另一方面，从广义上讲环境艺术几乎涵盖了地球表面的所有地面环境和与美化装饰有关的所有设计领域，例如自然界的山、水、草、木、人工创造的建筑、园林景观艺术、以及人们的日常行为(如服饰、购物、休闲、运动等)。如图 3-2 所示的是创意建筑作品，如图 3-3 所示的是园林景观。这些都是常见的环境艺术设计的实例。

图 3-2　创意建筑作品

图 3-3　园林景观

2. 视觉传达艺术设计

视觉传达艺术设计又称为平面设计，主要是通过视觉符号来传递各种信息的设计。主要包括广告设计、书籍设计、插图设计、摄影艺术与技术、新媒体创作与应用等。

在视觉传达设计中，设计师是信息的发送者，传达对象是信息的接受者，简称为视觉设计。视觉传达包括："视觉符号"和"传达"这两个基本概念。

所谓"视觉符号"，顾名思义就是指人类的视觉器官——眼睛所能看到的能表现事物一定性质的符号，如摄影、电视、电影、造型艺术、建筑物、各类设计、城市建筑以及各种科学、文字，也包括舞台设计、音乐、纹章学、古钱币等都是用眼睛能看到的，它们都属于视觉符号。

所谓"传达"，是指信息发送者利用符号向接受者传递信息的过程，它可以是个体内的传达，也可能是个体之间的传达，如所有的生物之间、人与自然、人与环境以及人体内的信息传达等。它包括"谁"、"把什么"、"向谁传达"、"效果和影响如何"这4个程序。

如图3-4所示的图书封面和图3-5所示的海报设计，即是常见的视觉传达设计的典型实例。

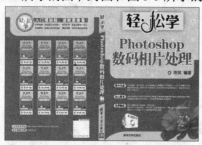

图3-4　图书封面设计

图3-5　电影海报设计

3. 室内设计

室内设计是指根据建筑物的使用性质、所处环境和相应标准，运用物质技术手段和建筑设计原理，创造功能合理、舒适优美、满足人们物质和精神生活需要的室内环境的一种艺术设计。这种艺术设计既具有使用价值，满足相应的功能要求，同时也反映了历史文脉、建筑风格、环境气氛等精神因素。如图3-6所示为典型的室内装修设计图。

图3-6　精美的装修效果图

4. 网页艺术设计

随着互联网的发展，网页艺术设计也逐步成为了艺术设计中的一个新兴的学科。它主要包括视听元素设计和版式设计。

视听元素设计指的是文本、背景、按钮、图标、图像、表格、颜色、导航工具、背景音乐、动态影像等。无论是文字、图形、动画，还是音频、视频，网页设计者所要考虑的是如何以丰富感人的形式把它们放进网页中，从而使网页从视听方面达到一个完美的效果。

版式设计指的是在有限的屏幕空间上将视听多媒体元素进行有机的排列组合，将理性思维个性化的表现出来，是一种具有个人风格和艺术特色的视听传达方式。它在传达信息的同时，也产生感官上的美感和精神上的享受。

如图 3-7 所示即是精美的网页艺术设计实例。

图 3-7　精美的网页设计效果实例

5. 工业设计

工业设计是以工学、美学、经济学为基础对工业产品进行的创造性活动，它包含于一切人造物品的形成过程当中。

国际工业设计协会理事会(ICSID)1980 年举行的第 11 次年会上公布的最新修订的工业设计的定义是：就批量生产的产品而言，凭借训练、技术知识、经验及视觉感受而赋予材料、结构、形态、色彩、表面加工以及装饰以新的品质和资格，叫做工业设计。

传统工业设计的核心是产品设计。伴随着历史的发展，设计内涵的发展也趋于更加广泛和深入。现在，人类社会的发展已进入了现代工业社会，设计所带来的物质成就及其对人类生存状态和生活方式的影响是过去任何时代所无法比拟的，现代工业设计的概念也由此应运而生。现代工业设计可分为两个层次：广义的工业设计和狭义的工业设计。

- 广义工业设计：是指为了达到某一特定目的，从构思到建立一个切实可行的实施方案，并且用明确的手段表示出来的系列行为。它包含了一切使用现代化手段进行生产和服务的设计过程。

- 狭义工业设计：单指产品设计，即针对人与自然的关联中产生的工具装备的需求所作的响应。包括为了使生存与生活得以维持与发展所需的诸如工具、器械与产品等物质性装备所进行的设计。产品设计的核心是产品对使用者的身、心具有良好的亲和性与匹配性。

狭义工业设计的定义与传统工业设计的定义是一致的。由于工业设计自产生以来始终是以产品设计为主的，因此产品设计常常被称为工业设计。

如图 3-8 所示即是一些工业设计作品的图示。

图 3-8　精美的工业设计作品展示

6. CG 设计

CG 是 Computer Graphics(计算机图形学)的英文缩写,指的是一种使用数学算法将二维或三维图形转化为计算机显示器的栅格形式的科学。随着以计算机为主要工具进行视觉设计和生产的一系列相关产业的形成,国际上习惯将利用计算机技术进行视觉设计和生产的领域通称为CG。

CG 设计即计算机图形设计,它即包括技术也包括艺术,几乎囊括了当今电脑时代中所有的视觉艺术创作活动,例如网页设计、影视特效、三维动画特效、多媒体技术、计算机辅助设计以及工业设计等领域。如图 3-9 所示为 CG 设计作品——影视特效;如图 3-10 所示为 CG 设计作品——三维动画特效。

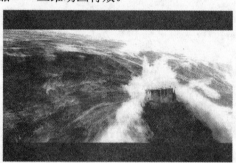

图 3-9　影视特效　　　　　　　　　　　　图 3-10　三维动画

3.2　构图基础知识

构图也称布局或经营位置,是指在一定的平面空间里以某种方式构成的富有一定形式美感的空间布局。要想设计出高质量的多媒体作品,必须要了解构图的基本常识。

3.2.1　构图的原则

概括地说,构图学的法则只有一条,那就是变化统一,既在统一中求变化,又在变化中求统一,其他的规律都应遵循这一个规律。

1．在对比中求统一

在视觉心理上，只有对比才有可能被感知。对比的巧妙，不仅能增强艺术感染力，更能鲜明地反映和升华主题。 对比构图，是为了突出主题强化主题，对比有各种各样，千变万化，但是把它们同类相合并，可分为以下几种。

- ◉　形状的对比。如：大和小，高和矮，老和少，胖和瘦，粗和细。
- ◉　色彩的对比。如：深与浅，冷与暖，明与暗，黑与白。
- ◉　灰与灰的对比。如：深与浅，明与暗等。

在一幅作品中，可以运用单一的对比，也可同时运用各种对比，对比的方法是比较容易掌握的，但要注意不能死搬硬套，牵强附会，更不能喧宾夺主。

2．均衡与对称

均衡与对称是构图的基础，主要作用是使画面具有稳定性。均衡与对称本不是一个概念，但两者具有内在的统一性——稳定。稳定感是人类在长期观察自然中形成的一种视觉习惯和审美观念。因此，凡符合这种审美观念的造型艺术才能产生美感，违背这个原则的，看起来就不舒服。均衡可分为两种样式：对称式均衡和非对称式均衡。

- ◉　对称式均衡：物象左右大小数量基本相同，作对应状分布，各个对应物象与中央距离间隔相等。
- ◉　非对称式均衡：是指上下左右相应的物象的一方，以若干物象换置，也称之为"代替均衡"是一种感觉上的平衡。

因此，在构图中各造型因素便可更大限度自由组合。如色调不均衡，可以调整色调的深浅进行补偿，两者不变动的情况下还可以通过与画幅边角关系的改变，进行调整，色彩在均衡问题上，大致与深浅色调相同。

3．视点构图

视点构图，是为了将观众的注意力吸引到画面的中心点上。视点是透视学上的名称。 要把视点说清楚，还得从视平线，地平线，水平线这三条线上说起。视平线就是与眼睛平行的一条线。人们站在任何一个地方向远方望去，在天地相接(地平线)或水天相连(水平线)的地方有一条明显的线，这条线正好与眼睛平行，这就是视平线。这条线随眼睛的高低而变化，人站的高，这条线随着升高，看的也就越远。反之，人站的低，视平线也就低，看到的地方也就越近。

按照透视学的原理，在视平线以上的物体，如高山、建筑等，近高远低，近大远小；在视平线以下的物体，如大地、海洋、道路等，近低远高，近宽远窄，向上伸延左右两侧的物体。这样，以人的眼睛所视方向为轴心，上下左右向着一个方向伸延，最后聚集在一起，集中到一点，消失在视平线上，这就是视点的由来。

视点的作用是把人的注意力吸引到画面的一个点上。这个点应是画面的主题所在，但它的位置不是固定的。人们根据主体的需要，可以放在画面的上下左右任何一点上，不论放在何处，周围物体的延伸线都要向这个点集中。另外绘画和摄影在视点上的要求也有所不同,绘画讲的是散点透视,而摄影只能有一点,不然摄影的构图和画面就会乱。

3.2.2　构图的基本形态要素

点、线、面是构成视觉的基本形态要素。一件作品无论其形式如何复杂、内容如何丰富,最终都可以简化为点、线、面的组合构成。

1. 点

点是画面构成的最基本元素,具有集中视线的作用,尤其当画面中的元素很简单的时候,点即使只占据画面的一小部分,仍会引起注意。

点只是设计上的概念,在画面中的任何形体,都可以将它想象成是点,如广阔田野里的一棵树、在收割中的农民等。

画面中如果只有一个点,我们的视线自然就会集中在这个点上,单一的点会让人有宁静、孤单的心理感受。当画面中有两个以上的点就会显得活泼,甚至有律动感。如图 3-11 所示,将花朵安排在画面右上角的三分之一交点处,有效地利用虚化的周围景物衬托了主体,从视觉上表现一种张力和稳定感,并激发观赏者的兴趣。

当画面中有两个点时,其张力的作用就会表现在连接此两点的视线,给人的心理上产生连续的效果。当画面中有 3 个或 3 个以上的点时,张力的作用表现为相邻的点与点之间在视觉上的相连。如图 3-12 所示,以花朵为主体,展现了花朵盛开的景象。相同主体的连续出现,使画面更加丰富、活泼。同时,可以使观赏者的目光沿着主体对象中的路径自由转换。

图 3-11　单点效果

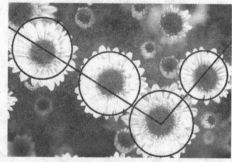
图 3-12　多点效果

另外,点的大小及位置对画面的构成以及视觉效果有很大的影响。画面中,面积较大的点容易吸引观赏者的目光,比较小的点通常用来作为点缀、陪衬之用。除了点的大小外,其位置对画面效果也起着很重要的作用,如果放的位置不适当就会令人觉得画面不协调。一般来说,点放在画面的正中央,可以给人安定,集中的感受;若将点放在画面的上方则会令人感觉不安、危险;放在画面的下方,会让人感觉比较亲近、稳重。

如图 3-13 所示,在画面中占有不同面积的两棵树木,将观赏者的视线自然地由近处拉向远方,在画面的视觉效果上形成了一种纵深距离,使主体更加突出。

如图 3-14 所示，将飞向花朵的飞蛾作为画面中的点放置于画面中心，使得整个画面更加稳重。这种点构图的方法主要用于强调主体对象。

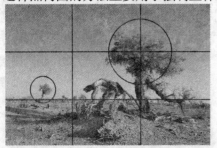

图 3-13　不同大小和位置的点

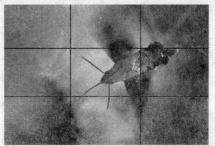

图 3-14　强调主体对象

2. 线

线条具有延伸、引导方向的特性，不同的线条类型会给人不同的心理感受。自然界中有许多景物具有线的形式，如蜿蜒的小路、河流、田埂等。但在构图中，线条不一定具有具体的形态，有时也可以是假想的线，如人物的视向，两点间的距离。拍摄者可以利用这种不存在的线条来制造不同的视觉感受。

- ◉ 水平线：水平线构图给人以稳定、永恒和宁静的感觉。这种构图方式常用于大幅画面的拍摄，以表现整体的稳定感和宁静平和的环境氛围。图 3-15 将浅滩边的树林形成的水平线放置在画面的 3/1 处。利用低视角进行拍摄，展现了树林的变幻之美。
- ◉ 垂直线：垂直线构图多用于表现高度或深度感。使用垂直线构图的画面，主导线通常是以由上向下延伸的竖线形式展示，给人以雄伟、笔直的感觉。因此，垂直线代表了力量、强大和稳定。图 3-16 是以垂直线构图拍摄的石林景观，画面有深度感，同时也展示了树林的峻秀、挺拔。

图 3-15　水平线构图

图 3-16　垂直线构图

- ◉ 斜线：斜线构图的方法可以用于展示被摄物体的方向感、延伸感，同时也可以在画面视觉上表现紧张感和活动性。斜线构图的表现力很强，但由于其视觉上的不稳定感，应合理地应用这种构图方式。在拍摄时，需要注意拍摄的角度，斜线的位置决定了观

计算机 基础与实训教材系列

赏者视线停留的位置。图 3-17 以斜线构图的方式，引导观赏者的目光从画面的右下角顺着树木生长的方向浏览到左上角，使画面产生纵伸感和指向性。

- 放射线和汇聚线：放射线构图一般是在画面中由主体为起点，向四周呈发散状走向的线条，构成画面总体视觉效果的关系。汇聚线则是由画面中陪衬的景物呈汇聚状指向主体的构图方式。这两种构图的方式都可以产生强烈的运动效果，但放射线构图给人感觉更加活泼，富有律动感。图 3-18 使用放射状构图拍摄的白桦林，不仅能给画面带来新鲜的视觉感受，更能引导观赏者的视线，同时也能增强画面的张力和动感。

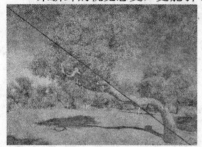

图 3-17　斜线构图

图 3-18　放射线构图

- 折线：折线构图是一种有不定感、活泼感和动感的构图形式。向上向外扩张的折线构图有强烈的不稳定的感觉；但是相反方向的折线构图，又有集中的意味。图 3-19 中，两排水中的杉树形成的折线引导着观赏者的视线向前延伸，使得画面中戏水的鹅显得更为引人注目。整个画面简洁而不单调。

- 曲线：曲线给人以柔和而流畅的感觉。曲线构图一般以蜿蜒的河流、迂回向前的道路为表现对象，以曲线的形态从前景向中景和后景延伸，以增强画面效果的生动感、纵深感和空间感。图 3-20 利用河流形成的 S 形曲线线条进行构图，以展现河流形成的独特的风景，给人绵延流畅的感觉。

图 3-19　折线构图

图 3-20　曲线构图

3. 面

除了使用画面中的点、线进行构图外，还可以借助对象的形状，或是颜色区域的划分进行构图。常见的形状包括三角形、方形、圆形等，借助这些特殊形状进行构图，能够使画面视觉感更强。

- 三角形：三角形构图是常见的面构图方式，通常以景物的形态或是位置来形成三角形的视觉中心。这种构图方法最常用于拍摄山景或是建筑风景，可以很好地表现主体对象的稳定、坚实和有重量感的视觉效果。图3-21中利用三角形构图拍摄坐在雪地中的女子。画面主体突出而稳重。图3-22中利用倒三角形构图拍摄的花丛。画面给人一种不稳定感，同时也表现了花的形态及动态效果，使画面极具视觉冲击力。

图 3-21　三角形构图(1)

图 3-22　三角形构图(2)

- 圆形构图可以为画面增添运动的联想，而圆形在画面中一般是由拍摄对象自身形成的。同时，圆形构图可以在画面中产生饱满充实、柔和的效果。合理地应用圆形构图，可展示更加丰富多彩的艺术效果。图3-23中使用广角镜头俯拍的小村镇，圆形的构图使人感觉到村镇三面环水的流动感。

- 矩形构图通常给人以对称、稳重的视觉美感。矩形构图最适合拍摄对称场景，当拍摄的主体在画面中心时，矩形构图显得简洁而平衡。但矩形构图也会因其缺乏变化，而显得单调、单板。因此，我们在采用矩形构图时，因更多地关注细节，及其在画面中所占的比例来调和画面效果。图3-24拍摄的是草原牧民的民居，规整的形状，给人感觉质朴、毫不掩饰。而大面积的蓝色天空，更显示出其所处的环境的空旷、苍凉。

图 3-23　圆形构图

图 3-24　矩形构图

③.3　色彩设计基础

　　色彩是通过眼、脑和人们的生活经验所产生的一种对光的视觉效应。合理地使用色彩可使多媒体作品更加丰富多彩，赏心悦目。本节就来介绍色彩设计的相关知识。

③.3.1 色彩的三要素

视觉所能感受到的一切色彩影像，都具备 3 个最基本的重要性质：明度、色相和饱和度。人眼看到的任一彩色光都是这 3 个特性的综合效果，这 3 个特性即是色彩的三要素。

1. 明度

光线强时，感觉比较亮；光线弱时，感觉比较暗。色彩的明暗强度就是所谓的明度。明度高是指色彩较明亮，而相对的明度低，就是色彩较灰暗。计算明度的标准是灰度测试卡。黑色为 0，白色为 10，在 0~10 之间等间隔地排列为 9 个阶段，如图 3-25 所示。色彩可以分为有彩色和无彩色，但后者仍然存在着明度。作为有彩色，每种色各自的亮度、暗度在灰度测试卡上都具有相应的位置值。彩度高的色对明度有很大的影响，不太容易辨别。在明亮的地方鉴别色的明度比较容易，在暗的地方就比较困难。

2. 色相

色彩是由于物体上的物理性的光反射到人眼视神经上所产生的感觉。色彩的不同是由光的波长的长短差别所决定的。作为色相，指的是这些不同波长的色的情况。波长最长的是红色，最短的是紫色。把红、橙、黄、绿、蓝、紫和处在它们各自之间的红橙、黄橙、黄绿、蓝绿、蓝紫、红紫这 6 种中间色——共计 12 种色作为色相环，如图 3-26 所示。在色相环上排列的色是纯度高的色，被称为纯色。这些色在环上的位置是根据视觉和感觉的相等间隔来进行安排的。用类似这样的方法还可以再分出差别细微的多种色来。在色相环上，与环中心对称，并在 180°的位置两端的色被称为互补色。

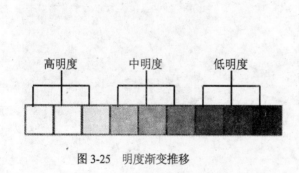

图 3-25　明度渐变推移

图 3-26　十二色相环

3. 饱和度

饱和度是指色彩的鲜艳程度，也称色彩的纯度。纯度越高，表现越鲜明，纯度较低，表现则较黯淡。饱和度表示色相中灰色分量所占的比例，它使用 0%(灰色)~100%(完全饱和)的百分比来度量。在标准色轮上，饱和度从中心到边缘递增。

③.3.2　色彩的视觉意象

当人们用眼睛看到色彩时，除了会感觉其物理方面的影响外，心理上也会立即产生感觉，这种感觉一般难以用言语形容，这称之为印象，也就是色彩的视觉意象。

1. 红色的色彩意象

红色的波长最长、穿透力强、感知度高。它易使人联想起太阳、火焰、热血、花卉等，感觉温暖、兴奋、活泼、热情、积极、希望、忠诚、健康、充实、饱满、幸福等向上的倾向，但有时也被认为是幼稚、原始、暴力、危险、卑俗的象征。红色历来是我国传统的喜庆色彩。另外由于红色容易引起注意，也常用来作为警告，危险，禁止，防火等标示用色，如图 3-27 所示为红色的禁止标志。

2. 橙色的色彩意象

橙色明视度高，在工业安全用色中，橙色即是警戒色，如火车头，登山服装、背包、救生衣等，如图 3-28 所示即为橙色登山服。由于橙色非常明亮刺眼，有时会使人有负面低俗的意象，这种状况尤其容易发生在服饰的运用上，所以在运用橙色时，要注意选择搭配的色彩和表现方式，才能把橙色明亮活泼具有口感的特性发挥出来。

3. 黄色的色彩意象

黄色明视度高，在工业安全用色中，黄色即是警告危险色，常用来警告危险或提醒注意，如交通信号灯上的黄灯、工程用的大型机器、学生用雨衣、雨鞋等都使用黄色。如图 3-29 所示为黄色交通灯。

图 3-27　红色禁止标志　　　　图 3-28　橙色登山服　　　　图 3-29　黄色交通灯

4. 绿色的色彩意象

绿色在大自然中，除了天空和江河、海洋、绿色所占的面积最大，草、叶植物，几乎到处可见。它象征生命、青春、和平、安详、新鲜等。绿色最适应人眼的注视，有消除疲劳的调节功能。黄绿带给人们春天的气息，颇受儿童及年轻人的欢迎。蓝绿、深绿是海洋、森林的色彩，有着深远、稳重、沉着、睿智等含义。含灰的绿，如土绿、橄榄绿、咸菜绿、墨绿等色彩，给人以成熟、老练、深沉的感觉，是人们广泛选用及军、警规定的服色。如图 3-30 所示为绿色的环保标志。

5. 蓝色的色彩意象

蓝色与红色和橙色相反，是典型的寒色，表示沉静、冷淡、理智、高深、透明等含义，随着人类对太空事业的不断开发，它又有了象征高科技的强烈现代感。如图3-31所示为蓝色的数码相机。

6. 紫色的色彩意象

紫色具有神秘、高贵、优美、庄重、奢华的气质，有时也感孤寂、消极。尤其是较暗或含深灰的紫，易给人以不祥、腐朽、死亡的印象。但含浅灰的红紫或蓝紫色，却有着类似太空、宇宙色彩的幽雅、神秘之时代感、为现代生活所广泛采用。如图3-32所示为紫色的礼服。

图3-30　绿色环保标志　　　　图3-31　蓝色数码相机　　　　图3-32　紫色礼服

7. 褐色的色彩意象

在商业设计上，褐色常用来表现原始材料的质感，如麻，木材，竹片，软木等，或用来传达某些引品原料的色泽即味感，如咖啡，茶，麦类等，或强调格调古典优雅的企业或商品形象。

8. 白色的色彩意象

白色给人的印象是洁净、光明、纯真、清白、朴素、卫生、恬静等。在它的衬托下，其他色彩会显得更鲜丽、更明朗。在商业设计中，白色具有高级，科技的意象，通常需和其他色彩搭配使用，纯白色会带给别人寒冷、严峻的感觉，所以在使用白色时，都会掺一些其他的色彩，如象牙白、米白、乳白、苹果白，在生活用品、服饰用色上，白色是永远流行的主要色，可以和任何颜色作搭配。如图3-33所示为美丽的白色婚纱。

9. 黑色的色彩意象

黑色为无色相无纯度之色。往往给人感觉沉静、神秘、严肃、庄重、含蓄，另外，也易让人产生悲哀、恐怖、不祥、沉默、消亡、罪恶等消极印象。在商业设计中，黑色具有高贵，稳重，科技的意象，许多科技产品的用色，如电视，跑车，摄影机，音响，仪器的色彩，大多采用黑色。如图3-34所示为黑色的显示器。在其他方面，黑色是庄严的意象，也常用在一些特殊场合的空间设计，生活用品和服饰设计大多利用黑色来塑造高贵的形象，也是一种永远流行的主要颜色，适合和许多色彩作搭配。

10. 灰色的色彩意象

灰色是中性色，其突出的性格为柔和、细致、平稳、朴素、大方、它不像黑色与白色那样会明显影响其他的色彩。因此，作为背景色彩非常理想，如图3-35所示为一个主色调为灰色的背景图片。任何色彩都可以和灰色相混合，略有色相感的含灰色能给人以高雅、细腻、含蓄、稳重、精致、文明而有素养的高档感觉。当然滥用灰色也易暴露其乏味、寂寞、忧郁、无激情、无兴趣的一面。

图 3-33　白色的婚纱

图 3-34　黑色的显示器

图 3-35　主色调为灰色的背景

③.3.3　色彩搭配常识

自然界中的色彩丰富多彩，不同的色彩搭配在一起会表现出不同的效果。一个多媒体作品如果色彩搭配的合理，会让人感觉赏心悦目、条理清晰；反之如果色彩搭配的不合理，会让人觉得杂乱无章，毫无重点。因此色彩搭配在多媒体制作中起着举足轻重的作用。

1. 色彩的温度感

在色彩学中，把不同色相的色彩分为热色、冷色和温色，从红紫、红、橙、黄到黄绿色称为热色，以橙色最热。从青紫、青至青绿色称冷色，以青色为最冷。紫色是红与青色混合而成，绿色是黄与青混合而成，因此是温色。这和人类长期的感觉经验是一致的，如红色、黄色，让人似看到太阳、火、炼钢炉等，感觉热；而青色、绿色，让人似看到江河湖海、绿色的田野、森林，感觉凉爽。

2. 色彩搭配的配色原则

- ◉　色调配色：指具有某种相同性质(冷暖调，明度，饱和度)的色彩搭配在一起，色相越全越好，最少也要3种色相以上。比如，同等明度的红，黄，蓝搭配在一起。大自然的彩虹就是很好的色调配色。

- ◉　近似配色：选择相邻或相近的色相进行搭配。这种配色因为含有三原色中某一共同的颜色，所以很协调。因为色相接近，所以也比较稳定，如果是单一色相的浓淡搭配则称为同色系配色。比较常见的搭配有紫配绿、紫配橙、绿配橙。

- ◉　渐进配色：按色相、明度和饱和度三要素之一的程度高低依次排列颜色。特点是即使色调沉稳，也很醒目，尤其是色相和明度的渐进配色。彩虹既是色调配色，也属于渐进配色。

◉ 对比配色：用色相、明度或饱和度的反差进行搭配，有鲜明的强弱。其中，明度的对比给人明快清晰的印象，可以说只要有明度上的对比，配色就不会太失败。比如，红配绿，黄配紫，蓝配橙。

◉ 单重点配色：让两种颜色形成面积的大反差。"万绿丛中一点红"就是一种单重点配色。其实，单重点配色也是一种对比，相当于一种颜色做底色，另一种颜色做点缀。

◉ 分隔式配色：如果两种颜色比较接近，看上去不分明，可以靠对比色加在这两种颜色之间，增加强度，整体效果就会很协调了。最简单的加入色是无色系的颜色和米色等中性色。

◉ 夜配色：高明度或鲜亮的冷色与低明度的暖色配在一起，称为夜配色或影配色。它的特点是神秘、遥远，充满异国情调、民族风情。

③.4 习题

1. 列举身边的实际事物，说明哪些是现实美，哪些是艺术美。
2. 简述艺术设计的分类。
3. 简述构图的原则以及构图的基本形态要素。
4. 列举哪些颜色属于暖色调，哪些颜色属于冷色调。
5. 简述色彩搭配所要遵循的基本原则。

文本处理技术

文字是多媒体项目的基本组成元素，也是其最常用的素材之一。对于一个多媒体设计者来说，选择准确和简明扼要的文字词汇并进行相应的编辑是非常重要的，因为词语有时会有多种含义，在设计产品的界面、菜单和按钮时，必须理解词汇间微妙的差异，应该采用最为准确和最能表达设计者想法的词汇和最适合作品的文字风格、样式。本章主要介绍了文本处理软件的使用方法，通过对本章的学习，读者应掌握基本的文本处理技术。

本章重点

- ◉ 字体文件的安装
- ◉ 使用 Word 处理文字
- ◉ 使用 Cool 3D 创建特效文字
- ◉ 使用 Photoshop 制作特效文字
- ◉ 使用超文本标记语言 HTML

4.1 文字概述

中国文字的创造，是由语言的声音和含义来构成形象的图形。因此，一个字的图形，可表现一个"物象"或者表现一种"事象"，这些物象或事象，代表着语言中的某一个声音，因而形成形、音、义三者合一的文字。由此便引出了下面所要讲述的内容。

4.1.1 文字的意义

文字的出现，标志着人类文明史的开始。这种利用文字来保存信息，与采用人脑记忆的方法相比，不会随着时光的流逝、人脑的健忘而湮灭，因而一直延续至今。

在今天，文字和阅读能力成为迈向知识和力量的门坎。随着互联网的蓬勃发展，文字比过去任何一个时候都显得更为重要。通过浏览网页，人们可以自由地阅读各种学术论文、杂志，甚至书籍。

文字，无论采用什么形式，口头或书面形式，都可以向人们传递出精确而具体的意义。正因为如此，它们相对于多媒体的菜单、导航系统和内容来说至关重要。如果在设计多媒体项目时，多花一些时间来琢磨一下用词，对设计者本身和广大用户都将会大有裨益。

文字素材可以在一些电子类书籍或网页中获取，然后放到文本文字工具(如微软公司的Word 字处理软件)中进行处理、加工，如果想获得更多的特殊效果，还可以放到 Photoshop 中进行单独处理。

4.1.2 字体文件的安装

文本的创建与编辑，离不开各种各样的字体。事实上，在安装计算机操作系统时，就已经自行安装了一些字体，建立了系统的基本字库，但系统自带的字体样式比较少，只有楷体、宋体、黑体和隶书等几种格式，这对于多媒体文本素材的创建与编辑来说，是远远不够的。为了满足创作的需要，必须寻找相应的字体软件，安装到计算机中。这里有两种方法：粘贴法和正规安装法。

1. 粘贴法

所谓粘贴法，就是将字体文件直接粘贴到计算机操作系统默认的安装文件夹下。这种方法适合于单一字体样式的安装，是一种非常行之有效的方法。

【例4-1】使用粘贴法安装字体【方正少儿简体】。

(1) 在安装之前，首先应准备好相应的字体文件。通常情况下，一种字体样式对应一个字体文件，这些字体文件可以从互联网上免费下载。

(2) 复制已下载的字体文件(字体文件一般都是以.ttf 为扩展名)，如图 4-1 所示。

(3) 选择【开始】|【控制面板】命令，如图4-2 所示，打开【控制面板】窗口。

方正少儿简
体.ttf

图4-1 字体文件

图4-2 【开始】菜单

（4）在 Windows 的【控制面板】中，双击打开【字体】文件夹，可以看到当前系统中已经安装好的各种字体文件，如图 4-3 所示。

（5）将所复制的字体文件粘贴到【字体】文件夹，便完成了该种格式字体的安装。利用某些文字处理软件可以检查一下字体是否安装，例如 Word，如图 4-4 所示。在处理多媒体文字素材时，可根据需要安装所需的字体。

图 4-3　已安装的字体文件

图 4-4　字体安装成功

2. 正规安装法

正规安装法适合于多个字体文件的安装，当用户需要一次安装多个字体文件时可选用这种方法。

【例 4-2】将字体文件夹【方正字体集锦】中的所有字体安装在系统中。

（1）按照【例 4-1】的方法，打开【字体】文件夹，单击【文件】菜单，选择【安装新字体】命令，如图 4-5 所示。

（2）随后打开【添加字体】对话框，在【驱动器】列表中选择【方正字体集锦】文件夹所在的驱动器，在【文件夹】列表中双击【方正字体集锦】文件夹，此时该文件夹中的所有字体文件将显示在【字体列表】中，如图 4-6 所示。

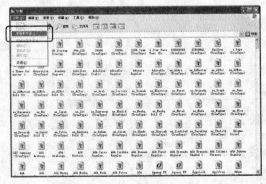

图 4-5　【字体】文件夹

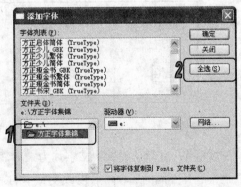

图 4-6　【添加字体】对话框

（3）单击【全选】按钮，选中所有字体，然后单击【确定】按钮，开始安装字体，如图 4-7 和图 4-8 所示。安装完毕后关闭【字体】窗口即可。

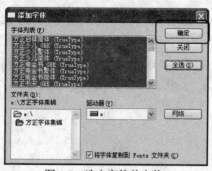

图 4-7　选中字体并安装

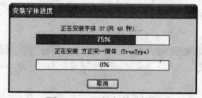

图 4-8　正在安装字体

4.2　使用 Word 编辑和处理文本

Word 2007 是由美国微软公司(Microsoft)开发的一个功能强大的文字处理应用程序，是 Office 办公自动化套装程序 Office 2007 中文版的重要组件，具有便捷、易学和功能丰富等特点。本节来介绍如何使用 Word 对文字进行简单的处理。

4.2.1　设置文本字体样式

在文章中适当地改变字体，可以使文章显得结构分明、重点突出。常用的汉字字体有宋体、黑体、楷体和仿宋体等。此外，用户还可使用自己安装的字体，例如 4.1.2 节中安装的方正系列字体等。

对于一些常用的字符格式，可直接通过【格式】工具栏或者【字体】对话框中的相关按钮或下拉列表框进行设置。几种常用的格式效果如图 4-9 所示。

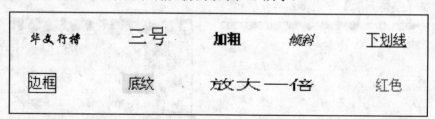

图 4-9　几种常用的字符格式效果

中文版 Word 默认设置中文字体为宋体，英文字体为 Times New Roman，在【字体】下拉列表框中选择不同的选项，可以改变文本的字体。

【例 4-3】在 Word 2007 文档中设置字符格式。

(1) 启动 Word 2007 应用程序，打开一个文档，如图 4-10 所示。选中标题文字"祝你生日快乐！"，在【开始】选项卡的【字体】选项组中单击【字体】下拉列表框，在打开的列表中选择【华文行楷】选项，单击【字号】下拉列表框，在打开的列表中选择【小一】选项，效果如图 4-11 所示。

图 4-10　选中标题文字　　　　　　　　图 4-11　设置后的效果

(2) 选第二行文字，此时将自动显示浮动工具栏，在工具栏中单击【字号】下拉列表框，设置文字字号为【三号】；单击【字体颜色】按钮 右侧的下拉箭头，在打开的颜色面板中选择如图 4-12 所示的颜色。

(3) 设置文字颜色和字形后的文档效果如图 4-13 所示。在快速访问工具栏中单击【保存】按钮，保存所作的设置。

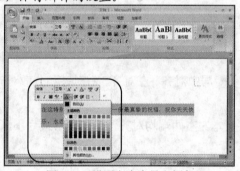
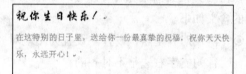

图 4-12　设置文字字号和颜色　　　　　图 4-13　设置后的效果

另外，如图 4-14 所示在【开始】选项卡的【字体】选项组中单击右下角的小箭头，或者在所选择的文本上右击鼠标，然后在弹出的快捷菜单中选择【字体】命令，均可打开【字体】对话框，如图 4-15 所示。在【字体】对话框中，用户可对字体进行多种样式的设置，设置效果可在该对话框下方的【预览】组合框中预览。

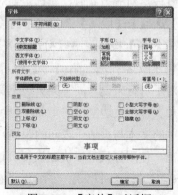

图 4-14　【字体】选项组　　　　　　　图 4-15　【字体】对话框

④.2.2 设置段落间距

所谓段落间距，就是指前后相邻的段落之间的距离。设置段落间距时，在文档中选择要改变间距的段落，然后在【开始】选项卡的【段落】选项组即可进行设置，如图 4-16 所示。

另外，用户还可单击【段落】选项组右下角的小箭头，打开【段落】对话框。在该对话框中用户可进行更加详细的设置。例如，将某段文字的段落间距设置为段前段后均为 0.5 行，效果如图 4-17 所示。

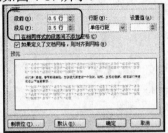

图 4-16 设置段落间距

1、离校前打扫好宿舍卫生，保持整洁，关好宿舍门窗和水电，将贵重物品妥善保存。

2、寒假期间正逢春运高峰，交通拥挤，往返途中尽量结伴而行，乘车时避免人身和财物的意外损失，确保旅途安全。

3、注意用电安全，防止触电，防止煤气中毒；春节期间更要加强防火意识，燃放烟花爆竹应遵守当地规定。

4、注意饮食卫生，不在无证经营的小食店或小摊小贩及其他不卫生场所吃饭，不吃过期变质的食物，预防食物中毒，防止感染传染病；走亲访友要餐宴会不要暴饮暴食，酗酒；远离毒品，珍爱生命。

5、积极参加有意义、健康向上的活动，坚决抵制封建迷信和黄、赌、毒活动，遵纪守法，移风易俗，充分体现出安徽教育学院学子良好的精神风貌，有需补考的同学要利用假期认真复习，做好补考准备。

图 4-17 设置后的效果

④.2.3 设置段落对齐和缩进

段落对齐指文档边缘的对齐方式，包括两端对齐、居中对齐、左对齐、右对齐和分散对齐，它们的含义如下。

- ◉ 两端对齐是默认设置，设置为两端对齐时文本左右两端均对齐，但是段落最后不满一行的文字右边是不对齐的。
- ◉ 左对齐时，文本左边对齐，右边参差不齐。
- ◉ 右对齐时，文本右边对齐，左边参差不齐。
- ◉ 居中对齐格式可使文本居中排列。
- ◉ 分散对齐时文本左右两边均对齐，而且当每个段落的最后一行不满一行时，将拉开字符间距使该行均匀分布。

设置段落对齐方式时，先选定要对齐的段落，或将光标移到新段落的开始位置，然后单击【开始】选项卡【段落】选项组中的段落对齐按钮：【两端对齐】按钮▤、【居中对齐】按钮▤、【右对齐】按钮▤或【分散对齐】按钮▤。

在讲述段落缩进之前，首先要弄清段落缩进和页边距的区别：页边距指文本与纸张边缘的距离，对于每行来说，同一类页边空宽度是相等的；而段落缩进则是为了突出某段或某几段，它可以加大行与页边空白的距离，也可以占用页边空白的设置，起到突出的效果。段落缩进是指段落中的文本与页边距之间的距离。使用缩进可以使文档中的某一段相对于其他段落偏移一定的距离。使用标尺可以快速设置页边距和段落缩进。

段落缩进有 4 种格式：左缩进、右缩进、悬挂缩进和首行缩进。用户可以对整个文档设置缩进，也可以对某一段设置缩进。

【例4-4】打开【诗词欣赏】文档，然后将该文档的段落对齐方式设置为【左对齐】，段落缩进设置为【首行缩进】、【2字符】。

(1) 双击打开【诗词欣赏】文档，选定正文内容，如图4-18所示，在选定区域右击鼠标，在弹出的快捷菜单中选择【段落】命令，打开【段落】对话框，如图4-19所示。

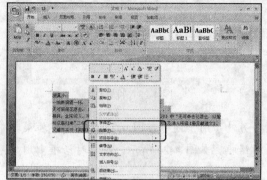
图4-18　选中文本

图4-19　【段落】对话框

(2) 在【段落】对话框【常规】选项组的【对齐方式】下拉列表中选择【左对齐】，在【缩进】选项组的【特殊格式】下拉列表中选择【首行缩进】，【磅值】数值框中选择【2字符】，如图4-20所示。设置完成后，单击【确定】按钮，效果如图4-21所示。

图4-20　设置段落缩进

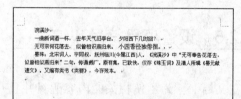
图4-21　设置后的效果

4.2.4　为段落添加边框和底纹

用户在进行文字处理时可以在文档中设置各种各样的边框，Word 2007提供了表格边框、段落边框、文本框边框等多种不同形式的边框，以满足用户在文档中设置边框的各种需求。Word 2007所提供边框的种类较多，而不同的边框又有不同的设置方法，用来强调或美化文档内容。

【例4-5】为【诗词】文档中的特定段落设置边框和底纹效果。

(1) 双击打开【诗词欣赏】文档，选定第二行和第三行即词的正文部分，然后单击【开始】选项卡【段落】选项组中的【底纹】按钮，选择图4-22中所示的颜色。

(2) 选择完成后，在【段落】选项组中单击【边框】按钮，在弹出的下拉菜单中选择【外侧框线】选项，如图 4-23 所示。

图 4-22　设置底纹

图 4-23　设置边框

(3) 此时即可完成对段落边框和底纹的设置。另外，用户还可在图 4-23 所示的下拉菜单中选择【边框和底纹】命令，打开【边框和底纹】对话框，如图 4-24 所示，在该对话框中用户可进行更加详细的设置。

图 4-24　【边框和底纹】对话框

> **提示**
>
> 　　在【边框和底纹】对话框中，用户可单击【页面边框】选项卡，为整个页面设置一个外围边框。

4.2.5　设置项目符号和编号

在文档中，为了使相关的内容醒目并且有序，经常要用到项目符号列表或编号列表。项目符号列表用于强调一些特别重要的观点或条目；编号列表用于逐步展开一个文档的内容，这种方式常用在书的目录或文档索引格式上。

1. 插入项目符号和编号

在有些文档中，可以看到有特殊符号或者是【第一】、【第二】等编号，当用户在段尾按下 Enter 键后，这些符号或编号就会自动增加，这就是为文档插入了项目符号和自动编号。要插入项目符号和编号，可在【开始】选项卡的【段落】选项组中单击【项目符号】和【编号】按钮即可。

- ◉ 插入项目符号：单击【项目符号】按钮 ≣，在打开的下拉列表中选中相应的符号即可，如图 4-25 所示。
- ◉ 插入自动编号：单击【编号】按钮 ≣，在打开的下拉列表中选中相应的编号样式即可，如图 4-26 所示。

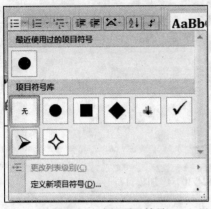

图 4-25　选择项目符号

图 4-26　选择编号

2. 自定义项目符号和编号

当用户对【项目符号和编号】对话框中提供的项目符号或编号不满意时，可单击对话框中的【自定义】按钮，对这些符号进行高级的自定义设置。

【例 4-6】为【诗词欣赏】文档添加上自定义的项目符号。

(1) 双击打开【诗词欣赏】文档，并添加"作者的相关诗词"等文字，选定新添加的文字，在【开始】选项卡的【段落】选项组中单击【项目符号】按钮右边的三角按钮，选择【定义新项目符号】命令，如图 4-27 所示。

(2) 随即打开【定义新项目符号】对话框，如图 4-28 所示。单击【图片】按钮，打开【图片项目符号】对话框，在其中选择一种图片，如图 4-29 所示。

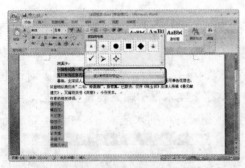

图 4-27　选择【定义新项目符号】命令

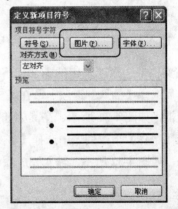

图 4-28　【定义新项目符号】对话框

(3) 单击【确定】按钮，返回【定义新项目符号】对话框。然后再次单击【确定】按钮，就可以将项目符号应用于文档中，效果如图 4-30 所示。

 提示

> 在【图片项目符号】对话框中，用户不仅可以使用 Word 2007 自带的几种项目符号，还可以使用自己计算机中的图片。具体方法是单击【导入】按钮，然后在弹出的对话框中导入图片即可。

计算机 基础与实训教材系列

图 4-29　选择项目符号

图 4-30　添加项目符号后的效果

　　自定义编号样式与自定义项目符号的方法类似。在文档中选择需要改变编号的段落,选择【开始】选项卡,在【段落】选项组中单击【编号】按钮≡ 后面的三角按钮,然后在弹出的菜单中选择【定义新编号格式】命令,打开【定义新编号格式】对话框。在【编号样式】下拉列表框中选择编号的样式,在【编号格式】文本框中输入起始的编号即可。

④.2.6　使用艺术字

　　通过字体的格式化操作可将字符设置为多种字体,但这远远不能满足文字处理工作中对字形艺术性的设计需求。用户在流行的报刊杂志上会看到各种各样的美术字,这些美术字给文章增添了强烈的视觉冲击效果。Word 2007 具有创建艺术字的功能,用户使用 Word 2007 提供的创建艺术字工具,可以创建出各种各样的艺术字效果。

1. 插入艺术字

　　在文档中插入艺术字的方法如下:首先将文本插入点定位到文档中需要插入艺术字的位置,然后选择【插入】选项卡,在【文本】选项组中,单击【艺术字】按钮,打开艺术字库样式列表框,如图 4-31 所示,在其中选择一种艺术字样式,可打开【编辑艺术字文字】对话框。

　　在【字体】下拉列表中选择【华文行楷】,在【文字】文本框中输入要设置为艺术字格式的文字,如图 4-32 所示,输入完成后,单击【确定】按钮,即可插入艺术字,如图 4-33 所示。

图 4-31　选择艺术字样式

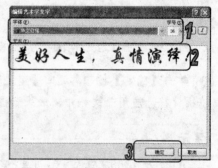

图 4-32　【编辑艺术字文字】对话框

图 4-33 插入的艺术字效果

2. 编辑艺术字

用户在插入艺术字后，如果对艺术字的样式不满意，还可以对其进行编辑修改。艺术字的编辑操作与剪贴画和插入的图片的编辑方法类似，即当选定艺术字后，可利用在所选定艺术字上出现的控制点来更改艺术字的大小、形状和位置。

另外，当双击某个插入的艺术字后将打开如图 4-34 所示的【艺术字样式】工具栏，单击相应的按钮可对艺术字进行编辑。

图 4-34 【艺术字样式】工具栏

【例 4-7】编辑图 4-33 中的艺术字。

(1) 选定图 4-33 中的艺术字，选择艺术字工具的【格式】选项卡，在【大小】选项组的【宽度】文本框中输入"15"。

(2) 在【艺术字样式】选项组中单击【更改形状】按钮，选择【细上弯弧】选项，如图 4-35 所示，设置后的效果如图 4-36 所示。

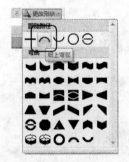
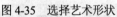

图 4-35 选择艺术形状　　　　　　　　　　图 4-36 编辑好的效果

④.2.7 制作组织结构图

Word 2007 不仅可以制作艺术字，还可以制作一些简单的组织结构图，例如标识一个系统组成的组织结构图，表示层次关系的关系图等。

计算机 基础与实训教材系列

【例4-8】使用 Word 2007 制作一个公司组织结构图。

(1) 打开【插入】选项卡，单击【插图】选项组中的 SmartArt 按钮，打开【选择 SmartArt 图形】对话框，如图 4-37 和图 4-38 所示。在【选择 SmartArt 图形】对话框中单击左侧的【层次结构】选项，然后在右侧选中【组织结构图】选项。

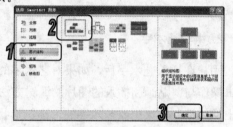

图 4-37　【插图】选项组　　　　　　　　　图 4-38　【选择 SmartArt 图形】对话框

(2) 单击【确定】按钮，此时在文档中插入一个如图 4-39 所示的组织结构图并同时显示【设计】选项卡和【在此处键入文字】对话框。

(3) 在图中添加相应的文字，然后使用鼠标拖动的方法调整图中方框的大小，并删除多余的分支，效果如图 4-40 所示。

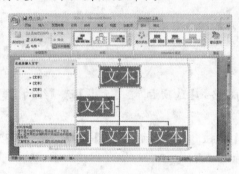

图 4-39　插入组织结构图　　　　　　　　　图 4-40　输入文字并调整大小

(4) 选中最左边的【副总经理】选框，在【设计】选项卡的【创建图形】选项组中单击【添加形状】按钮，然后选择【在下方添加形状】命令，如图 4-41 所示。

(5) 此时在最左边的【副总经理】选框下方插入一个下属图框，再次单击【添加形状】按钮，插入两个下属图框，并在其中输入文字，效果如图 4-42 所示。

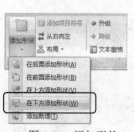
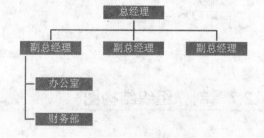

图 4-41　添加形状　　　　　　　　　　　　图 4-42　插入下属图框后的效果

(6) 按照同样的方法为其他图框插入下属图框并输入文字，然后调整文本和图框的大小，效果如图 4-43 所示。

(7) 在【设计】选项卡的【布局】选项组中单击 按钮，然后选择【层次结构】选项，如图 4-44 所示。

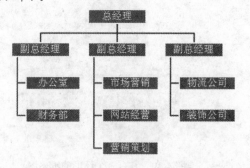

图 4-43 添加多个图框后的组织结构图

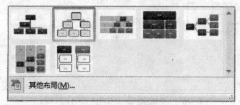

图 4-44 套用格式

(8) 此时组织结构图的效果如图 4-45 所示。

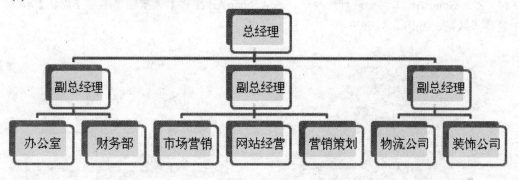

图 4-45 套用格式后的组织结构图

④.2.8 制作维恩图

维恩图，也叫文氏图，用于显示元素集合重叠区域的图示，使用 Word 2007 即可轻松地画出维恩图。

【例 4-9】制作一个维恩图，要求表示出 A、B、C 三个集合之间的交集关系。

(1) 打开【插入】选项卡，单击【插图】选项组中的 SmartArt 按钮，打开【选择 SmartArt 图形】对话框，如图 4-46 和图 4-47 所示。

图 4-46 【插图】选项组

图 4-47 【选择 SmartArt 图形】对话框

计算机 基础与实训教材系列

(2) 在【选择 SmartArt 图形】对话框中单击左侧的【关系】选项，在右侧选中【基本维恩图】选项，如图 4-48 所示。然后单击【确定】按钮，插入一个基本维恩图，如图 4-49 所示。

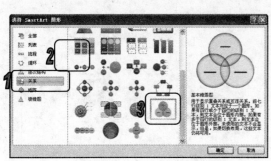

图 4-48　【选择 SmartArt 图形】对话框　　　　　　图 4-49　具有 3 个环形的维恩图

(3) 使用【文本框】工具，在维恩图相应的区域写上需要表明关系的文字，如图 4-50 所示。

(4) 打开 SmartArt 工具的设计选项卡，在【SmartArt 操作】选项组中单击【优雅】样式，应用该样式效果，如图 4-51 所示。

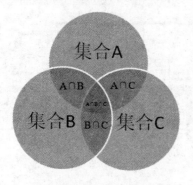

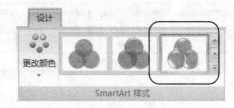

图 4-50　填入相应的文字　　　　　　　　图 4-51　套用样式

(5) 接下来为维恩图设置颜色，在【SmartArt 样式】选项组中单击【更改颜色】按钮，然后选择如图 4-52 所示的颜色样式，最终效果如图 4-53 所示。

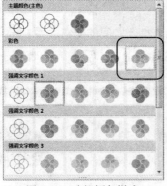

图 4-52　选择颜色样式　　　　　　　　图 4-53　最终效果图

④.3　使用 Cool 3D 制作特效文字

Cool 3D 是一个优秀的创作标题性文字的软件，可以将网页、视频、动画、多媒体字幕中出现的有趣的静态或动态标题综合起来，并允许用户对其进行旋转、突出、弯曲、扭曲等操作，还可以通过调整光线和纹理效果来创建高质量的 4-D 标题。

④.3.1　Cool 3D 的工作界面

用户可通过网络来下载 Cool 3D 的安装程序，安装成功后其界面如图 4-54 所示。其中包括菜单栏、工具栏、工作区、百宝箱和状态栏。

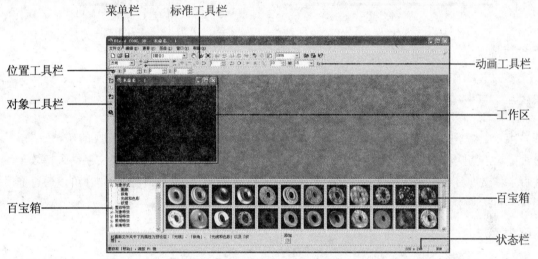

图 4-54　Cool 3D 工作界面

1. 菜单栏

菜单栏包括【文件】、【编辑】、【查看】、【图像】、【窗口】和【帮助】菜单，其中包含了 Cool 3D 的各种基本命令。

2. 工具栏

菜单栏包括【标准工具栏】、【动画工具栏】、【位置工具栏】和【对象工具栏】4 种工具栏，它们各自的功能如下。

- ◉ 【标准工具栏】：包含了经常使用的【打开】、【保存】、【撤销】和【重复】命令，如图 4-55 所示。还可以选择场景中的不同对象，并对其进行移动、旋转和缩放。对于文本对象还可以选择不同的表面。

图 4-55　标准工具栏

⊙ 【动画工具栏】：如图 4-56 所示，通过该工具栏可以指定动画中的关键点以及序列内每个帧的特定路径运作方式。指定动画中使用的帧个数，用来控制动画播放时的平滑度。其中【播放】和【停止】按钮可以预览动画。

图 4-56　动画工具栏

⊙ 【位置工具栏】：该工具栏主要显示选定对象的坐标，同时用户可通过该工具栏调整选定对象的坐标，如图 4-57 所示。

⊙ 【对象工具栏】：如图 4-58 所示，通过该工具栏，用户可调整字符之间的距离并对齐文字。

图 4-57　位置工具栏

图 4-58　对象工具栏

3. 工作区

文本的主要编辑区域，在该区域可以对文本的效果进行预览。

4. 百宝箱

百宝箱中聚集了 Cool 3D 的精华元素，如图 4-59 所示，其中包含了多种动画的预设效果，通过百宝箱，用户不需掌握太多的动画原理，只需单击鼠标即可制作出精美的文字动画特效。当在百宝箱文件目录中选择一个文件夹，百宝箱中显示当前可用的预设样式，用户可以通过拖放操作，将略图中的效果应用到工作区中选中的对象上。

5. 状态栏

显示当前使用工具的具体状态。当鼠标指向一个按钮或命令时，状态栏显示这些按钮和命令的用途。进行对象调整时，显示当前对象所改变的坐标值。

图 4-59　百宝箱

④.3.2　使用 Cool 3D 制作特效文字

认识了 Cool 3D 后就可以使用该软件制作特效文字了，本节以"欢迎来到我的家乡！"为例来制作一个特效文字。

【例 4-10】使用 Cool 3D 制作特效文字。

(1) 启动 Cool 3D 软件，单击【对象工具栏】中的【插入文字】按钮，打开【Ulead Cool 3D 文字】对话框，如图 4-60 所示。

(2) 在该对话框中输入文本"欢迎来到我的家乡！"，然后选定该文本并设置字体为【隶书】，字号为 38，如图 4-61 所示。

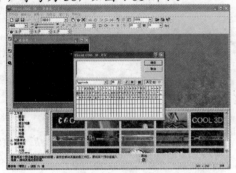

图 4-60 【Ulead Cool 3D 文字】对话框

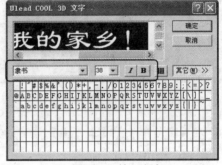

图 4-61 输入文字

(3) 单击【确定】按钮，效果如图 4-62 所示，此时默认的工作区并不能完全显示输入的文字。选择【图像】|【尺寸】命令，如图 4-63 所示，打开【尺寸】对话框。

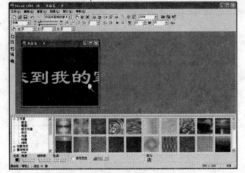

图 4-62 工作区中的文字

图 4-63 选择【图像】|【尺寸】命令

(4) 在【尺寸】对话框中，将【宽度】设置为 22 厘米，如图 4-64 所示，然后单击【确定】按钮，效果如图 4-65 所示。

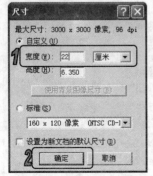

图 4-64 【尺寸】对话框

图 4-65 调整工作区后的效果

计算机 基础与实训教材系列

(5) 单击【标准工具栏】中的【大小】按钮，将鼠标指针移至工作区中，当指针变为十字箭头的形状时，按住鼠标左键不放拖动鼠标，调整文字的宽度和高度，效果如图 4-66 所示。

图 4-66 调整文字的大小

(6) 在百宝箱中展开【工作室】|【背景】选项，为文字选择一个背景，然后双击应用该背景，如图 4-67 所示。

(7) 展开【对象样式】|【纹理】选项，为文字选择一种纹理样式，然后双击应用该样式，如图 4-68 所示。

图 4-67 应用背景

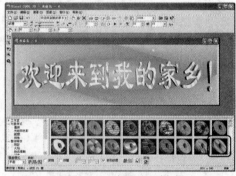

图 4-68 应用纹理样式

(8) 展开【整体特效】|【光晕】选项，为文字选择一种红色光晕效果，然后双击应用该效果，如图 4-69 所示。

(9) 展开【照明特效】|【火花】选项，为文字选择一种照明特效，然后双击应用该特效，如图 4-70 所示。

图 4-69 应用光晕效果

图 4-70 应用照明特效

(10) 设置完成后，选择【文件】|【创建动画文件】|【GIF 动画文件】命令，打开【另存为 GIF 动画文件】对话框，在该对话框中设置文件的保存位置和保存名称，然后单击【确定】按钮，即可将创建好的特效文字保存为 GIF 格式的动画文件，如图 4-71 和图 4-72 所示。

图 4-71　【文件】菜单

图 4-72　另存对话框

4.4　使用 Photoshop 制作特效文字

Photoshop 是一款强大的图像处理软件，此外它还可以创建丰富多彩的文字特效。在 Photoshop 中，是将文字作为一个独立的图层来进行编辑的，它通常与 Photoshop 的图像处理功能相结合，创作出多媒体项目中所需要的文字和图像素材。本节主要介绍如何使用 Photoshop CS5 来创建特效文字。

4.4.1　使用 Photoshop 创建斑驳字

斑驳字具有一种沧桑的感觉，所应用到的功能主要有【像素化】、【模糊】和【风格化】滤镜，以及【自动色阶】、【阈值】和【通道】等。

【例 4-11】使用 Photoshop 创建斑驳文字特效。

(1) 启动 Photoshop CS5，选择【文件】|【新建】命令，打开【新建】对话框，新建一个【宽度】为 500 像素，【高度】为 200 像素，【分辨率】为 700 像素，【颜色模式】为【灰度】的文件，如图 4-73 所示。

(2) 单击【确定】按钮，新建文件，然后选择【滤镜】|【像素化】|【点状化】命令，如图 4-74 所示。

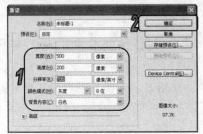

图 4-73　【新建】对话框

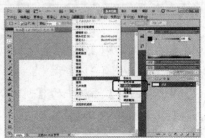

图 4-74　【滤镜】菜单

(3) 在打开的【点状化】对话框中，设置【单元格大小】为 5，如图 4-75 所示。单击【确定】按钮，即可得到如图 4-76 所示的效果。

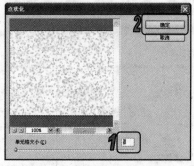

图 4-75　【点状化】对话框

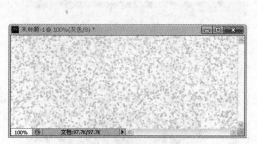

图 4-76　点状化后的效果

(4) 选择【图像】|【调整】|【色阶】命令，打开【色阶】对话框，如图 4-77 所示。在该对话框中拖动【输入色阶】滑块，调整图像的色阶分布，效果如图 4-78 所示。

图 4-77　【色阶】对话框

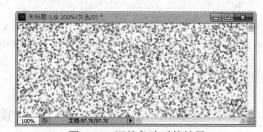

图 4-78　调整色阶后的效果

(5) 选择【图像】|【调整】|【阈值】命令，打开【阈值】对话框，如图 4-79 所示。在该对话框中设置【阈值色阶】为 200，然后单击【确定】按钮，效果如图 4-80 所示。

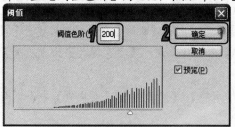

图 4-79　【阈值】对话框

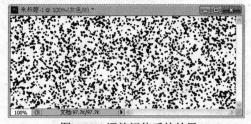

图 4-80　调整阈值后的效果

(6) 选择【滤镜】|【模糊】|【进一步模糊】命令，对图像进行模糊，然后按下 Ctrl+I 键将图像反相，效果如图 4-81 所示。

(7) 单击【图层】面板中的【创建新图层】按钮，新建一个图层，系统自动将图层命名为【图层 1】，如图 4-82 所示。

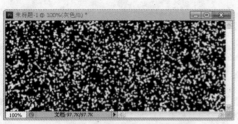

图 4-81 模糊并反相后的效果

图 4-82 图层面板

(8) 按 D 键将前景色和背景色恢复为默认值，然后按下 Ctrl+Delete 组合键，将图层填充为背景色，如图 4-83 所示。

(9) 右击【工具箱】中的 T 按钮，选择工具箱中的【横排文字蒙版工具】，并在选项栏中设置文字的字体为【隶书】，文字大小为【9 点】。

(10) 在图像窗口用鼠标拖出一个文本输入区域并输入文本，然后按下 Ctrl+Enter 键，输入的文字变为以文字笔画为轮廓的选区，如图 4-84 所示。

图 4-83 填充背景色后的效果

图 4-84 创建文字选区

(11) 选中【图层 1】图层，然后按下 Alt+Delete 键为选区填充前景色，如图 4-85 所示。

(12) 在【通道】面板中单击【将选区存储为通道】按钮，将当前选区保存为一个 Alpha 通道，系统将自动命名为 Alpha1，如图 4-86 所示，然后按 Ctrl+D 键取消选区。

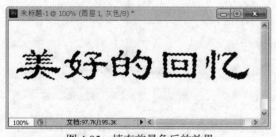

图 4-85 填充前景色后的效果

图 4-86 【通道】面板

(13) 选中【图层 1】图层，然后单击【图层】面板中的 fx 按钮，选择【混合选项】命令，打开【图层样式】对话框，如图 4-87 所示，然后将该图层的【混合模式】设置为【滤色】，效果如图 4-88 所示。

计算机基础与实训教材系列

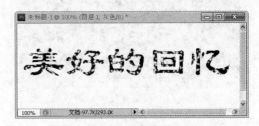

图 4-87　【图层样式】对话框　　　　　　　　　　　图 4-88　设置混合模式后的效果

(14) 选择【图层】|【向下合并】命令，将【图层 1】图层合并到背景图层中。

(15) 选择【滤镜】|【像素化】|【铜板雕刻】命令，打开【铜板雕刻】对话框，在【类型】下拉列表框中选中【短直线】选项，如图 4-89 所示，单击【确定】按钮，效果如图 4-90 所示。

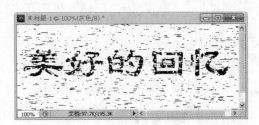

图 4-89　【铜板雕刻】对话框　　　　　　　　　　图 4-90　应用【铜板雕刻】滤镜后的效果

(16) 选择【滤镜】|【风格化】|【风】命令，打开【风】对话框，在该对话框中进行如图 4-91 所示的设置，然后单击【确定】按钮，效果如图 4-92 所示。

图 4-91　【风】对话框　　　　　　　　　　　　图 4-92　应用【风】滤镜后的效果

(17) 按住 Ctrl 键不放，单击【通道】面板中的 Alpha1 通道，将其作为选区载入，然后按 Ctrl+Shift+ I 键反选选区，并按 Delete 键删除背景，如图 4-93 所示。

(18) 按下 Ctrl+A 键选定该图像，然后按下 Ctrl+C 键复制图像。单击【文件】|【打开】命令，打开图像素材【001.jpg】(光盘:\素材\第 3 章\001.jpg)，按 Ctrl+V 键将复制的图像粘贴到新打开的文件中，并自动生成【图层 1】图层，如图 4-94 所示。

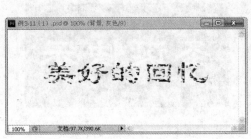

图 4-93　删除背景后的效果　　　　　　　　　图 4-94　粘贴到新图像中

(19) 将【图层 1】图层的【混合模式】设置为【线性加深】，并将其移动到一个恰当的位置，效果如图 4-95 所示。

(20) 按 Ctrl+T 键，此时文字的周围会出现一个变换框，将鼠标指针放到变换框的任意一个角上进行拖动即可调整文字的大小，在文字中双击鼠标即可应用自由变换，如图 4-96 所示。

图 4-95　设置【线性加深】后的效果　　　　　　图 4-96　调整文字大小后的效果

(21) 调整到满意的效果后，按 Ctrl+S 键保存图像即可。

④.4.2　使用 Photoshop 创建冰雪字

本节使用 Photoshop 来制作冰雪字效果，主要通过图层样式来完成，另外为了让效果更生动，还使用【杂色】滤镜为其添加飞雪效果。

【例 4-12】使用 Photoshop 创建冰雪字特效。

(1) 启动 Photoshop CS5，选择【文件】|【新建】命令，打开【新建】对话框，新建一个【宽度】为 700 像素，【高度】为 350 像素，【分辨率】为 300 像素，【颜色模式】为【RGB 颜色】且【8 位】的文件，如图 4-97 所示。

(2) 将背景图层填充为【黑色】，在工具箱中选择【横排文字工具】，在图像窗口中输入文字"圣诞快乐！"，并将文字的颜色设置为【白色】，如图 4-98 所示。

计算机 基础与实训教材系列

图 4-97　【新建】对话框

图 4-98　输入文字后的效果

(3) 此时在【图层】面板中自动生成【圣诞快乐】图层，在该图层上右击鼠标，在弹出的快捷菜单中选择【栅格化文字】命令，将该文本图层栅格化，如图 4-99 所示。

(4) 双击【圣诞快乐】图层，打开【图层样式】对话框，在【样式】列表中选中【斜面和浮雕】复选框并单击该选项，然后在右侧的【斜面和浮雕】栏中设置相应的参数，如图 4-100 所示。

图 4-99　栅格化文字

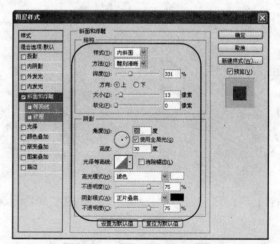

图 4-100　【图层样式】对话框

(5) 在【图层样式】对话框的【样式】列表中选中【渐变叠加】复选框并单击该选项，如图 4-101 所示，单击【渐变】下拉列表，打开【渐变编辑器】对话框，在该对话框中设置颜色为深蓝色到淡蓝色的渐变，如图 4-102 所示。

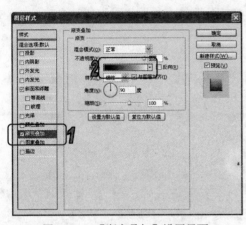

图 4-101 【渐变叠加】设置界面

图 4-102 【渐变编辑器】对话框

(6) 单击【确定】按钮，然后在【图层样式】对话框的【样式】列表中选中【内阴影】复选框并单击该选项，如图 4-103 所示，单击【混合模式】下拉列表框右侧的颜色块，打开【选择阴影颜色】对话框，在该对话框中设置颜色为【淡蓝色】，如图 4-104 所示。

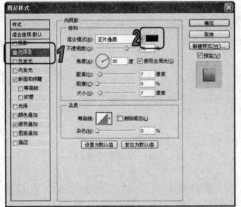

图 4-103 【图层样式】对话框

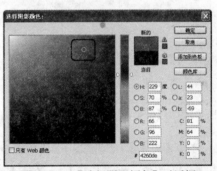

图 4-104 【选择阴影颜色】对话框

(7) 单击【确定】按钮，关闭所有对话框，效果如图 4-105 所示。在【图层】面板中新建一个图层，该图层系统自动命名为【图层 1】，然后按下 Ctrl+Delete 键将该图层填充为【白色】，如图 4-106 所示。

图 4-105 应用设置后的效果

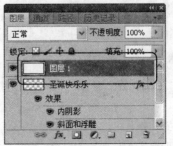

图 4-106 【图层】面板

计算机基础与实训教材系列

(8) 选择【滤镜】|【杂色】|【添加杂色】命令，打开【添加杂色】对话框，在该对话框中设置如图 4-107 所示的参数。设置完成后，单击【确定】按钮，效果如图 4-108 所示。

图 4-107　【添加杂色】对话框　　　　　　　　　　图 4-108　添加杂色后的效果

(9) 选择【滤镜】|【杂色】|【蒙尘与划痕】命令，打开【蒙尘与划痕】对话框，在该对话框中设置如图 4-109 所示的参数。设置完成后，单击【确定】按钮，效果如图 4-110 所示。

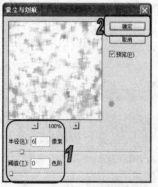

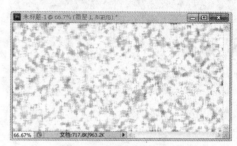

图 4-109　【蒙尘与划痕】对话框　　　　　　　　　图 4-110　设置后的效果

(10) 选择【图像】|【调整】|【曲线】命令，打开【曲线】对话框，在该对话框中调整曲线，如图 4-111 所示。设置完成后，单击【确定】按钮，效果如图 4-112 所示。

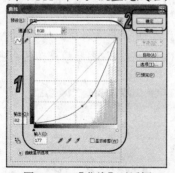

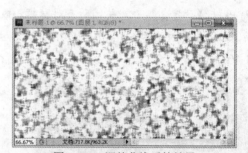

图 4-111　【曲线】对话框　　　　　　　　　　　　图 4-112　调整曲线后的效果

(11) 在工具箱中选择【魔棒】工具，单击图中的白色区域创建选区，然后按下 Delete 键将选区中的图像删除，再按 Ctrl+D 键取消选区，效果如图 4-113 所示。

(12) 双击【图层 1】图层，打开【图层样式】对话框，在【样式】列表中选中【斜面和浮雕】复选框并单击该选项，然后在右侧设置如图 4-114 所示的参数。

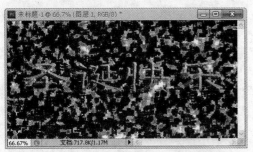

图 4-113　使用【魔棒】工具后的效果

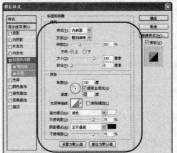

图 4-114　【图层样式】对话框

(13) 在【图层样式】对话框的【样式】列表中选中【颜色叠加】复选框并单击该选项，单击【混合模式】右侧的色块，打开【选取叠加颜色】对话框，在该对话框中设置颜色为【淡蓝色】，如图 4-115 所示。

(14) 设置完成后单击【确定】按钮，效果如图 4-116 所示。

图 4-115　【选取叠加颜色】对话框

图 4-116　设置后的效果

④.5　使用超文本

超文本是一种文本，它和书本上的文本是一样的。但与传统的文本文件相比，它们之间的主要差别是，传统文本是以线性方式组织的，而超文本是以非线性方式组织的。这里的"非线性"是指文本中遇到的一些相关内容通过链接组织在一起，用户可以很方便地浏览这些相关内容。这种文本的组织方式与人们的思维方式和工作方式比较接近。本节主要介绍 HTML 语言。

④.5.1　HTML 语言简介

HTML(Hypertext Markup Language，即：超文本标记语言)是在网络上对文本、图像等元素进行一定的格式化标记，使之在用户浏览器中显示出不同风格的标记性语言，因此它不是严格意义上的语言。一个 HTML 页面在浏览器中显示时事先并不进行编译，浏览器按照 HTML 标记解释显示其表现的内容。

用户可以通过在浏览器中右击，选择查看源文件或者从菜单中选择【查看源文件】来看看一个 Web 页面的 HTML 文档。可以看出，一些包含在"< >"中的英文字符或者字符串把页面上显示出来的各种文字、图像、视频等元素包含在内，给予特定的大小、颜色等属性风格的限定。接下来将向读者介绍各种标记，由于篇幅所限，只选择其中的几种进行介绍，其他的标记请参阅此方面的参考书。

1. 文件标记

在 HTML 文档中包含 4 个基本 HTML 标记，它们是<html></html>、<head></head>、<title></title>和<body></body>，以下为 HTML 文档的基本架构。

```
<HTML>
<HEAD>
<TITLE> 网页的标题信息</TITLE>
</HEAD>
<BODY>
网页的主体，正文部分。
</BODY>
</HTML>
```

<HTML>标记在 HTML 文档中最先出现，整份文档处于标记<HTML>与</HTML>之间。它表明文档内容是由 HTML 实现的，使浏览器可正确处理此 HTML 文件。

<HEAD>为网页开头标识，<TITLE></TITLE>指明网页的名称。<TITLE></TITLE>元素放在<HEAD>元素之中，显示在浏览器窗口的标题栏中。

下面结合一个文件标记的应用实例来介绍此标记的具体应用方法。

【例 4-13】应用文件标记实现一个简单的 HTML 页面。

(1) 选择【开始】|【所有程序】|【附件】|【记事本】命令，打开【记事本】。

(2) 在记事本中编写代码如下：

```
<html>
<head>
<title>文件标记</title>
</head>
<body text="#000000"  bgcolor="#FFFFFF" leftmargin=30 topmargin =30>
HTML 语言基础——文件标记
</body>
</html>
```

(3) 输入完成后，选择【文件】|【保存】命令，保存该文档，如图 4-117 所示。

(4) 关闭记事本后，将记事本的后缀名改为.HTML，然后双击该文件，即可在 IE 中查看效果，如图 4-118 所示。

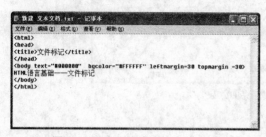

图 4-117 在记事本中输入代码

图 4-118 在 IE 中查看效果

2. 文本标记

文本标记在网页中用于设置文本的大小、颜色、字体等，包括<font>、<hn>、<b>、<sub>、<sup>等标记，下面以<font>标记为例来进行介绍。

<font>标记可设置文本对象的字体、大小和颜色属性。属性介绍如表 4-1 所示。

表 4-1 <font>标记属性

属　　性	含　　义
face	设置文本的字体格式
size	设置文本字号大小，取值范围为 1~7，默认为 3
color	设置文本显示颜色

上面学习了文本标记的基础知识，下面结合一个文本标记的应用实例来介绍此标记的具体应用方法。

【例 4-14】使用 HTML 语言设置文本格式。

(1) 打开记事本，然后在其中编写代码如下：

```
<html>
<head>
<title>Font 标记应用</title>
</head>
<body>
        <font color="#336699" size="7" face="华文彩云">
        Font 标记的字体效果设置
        </font>
</body>
</html>
```

(2) 保存文件为【例 4-14.html】，并执行此文件，效果如图 4-119 所示。

图 4-119 文件界面效果

3. 排版标记

排版标记用于设置界面中文本、图像等信息的排列位置，从而实现对界面整体结构的设置。HTML 语言中排版标记主要包括分行标记、段落标记、水平线标记和居中标记等。

4. 表格标记

在网页中应用表格可以规划页面的布局，不仅能准确给对象定位，而且还有利于网页的维护。表格包含在<table>…</table>标记之间。表中的内容由<th>、<tr>和<td>定义。

本节将应用上面所学到的表格标记知识创建一个表格，此表格中将会记录用户的记录信息，其应用代码和界面如【例 4-15】所示。

【例 4-15】使用 HTML 语言制作一个学生信息表格。

(1) 打开记事本，应用表格标记编写的应用程序代码如下：

```html
<html>
<head>
<title>表格标记应用</title>
</head>
<body>
<table width="700" border="1" align="center" cellpadding="2"

cellspacing="1">
  <tr>
    <th bgcolor="#CC0033" scope="col">姓名</th>
    <th bgcolor="#CC0033" scope="col">年龄</th>
    <th bgcolor="#CC0033" scope="col">性别</th>
    <th bgcolor="#CC0033" scope="col">学历</th>
    <th bgcolor="#CC0033" scope="col">爱好</th>
  </tr>
  <tr>
    <td>薛杨</td>
    <td>28</td>
    <td>女</td>
```

```
            <td>本科</td>
            <td>上网、看电影</td>
        </tr>
        <tr>
            <td>李辉</td>
            <td>29</td>
            <td>男</td>
            <td>本科</td>
            <td>读书、研究</td>
        </tr>
        <tr>
            <td>夏雪</td>
            <td>26</td>
            <td>女</td>
            <td>本科</td>
            <td>购物、交友、上网</td>
        </tr>
        <tr>
            <td>王丽</td>
            <td>24</td>
            <td>女</td>
            <td>本科</td>.
            <td>郊游、上网、睡觉</td>
        </tr>
    </table>
    </body>
    </html>
```

(2) 保存文件为【例 4-15.html】，并执行此文件，效果如图 4-120 所示。

图 4-120　文件界面效果

4.5.2　创建与编辑超链接

超文本链接(hypertext link)通常简称为超链接(hyperlink)，或者简称为(link)。链接是 HTML

的一个最强大、最有价值的功能。链接是指文档中的文字或者图像与另一个文档、文档的一部分或者一幅图像链接在一起。在 HTML 中，简单的链接标签是<A>，也称为锚(anchor)签。本节来介绍如何创建超链接。

【例4-16】使用 HTML 语言创建超链接。

(1) 打开记事本，应用 HTML 语言编写的应用程序代码如下：

```
<html>
<head>
<title>使用超链接</title>
</head>
<body>
<a href=http://www.126.com   target="_blank">单击此处打开邮箱登录界面</a>
</body>
</html>
```

(2) 保存文件为【例 4-16.html】，并执行此文件，效果如图 4-121 所示。当用户单击图中链接时将打开 126 邮箱的登录页面，如图 4-122 所示。

图 4-121　超链接效果

图 4-122　126 邮箱登录界面

④.6　上机练习

本章主要介绍了多媒体中文本的处理方法，包括 Word 的使用、Cool 3D 的使用、Photoshop 的使用以及 HTML 语言的用法，通过对本章的学习，用户应掌握文本处理的基本方法。本次上机练习主要使用 HTML 语言来制作一个走马灯文字效果。

(1) 打开记事本程序，在其中输入以下代码，然后将记事本文件以【走马灯特效.HTML】的名字进行保存。

```
<html>
<head>
<title>跑马灯文字特效</title>
</head>
<body>
<marquee>最简洁的跑马灯效果</marquee><br>
<marquee direction="right">从左到右的效果</marquee><br>
```

```
<marquee behavior="alternate">碰壁反弹效果</marquee><br>
<marquee direction="up">从下往上</marquee><br>
<marquee direction="down">从上往下</marquee><br>
<marquee direction="up" behavior="alternate">上下反弹</marquee><br>
<marquee behavior="alternate" direction="up" width="80%"><marquee direction="right">向上弧度的抛物
线</marquee></marquee><br>
<marquee behavior="alternate" direction="up" width="80%"><marquee direction="right"
behavior="alternate">上下左右碰壁</marquee></marquee><br>
<marquee behavior="alternate" width="10%">>></marquee>文字不动箭头碰字<marquee
behavior="alternate" width="10%"><<</marquee><br>
<marquee behavior="alternate" width="10%">>></marquee>文字不动箭头远离字<marquee
behavior="alternate" width="10%"><<</marquee><br>
<font color="#0000FF"><marquee direction="left" style="background: #FFCC00">从左到右加上底色
</marquee></font><br>
</body>
</html>
```

(2) 运行该文件，其效果如图 4-123 所示。

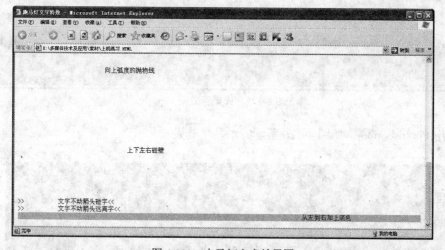

图 4-123　走马灯文字效果图

提示

部分代码解析：<marquee>要输入的文字</marquee>(走马灯特效标签)

direction="left" (控制方向，left 表示从左到右；right 表示从右到左)

scrollamount=1(控制是否循环，1 表示是，0 表示否)

behavior="alternate" (控制行为：反复)

其他相关控制代码：

scrollDelay=10(文字跑动速度，数字越小跑动越快)

onmouseover=this.stop() (当鼠标移动到文字上时停止)

onmouseout=this.start() (当鼠标移动到文字上时开始)

4.7 习题

1. 下载并安装一种字体，并在 Word 中应用该字体，然后观察其效果。
2. 使用 Word 制作如图 4-124 所示的文字特效。

图 4-124　艺术字效果

3. 使用 Cool 3D 制作如图 4-125 所示的火焰字文字效果。

图 4-125　火焰字效果

4. 使用 Photoshop 制作如图 4-126 所示的水晶字效果。

图 4-126　水晶字效果

5. 使用超文本标记语言 HTML 制作一个超链接，要求当用户单击该超链接时打开一幅图片。

第5章

图像的获取与处理

学习目标

图像是多媒体作品中最重要的组成部分，一幅生动、直观的图像可以表达丰富的信息，具有文本所无法比拟的优点。在制作多媒体节目的过程中，图片素材也是必不可少的。本章主要介绍图像的基本概念，包括图像的类型、参数和常见的图像格式，介绍了多媒体中图像素材的主要获取方法，最后比较详细地介绍了图像的处理方法。

本章重点

- ◉ 图像的基本概念
- ◉ 图像的获取方式
- ◉ 认识 Photoshop CS5
- ◉ 使用 Photoshop CS5 处理图片

5.1 图像的基本概念

在计算机中，图像是以数字方式记录、处理和保存的。本节中主要介绍了静态数字图像的类型、图像的色彩模式以及图像的文件格式等基本概念。

5.1.1 图像的分类

在计算机中，图像是以数字方式记录、处理和保存的，所以图像也可以说是数字化图像。图像类型大致可以分为以下两种：矢量图形(向量式图形)与位图图像(点阵式图像)。这两种图像各有特色，也各有其优缺点。因此在图像处理过程中，往往需要将这两种类型的图像交叉运用，才能取长补短，使用户的作品更为完善。

1. 矢量图形

矢量图形又称向量式图形，是以数学的矢量方式来记录图形内容。它的优点是文件较小，可以很容易地进行放大、旋转和缩小，并且不会失真，精确度高(与分辨率无关)，并可制作 3D 图像。它的缺点是不易制作色调丰富或色彩变化太多的图像。

制作矢量图形的软件有 FreeHand、Illustrator、CorelDRAW、AutoCAD、Flash 等。

2. 位图图像

位图图像又称点阵式图像，由许多点组成，这些点称为像素(pixel)。即由许多不同位置和颜色的像素组成的图像。位图图像保存着像素的位置与色彩数据，图像的像素越多，分辨率越高，文件越大，图像的处理速度也就越慢。它的优点是能出色地表现颜色、明暗的精细变化。色彩与色调丰富，图像逼真。它的缺点是图像质量与原始的分辨率有关。一般来说，图像的分辨率越高，图像质量就越好，文件也就越大。缩放及旋转时会失真，同时无法制作 3D 图像，另外，它的文件较大，对内存与硬盘要求也较高。制作位图图像的软件有 Adobe Photoshop、Corel Photo paint、Design Painter 等。

分辨率即为每单位长度上的像素数。通常用"每英寸所包含的像素数"来表示(Pixels Per Inch)，即 ppi。输出和打印设备的分辨率一般用 dpi(Dots Per Inch)表示，也就是每英寸所含的点，这是针对输出设备而言的。

在 Photoshop 中，所有的图像都由像素(Pixel)构成。在下面的两张图中，图 5-1 放大到 1600% 之后，会变成如图 5-2 所示的情况，可以清楚地看出图形是由很多个不同颜色的方格所组成的。图像文件的大小取决于这些方格的数量，也就是像素的数量。

图 5-1　原始图片

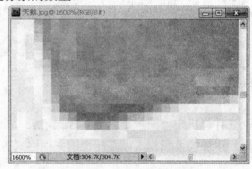

图 5-2　放大到 1600%

⑤.1.2　常用色彩模式

颜色是大自然景观必不可少的组成部分，无论是在万紫千红的高山和田野，还是在千变万化的宇宙，都可以看到各种不同颜色的漂亮景观。在计算机的图像世界里要用一些简单的数据来描述色彩是很困难的，人们定义出许多种不同的模式来定义色彩。图像的色彩模式就是指图像在显示及打印时定义颜色的不同方式。不同的色彩模式所定义的颜色范围不同，用法也不同。

在 Photoshop 中使用了数种不同的颜色系统，这些系统可以在打开的新文件的控制面板里设置。在 Photoshop 中选择【文件】|【新建】命令，即可打开如图 5-3 所示的【新建】对话框，然后在【颜色模式】下拉列表框中即可设置所要选择的颜色模式。

其实所谓的色彩模式，就是原色通道(Channel)组合方式不同而已，在 Photoshop 中执行【图像】|【模式】命令，可展开如图 5-4 所示的列表，常用的色彩模式有以下几种。

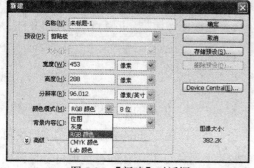

图 5-3　【新建】对话框

图 5-4　颜色模式列表

1. RGB 模式

RGB 模式是 Photoshop 中最常用的一种色彩模式，不管是扫描输入的图像，还是绘制的图像，几乎都是以 RGB 模式存储的。新建的 Photoshop 图像的默认模式也为 RGB 模式。Photoshop 的 RGB 模式使用 RGB 模型，为彩色图像中每个像素的 RGB 分量指定一个介于 0(黑色)到 255(白色)之间的强度值。例如，亮红色可能 R 值为 246，G 值为 20，而 B 值为 50。当这三个分量的值相等时，结果是中性灰色；当这三个分量的值均为 255 时，结果是纯白色；当这三个分量的值都为 0 时，结果是纯黑色。

RGB 模式由红(Red)、绿(Green)和蓝(Blue)3 种原色组合而成，然后由这三种原色混合出各种色彩。RGB 图像通过 3 种颜色或通道，可以在屏幕上重新生成 1670 万种颜色。这三个通道转换为每像素 24 位(8×3)的颜色信息。在 16 位/通道的图像中，这些通道转换为每像素 48 位(16×3)的颜色信息，具有再现更多颜色的能力。

RGB 模式的优点是处理图像很方便，而且 RGB 模式图像比 CMYK 模式图像要小得多，可以节省内存与空间。在 RGB 模式下还可以使用 Photoshop 软件所有的命令和滤镜。

计算机显示器也使用 RGB 模型显示颜色。这意味着当在非 RGB 颜色模式(如 CMYK 模式)下工作时，Photoshop 将临时使用 RGB 模式进行屏幕显示。

2. CMYK 模式

CMYK 模式是一种印刷模式，与 RGB 模式产生色彩的方式不同。RGB 模式产生色彩的方式是加色，而 CMYK 模式产生色彩的方式是减色。

CMYK 模式由青色(Cyan)、洋红色(Magenta)、黄色(Yellow)和黑色(Black)4 种原色组合而成。在 Photoshop 的 CMYK 模式中，为每个像素的每种印刷油墨指定一个百分比值。为最亮(高光)颜色指定的印刷油墨颜色百分比较低，而为较暗(暗调)颜色指定的百分比较高。例如，亮红色包含 2%青色、93%洋红、90%黄色和 0%黑色。在 CMYK 图像中，当 4 种分量的值均为 0%时就会产生纯白色。

在准备用印刷色打印图像时，应使用 CMYK 模式。将 RGB 图像转换为 CMYK 即产生分色。如果由 RGB 图像开始，最好先编辑，然后再转换为 CMYK。在 RGB 模式下，可以使用"校样设置"命令模拟 CMYK 转换后的效果，而无须真正更改图像数据。CMYK 模式的文件大，需占用较多的内存和存储空间。

3. 灰度模式

灰度模式的图像是灰色图像，它可以表现出丰富的色调、生动的形态和景观。该模式使用 256 级灰度。灰度图像中的每个像素都有一个 0(黑色)~255(白色)之间的亮度值。灰度值也可以用黑色油墨覆盖的百分比来度量(0%等于白色，100%等于黑色)。利用 256 种色调可以使黑白图像表现得很完美。

灰度模式的图像可以直接转换成位图模式的图像和 RGB 模式的彩色图像，同样，黑白图像和彩色图像也可以直接转换为灰色图像。当 RGB 彩色图像转换为灰色图像时，将丢掉颜色信息，将 RGB 彩色图像转换为灰色图像，再由灰色图像转换为 RGB 图像时，显示出来的图像不再是彩色。

灰度图像也可转换为 CMYK 图像或 Lab 彩色图像。

4. 多通道模式

用户可以将任何一个由多个通道组成的图像转换为多通道模式，该模式的每个通道使用 256 级灰度。将颜色图像转换为多通道模式时，新的灰度信息基于每个通道中像素的颜色值。原图像中的通道在转换后的图像中成为专色通道。将 CMYK 图像转换为多通道模式可以创建青色、洋红、黄色和黑色专色通道。将 RGB 图像转换为多通道模式可以创建青色、洋红和黄色专色通道。如果用户删除了 RGB、CMYK 或 Lab 图像中的一条通道，图像会自动转换为多通道模式的图像。要输出多通道图像，请以 Photoshop CS5 格式存储图像。

5. Lab 模式

Lab 模式是 Photoshop 内定的色彩模式，它主要用于在色彩模式转换时作为一个中间的过渡模式，而且它是在 Photoshop 后台进行的，通常情况下不使用此模式。

6. 索引模式

此模式记录的图像色彩最多只能容纳 256 色。图像中所使用到的每一种颜色都会产生一个调色板，选用此模式后，由于大幅减少了所需记录的颜色信息，因此可有效减少文件规模，在保存 GIF 格式文件时一定要使用索引颜色模式。

值得注意的是，将图片转换为【灰度】模式或 RGB 色彩模式之后才能再转换为此模式，当由 RGB 色彩模式选择转换为此模式时，就会出现【索引颜色】对话框，如图 5-5 所示，在此可以进行相关设置。

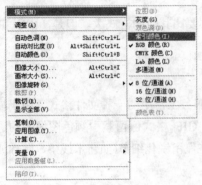

图 5-5 转换模式时打开【索引颜色】对话框

5.1.3 图像的文件格式

在计算机绘图领域中，有相当多的图形图像处理软件，而不同的软件所保存的格式则是不尽相同的。不同的格式也有不同的优缺点，所以每一种格式都有它的独到之处。下面介绍几种主要的图像格式。

1. BMP(*.BMP)

BMP 图像文件最早应用于微软公司推出的 Windows 系统。它支持 RGB、索引色、灰度和位图色彩模式，但不支持 Alpha 通道。该文件格式还可以支持 1~24 位的格式，对于使用 Windows 格式的 4 位和 8 位图像，还可以指定 RLE(Run Length Encoding)压缩，这种压缩方案不会损失数据。

2. TIFF(*.TIIF)

标记图像文件格式 TIFF 的出现是为了便于应用软件之间进行图像数据交换。因此，TIFF 格式应用非常广泛，可以在许多图像软件之间交换。它支持 RGB、CMYK、Lab、索引色、位图模式和灰度模式等色彩模式，并且在 RGB、CMYK 和灰度 3 种色彩模式下还支持 Alpha 通道。Photoshop 支持 TIFF 格式保留图层、通道和路径等信息存储文件。

3. PSD(*.PSD)

PSD 格式是 Adobe Photoshop 生成的图像格式，也是 Photoshop 的默认格式。此格式可以包含层、通道和色彩模式，并且还可以保存具有调节层、文本层的图像。保存图像时，若图像中包含有层，要用 PSD 格式保存。若要将具有层的 PSD 格式图像保存成其他格式的图像，则在保存之前需要先将层合并(Photoshop 7.0 中 TIFF 格式的文件除外)。

PSD 格式是唯一支持所有可用图像模式(位图、灰度、双色调、索引色、RGB、CMYK、Lab 和多通道)、参考线、Alpha 通道、专色通道和图层(包括调整图层、文字图层和图层效果)的格式。

PSD 格式由于包含较多的图像信息，所以它的文件要比其他的格式大。但是，由于 PSD 文件包含有图层，所以便于修改。

4. GIF(*.GIF)

图形交换格式(GIF)是 World Wide Web 及其他联机服务上常用的一种文件格式，用于显示超文本标记语言(HTML)文档中的索引颜色图形和图像。GIF 格式保留索引颜色图像中的透明度，但不支持 Alpha 通道。GIF 格式使用 8 位颜色，并在保留锐化细节(如艺术线条、徽标或带文字的插图)的同时，有效地压缩实色区域。

GIF 格式使用 LZW 压缩，它是无损耗的压缩方法。但是，因为 GIF 文件只有 256 种颜色，故将原 24 位图像优化为 8 位 GIF 图像时会导致颜色信息丢失。另外，Photoshop 和 Image Ready 允许对 GIF 文件应用损耗压缩。使用【损耗】选项可通过牺牲一定的图像品质来生成显著减小的文件。

GIF 支持背景透明度和背景杂边，可将图像边缘与 Web 页的背景色混合。还可以使用 GIF 格式创建动画图像。大多数浏览器都支持 GIF 格式。

5. JPEG(*.JPG)

联合图片专家组(JPEG)格式的图像通常用于图像预览和一些超文本文档(HTML 文档)中。JPEG 格式支持 24 位颜色，并保留照片和其他连续色调图像中存在的亮度和色相变化。JPEG 格式的最大特色就是文件比较小，图像可以进行高倍压缩，是目前所有图像格式中压缩率最高的格式。JPEG 保留 RGB 图像中的所有颜色信息，但通过有选择地扔掉数据来压缩文件大小。因为它会弃用数据，故把 JPEG 压缩称为有损压缩。JPEG 压缩方法会降低图像中细节的清晰度，尤其是包含文字或矢量图形的图像。

JPEG 图像在打开时自动解压缩。压缩的级别越高，得到的图像品质越低；而压缩的级别越低，得到的图像品质越高。在大多数情况下，【最佳】品质选项产生的结果与原图像几乎无分别。

JPEG 支持 CMYK、RGB 和灰度的色彩模式，但不支持 Alpha 通道。

6. EPS(*.EPS)

(Encapsulated PostScript)格式是跨平台的标准格式，其扩展名在 Windows 平台上为*.eps，在 Macintosh 平台上为*.epsf，可以用于存储矢量图形和位图图像文件。EPS 格式采用 PostScript 语言进行描述，可以保存 Alpha 通道、分色、剪辑路径、挂网信息和色调曲线等数据信息，因此 EPS 格式也常被用于专业印刷领域。EPS 格式是文件内带有 PICT 预览的 PostScript 格式，基于像素的 EPS 文件要比以 TIFF 格式存储的相同图像文件所占磁盘空间大，基于矢量图形的 EPS 格式的图像文件要比基于位图图像的 EPS 格式的图像文件小。

7. PNG(*.PNG)

PNG 格式是一种新兴的网络图像格式，也是目前可以保证图像不失真的格式之一。它不仅兼有 GIF 格式和 JPEG 格式所能使用的所有颜色模式，而且能够将图像文件压缩到极限以利于网络上的传输；还能保留所有与图像品质相关的数据信息。这是因为 PNG 格式是采用无损压缩方式来保存文件的，与牺牲图像品质以换取高压缩率的 JPEG 格式有所不同；采用这种格式的图像文件显示速度很快，只需下载 1/64 的图像信息就可以显示出低分辨率的预览图像；PNG 格式也支持透明图像的制作。PNG 格式的缺点在于不支持动画。

⑤.2　图像的获取方式

把自然的影像转换成数字化图像就是图像的获取过程，该过程的实质是进行模/数(A/D)转换，即通过相应的设备和软件，把自然影响模拟量转换成能够用计算机处理的数字量。图像通常用扫描仪、数码照相机直接获取，还可从互联网、光盘图片库等来源获取。

⑤.2.1　通过数字图像库获取

目前存储在 CD-ROM、DVD-ROM 光盘上和 Internet 网络上的数字图像库越来越多，这些图像的内容较丰富，图像尺寸和图像深度可选的范围也较广。利用光盘上的数字图像的优点是图像的质量完全可以满足一般用户的要求，但缺点是图像的内容也许不具备用户的创意设计。用户可根据需要选择已有的数字图像，或再作进一步的编辑和处理。

⑤.2.2　用绘图软件绘制图像

目前，Windows 环境下的大部分图像编辑软件都具有一定的绘图功能。这些软件大多具有较强的功能和很好的图形用户接口，还可以利用鼠标、画笔及数字化画板来绘制各种图形，并进行色彩、文理、图案等的填充和加工处理。对于一些小型的图形、图标、按钮等直接制作很方便，但这不足以描述自然景物和人像。也有一些较专业的绘画软件，通过数字化画板和画笔在屏幕上绘画。这种软件要求绘画者具有一定美术知识及创意基础，例如 CorelDRAW、Illustrator、 Photoshop、AutoCAD 和 3ds Max 等。

计算机　基础与实训教材系列

⑤.2.3　使用数码设备拍摄图像

目前可与计算机相连的数字化摄入设备包括数码照相机和数码摄像机。用这些数字设备可以直接拍摄任何自然景象，按数字格式存储。数码照相机和摄像机都带有标准接口与计算机相连，通过连接转换软件可以将拍摄的数字图像和影像数据转换成计算机中的图像文件和影像文件。虽然其光学性能还不能与传统照相机和摄像机相比，但由于其数字性能与计算机、网络化的发展相适应，因此发展前景十分看好。

⑤.2.4　使用图像扫描技术

图像扫描借助于扫描仪进行，其图像质量主要依靠正确的扫描方法、设定正确的扫描参数、选择合适的颜色深度，以及后期的技术处理。各种图像处理软件中，均可启动 TWAIN 扫描驱动程序。不同厂家的扫描驱动程序各具特色，扩充功能也有所不同。

扫描时，可选择不同的分辨率进行，分辨率的数值越大，图像的细节部分越清晰，但是图形的数据量会越大。表 5-1 列出了图像在不同场合的分辨率数值。

表 5-1　图像在不同场合的分辨率数值

分辨率/dpi	应 用 场 合
96	Windows 环境的信息显示
300	普通彩色印刷
600	高级彩色印刷
720~2880	彩色喷墨打印输出
1200~4800	照片底片扫描

⑤.3　认识 Photoshop CS5

Adobe Photoshop 是基于 Macintosh 和 Windows 平台运行的最为流行的图形图像编辑处理应用程序。Photoshop 应用程序一直都以其界面美观、操作便捷、功能齐全的特点，在众多的图像编辑处理软件中高居榜首。

⑤.3.1　Photoshop CS5 的工作界面

启动 Photoshop CS5 应用程序后，打开任意图像文件，可显示如图 5-6 所示的工作界面。

其中包括应用程序栏、菜单栏、工具选项栏、【工具】面板、垂直停放的面板组、文档窗口和状态栏等组成部分。

图 5-6　Photoshop CS5 的工作界面

1. 应用程序栏

在 Photoshop CS5 中，采用了更为实用的应用程序栏替代了先前版本中的标题栏，如图 5-7 所示。在应用程序栏中，用户可以通过单击 Photoshop 图标，打开快捷菜单，控制图像文件窗口的最大化、最小化、关闭等操作。单击 Bridge 图标按钮可以启用 Adobe Bridge 应用程序。另外，通过应用程序栏还可以显示标尺，控制图像文件的缩放、排列，屏幕模式转换，以及工作区的操作等。

图 5-7　应用程序栏

2.【工具】面板

Photoshop 的【工具】面板中总计有 22 组工具，加上其他弹出式的工具，则所有工具总计达 50 多个。用鼠标单击【工具】面板中的工具按钮图标既可使用该工具，如图 5-8 所示。如果工具按钮右下方有一个三角形符号，则代表该工具还有弹出式的工具，点按住工具按钮则会出现一个工具组，将鼠标移动到工具图标上既可切换不同的工具，也可以按住 Alt 键单击工具按钮以切换工具组中不同的工具。另外，选择工具还可以通过快捷键来执行，工具名称后的字母即是工具快捷键。

其中工具依照功能与用途大致可分别为选取和编辑类工具、绘图类工具、修图类工具、路径类工具、文字类工具、填色类工具以及预览类工具。

【工具】面板底部还有两组工具：填充颜色控制，支持用户设置前景色与背景色；工作模式控制，用来选择以标准工作模式还是快速蒙版工作模式进行图像编辑，如图 5-9 所示。

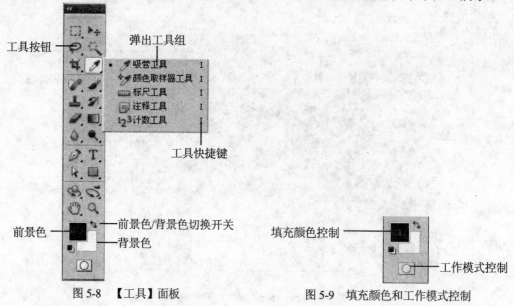

图 5-8 【工具】面板　　　　图 5-9 填充颜色和工作模式控制

3. 工具选项栏

工具选项栏在 Photoshop 应用中具有非常关键的作用，它位于菜单栏的下方，当选中【工具】面板中的任意工具时，工具选项栏就会改变成相应工具的属性设置选项，用户可以很方便地利用它来设置工具的各种属性，它的外观也会随着选取工具的不同而改变，如图 5-10 所示。

图 5-10 选项栏

4. 菜单栏

菜单栏是 Photoshop 的重要组成部分，和其他应用程序一样，Photoshop CS5 将所有的功能命令分类后，分别放入 11 个菜单中。菜单栏提供了包含【文件】、【编辑】、【图像】、【图层】、【选择】、【滤镜】、【分析】、3D、【视图】、【窗口】和【帮助】等 11 个命令菜单，只要单击其中一个菜单，随即会出现一个下拉式菜单命令，如图 5-11 所示。

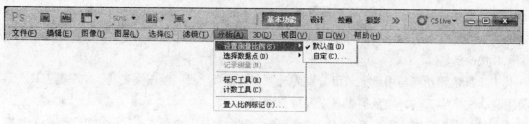

图 5-11 菜单栏

5. 面板组

面板是 Photoshop CS5 工作区中非常重要的组成部分，通过面板可以完成图像处理时工具参数设置，图层、路径编辑等操作。

在默认状态下，启动 Photoshop CS5 应用程序后，常用面板会放置在工作区的右侧面板组中，如图 5-12 所示。一些不常用面板，可以通过选择【窗口】菜单中的相应的命令使其显示在操作窗口内。

⊙　打开和关闭面板

面板最大的优点，就是在需要时可以打开以便进行图像处理，不需要时又可以将其隐藏，以免因控制面板遮住图像而带来不便。面板开启或隐藏的方法为：通过对【窗口】菜单命令的操作，在需要打开的面板名称前单击即可，如图 5-13 所示。面板的显示状态可以从面板名称前面的 √ 得知。这样，在需要时将其打开进行编辑工作，不需要时就可以将其隐藏以便增大显示区域的面积。

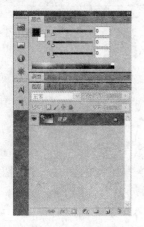
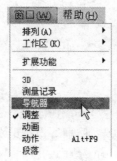

图 5-12　面板组　　　　　　　　　　　　　　图 5-13　打开面板

⊙　拆分和合并面板

默认设置下，每个面板组中都包含 2~3 个不同的面板，如果要同时使用同一面板窗口中的两个不同面板时，就需要来回切换面板显示。

此时最好的解决方法是将这两个面板分离，同时在屏幕上显示。方法很简单，只要在面板名称标签上按住鼠标左键并拖动，将其拖出面板组后，释放鼠标左键就可以将两个面板分开，如图 5-14 所示。同样也可以将某些不常用的面板合并起来，只要用鼠标拖动面板名称标签到要合并的面板上，释放鼠标即可实现面板的合并。

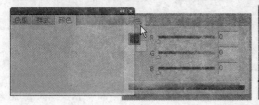

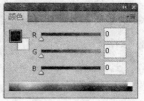

图 5-14　拆分面板

6. 图像窗口与状态栏

文档窗口是对图像进行浏览和编辑操作的主要场所。Photoshop CS5 应用程序改变了以往传统的文档窗口显示，采用了全新的选项卡式文档窗口。当用户在 Photoshop 中打开多幅图像时，可以方便地转换图像文件窗口。打开的图像文件名称显示在选项卡上。状态栏位于文档窗口的底部，用于显示诸如当前图像的缩放比例、文件大小以及有关使用当前工具的简要说明等信息。在最左端的文本框中输入数值，然后按下 Enter 键，可以改变图像窗口显示比例，如图 5-15 所示。

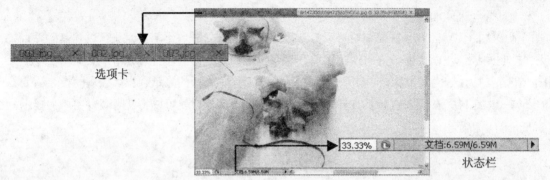

图 5-15　图像窗口及状态栏

⑤.3.2　调整图像尺寸

图像文件的大小、图像的画面尺寸和图像分辨率是一组相互关联的图像属性，在图像处理的过程中，会经常需要对它们进行设置或调整，以满足实际操作的需要。在认识了 Photoshop CS5 后，就可以使用它来对图像进行简单的编辑操作了，本节主要来介绍如何调整图像的尺寸。

1. 使用图像大小命令

更改图像的像素大小不仅会影响图像在屏幕上的大小，还会影响图像的质量及其打印。在 Photoshop CS5 中，可以选择菜单栏中的【图像】|【图像大小】命令，打开【图像大小】对话框来调整图像的像素大小、打印尺寸和分辨率。

【例 5-1】在 Photoshop CS5 应用程序中，使用【图像大小】命令调整图像。

(1) 选择菜单栏中的【文件】|【打开】命令，在【打开】对话框中选中一幅图像文件，然后单击【打开】按钮打开该图像文件，如图 5-16 所示。

(2) 选择菜单栏中的【图像】|【图像大小】命令，打开【图像大小】对话框。在该对话框中，设置文档大小选项区域的【宽度】选项为 15 厘米，相应的【高度】选项也会进行对应的变化。如图 5-17 所示。

📖 知识点

在【图像大小】对话框中，【像素大小】选项区域用于设置图像文件的显示分辨率大小，该参数数值将决定图像文件在显示器上的显示尺寸；【文档大小】选项区域用于设置图像文件的尺寸和图像分辨率。

图 5-16 打开图像

图 5-17 调整图像大小

(3) 在【分辨率】数值框中输入数值 500，然后单击【图像大小】对话框中的【确定】按钮应用对图像的调整，如图 5-18 所示。

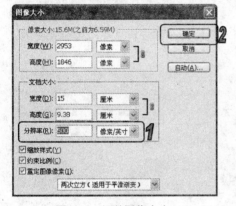

图 5-18 调整图像大小

知识点

如果图像文件中包含了应用样式的图层，则应选中【缩放样式】复选框；选中【约束比例】复选框，在【宽度】和【高度】选项后将出现链接标志，表示只要修改其中一个参数，另一个参数也将按相同比例改变；选中【重定图像像素】复选框，可以改变像素的大小，并可选择新取样像素的方式。

2. 使用画布大小命令

画布是指图像文件可编辑的区域。选择【图像】|【画布大小】命令可以增大或减小图像的画布大小。增大画布的大小会在现有图像画面周围添加空间。减小图像的画布大小会裁剪图像画面。

【例 5-2】在 Photoshop CS5 应用程序中，使用【画布大小】命令调整图像。

(1) 选择菜单栏中的【文件】|【打开】命令，在【打开】对话框中，选择打开一个图像文件。如图 5-19 所示。

(2) 选择菜单栏中【图像】|【画布大小】命令，可以打开【画布大小】对话框。在打开的【画布大小】对话框中的框上部显示了图像文件当前的宽度和高度，通过在【新建大小】选项区域中重新设置，可以改变图像文件的宽度、高度和度量单位。在【宽度】和【高度】数值框中各增加 1 厘米。如图 5-20 所示。另外，如果要减小画布，会打开一个询问对话框，提示用户若要减小画布必须将原图像进行裁切，单击【继续】按钮在改变画布大小的同时将

剪切部分图像。

图 5-19　打开图像　　　　　　　　　　　　图 5-20　调整图像大小

（3）在【定位】选项中，单击要减少或增加画面的方向按钮，可以使图像文件按设置的方向对图像画面进行删减或增加。这里不做修改。然后在【画布扩展颜色】下拉列表中选择【黑色】。设置完成后，单击【画布大小】对话框中的【确定】按钮即可应用设置，完成对图像文件大小的调整，如图 5-21 所示。

图 5-21　调整图像

3. 使用【裁剪】工具

在 Photoshop CS5 中，除了通过改变画布大小裁减图像画面外，还可以使用【裁剪】工具裁剪指定区域外的图像画面。使用这两种裁剪图像的方式，可以在不改变图像文件分辨率的情况下改变图像画面尺寸。

使用【裁剪】工具可以指定保留区域的同时，裁剪保留区域外的图像区域。选择【工具】调板中的【裁剪】工具，然后在图像文件窗口中按下鼠标并拖动，释放鼠标即可创建一个矩形定界框，如图 5-22 所示。

该矩形定界框上有 8 个可供控制手柄，移动光标至手柄位置上，按下鼠标并拖动，即可调整定界框的区域范围；移动光标至定界框外，会变成旋转控制手柄，按下鼠标并拖动，即可围绕定界框的中心点旋转；移动光标至定界框的中心点，按下鼠标并拖动，即可改变定界框的中心点位置。当进行旋转定界框操作时，会以重新设置的中心点进行旋转。调整定界框区域后，按 Enter 键或者在定界框内双击，即可裁剪定界框之外的图像区域。

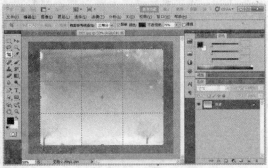

图 5-22　裁剪图像

5.3.3　Photoshop 中选区的确定

在编辑和处理图像的过程中，首先需要建立各种不同的选区。Photoshop CS5 提供了多种选区工具，利用这些工具，用户可轻易地创建出不同的选区。

1. 选框工具

选框工具包括【矩形选框】工具、【椭圆选框】工具、【单行选框】工具和【单列选框】工具。右击选框工具按钮即可选择这些工具，如图 5-23 所示。使用这些选框工具可以创建出具有规则形状的选取范围，如矩形、椭圆形等选择范围。

- ◉ 【矩形选框工具】：用于创建矩形或正方形形状的选区范围。
- ◉ 【椭圆选框工具】：用于创建椭圆形或圆形形状的选区范围。选择【椭圆选框工具】后，在选项栏中可以设置是否启用【消除锯齿】复选框。
- ◉ 【单行选框工具】：用于创建宽度为 1 个像素的横向选区范围。
- ◉ 【单列选框工具】：用于创建宽度为 1 个像素的纵向选区范围。

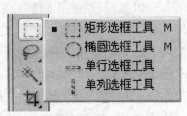

图 5-23　选框工具

> 💡 **提示**
>
> 【矩形选框工具】和【椭圆选框工具】操作方法相同，在操作过程中，按住 Shift 键，可以创建正方形或圆形形状的选区范围；按住 Alt 键，可以以起点为中心创建选区范围；按住 Shift+Alt 键，可以创建以起始点为中心点的正方形或圆形形状的选区范围。

计算机 基础与实训教材系列

2. 套索工具

对于实际操作过程中，需要创建的不规则选区可以使用【工具】面板中的套索类工具，其中包括【套索工具】、【多边形套索工具】和【磁性套索工具】。

⦿ 【套索工具】：以拖动光标的手绘方式创建选区范围，实际上就是根据光标的移动轨迹创建选区范围。该工具特别适用于对选取要求精度不高的小区域添加或减少选区的操作。

⦿ 【多边形套索工具】：通过绘制多个直线段并连接，最终闭合线段区域后创建出选区范围。该工具适用于对精度有一定要求的操作。

⦿ 【磁性套索工具】：通过画面中颜色的对比自动识别对象的边缘，绘制出由连接点形成的连接线段，最终闭合线段区域后创建出选区范围。该工具特别适用于创建与背景对比强烈且边缘复杂的对象选区范围。

3. 魔术棒工具

Photoshop 提供了两种魔棒工具：【魔棒工具】和【快速选择工具】，它们可以快速选择色彩变化不大，且色调相近的区域。

【魔棒工具】是根据颜色分布情况创建选区范围。只需要在所要操作的颜色上单击，Photoshop CS5 就会自动将图像中包含单位位置的颜色部分作为选区进行创建。

【快速选择工具】可以利用可调整的圆形画笔笔尖快速绘制选区。拖动时，选区会向外扩展并自动查找和跟随图像中定义的边缘。

 知识点

> 在【魔棒工具】的选项栏中，【容差】数值框用于设置颜色选择范围的误差值，容差值越大，所选择的颜色范围也就越大；【消除锯齿】复选框用于创建边缘较平滑的选区；【连续】复选框用于设置是否在选择颜色选区范围时，对整个图像中所有符合该单击颜色范围的颜色进行选择；【对所有图层取样】复选框，可以对图像文件中所有图层的图像进行操作。

4.【色彩范围】命令

【色彩范围】命令可以选择现有选区或整个图像内指定的颜色或色彩范围，它比【魔棒】工具更加准确。选择菜单栏中的【选择】|【色彩范围】命令，可以打开【色彩范围】对话框，如图 5-24 所示。在【色彩范围】对话框的【选择】下拉列表框中，可以指定选中图像中的红、黄、绿等颜色范围，也可以根据图像颜色的亮度特性选择图像中的高亮部分、中间色调区域或较暗的颜色区域，如图 5-25 所示。选择该下拉列表框中的【取样颜色】选项，可以直接在对话框的预览区域中单击选择所需颜色，也可以在图像文件窗口中单击进行选择操作。在该对话框中，通过移动【颜色容差】选项的滑块或在其文本框中输入数值的方法，可以调整颜色容差的参数数值。

图 5-24 【色彩范围】对话框

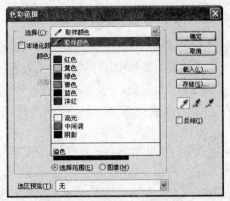

图 5-25 【选择】下拉列表框

在【色彩范围】对话框中，选择【选择范围】或【图像】单选按钮，可以在预览区域预览选择的颜色区域范围，或者预览整个图像以进行选择操作，如图 5-26 所示。

通过选择【选区预览】下拉列表框中的相关预览方式，可以预览操作时图像文件窗口的选区效果。如图 5-27 所示。

图 5-26 设置预览

图 5-27 预览方式

⑤.3.4　Photoshop 中的常用面板

面板是 Photoshop CS5 工作区中的重要组成部分，熟悉了 Photoshop CS5 中的常用面板，可以在编辑图像文件的时候更加得心应手。

1. 【导航器】面板

【导航器】面板主要用于改变视图的比例，确定显示区域在整个图像中的位置，如图 5-28 所示。拖动【导航器】面板上的滑块，可以改变图片的显示比例，另外也可以在面板左下角的文本框中输入比例数值，然后按下 Enter 键，图像的显示大小即可按照该比例进行调整。

2．【图层】面板

图层是 Photoshop 中最有特色的概念，利用图层功能可将若干幅图像经过处理后合并在一起。在【图层】面板中用户可方便地查看各个图层，如图 5-29 所示。单击某一图层的【眼睛】图标可将该图层隐藏，再次单击可将该图层重新显示。

3．【通道】面板

在 Photoshop 中，通道分为颜色通道、Alpha 通道、复合通道、专色通道等类型，这些通道几乎记录了图像中的所有信息，任何的修改几乎都会影响通道的内容。【通道】面板默认显示的是颜色通道，默认选中的是 RGB 综合通道，如图 5-30 所示。单击可选中某个单色通道。

图 5-28　【导航器】面板

图 5-29　【图层】面板

图 5-30　【通道】面板

4．【路径】面板

【路径】面板主要用于存储和管理使用钢笔工具创建的路径，如图 5-31 所示。路径可以通过钢笔工具绘制，另外也可以通过选区进行转化。同样路径也可以转化为选区。

5．【历史记录】面板

【历史记录】面板中记录了用户对图像操作的每一步动作，如图 5-32 所示。如果需要撤销操作到某一步骤，只需单击历史记录上的该步骤名称即可。

6．【动作】面板

【动作】面板用于记录用户的操作过程，并重复执行这些动作，这样可以节省大量的重复性操作，如图 5-33 所示。【动作】面板中提供了记录、执行、分配快捷键等功能。

图 5-31　【路径】面板

图 5-32　【历史记录】面板

图 5-33　【动作】面板

7.【样式】面板

【样式】面板中提供了许多预先定义好的图层样式，使用时首先在【图层】面板中选择一个图层，然后在【样式】面板中单击某种样式，即可应用该样式，如图 5-34 所示。

8.【颜色】面板

用户可在该面板中精确的调制前景色和背景色，该面板相当于一个调色盘，可以通过调整 R(红)、G(绿)、B(蓝)3 种颜色的亮度，来调制出自己想要的颜色，如图 5-35 所示。

9.【画笔】面板

在工具箱中单击画笔工具，在软件窗口右上角单击【画笔】标签，即可打开【画笔】面板，该面板主要用来定制画笔的各种参数，如【笔尖形状】和【纹理】等，如图 5-36 所示。

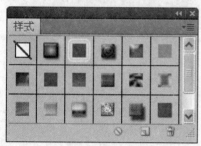
图 5-34　【样式】面板

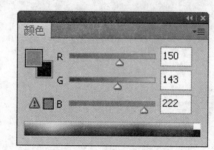
图 5-35　【颜色】面板

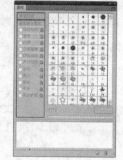

图 5-36　【画笔】面板

计算机 基础与实训教材系列

5.4　Photoshop 中的图层

图层是 Photoshop 中最具有魅力的功能，利用 Photoshop 图层功能，可以将若干个图像经过处理合成在一起，从而构成一幅完美的图像。

5.4.1　图层的概念

图层是 Photoshop 中非常重要的一个概念，它是实现在 Photoshop 中绘制和处理图像的基础。图层看起来似乎非常复杂，但其概念实际上却相当的简单。

把图像的文件中的不同部分分别放置在不同的独立图层上，这些图层就好像一些带有图像的透明拷贝纸，互相堆叠在一起。将每个图像放置在独立的图层上，用户就可以自由地更改文档的外观和布局，而且这些更改结果不会互相影响。在绘图、使用滤镜或调整图像时，这些操作只影响所处理的图层。如果对某一图层的编辑结果不满意，则可以放弃这些修改，重新再做，这时文档的其他部分不会受到影响。

⑤.4.2　图层面板

对图层的操作都是在【图层】面板上完成的，选择【窗口】|【图层】命令，可以打开【图层】面板，如图 5-37 所示。单击【图层】面板右上角的扩展菜单按钮，可以打开【图层】面板扩展菜单，如图 5-38 所示。

【图层】面板用于创建、编辑和管理图层，以及为图层添加样式等操作。面板中列出了所有的图层、图层组和图层效果。如要对某一图层进行编辑，首先需要在【图层】面板中单击选中该图层，所选中图层称为【当前图层】。

图 5-37　【图层】面板

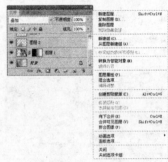

图 5-38　扩展菜单

在【图层】面板中有一些功能设置按钮与选项，通过设置它们可以直接对图层进行相应的编辑操作。使用这些按钮等同于执行【图层】面板菜单中的相关命令。

- 锁定按钮：用来锁定当前图层的属性，包括图像像素、透明像素和位置。
- 设置图层混合模式：用来设置当前图层的混合模式，可以混合所选图层中的图像与下方所有图层中的图像。
- 设置图层不透明度：用于设置当前图层中图像的整体不透明程度。
- 设置填充不透明度：设置图层中图像的不透明度。该选项主要用于图层中图像的不透明度设置，对于已应用于图层的图层样式，则不产生任何影响。
- 图层显示标志：用于显示或隐藏图层。当在图层左侧显示有此图标时，表示图像窗口将显示该图层的图像。单击此图标，图标消失并隐藏图像窗口中该图层的图像。
- 链接图层：可将选中的两个或两个以上的图层或组进行链接，链接后的图层或组可以同时进行相关操作。
- 添加图层样式：用于为当前图层添加图层样式效果，单击该按钮，将弹出命令菜单，从中可以选择相应的命令为图层添加特殊效果。
- 添加图层蒙版：单击该按钮，可以为当前图层添加图层蒙版。
- 创建新的填充或调整图层：用于创建调整图层。单击该按钮，在弹出的命令菜单中可以选择所需的调整命令。
- 创建新组：单击该按钮，可以创建新的图层组，它可以包含多个图层，并可将包含的图层作为一个对象进行查看、复制、移动、调整顺序等操作。

- ◉　创建新图层 ：单击该按钮，可以创建一个新的空白图层。
- ◉　删除图层 ：单击该按钮可以删除当前图层。

另外，每个图层在【图层】面板中都会有一个缩览图，用于显示该图层中的图像内容。想要调整其显示的大小，可以单击【图层】面板右上角的扩展菜单按钮，在打开的面板控制菜单中选择【面板选项】命令，在打开的对话框中，可以根据需要设置缩览图。如图 5-39 和图 5-40 所示。

图 5-39　选择【面板选项】命令

图 5-40　【图层面板选项】对话框

⑤.4.3　图层的基本操作

图层的基本操作包括创建图层、选择当前图层、显示与隐藏图层、改变图层的排列顺序、复制图层、删除图层、拼合图层以及保留图层等。

1. 创建图层

创建图层是进行图层处理的基础。在 Photoshop CS5 中，用户可以在一个图像中创建很多图层，并可以创建不同用途的图层，主要有普通图层、调整图层和填充图层。用户对每个图层的操作都是独立的，因此使用图层可以进行复杂的图像处理。

Photoshop 中会自动创建用户所需的大部分图层，如使用拷贝和粘贴图像，或者在两个文件之间拖动图层时，都会自动添加一个新的图层。但用户要想创建普通的空白图层，一种方法是单击【图层】面板底部的【创建新图层】按钮 ，即可以在当前图层上新建一个图层，新建的图层会自动成为当前图层。

另一种方法是选择菜单栏中的【图层】|【新建】|【图层】命令或单击【图层】面板右上角的扩展菜单按钮，在打开的控制菜单中选择【新建图层】命令，打开【新建图层】对话框。然后通过设置打开的【新建图层】对话框创建新图层。如图 5-41 所示。

图 5-41　创建图层

2. 选择当前图层

单击图 5-39 中所示的图层的名称，即可选中并激活该图层，选中图层后，所有的编辑操作都只针对该图层有效。

3. 显示与隐藏图层

单击图 5-39 中所示的图层名称前面的【眼睛】图标，可以显示或隐藏图层。

4. 改变图层的排列顺序

默认情况下，图层的顺序是按照建立的先后顺序排列的，新建的图层往往位于最上层。其中上层的内容将遮挡住下层的内容(透明区域除外)。当遮挡的顺序不符合要求时，用户可调整图层的排列顺序，此时只需用鼠标拖动图层窗口上下移动即可。

5. 复制图层

Photoshop CS5 提供的多种复制图层的方法，可以进一步方便用户创建多种图像效果，如阴影效果、发光效果等。在复制图层时，可以在同一图像文件内复制任何图层(包括【背景】图层)，也可以复制选择操作的图层至另一个图像文件中。

选中图层内容后，可以利用【复制】和【粘贴】命令在同一图像或不同图像间复制图层。另外，也可以选择【移动】工具，拖动原图像的图层至目的图像文件中，从而进行不同图像间图层的复制。

还可以单击【图层】面板右上角的扩展菜单按钮，在打开的控制菜单中选择【复制图层】命令，然后在打开的【复制图层】对话框中设置所需参数。

这里，也可以在需复制的图层上右击，从打开的快捷菜单中选择【复制图层】命令，然后在打开的【复制图层】对话框中设置所需参数；或者在【图层】面板中拖动所需复制的图层到面板底部的【创建新图层】按钮 上并释放，同样可以复制图层。

6. 删除图层

在图像处理中，对于一些不使用的图层，虽然可以通过隐藏图层的方式取消它们对图像整体显示效果的影响，但是它们仍然存在于图像文件中，并且占用一定的磁盘空间。因此，用户可以根据需要及时删除【图层】面板中不需要的图层，以精简图像文件。删除图层有以下几种方法。

- ⊙ 选择需要删除的图层，拖动其至【图层】面板底部的【删除图层】按钮上并释放鼠标，即可删除所选择的图层。
- ⊙ 选择需要删除的图层，单击【图层】面板底部的【删除图层】按钮，在弹出的对话框中单击【是】按钮即可删除所选择的图层。
- ⊙ 选择需要删除的图层，单击右键，在弹出的菜单中选择【删除图层】命令，然后在弹出的对话框中单击【是】按钮即可删除所选择的图层。

7. 拼合图层

要合并【图层】面板中的多个图层，可以在【图层】面板的控制菜单中选择相关的合并命令。

⊙ 【向下合并】命令：选择该命令，可以合并当前选择的图层与位于去其下方的图层，合并后会以选择的图层下方的图层名称作为新图层的名称。

⊙ 【合并可见图层】命令：选择该命令，可以将【图层】面板中所有可见图层合并入当前选择的图层中。

⊙ 【拼合图像】命令：选择该命令，可以合并当前所有的可见图层，并且删除【图层】面板中的隐藏图层。在删除隐藏图层的过程中，会打开一个系统提示对话框，单击【确定】按钮即可完成图层的合并。

⑤.5 使用 Photoshop CS5 处理图片

图像在采集过程中，可以通过拍摄技巧，添加一定的特殊效果，从而增加图片的品味和艺术感，但这对图像采集者的拍摄水平要求比较高，而且可以实现的效果有限。通过图像处理软件可以轻松地实现朦胧、渐变、闪光等多种特殊效果。读者在对 Photoshop CS5 有了初步的了解后，就可以使用它来处理图片了。

⑤.5.1 修复曝光不足的照片

使用数码相机拍摄的照片往往会有很多让人不满意的地方，例如任务皮肤粗糙、曝光不足等。利用 Photoshop CS5 可以轻易地弥补这些不足。本节来介绍如何修复曝光不足的照片。

【例 5-3】使用 Photoshop CS5 修复曝光不足的照片。

(1) 启动 Photoshop CS5 应用程序，打开要修复的照片，如图 5-42 所示。选择【图像】|【调整】|【色阶】命令，打开【色阶】对话框，如图 5-43 所示。

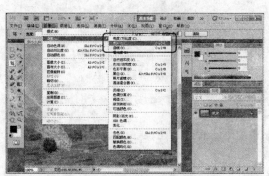

图 5-42 选择【色阶】命令

图 5-43 【色阶】对话框

(2) 从【色阶】对话框中可以看出直方图的低光和高光部分没有图像，说明图像的高光部分设置太高，图像较暗，而低光部分设置较低，图像较亮。此时可调节低光部分的滑块，直到左侧有图像的位置，调节高光部分的滑块，直到右侧有图像的位置，如图 5-44 所示。

(3) 调节完成后，单击【确定】按钮，效果如图 5-45 所示。

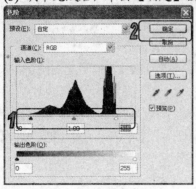

图 5-44　调整亮度

图 5-45　调整后的效果

⑤.5.2　制作撕裂图片效果

使用 Photoshop CS5 能够将图片制作出许多特殊的效果，这些效果可以应用到各种多媒体素材中。本节来介绍如何制作撕裂效果的图片。

【例 5-4】使用 Photoshop CS5 为图片制作撕裂效果。

(1) 启动 Photoshop CS5 应用程序，打开要制作的照片，在【图层】面板中右击背景图层，然后选择【复制图层】命令，复制背景图层，如图 5-46 所示。

(2) 选择背景图层，然后选择【图像】|【画布大小】命令，打开【画布大小】对话框，在该对话框中将【宽度】和【高度】都增加 100 像素，如图 5-47 所示。

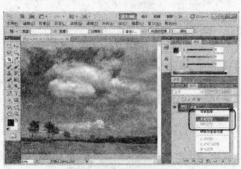

图 5-46　复制背景图层

图 5-47　【画布大小】对话框

(3) 单击【确定】按钮，应用设置，然后将背景色设置为白色，再按 Ctrl+Delete 组合键，将背景图层填充为白色。

(4) 在左侧的工具栏中选择套索工具，然后在图片中绘制一个如图 5-48 所示的选区。选择【滤镜】|【像素化】|【晶格化】命令，打开【晶格化】对话框，在【单元格大小】文本框内设置数值为 5，如图 5-49 所示。

图 5-48　填充背景图层

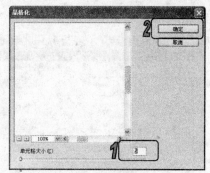

图 5-49　创建选区

(5) 单击【确定】按钮，然后选中【背景副本】图层。单击【图层】面板中的【添加图层蒙版】按钮，为图层添加一个矢量蒙版，如图 5-50 所示。

(6) 使用磁性套索工具选中图像左侧的区域，然后按下 Ctrl+Shift+J 键，新建一个图层，并将选中部分从整体中分离出来存入【图层 1】中，如图 5-51 所示。

图 5-50　添加图层蒙版

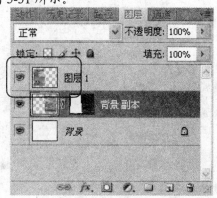

图 5-51　新建图层

(7) 在【背景副本】图层中删除矢量蒙版，如图 5-52 所示。选中【图层 1】，执行【编辑】|【自由变换】命令，然后调节图片的中心点，通过自由变换将这半张图像分开并旋转一个角度。

(8) 使用同样的方法，通过【自由变换】命令，将另半张图片也分开并旋转一个适当的角度，效果如图 5-53 所示。

图 5-52　删除图层蒙版

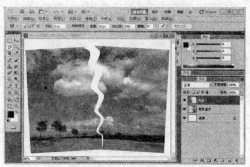

图 5-53　效果展示

(9) 双击【图层 1】，打开【图层样式】对话框，在【投影】选项卡中设置【角度】为 128，距离为 12 像素, 如图 5-54 所示。

(10) 使用同样的方法为另一半图像也设置投影, 最终效果如图 5-55 所示。

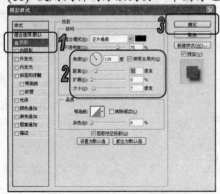

图 5-54 【图层样式】对话框

图 5-55 最终效果展示

⑤.5.3 制作光盘封面效果

在多媒体制作中经常要将制作好的多媒体刻录成光盘存储, 为了使光盘的内容能够通过光盘封面有效地传递给用户, 需要制作精美的光盘封面, 本节利用 Photoshop CS5 来制作一张光盘封面效果的图片。

【例 5-5】使用 Photoshop CS5 制作一张光盘封面效果的图片。

(1) 启动 Photoshop CS5 应用程序, 将前景色设置为白色, 背景色设置为蓝色, 然后选择【文件】|【新建】命令, 打开【新建】对话框, 设置如图 5-56 所示的参数, 然后单击【确定】按钮, 新建一个图像文件。

(2) 按下 Ctrl+Delete 组合键将背景色填充为蓝色, 选择【视图】|【标尺】命令, 显示标尺, 然后使用鼠标从标尺栏中拖出两条相交的辅助线来确定画面的中心, 如图 5-57 所示。

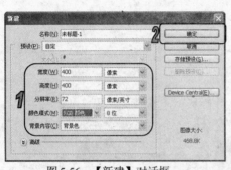

图 5-56 【新建】对话框

图 5-57 确定中心

(3) 在【图层】面板中单击【创建新图层】按钮, 创建【图层 1】, 如图 5-58 所示。然后右击【矩形选框工具】, 选择【椭圆选框工具】, 在按住 Alt+Shift 键的同时, 以中心点为圆心拖动绘制出一个正圆，如图 5-59 所示。

图 5-58 新建图层

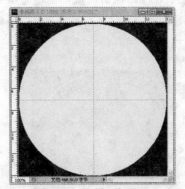

图 5-59 绘制一个正圆

(4) 在工具箱中单击【渐变工具】按钮，在选项框中单击渐变色条，弹出渐变拾色器，单击右上角的三角按钮，在弹出的下拉菜单中选择【金属】选项，如图 5-60 所示。

(5) 在渐变调色板中选择【银色】渐变选项，单击【确定】按钮后，在【渐变工具】属性栏中单击【径向渐变】按钮，并在画面的圆形区域拖动，效果如图 5-61 所示。

图 5-60 选择【金属】选项

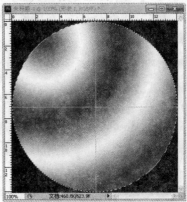

图 5-61 渐变填充

(6) 在图片的素材库中打开所需的图片，然后将该图片拖动到图 5-61 所示的画面中，得到【图层 2】效果如图 5-62 所示。使用椭圆工具以中心点为圆心绘制一个比第一个圆小些的正圆，然后反向选择选区，按 Delete 键删掉不要的部分，效果如图 5-63 所示。

图 5-62 打开图片

图 5-63 删除不要的部分

计算机 基础与实训教材系列

(7) 在【图层】面板中创建【图层3】，然后使用椭圆工具以中心点为圆心继续绘制正圆，并使用渐变工具填充，效果如图 5-64 所示。

(8) 按照同样的方法再次绘制一个较小的正圆，并删除选区内的内容，如图 5-65 所示。

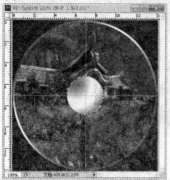
图 5-64　绘制小圆并填充

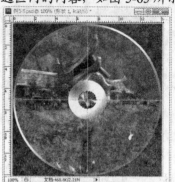
图 5-65　删除不要的部分

(9) 按住 Ctrl 键的同时选定【图层1】、【图层2】和【图层3】，然后按 Ctrl+E 键合并图层，并删除最小的圆形选区内的内容，效果如图 5-66 所示。

(10) 使用横排文本工具，在图像中添加所需的文字，并在属性栏中设置字体、字号和颜色，最终效果如图 5-67 所示。

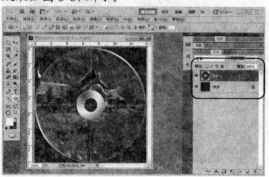
图 5-66　合并图层

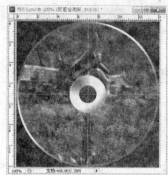
图 5-67　添加文字

5.6　上机练习

本章主要介绍了多媒体制作过程中图像元素的获取和处理方法，以及图像的相关知识。通过对本章的学习，读者应对图像的相关知识有所了解并能使用 Photoshop CS5 处理简单的图像问题。本次上机练习使用 Photoshop CS5 来制作一个下雪效果，以使读者巩固本章所学的内容。

(1) 启动 Photoshop CS5 应用程序并打开需要处理的图片，右击背景图层，选择【复制图层】命令，创建一个背景图层的副本，如图 5-68 所示。

(2) 选择【滤镜】|【像素化】|【点状化】命令，打开【点状化】对话框，在【单元格大小】文本框中设置数值为 3，如图 5-69 所示。

图 5-68　复制背景图层

图 5-69　【点状化】对话框

(3) 选择【滤镜】|【模糊】|【动感模糊】命令，打开【动感模糊】对话框，在该对话框中设置【角度】为 60，【距离】为 10，如图 5-70 所示。

(4) 选中背景图层，然后选择【图像】|【调整】|【去色】命令，将图像转化为灰度图像，如图 5-71 所示。

图 5-70　【动感模糊】对话框

图 5-71　转化为灰度图像

(5) 右击【背景 副本】图层，选择【混合选项】命令，如图 5-72 所示，打开【图层样式】对话框，此时默认打开【混合选项：自定】选项卡，如图 5-73 所示。

(6) 在【混合模式】下拉列表框中设置混合模式为【滤色】，然后单击【确定】按钮，关闭【混合模式】对话框，此时图像效果如图 5-74 所示。

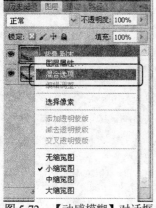

图 5-72　【动感模糊】对话框

图 5-73　转化为灰度图像

计算机 基础与实训教材系列

图 5-74　设置混合模式

5.7　习题

1. 图像分为哪两种类型，它们各自有什么特点？

2. 常用的色彩模式都有哪些？常见的图像文件格式都有哪些？

3. 获取图像文件的格式有哪几种？

4. 根据所学的知识，使用 Photoshop CS5 制作出如图 5-75 所示的水彩画效果。

图 5-75　原图和水彩画效果图

5. 使用 Photoshop CS5 制作出如图 5-76 所示的素描画效果。

图 5-76　原图和素描效果图

第6章

数字音频的获取与处理

学习目标

声音是多媒体作品中最能触动人们的元素之一，充分利用声音的魅力是实现优秀多媒体作品的关键，使用错误的声音将会削弱作品的表现力。本章主要介绍声音的基本概念，包括声音产生的原理、类型、常见格式、声音的播放控制、声音素材的获取方式以及声音素材的基本处理手段等内容。

本章重点

- ◉ 声音的基本概念
- ◉ 声音的采集方式
- ◉ 使用 Adobe Audition 编辑音频文件
- ◉ 声音的特殊效果

6.1 声音的基本概念

音频是多媒体技术的重要特征之一，是携带信息的重要媒体。在计算机多媒体技术中，音频的种类主要有波形音频、MIDI 音频和 CD 唱盘音频。另一方面，声音还是人类进行交流和认识自然的主要媒体形式，语言、音乐和自然之声构成了世界万物的丰富内涵，人类被包围在丰富多彩的声音世界当中。

6.1.1 声音的产生原理与基本参数

空气中某个物体在外力作用下产生振动将会引起压力波，这种压力波通过空气等介质传播到人耳中，便产生了声音。

声音可以用声波来表示，在空气中，声波以每小时 750 英里的速度传播。声波有两个基本属性：频率和振幅。频率是指声波在单位时间内变化的次数，以赫兹(Hz)来表示，通常情况下，人们说话的声音频率范围在 300Hz 到 3000Hz 之间。振幅描述的是声音的强度，以分贝(dB)来表示，通常人们所说的声音大，其实是声音的强度大。

音调、音强、音色是声音的 3 大要素，音调与频率有关，音强与振幅有关，音色与混入基音的泛音有关，不同的人具有不同的音色，这也就是人们能够"闻其声而辨其人"的原因。计算机的音频信号(20~2000Hz)主要有 3 种：语音、音乐和效果声。

6.1.2 声音的常见类型

按照不同的标准，声音的分类也不尽相同。例如按照记录声音的原理和介质不同，声音分为机械声音、电磁声音、数字声音等，按照内容、频谱、频域、时域标准又可分为自然音、纯音、复合音、超音等。多媒体所使用的声音是数字音频，因为计算机中对声音的处理采用的是数字化方式，任何模拟声音都必须先数字化后才可以在计算机中进行处理。按照这种标准，多媒体中的声音分为数字音频和 MIDI 音频。

1. 数字音频

在计算机中，模拟信号转化为数字信号的过程称为数字化，当声音波形被转化为数字时就得到了数字音频。可以通过话筒、电子合成器、磁带录音、实时广播、CD 等工具将声音数字化，数字化的过程其实也就是模拟信号的采样、量化、编码过程。

⊙ 采样：采样是将模拟信号转化为数字信号的首要环节，计算机对信号的表示是通过一个一个的 0、1 代码来实现的，而模拟音频信号是连续的，通过在不同时间点选取波形值，并通过数字来记录该点的值以存储声音信号的过程就称为采样。如图 6-1 所示，图中的轴表示时间轴，上图是原模拟图形，下图中的点表示对模拟图形在时间点的采样点。采样率越高，采样点也就越多，在播放数字音频时，声音也就越容易还原。多媒体中最常用的采样频率分别是 44.1KHz(CD 音频)、22.05KHz 和 11.025KHz 的 CD 音质采样率，采样深度为 8 位或 16 位。

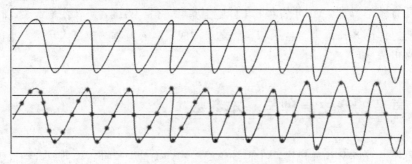

图 6-1　对模拟图形进行采样

- 量化：采样后的模拟信号用数字表示并存储称为量化。对于每个采样点，计算机都将会分配一定的位数来存储采样点的值，也就是振幅大小，通常将这个二进制位数称之为采样精度，也称为量化位数。采样精度越高，数字化后的波形的振幅越为精确，音频效果也越好。

- 编码：在对采样点进行量化时，产生量化噪声是不可避免的，为了去除信号的冗余和降低量化噪声，同时也为了减少数据在计算机中所占用的存储量，通常以编码的方式将离散的量化值加以记录。数字音频的编码方式大致有以下几种：波形编码、参数编码和混合编码等。

2. MIDI 音频

通过 MIDI(音乐设备数字接口)，可以在多媒体项目中添加自己创作的音乐。但是，制作 MIDI 音乐与音频数字化的过程完全不同。如果把数字化音频类比成位图化的图像(二者都利用采样技术将原始的模拟媒体转化为数字化的拷贝)，那么 MIDI 就可以类比为结构化矢量化的图像(二者都利用给定的指令在运行时重建原始媒体)。

对于数字化的音频，只需要利用声卡即可播放音频文件，但为了制作 MIDI 音乐，需要一个编曲器和一个声音合成器(一般放置在 PC 机的声卡上)，此外，使用一个 MIDI 键盘可以简化 MIDI 乐谱的制作。

编曲器软件允许录制和编辑 MIDI 数据。这一软件并不是记录每一个音符，而是创建与每一个音符在 MIDI 键盘上播放时有关的数据。例如，播放的是哪一个音符，在键盘上播放这一音符时施加的力量有多大，这个音符保持多长时间，这个音符衰减需要多长时间。编曲器软件还可以对乐谱进行量化来调节节拍不一致的问题，由于播放的音乐质量取决于终端用户的 MIDI 设备，而不是录音本身，因而 MIDI 是与设备有关的。

一旦已经完成音频材料的收集，需要对其进行编辑以便适应多媒体项目的需要。在编辑过程中，用户还会不断地有新的创意产生，由于编辑 MIDI 数据非常方便，可以对音乐做细微的调整。由于 MIDI 与设备有关，同时与用户使用的播放硬件设备的质量有很大关系，因此，MIDI 在多媒体工作中的主要角色是发布媒介，从目前来看，MIDI 是为多媒体项目创建原始音乐素材的最佳途径，使用 MIDI 能够带来用户所希望得到的灵活性和创新控制。但是编辑完 MIDI 音乐并使之能够用于多媒体项目后，就应该将之转化成数字音频数据来准备发布。

相对于数字音频，MIDI 音频具有以下特点。

- MIDI 文件比数字音频文件尺寸要小，它的体积大小与播放质量完全无关。因此，它经常被嵌入到网页中，这样下载和播放速度要比数字音频快得多。

- 在某些情况下，如果使用的 MIDI 声源质量很高，MIDI 将会比数字音频文件听起来更好。

- 可以在不改变音乐的节拍或者不对音质造成损坏的情况下改变 MIDI 文件长度。MIDI 数据是完全可编辑的，例如可降低单个音符的音调。用户可以处理 MIDI 音乐很小的一个单元，而对于数字音频来说，这是不可能实现的。

MIDI 音频一般适用于下列情况：

◉ 由于无法获得足够的 RAM 存储器、硬盘存储空间、CPU 处理能力或带宽而不能使用数字音频。

◉ 拥有较高质量的 MIDI 声源。

◉ 用户具有高性能的 MIDI 播放硬件。

◉ 无需处理口语对话。(采用 MIDI 很难播放口语对话。)

数字音频一般适用于下列情况：

◉ 无法控制回放软件。

◉ 拥有处理数字文件的计算机资源和带宽。

◉ 需要处理口语对话。

⑥.1.3 常见的声音文件格式

数字化音频是以文件的形式保存在计算机中的，目前常见的数字化音频的文件格式主要有以下几种类型。

1. WAV 格式文件

WAV 格式的声音文件又称为是无损的声音文件格式。是微软公司开发的一种声音文件格式，它符合 PIFFResource Interchange FileFormat 文件规范，用于保存 Windows 平台的音频信息资源，被 Windows 平台及其应用程序所支持。WAV 格式支持 MSADPCM、CCITTALAW 等多种压缩算法，支持多种音频位数、采样频率和声道。标准格式的 WAV 文件和 CD 格式一样，也是 44.1K 的采样频率，速率 88K/秒，16 位量化位数。WAV 格式的声音文件质量和 CD 相差无几，也是目前 PC 机上广为流行的声音文件格式，几乎所有的音频编辑软件都可识别 WAV 格式。

2. MIDI 格式文件

MIDI 格式的声音文件又称为是作曲家的最爱。MID 文件格式由 MIDI 继承而来，它允许数字合成器和其他设备交换数据。MID 文件并不是一段录制好的声音，而是记录声音的信息，然后再告诉声卡如何再现音乐的一组指令。这样一个 MIDI 文件每存 1 分钟的音乐只用大约 5~10KB。目前，MID 文件主要用于原始乐器作品，流行歌曲的业余表演，游戏音轨以及电子贺卡等。MIDI 文件重放的效果完全依赖声卡的档次。MIDI 格式的最大用处是在电脑作曲领域。MIDI 文件可以用作曲软件写出，也可以通过声卡的 MIDI 口把外接音序器演奏的乐曲输入电脑里，制成 MIDI 文件。

3. MP3 格式文件

MP3 格式的声音文件又称为是当今最为流行的音乐文件格式。它是采用 MPEG 标准音频数据压缩编码中层 3 技术压缩后的数字音频文件。MP3 格式压缩音乐的典型比例有 10:1、17:1，甚至 70:1。可以用 64Kbps 或更低的采样频率节省空间，也可以用 320Kbps 的标准达到极高的音质。MP3 格式的声音文件的特点是压缩比高、文件数据量小、音质好，能够在个人计算机、MP3 半导体播放机和 MP3 激光播放机上进行播放。是目前互联网上比较流行的声音文件之一。

4. WMA 格式文件

WMA 格式的声音文件又称为是最具实力的敌人。WMA(Windows Media Audio)格式是微软公司强力推出的数字音乐文件格式，后台强硬，音质要强于 MP3 格式，更远胜于 RA 格式，它和日本 YAMAHA 公司开发的 VQF 格式一样，是以减少数据流量但保持音质的方法来达到比 MP3 压缩率更高的目的，WMA 的压缩率一般都可以达到 1:18 左右。另外，该种文件格式具有很强的版权保护功能，甚至能限定播放机、播放时间和播放次数等。同时 Windows Media 是一种网络流媒体技术，所以 WMA 格式文件能够在网络上实时播放。

5. RA 格式文件

WMA 格式的声音文件又称为流动的旋律。RA(Real Audio)是 Real networks 推出的一种音乐压缩格式，其压缩比可达到 96:1，主要适用于在网络上的在线音乐欣赏。这种文件格式最大的特点就是可以采用流媒体的方式实现网上实时播放，即边下载边播放。

6. CDA 格式文件

CDA 格式的声音文件又称为是天籁之音。CDA(CD Audio)又称 CD 音乐，其扩展名是.CDA，可以说是目前音质最好的声音文件格式。标准 CD 格式也就是 44.1K 的采样频率，速率 88K/秒，16 位量化位数，因为 CD 音轨可以说是近似无损的，因此它的声音基本上是忠于原声的。

⑥.1.4　数字化音频的音质技术指标

音频数字化是将模拟的(连续的)声音波形数字化(离散化)，以便利用数字计算机进行处理的过程，主要参数包括采样频率(Sample Rate)和采样数位/采样精度(Quantizing，也称量化级)两个方面，这二者决定了数字化音频的质量。将声音信号数字化后，声音质量各有不同，声音质量的好坏取决于数字化过程中的采样频率、采样位数、声道数等几个参数。

1. 采样频率

通俗地讲，采样频率是指计算机每秒钟采集多少个声音样本，是描述声音文件的音质、音调，衡量声卡、声音文件的质量标准。采样频率越高，即采样的间隔时间越短，则在单位时间内计算机得到的声音样本数据就越多，对声音波形的表示也越精确。采样频率与声音频率之间有一定的关系，根据奎斯特理论，只有采样频率高于声音信号最高频率的两倍时，才能把数字信号表示的声音还原成为原来的声音。这就是说采样频率是衡量声卡采集、记录和还原声音文件的质量标准。

人耳听觉的频率上限在 20kHz 左右，为了保证声音不失真，采样频率应在 40kHz 左右。经常使用的采样频率有 11.025kHz、22.05kHz 和 44.lkHz 等。采样频率越高，声音失真越小、音频数据量越大。采样数位是每个采样点的振幅动态响应数据范围，经常采用的有 8 位、12 位和 16 位。例如，8 位量化级表示每个采样点可以表示 256 个(0~255)不同量化值，而 16 位量化级则可表示 65536 个不同量化值。采样量化位数越高，音质越好，数据量也越大。

2．采样位数

采样位数即采样值或取样值，用来衡量声音波动变化的参数，是指声卡在采集和播放声音文件时所使用数字声音信号的二进制位数。声卡的位客观地反映了数字声音信号对输入声音信号描述的准确程度。简单地说，采样位数可以理解为声卡处理声音的解析度。这个数值越大，解析度就越高，录制和回放的声音就越真实。

3．声道数

声道数是指支持能不同发声的音响的个数，它是衡量音响设备的重要指标之一。声音的声道数也是数字化音频技术发展的重要标志，从单声道到环绕立体声，声音的质量越来越好，但同时也增加了对存储和传输媒体的要求。

- 单声道：单声道是比较原始的声音复制形式，早期的声卡采用的比较普遍。当通过两个扬声器回放单声道信息的时候，可以明显感觉到声音是从两个音箱中间传递到人们耳朵里的。这种录制方式缺乏位置感，用现在的眼光看自然是很落后的，但在声卡刚刚起步时，已经是非常先进的技术了。

- 立体声：单声道缺乏对声音的位置定位，而立体声技术则彻底改变了这一状况。声音在录制过程中被分配到两个独立的声道，从而达到了很好的声音定位效果。这种技术在音乐欣赏中显得尤为有用，听众可以清晰地分辨出各种乐器来自的方向，从而使音乐更富想象力，更加接近于临场感受。

- 四声道环绕：人们的欲望是无止境的，立体声虽然满足了人们对左右声道位置感体验的要求，但是随着技术的进一步发展，大家逐渐发现双声道已经越来越不能满足我们的需求。而四声道环绕音频技术则很好地解决了这一问题。四声道环绕规定了 4 个发音点：前左、前右，后左、后右，听众则被包围在这中间。同时还建议增加一个低音音箱，以加强对低频信号的回放处理。就整体效果而言，四声道系统可以为听众带来来自多个不同方向的声音环绕，可以获得身临各种不同环境的听觉感受，给用户以全新的体验。如今四声道技术已经广泛融入于各类中高档音箱的设计中，成为未来发展的主流趋势。

- 5.1 声道：5.1 声道已广泛运用于各类传统影院和家庭影院中，一些比较知名的声音录制压缩格式，譬如杜比、DTS 等都是以 5.1 声音系统为技术蓝本的，其中【.1】声道，则是一个专门设计的超低音声道，这一声道可以产生频响范围 20~120Hz 的超低音。其实 5.1 声音系统来源于 4.1 环绕，不同之处在于它增加了一个中置单元。这个中置单元负责传送低于 80Hz 的声音信号，在欣赏影片时有利于加强人声，把对话集中在整个声场的中部，以增加整体效果。

◉ 7.1 声道：然而 5.1 声道仍然不是环绕立体声的顶峰，更强大的 7.1 系统已经出现了。它在 5.1 的基础上又增加了中左和中右两个发音点，以求达到更加完美的境界。7.1 声道系统的作用简单来说就是在听者的周围建立起一套前后声场相对平衡的声场，不同于 5.1 声道声场的是，它在原有的基础上增加了后中声场声道，同时它也不同于普通 6.1 声道声场，因为 7.1 声道有双路后中置，而这双路后中置的最大作用就是为了防止听者因为没有坐在最佳位置而在听觉上产生声场的偏差。

6.2 声音素材的采集方式

多媒体音频素材的获取有多种方式，既可以从已有声音文件中选取，也可以自己录制，还可以对声音文件截取并分离出自己所需要的音频部分。

6.2.1 选取法

选取声音，就是从已有的数字音频文件中选择自己所需的多媒体音频素材。这些音频文件可以是从互联网上下载的，也可以是所购买的 CD 光盘中的。选取法是声音采集最常用、最简捷的方法。

【例6-1】通过互联网下载音频文件【蓝色多瑙河】。

(1) 启动 IE 浏览器，在地址栏中输入网址 www.baidu.com，然后按下 Enter 键打开百度搜索引擎的主页，如图 6-2 所示。

(2) 单击 MP3 链接，打开 MP3 搜索界面，然后在【百度一下】文本框中输入"蓝色多瑙河"，如图 6-3 所示。

图 6-2 百度主页

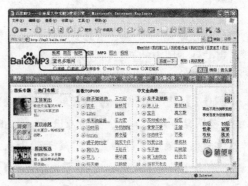

图 6-3 MP3 搜索主页

(3) 单击【百度一下】按钮，即可开始搜索关于【蓝色多瑙河】的音频文件，结果如图 6-4 所示，其中显示了文件的大小和格式。

(4) 在【歌曲名】列表中单击一个歌曲名链接，打开如图 6-5 所示的页面，该页面中显示了歌曲的来源地址(即下载地址)。

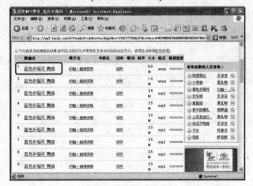

图 6-4　搜索结果

图 6-5　来源地址

(5) 单击其中的一个地址，即可打开【文件下载】对话框，如图 6-6 所示，单击【保存】按钮，然后设定文件的保存位置和名称，即可开始下载该音频文件，如图 6-7 所示。

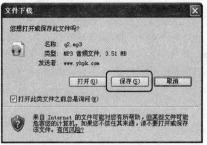

图 6-6　【文件下载】对话框

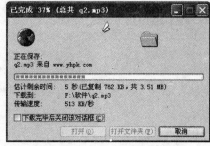

图 6-7　正在下载文件

6.2.2　录制法

自己制作原创的音乐是一个多媒体作品中最具创新性和成就感的事情。要录制声音，除了要具备声卡外，用户的计算机还需配备有一个话筒，并且连接正确。Windows 系统自带的录音系统能轻松实现声音的录制。

【例 6-2】使用 Windows 自带的录音机录制声音。

(1) 确认话筒和计算机声卡连接正确，双击 Windows 右下角的【音量】图标，打开【音量控制】对话框，确认【静音】选项处于禁止状态，如图 6-8 所示。

(2) 单击【开始】按钮，选择【所有程序】|【附件】|【娱乐】|【录音机】，启动 Windows 录音机，使用界面如图 6-9 左图所示。

(3) 选择【文件】|【新建】命令，然后单击【录音】按钮●，即可对着话筒开始录制声音，如图 6-10 所示。

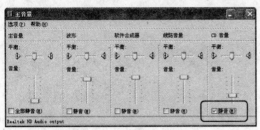

图 6-8 【主音量】对话框

图 6-9 录音机界面

(4) 声音录制完毕后,单击【停止】按钮■,停止声音的录制。单击【播放】按钮,试听所录制的声音,如图 6-11 所示。如果不满意,可以重新录音。

图 6-10 正在录制

图 6-11 播放声音

(5) 选择【文件】|【保存】命令,打开【另存为】对话框,将录制的音频以 WAV 文件格式进行保存(数字录音取得的是数字音频,通常采用 WAV 格式)。

💿 提示

采用 Windows 录音机进行录制很便捷,但其也有不可避免的缺陷,例如声音只能一分钟一分钟地录制,而且音频的效果不是很好,如果要制作比较专业的音频,建议还是使用 MIDI。

⑥.2.3 截取法

有些音频文件,可能只需要其中的某一段,这时就需要将这部分声音截取出来并保存为多媒体所支持的文件格式。声音的截取有两种方法,一种是通过 Windows 自带的录音机,另一种是通过专用的音频处理工具。Windows 录音机只能对较小的音频文件进行截取,而且功能有限,大部分情况下,需要采用专用处理软件。下面以 MP3 Sound Cutter 为例,介绍一下声音的截取方法。

【例 6-3】使用 MP3 Sound Cutter 截取声音片段。

(1) 首先启动 MP3 Sound Cutter,进入其工作界面,如图 6-12 所示。

(2) 单击【加载文件】按钮,打开【打开】对话框,在该对话框中选择要截取片段的声音文件,例如选择"星月神话",如图 6-13 所示。

(3) 单击【打开】按钮,即可加载声音文件【星月神话】。此时通过前 5 个播放控制按钮可以浏览声音文件。

图 6-12　MP3 Sound Cutter 主界面

图 6-13　【打开】对话框

(4) 找到需要的声音的起点后单击向上的手指按钮确定起点，单击向下的手指可以指定结束点，如图 6-14 所示。此时在【所选片段信息】区域可以看到所选片段的起始时间和结束时间。

(5) 片段选取成功后，可单击【截取所选片段】按钮，打开【输出至】对话框，在该对话框中可以设置输出声音片段的属性，例如开头和结尾进行淡入和淡出处理等，如图 6-15 所示。

图 6-14　截取声音片段

图 6-15　【输出至】对话框

(6) 设置完成后，单击 ▇▇ 按钮，打开保存文件对话框，设置文件的保存路径和文件名后，单击【保存】按钮，即可保存截取的声音文件，如图 6-16 和图 6-17 所示。

图 6-16　保存对话框

图 6-17　正在保存文件

6.3　使用 Adobe Audition 编辑音频文件

　　Adobe Audition 是一个专业音频编辑和混合环境，原名为 Cool Edit Pro，被 Adobe 公司收购后，改名为 Adobe Audition。

　　Adobe Audition 软件提供专业化音频编辑环境。它专门为音频和视频专业人员设计，可提供先进的音频混音、编辑和效果处理功能。

　　Adobe Audition 具有灵活的工作流程，使用非常简单并配有绝佳的工具，可以制作出音质饱满、细致入微的最高品质音效。

6.3.1　Adobe Audition 3 的主界面

Adobe Audition 3 是 Adobe Audition 的最新版本，它满足了个人录制工作室的需求，可借助一些相关软件，以前所未有的速度和控制能力录制、混合、编辑和控制音频。

启动 Adobe Audition 3 后，它的主界面如图 6-18 所示，主要由标题栏、菜单栏、轨道区、功能选项栏、直面板区、多种其他功能面板区和工程状态栏组成。

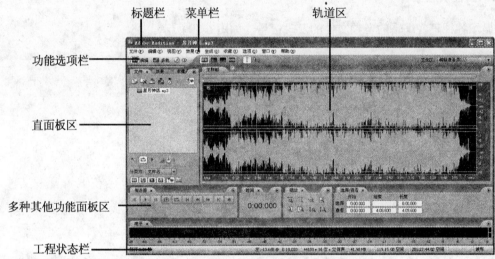

图 6-18　Adobe Audition 3 主界面

1．标题栏

主要显示当前操作的文件的名称。

2．菜单栏

主要显示软件常用的菜单命令，单击其中的一个菜单可打开下拉菜单，其中黑色字体表示当前可用，灰色字体表示当前不可用。

3．功能选项区

在该区域中有 3 种工程模式来适合不同的工作。

- ◉ 编辑模式：主要进行音频文件的破坏性编辑处理。
- ◉ 多轨模式：主要进行录音和多轨混音的操作。
- ◉ CD 模式：主要进行 CD 烧录前的曲目安排。

4．直面板区

该面板中包括【文件】面板、【效果】面板和【收藏夹】面板。单击面板的标签即可打开相应的面板并使用面板中的命令。

5. 轨道区

主要承载音频、视频处理和 MIDI 音乐的轨道。

6. 多种其他功能面板区

该区包含多种面板，如【传送器】、【时间】、【缩放】和【电平】等。选择不同的功能模式，出现的面板也会有所不同。

7. 工程状态栏

显示各种正在编辑的音频文件的及时信息，如图 6-19 所示。

打开 2.15 秒 ... 左:-20.8dB @ 3:59.545 ... 44100 • 16 位 • 立体声 ... 41.98 MB ... 119.56 GB 空间 ... 202:09:34.86 空间 ... 波形

图 6-19　工程状态栏

⑥.3.2　Adobe Audition 3 的基本操作

在认识了 Adobe Audition 3 后，就可以用它来编辑音频文件了，在编辑音频文件前，先要了解 Adobe Audition 3 的基本操作。

1. 音频文件的打开

要打开音频文件，用户可选择【文件】|【打开】命令，或者在【直面板区】单击按钮，导入文件即可，如图 6-20 所示。

2. 音频文件的播放

音频文件打开后，在【传送器】面板中单击播放按钮，即可在轨道区显示该音频文件的波形图。如果播放的音频是立体声则显示两个波形，如果是单声道则只有一个波形。在播放音频文件时，对音频文件的控制可以由【传送器】面板完成，如图 6-21 所示。

图 6-20　工程状态栏

图 6-21　【传送器】面板

3. 播放音频文件时的设置

在播放音频文件时，轨道区的显示状态如图 6-22 所示。其中有黄色和白色两条纵向的线条，白色线条随着音频文件的播放而走动，表示当前音频文件的播放位置。黄色线条表示音频要播放的起始位置，可由用户随意控制。具体操作方法是将鼠标放在目的位置上单击，即可将黄色线条放在所指向的位置，当下次开始播放音频时，将从黄色线条处开始播放。

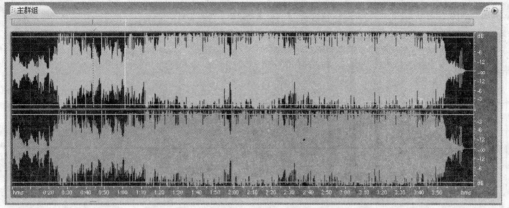

图 6-22　轨道区图示

 提示

> 轨道区上方的绿色滑块为【显示范围棒】，其大小可以随意调节，用户可使用键盘上的【+】或【-】两个键进行放大和缩小调节。

6.3.3　录制音频

数字音频的录制通过声卡实现，将话筒、录音机、CD 播放机等设备与声卡连接好，就可以录音了。6.2.2 节介绍了如何使用 Windows 自带的【录音机】来录制音频，但由于它的局限性，其应用并不广泛。本节来介绍如何使用软件 Adobe Audition 3 的强大录音功能。

【例 6-4】使用 Adobe Audition 3 录制音频。

(1) 将话筒接口插入计算机声卡的麦克风插孔，然后开启话筒电源。双击 Windows 操作系统桌面右下角的喇叭图标，在【主音量】窗口中选择【选项】|【属性】命令，打开【属性】对话框，如图 6-23 所示。

(2) 选择【显示下列音量控制】列表框中的【波形】、【软件合成器】、【麦克风音量】和【线路音量】复选框，如图 6-24 所示。

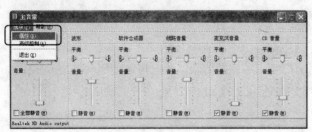

图 6-23　选择【属性】命令

图 6-24　【属性】对话框

(3) 完成以上设置后单击【确定】按钮，完成录音前的准备工作。启动 Adobe Audition 3 软件后，选择【文件】|【新建】命令，如图 6-25 所示，打开如图 6-26 所示的【新建波形】对话框，在该对话框中设置适当的【采样率】、【通道】和【分辨率】后，单击【确定】按钮，返回到波形编辑界面。

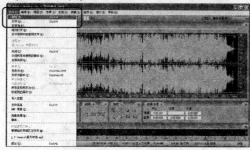

图 6-25　新建波形

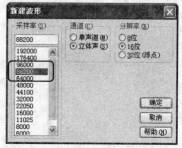

图 6-26　【新建波形】对话框

(4) 保持录制环境的安静，单击【传送器】面板中的 ● 按钮，开始录音，如图 6-27 所示。录音完成后，单击 ■ 按钮，停止录音。

(5) 单击 ▶ 按钮，试听所录制的声音效果。选择【文件】|【另存为】命令对录音文件进行保存(保存时可以选择不同的文件类型)，如图 6-28 所示。

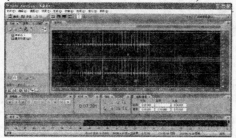

图 6-27　正在录音

图 6-28　【另存为】对话框

 提示

> 在多媒体开发与制作中，声音文件一般推荐质量是 22.050kHz、16bit。它的数据量是 44.1kHz 声音的一半，但音质却很相似。录制的声音在重放时可能会有明显的噪音存在，需要使用音频处理软件进行降噪处理(本书将在 6.3.4 节中进行详细介绍)。

⑥.3.4　音频的后期编辑处理

音频录制完成后，一般都不能达到用户要求的理想效果，此时可以使用 Adobe Audition 3 软件对声音进行后期处理，以使音频文件达到一个最佳效果。

1. 倒转

选择【效果】|【倒转】命令，可以把声波调节成为从后往前反向播放的特殊效果。

2. 音量调节

选择【效果】|【振幅和压限】|【标准化(进程)】命令，可以将音频的音量进行标准化设置，如图 6-29 所示。如果想要放大音量，可选择【效果】|【振幅和压限】|【增大】命令，打开如图 6-30 所示的对话框，在该对话框中拖动相应的滑块可改变音量的大小。

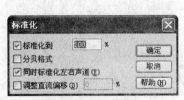

图 6-29 标准化音频

图 6-30 调节音量大小

3. 降噪处理

在实际工作中，有时虽然在录制时保持了环境安静，但录制的声音还是存在很多杂音，必须对音频进行降噪处理。这时，用户可以参考下面的实例，利用 Adobe Audition 3 软件。

【例6-5】使用 Adobe Audition 3 对录制的音频进行降噪处理。

(1) 启动 Adobe Audition 3 软件后，选择【文件】|【打开】命令，打开【例6-4】录制的【我的录音.wav】文件，然后单击【水平放大】按钮，将音频波形放大。

(2) 选取波形前端无声部分作为噪声采样，如图 6-31 所示。

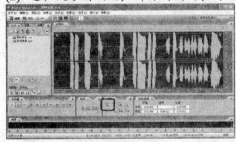

(a) 原始波形

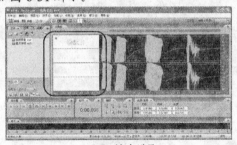

(b) 放大选取

图 6-31 采集噪声

(3) 选择【效果】|【修复】|【降噪器】命令，打开【降噪器】对话框，如图 6-32 所示。然后单击【获取特性】按钮，采集当前噪声，如图 6-33 所示。

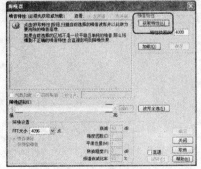

图 6-32 采样前

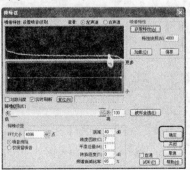

图 6-33 采样后

(4) 单击【确定】按钮，进行降噪。然后选取波形前端无声部分，鼠标右击，选择【剪切】命令，删除无声部分的声音。

(5) 将经过降噪处理后的文件保存为【降噪后录音.wav】，完成音频文件的降噪处理。

6.4 声音的特殊效果

声音特殊效果的添加与图形设计软件中的滤镜同样重要，一个好的声音效果会为多媒体作品增色不少。比如火车由远及近的声音效果；多人合唱的效果等。本节就来介绍一下如何使用Adobe Audition 3 为声音添加特殊效果。

6.4.1 声音的混响效果

对于录制的音频，听起来总是干巴巴的，总是不如磁带或是 CD 里的音乐那么"圆润"，究其原因，除了设备不专业，录音环境不好外，采声效果差也是重要因素。通过 Adobe Audition 3 的混响工具，可以对原始音频进行调节，补偿专业上的不足。

【例 6-6】使用 Adobe Audition 3 对录制的音频添加混响效果。

(1) 首先启动 Adobe Audition 3，打开录制好的原始音频文件。

(2) 选择【效果】|【混响】|【房间混响】命令，如图 6-34 所示，即可打开【房间混响】对话框，在该对话框中，用户可对各项相关参数进行设置，如图 6-35 所示。

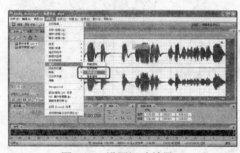

图 6-34　设置混响效果

图 6-35　设置混响参数

(3) 单击【预览】按钮 ▶ 可对混响效果进行测试，然后可对不满意的地方进行调节。单击【确定】按钮，为音频文件添加混响效果。

6.4.2 声音的回声效果

回声效果主要是通过将声音进行延迟来实现的，可以设置声音延迟的长度，对左右声道分别进行参数设置和确定原声与延迟声的混合比例。Adobe Audition 3 提供了多种添加回声效果的命令工具。下面以房间回声为例，介绍一下具体使用方法。

【例6-7】使用 Adobe Audition 3 对录制的音频添加房间回声效果。

(1) 首先启动 Adobe Audition 3，打开录制好的原始音频文件。

(2) 选择【效果】|【延迟和回声】|【房间回声】命令，如图 6-36 所示，即可打开【房间回声】对话框。在该对话框中，用户可对各项相关参数进行设置，如图 6-37 所示。

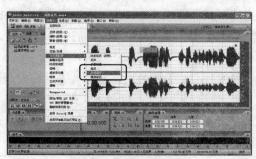

图 6-36 设置回声效果　　　　　　　　　图 6-37 设置回声参数

(3) 单击【预览】按钮可对回声效果进行测试，然后可对不满意的地方进行调节。单击【确定】按钮，为音频文件添加回声效果。

6.4.3 声音的淡入淡出处理

对于通过连接生成的音频素材，在不同声音的连接处往往会出现突然开始或突然结束的现象，这将使声音的效果大打折扣。可以对声音连接处进行淡入淡出处理，使播放即将结束的音频音量由大到小，而使声音即将开始的音频音量由小到大，从而使衔接处更为圆润。

声音的淡入淡出处理需要使用专门的软件，比较常用的是 Adobe Audition 3，它是顶级的数字音频处理程序，具有最完备的音效，同时也支持相当多的音乐，操作简单，使用方便。下面介绍其具体处理声音淡入淡出的方法。

【例6-8】使用 Adobe Audition 3 对录制的音频进行淡入淡出处理。

(1) 首先启动 Adobe Audition 3，打开录制好的原始音频文件。

(2) 选择【效果】|【振幅和压限】|【振幅/淡化】命令，如图 6-38 所示，即可打开【振幅/淡化】对话框。在该对话框中，用户可拖动其中的滑块，对各项相关参数进行相应的设置，如图 6-39 所示。

图 6-38 设置淡入淡出效果　　　　　　　图 6-39 【振幅/淡化】对话框

6.5 使用 Adobe Audition 打造个性铃声

随着手机的普及，带有高和铉铃声功能的手机已走向了千家万户，许多年轻的朋友喜欢用当今流行的歌曲作为自己的个性手机铃声。但是一般网上下载的歌曲都比较大，占用手机内存的空间比较多，并且使用整首歌曲作为手机铃声也达不到预期的效果。此时用户可使用 Adobe Audition 3 对铃声进行编辑处理，任意截取自己喜欢的歌曲片段，并可通过参数设置，使声音的输出效果达到最佳。

【例 6-9】使用 Adobe Audition 3 截取歌曲【至少还有你】的片段，并对其进行放大音量和淡入淡出处理。

(1) 首先启动 Adobe Audition 3，打开歌曲文件【至少还有你】。此时在轨道区可以看到该首歌曲的波形图，如图 6-40 所示。

(2) 用户可单击【播放】按钮 ▶ 试听歌曲，并记录下所需片段的开始时间和结束时间，例如编者记录下的开始时间为 1 分 16 秒，结束时间为 1 分 48 秒。此时用户可在【选择/查看】面板的【开始】文本框中输入"1:16.000"，【结束】文本框中输入"1:48.000"，如图 6-41 所示。

图 6-40　载入声音

图 6-41　设置起始和终止时间

(3) 此时在轨道区将显示截取的片段，在截取部分右击鼠标，然后选择【复制到新的】命令，如图 6-42 所示。

(4) 随后打开一个新的波形图，即刚刚用户截取的部分，如图 6-43 所示。

 提示

> 新建的波形图和原文件的所有参数是一致的。

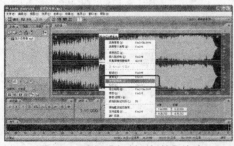

图 6-42　选择【复制到新的】命令

图 6-43　新的波形图

(5) 现在对新建的波形进行编辑，选择【效果】|【振幅和压限】|【放大】命令，打开【放大】对话框。在该对话框中拖动滑块，使声音提升 6dB，如图 6-44 所示。

(6) 单击【确定】按钮，完成声音的放大处理。然后选择【效果】|【振幅和压限】|【振幅/

淡化】命令，打开【振幅/淡化】对话框。

(7) 在【渐变】选项卡中设置【初始音量】为-600Db，然后单击【确定】按钮，完成声音的淡入处理，如图 6-45 所示。同理，用户还可以设置淡出效果。

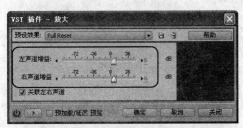
图 6-44　放大处理

图 6-45　淡入淡出处理

(8) 设置完成后，歌曲的波形效果如图 6-46 所示。如果用户需要设置输出声音文件的采样类型，可选择【编辑】|【转换采样类型】命令，打开【转换采样类型】对话框。在该对话框中用户可详细设置各个参数，如图 6-47 所示。

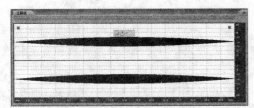
图 6-46　淡入淡出处理后的波形图

图 6-47　【转换采样类型】对话框

6.6　上机练习

本章主要介绍了多媒体制作中音频编辑的相关知识，本次上机练习通过一个具体实例来巩固本章所学习的内容。

在声音的编辑过程中，常常会遇到将多个声音文件连在一起的情况，例如把多个舞曲连在一起，制作一个舞曲大联播。本节就来介绍如何使用 Adobe Audition 3 软件制作舞曲大联播。

在编辑舞曲联播时，需要注意以下几点：

◉　舞曲中间不能间断

◉　节奏一致

◉　两首舞曲之间转换时，应平稳过渡。

(1) 首先启动 Adobe Audition 3，单击【多轨】按钮，切换至多轨操作窗模式下，此时软件会自动新建一个会话文件，如果此时已打开了一个会话文件，用户可选择【文件】|【新建会话】命令，打开【新建会话】对话框，如图 6-48 所示。

(2) 选择一种采样率，然后单击【确定】按钮，新建一个会话文件，如图 6-49 所示。在【主群组】面板中，用户可看到多个音轨。

图 6-48　【新建会话】对话框

图 6-49　新建会话文件

(3) 在第一条轨道上右击鼠标，然后选择【插入】|【音频】命令，如图 6-50 所示，打开【插入音频】对话框，然后选择第一首舞曲 sound of my dream.mp3，如图 6-51 所示。

图 6-50　插入音频

图 6-51　【插入音频】对话框

(4) 然后使用同样的方法插入其他的两首舞曲，再使用鼠标右键拖动波形，使其首尾相连，效果如图 6-52 所示。

(5) 分别试听 3 首舞曲，比较它们的音色差别，然后单击【主群组】中的 EQ 按钮 ，在单击【音轨 1】中的 EQ 按钮 ，如图 6-53 所示，打开【EQ:音轨 1】对话框。

图 6-52　插入 3 段舞曲

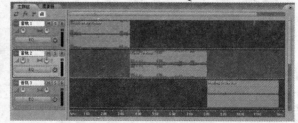

图 6-53　EQ 标签

(6) 在该对话框中，用户可通过拖动其中的滑块来调整第一首舞曲的音色，如图 6-54 所示。使用同样的方法可调整其他两首舞曲的音色。

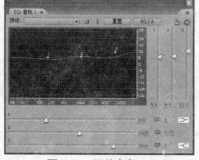

图 6-54　调整音色

 提示

除了可以通过拖动滑块来改变声音的音色外，还可在图形均衡器中直接拖动相应的点来调节声音的音色。

(7) 接下来制作舞曲的淡入淡出效果，即前一首舞曲淡出而后一首舞曲淡入，这样可使舞曲平稳过渡。首先拖动波形图，使舞曲衔接处部分重合并对齐节奏，如图6-55所示。

(8) 勾选【视图】|【显示剪辑音量包络】命令和其下方的3个选项，如图6-56所示。

图6-55 对齐节奏

图6-56 勾选所需命令

(9) 此时可以看到波形图上方的包络线，然后用鼠标在不同的位置单击并拖动，改变包络线的形状，可改变这一首音轨不同时刻的音量，本例需达到一个交叉过度效果，如图6-57所示。

(10) 设置完成后，就可以将3首舞曲合并在一起了。选择【编辑】|【混缩到新文件】|【会话中的主控输出】命令，如图6-58所示，开始进行文件混缩，如图6-59所示。

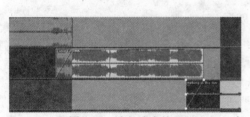
图6-57 淡入淡出处理

图6-58 混缩文件

(11) 混缩后，自动切换至【波形编辑窗】模式，并将混缩后得到的波形在窗口中呈现，如图6-60所示。

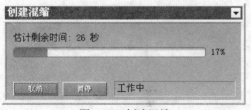
图6-59 创建混缩

图6-60 混缩后的效果

(12) 编辑完成后，选择【文件】|【另存为】命令，打开【另存为】对话框，在该对话框中设置文件保存的位置和名称，如图6-61所示。

(13) 设置完成后，单击【保存】按钮，开始保存文件，如图6-62所示。保存完成后，一个3首舞曲联播的音频文件就制作好了。

计算机 基础与实训教材系列

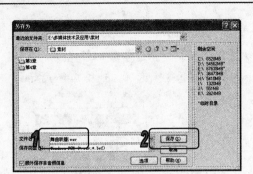

图 6-61 【另存为】对话框

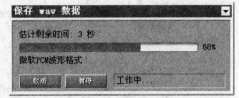

图 6-62 正在保存数据

6.7 习题

1. 简述声音产生的原理及其基本参数。
2. 简述常见的声音文件格式。
3. 数字化音频音质的技术指标有哪些？
4. 声音的获取方法有哪些？
5. 使用 Adobe Audition 3 录取一段声音。
6. 使用 Adobe Audition 3 制作一个配乐的诗歌朗诵。

第7章

数字动画处理技术

学习目标

　　动画与视频是多媒体作品中最生动的内容，它们的出现，标志着多媒体质的突破和提高，但同时对计算机硬件和软件也提出了相应的要求。本章首先从动画入手，介绍动画的产生原理及其分类，常见的动画文件格式以及 Flash 动画的常用术语等基本概念，最后来介绍 Flash CS5 数字动画处理软件的基本使用方法。

本章重点

- 动画的基本概念
- Flash 动画的特点及应用
- Flash 动画中的常用术语及概念
- 认识 Flash CS5 及其基本操作方法

7.1　动画的基本概念

　　动画是多媒体产品中最具吸引力的素材，它具有表现力丰富、直观、易于理解、风趣幽默等特点。本节来介绍动画的基本原理、概念及其发展史。

7.1.1　什么是动画

　　动画的英文 Animation 源自于拉丁文字根的 anima，意思为灵魂，动词 animate 是赋予生命，引申为使某物活起来的意思，所以 animation 可以解释为经由创作者的安排，使原本不具有生命的东西像获得生命一般的运动。

　　广义而言，把一些原先不活动的东西，经过影片的制作与放映，变成会活动的影像，即为动画。

⑦.1.2 动画的基本原理

动画是通过把人、物的表情、动作、变化等分段画成多幅图画，再用摄影机连续拍摄成一系列画面，给视觉造成连续变化的图画。它的基本原理与电影、电视一样，都是视觉原理。

医学研究证明，人类具有"视觉暂留"的特性，就是说人的眼睛看到一幅画面或一个物体后，在 1/24 秒内不会消失。利用这一原理，在一幅画面还没有消失前播放出下一幅画，就会给人造成一种流畅的视觉变化效果。因此，电影采用了每秒 24 幅画面的速度拍摄播放，电视采用了每秒 25 幅(PAL 制，中国电视就用此制式)或 30 幅(NTSC 制)画面的速度拍摄播放。如果以每秒低于 24 幅画面的速度拍摄播放，就会出现停顿现象。

将原本静态的图画经过技术加工处理，会形成会运动的影像，这就是动画。事实上，不论电影、电视还是动画，其运动知觉的产生主要来自人类固有的生理特性和相应的心理反应。众所周知，电影是以 1/24 秒的间歇运动来制造光影运动的感觉。实际上，银幕上并没有运动，每格画面也都是静态的，只是通过连续的播放让人们产生动态的感觉。也就是说动的感觉实际上是由人们的生理机能与心理补偿完成的，其中人的视觉惰性与残留特性占据重要分量。

视觉惰性是指，当物体运动速度足够快时，人眼无法辨别它们的分解动作，只能看到连续运动的整状态。于是原本的静态图画，经过快速地转换，在人们脑海中就留下了画面连续活动的整体感觉。这种现象与人们在观看电风扇旋转时的感觉是一致的。当电风扇以较为缓慢的速度旋转时，人们可以清晰地分辨出它的叶片，当电风扇加大旋转速度时，人们看到的便是连续运动的"圆圈"。

同样，当人们感觉到屏幕上一个物体由远而近移动时，也只是这个物体的空间(形状大小)和出现时间产生了改变，最终由人们的大脑来完成屏幕上时空变化的合成而形成连续运动的感知。

人的视觉残留特性则表现为：当刺激人类眼睛的光信号消失时，人的脑海中不会马上清除光信号留下的痕迹，而会保留一段时间。利用这种残留特性，电子扫描可以逐点进行，让屏幕上的像素逐点发光，直到电子束扫完每帧画面上的有效像素。也就是说，人在观看电视时，实际上屏幕中始终只有一个光点在闪亮。人之所以能感觉到整个屏幕都有亮度，完全是由于人的视觉残留特性所致。即当电子扫描速度足够快时，人眼无法及时跟上屏幕亮点的变化，只能感觉到那些残留亮点的合成影像。

这种现象也同样出现在色彩的感觉中。现实中，电视荧光屏上只有红绿蓝 3 色荧光粉发光，但是人们却能从屏幕上观赏到与大自然几乎相同的众多色彩。彩色电视中的这种色彩混配效果与绘画的色彩混合完全不同，它不是在屏幕上进行的，而完全依赖于人眼的视觉残留特性，即将同一时刻(或相邻时刻)感受到的色光传送到视网膜上，去刺激能够产生色感的锥状细胞，最后由大脑进行彩色光的合成。于是可以这样说，观众从屏幕上看到的动态视觉图像并不是在屏幕上完成的，而在大脑中完成的。每个观看电影电视的人，其实都是在自己的脑海中看到了屏幕上的似动现象和幻觉中的图像。

⑦.1.3　动画的起源

　　动画的发展历史很长，远古人类就会使用各种形式的图像来记录物体的运动，以显示出人类潜意识中表现物体动作过程的欲望。

　　法国考古学家普度欧马在 1962 年的研究报告中指出，二万五千年前石器时代的洞穴画上就有野牛奔跑系列的动作分解图案，这是人类最早试图用笔(或石块)来捕捉动作的尝试。其他如埃及墓画、希腊古瓶上的连续动作分解图画，也是同类性的例子。

　　在中国的绘画史上，艺术家一向有赋予静态绘画以生命的传统，如《六法论》中主张的气韵生动，《聊斋》的《画中仙》中人物走出卷轴与人交往等。

　　动画的发展(也是所有电影的发展)开始于 17 世纪阿塔纳斯珂雪发明的"魔术幻灯"。所谓"魔术幻灯"是个铁箱，里面放盏灯，在箱的一边开一个小洞，洞上覆盖透镜。将一片绘有图案的玻璃放在透镜后面，经由灯光通过玻璃和透镜，图案会投射在墙上。其流传并演变到今天，已经变成了一种放映工具——投影机。

　　经过不断改良，到 17 世纪末，钟和斯桑把许多玻璃画片放在旋转盘上，在墙上出现了一种运动的幻觉。18 世纪末，魔术幻灯在法国风行起来，戏法越变越多，因为灯光的关系，影子可以互相融合，加上一些小道具，调整透镜就可以制造出满室阴气森森，鬼影憧憧的效果。

　　到了 19 世纪，魔术幻灯的魅力不衰，在欧美等地大受欢迎。音乐厅、杂耍戏院、综艺场中，魔术幻灯表演仍是大家爱看的娱乐节目。由于观众的喜爱，便要加强娱乐性，于是出现了"活动画景"、透视画、印象强烈的巨画等。这种说故事的方式，犹如中国的皮影戏，其丰富的趣味长久地吸引着大家的注意力。

　　中国唐朝发明的皮影戏，是一种由幕后投射光源的影子戏，与魔术幻灯系列发明从幕前投射光源的方法、技术虽然有别，却反映出东西方不同国度对操纵光影有着相同的痴迷。皮影戏在 17 世纪，被引入到欧洲巡回演出，也曾经风靡一时，其影像的清晰度和精致感，不亚于同时期的魔术幻灯。

　　在进一步说明魔术幻灯和动画发展的关系之前，必须提到 1824 年彼得·马克·罗杰出版的一本谈眼球构造的作品《移动物体的视觉暂留现象》。书中提出如下观点：形象刺激在最初显露后，能在视网膜上停留若干时间。当多个刺激相当迅速地连续显现时，在视网膜上的刺激信号会重叠起来，形象就成为连续进行的了。

　　上述观念，就是作为动画基础的视觉暂留现象。而罗杰的书引起了一阵实验热，很多人针对潜在的欧洲和美国市场做了一堆动画短片，并利用视觉暂留发明了"哲学式"器物，如"幻透镜"与"西洋镜"，在纸卷上画上一系列连续的素描绘画，然后通过细缝看到活动的形象。还有"实用镜"、"魔术画片"、"手翻书"等，也都利用了旋转画盘和视觉暂留原理，得到了赏心悦目的戏剧效果。

　　随着技术的发展和人们意识形态的进一步提高，动画技术的发展日益成熟，今天人们已经能够使用动画技术创作出丰富多彩的动画效果。

⑦.1.4 动画的分类

根据角度不同，计算机动画有不同的分类方法。

- 按照透视效果和真实程度，可分为二维动画与三维动画。传统的计算机二维动画，只能在笛卡儿坐标 X、Y 轴构成的二维平面创建动画，而最具现实和震撼力的动画出现在三维空间。三维动画的出现，是计算机动画的真正突破。
- 按照计算机处理动画的方式不同，计算机动画可分为造型动画、帧动画以及算法动画。
- 按照动画的表现效果，计算机动画又可分为调色板动画、变形动画和路径动画等。
- 另外，不同的动画制作软件，根据本身所具有的动画制作和表现功能，又可将计算机动画分为更为具体的种类。如 Flash 中，将动画分为渐变动画、遮罩动画、逐帧动画等。3ds Max 中将动画分为基本关键点动画、角色动画、粒子动画、动力学动画等。

⑦.2 Flash 动画的特点

Flash 软件提供的物体变形和透明技术使得创建动画更加容易；交互设计让用户可以随心所欲地控制动画，用户有更多的主动权；优化的界面设计和强大的工具使 Flash 更简单实用。Flash 还具有导出独立运行程序的能力。由于 Flash 记录的只是关键帧和控制动作，因此所生成的编辑文件(*.fla)和播放文件(*.swf)都非常小巧。与其他动画制作软件制作出的动画相比，Flash 动画的特点主要归纳为以下几点。

- Flash 可使用矢量绘图。有别于普通位图图像的是，矢量图像无论放大多少倍都不会失真，因此 Flash 动画的灵活性较强，其情节和画面也往往更加夸张起伏，以便在最短的时间内传达出最深的感受。
- Flash 动画具有交互性，能更好地满足用户的需要。设计者可以在动画中加入滚动条、复选框、下拉菜单等各种交互组件，使观看者可以通过单击、选择等动作决定动画运行过程和结果，这一点是传统动画所无法比拟的。
- Flash 动画拥有强大的网络传播能力。由于 Flash 动画文件较小且是矢量图，因此它的网络传输速度优于其他动画文件，而其采用的流式播放技术，更可以使用户以边看边下载的模式欣赏动画，从而大大减少了下载等待时间。
- Flash 动画拥有崭新的视觉效果。Flash 动画比传统的动画更加简易和灵巧，已经逐渐成为一种新兴的艺术表现形式。
- Flash 动画制作成本低，效率高。使用 Flash 制作的动画在减少了大量人力和物力资源消耗的同时，也极大地缩短了制作时间。
- Flash 动画在制作完成后可以把生成的文件设置成带保护的格式，这样就维护了设计者的版权利益。

7.3 Flash 动画的应用

Flash 动画可以在浏览器中观看，随着 Internet 网络的不断推广，被延伸到了多个领域。并且它还具有可以在独立的播放器中播放的特性，越来越多的多媒体光盘也都使用 Flash 制作。Flash 动画凭借生成文件小、动画画质清晰、播放速度流畅等特点，在诸多领域中都得到了广泛的应用。

7.3.1 制作多媒体动画

Flash 动画的流行正是源于网络，其诙谐幽默的演绎风格吸引了大量的网络观众。另外，Flash 动画比传统的 GIF 动画文件要小很多，一个几分钟长度的 Flash 动画片也许只有 1~2Mbit 大小，在网络带宽局限的条件下，它要更适合网络传输。如图 7-1 所示，是使用 Flash 制作的多媒体动画。

7.3.2 制作游戏

Flash 动画有别于传统动画的重要特征之一就在于它的互动性，观众可以在一定程度上参与或控制 Flash 动画的进行，这得益于 Flash 拥有较强的 ActionScript 动态脚本编程语言。

随着 ActionScript 编程语言发展到 3.0 版本，其性能更强、灵活性更大、执行速度也越来越快，这使得人们可以利用 Flash 制作出各种有趣的 Flash 游戏。如图 7-2 所示，是使用 Flash 制作的游戏。

图 7-1 多媒体动画

图 7-2 Flash 游戏

7.3.3 制作教学课件

为了摆脱传统的文字式枯燥教学，远程网络教育对多媒体课件的要求非常高。一个基础的课件需要将教学内容播放成为动态影像，或者播放教师的讲解录音；而复杂的课件更是在互动性方面有着更高的要求，它需要学生通过课件融入到教学内容中，就像亲身试验一样。利用 Flash 制作的教学课件，能够很好地满足这些需求。如图 7-3 所示即为一个物理课用的 Flash 教学课件，学生可以通过操作控制实验的进行。

7.3.4　制作电子贺卡

在特殊的日子里，为亲朋好友制作一张 Flash 贺卡，将自己的祝福和情感融入其中，一定会让对方喜出望外。如图 7-4 所示的是使用 Flash 制作的端午节贺卡。

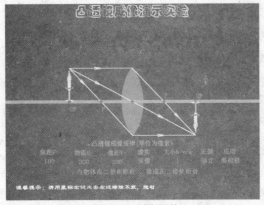
图 7-3　制作课件

图 7-4　电子贺卡

7.3.5　制作网站动态元素

广告是大多数网站的收入来源，Flash 在网站广告方面可谓大显身手。任意打开一个门户网站，基本上都可以看到 Flash 广告元素的存在。这是由于网站中的广告不仅要求具有较强的视觉冲击力，而且为了不影响网站正常运作，广告占用的空间应越小越好，Flash 动画正好可以满足这些条件，如图 7-5 所示的是使用 Flash 制作的产品广告。

7.3.6　制作 Flash 网站

Flash 不仅仅是一种动画制作技术，它同时也是一种功能强大的网站设计技术，现在大多数网站中都加入了 Flash 动画元素，借助其高水平的视听影响力吸引浏览者的注意。

设计者可以使用 Flash 制作网页动画，甚至制作出整个网站。如图 7-6 所示，是使用 Flash 制作的一个商务网站。

图 7-5 网站广告

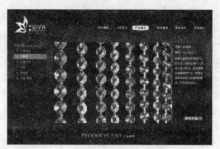

图 7-6 Flash 网站

7.4 Flash 动画的常用术语及概念

在使用 Flash 制作动画之前，必须先熟悉 Flash 中的常用术语及其概念，这样才能在以后的动画制作过程中得心应手。

7.4.1 位图和矢量图

位图也被称为光栅图(或点阵图、像素图)。人们平时看到的数码照片，就是一种典型的位图，如图 7-7 所示。位图由许多像小方块一样的像素点(pixels)组成，并通过这些像素点的排列和染色构成图样。因此，位图的像素值越高，图像也就越清晰，但同时也会增大文件大小。位图通常用在对色彩丰富度或真实感要求比较高的场合，在 Flash 动画中常常会用到位图，但它一般只作为静态元素或背景图出现。

矢量图是由计算机根据包含颜色和位置属性的直线或曲线来描述的图形，它的图形基本构成元素是对象，每个对象都具有独立的颜色、形状、轮廓、大小和屏幕位置等属性。计算机在存储和显示矢量图形时只需记录图形的边线位置和边线之间的颜色这两种信息，因此矢量图形的文件大小由图像的复杂程度决定，而与其大小无关。在制作 Flash 动画的过程中设计师通常会尽可能地使用矢量图形，以减少文件的大小，如图 7-8 所示。

图 7-7 位图图像

图 7-8 矢量图形

位图和矢量图的主要区别有两点：一是位图占用的存储空间比矢量图要大得多；二是位图在放大到一定倍数时会出现明显的失真现象，如图 7-9 所示；而矢量图无论放大多少倍都不会出现这种现象，如图 7-10 所示。

图 7-9　局部放大后的位图

图 7-10　局部放大的矢量图

7.4.2　帧和图层

帧是 Flash 动画中最基本的组成单位，Flash 动画通过对帧的连续播放来实现动画效果。Flash 动画中有多种类型的帧，主要分为普通帧、关键帧和空白关键帧这 3 种类型。

- ◉　关键帧定义了动画变化的环节，它特指在动画播放过程中，产生关键性动作或关键性内容变化的帧。因此在制作动画时，所有的图像都必须在关键帧中进行编辑。
- ◉　空白关键帧中不包含任何内容，通常用于分隔两个相连的补间动画或是结束前一个关键帧的内容。
- ◉　普通帧都位于某个关键帧的后方，用于延长该关键帧在动画中的播放时间，一个关键帧后的普通帧越多，该关键帧的播放时间就越长。

在 Flash CS5 的时间轴中，这 3 种帧有着不同的标识方法，如图 7-11 所示。

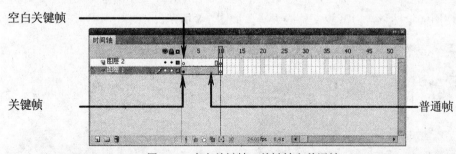

图 7-11　空白关键帧、关键帧和普通帧

制作动画时通常都要用到多个图层，此时可以将这些图层看成是一叠透明纸。在制作复杂动画时，可以将动画进行划分，把不同的对象放在不同的图层上，这样每个图层之间是相互独立的，都有自己的时间轴，包含各层独立的多个帧，当修改某个图层时，不会影响到其他图层

上的对象。在 Flash CS5 的时间轴中，多个图层的表示方式如图 7-12 所示。

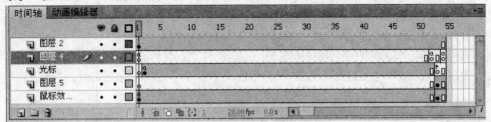

图 7-12　时间轴中多个图层的表示

7.4.3　元件和库

元件是 Flash 中的一个重要概念。在 Flash CS5 中，元件有 3 种类型，分别是【图形】元件、【按钮】元件和【影片剪辑】元件。在制作动画的过程中，如果需要反复使用同一个对象，可以将该对象先创建为元件或将其转换为元件，然后即可反复使用该元件来创建其在舞台中的实例。元件使制作者不需要重复制作动画中需要多次使用的相同部分，从而大大提高了工作效率。

在 Flash 中，库的作用主要是用于预览和管理元件。在 Flash CS5 中包含有两种库，一种是 Flash 自带的公用库，其中包含了软件提供的一些常用元件，如图 7-13 所示；另一种就是通常所说的库，即编辑 Flash 动画时与当前文件关联的库，一般由用户自己创建，如图 7-14 所示。

图 7-13　公用库

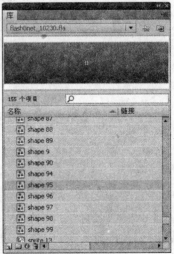

图 7-14　与当前文件关联的库

7.5　认识 Flash CS5

Flash CS5 是 Adobe 公司的一款多媒体矢量动画软件，在互联网、多媒体课件制作以及游戏软件制作等领域得到了广泛应用。

⑦.5.1　Flash CS5 的开始界面

要正确高效地运用 Flash CS5 软件制作动画，就必须先熟悉 Flash CS5 的工作界面并了解工作界面中各部分的功能。包括学习 Flash CS5 中的菜单命令、工具、面板的使用方法，并熟悉专业术语。启动 Flash CS5 后，程序将打开其默认的开始页面，如图 7-15 所示。该开始页面将常用的任务都集中放在一起，供用户随时调用。

使用该页面，用户可以方便地打开最近创建的 Flash 文档，创建一个新文档或项目文件，或者选择从任意一个模板创建 Flash 文档等。另外，用户还可以在学习区域中单击学习内容选项，获取 Flash CS5 官方学习支持。

图 7-15　Flash CS5 默认的开始页面

 提示

默认情况下，每次启动 Flash CS5 时都要进入开始页面，但用户也可以在开始页面中选中【不再显示】复选框，则下次启动 Flash CS5 时，就会跳过开始页面并直接进入工作界面了。

⑦.5.2　Flash CS5 的工作界面

Flash CS5 的工作界面中包括菜单栏、工具箱、【时间轴】面板、舞台、【属性】面板及面板集等界面元素，如图 7-16 所示。

Flash CS5 提供了 6 种界面布局以方便完成不同的任务，分别是：动画、传统、调试、设计人员、开发人员、基本功能。用户可通过【窗口】|【工作区】菜单下的相应命令进行切换。图 7-16 显示的是【设计人员】布局。下面详细介绍它们的特点和作用。

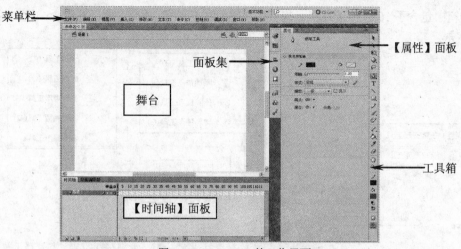

图 7-16　Flash CS5 的工作界面

1．菜单栏

Flash CS5 的菜单栏包括【文件】、【编辑】、【视图】、【插入】、【修改】、【文本】、【命令】、【控制】、【调试】、【窗口】和【帮助】共 11 个下拉菜单。用户在使用菜单命令时，应注意以下几点。

- ◉ 菜单命令呈现灰色：表示该菜单命令在当前状态下不能使用。
- ◉ 菜单命令后标有黑色小三角按钮符号▶：表示该菜单命令下还有级联菜单。
- ◉ 菜单命令后标有快捷键：表示该菜单命令也可以通过所标识的快捷键来执行。
- ◉ 菜单命令后标有省略号：表示执行该菜单命令，会打开一个对话框。

2．工具箱

默认情况下，工具箱以面板的形式置于 Flash CS5 工作界面的左上侧，如图 7-17 所示。单击工具箱面板所在面板组顶端的 按钮后，工具箱会以图标形式显示，如图 7-18 所示，单击该图标即可在右侧将工具箱再次展开。

图 7-17　工具箱以单列的形式显示

图 7-18　工具箱以图标的形式显示

可以选择【窗口】|【工具】命令来显示或隐藏工具箱；将鼠标指向工具箱面板的名称标签【工具】，单击并拖动鼠标，即可改变工具箱在工作界面中的位置。

工具箱中包含了 10 多种工具，有些工具按钮的右下角有 图标，表示其包含一组工具，如图 7-19 所示。

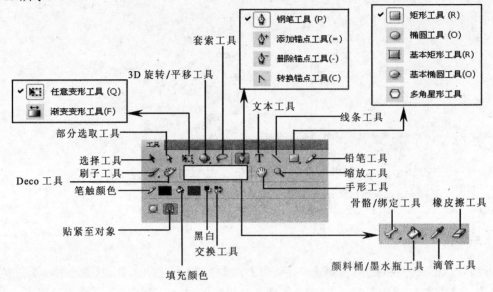

图 7-19　工具箱

3. 时间轴

时间轴用于组织和控制影片内容在一定时间内播放的层数和帧数。与电影胶片一样，Flash 影片也将时间长度划分为帧。图层相当于层叠在一起的幻灯片，每个图层都包含一个显示在舞台中的不同图像。时间轴的主要组件是图层、帧和播放头，如图 7-20 所示。

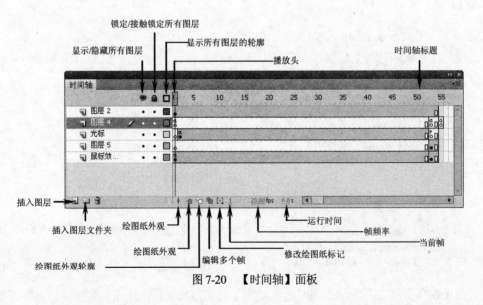

图 7-20　【时间轴】面板

文档中的图层显示在时间轴左侧区域中，每个图层中包含的帧显示在该图层名称右侧的区域中，时间轴顶部的时间轴标题显示帧编号，播放头指示舞台中当前显示的帧。时间轴状态显示在时间轴的底部，它指示所选的帧编号、当前的帧频以及到当前帧为止的运行时间。

在默认状态下，帧是以标准方式显示的，单击【时间轴】面板右上角的按钮 ，将打开图 7-21 所示的帧视图菜单。在该菜单中可以修改时间轴中帧的显示方式，如控制帧单元格的高度、宽度、颜色等。

图 7-21 帧视图菜单

> **提示**
>
> 在 Flash CS5 的默认状态下，与时间轴并列的还有【动画编辑器】选项卡，使用它可以查看补间范围的每个帧的属性。

4. 舞台

在 Flash CS5 中，舞台就是设计者进行动画创作的区域，设计者可以在其中直接绘制插图，也可以在舞台中导入需要的插图、媒体文件等。要修改舞台的属性，可以选择【修改】|【文档】命令，打开【文档设置】对话框，如图 7-22 所示。然后再根据需要修改舞台的尺寸大小、背景、帧频等信息，单击【确定】按钮即可应用设置。

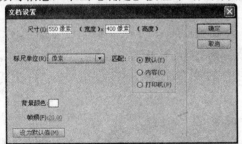

图 7-22 【文档设置】对话框

> **提示**
>
> 默认情况下，在【文档设置】对话框中以像素为标尺单位显示舞台尺寸，用户也可以根据需要按照英寸、厘米、毫米或点等标尺单位进行计量和设置。

5. 面板集

面板集用于管理 Flash 面板，通过面板集，用户可以对工作界面的面板布局进行重新组合，以适应不同的工作需要。

Flash CS5 提供了 7 种工作区面板集的布局方式，选择【窗口】|【工作区】子菜单下的相应命令，可以在这 7 种布局方式间切换，如图 7-23 所示。

除了使用预设的 6 种布局方式以外，还可以对整个工作区进行手动调整，使工作区更加符合个人的使用习惯。

拖动任意面板进行移动时，该面板将以半透明的方式显示，当被拖动的面板停靠在其他面板旁边时，会在其边界出现一个蓝边的半透明条，表示如果此时释放鼠标，则被拖动的面板将停放在半透明条的位置，如图 7-24 所示。

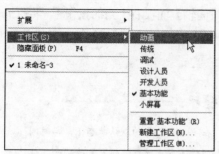

图 7-23 切换 Flash CS5 的布局方式

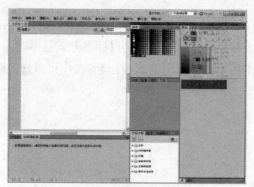

图 7-24 停放面板的位置

当面板处于集中状态时，单击面板集顶端的【折叠为图标】按钮 ▶▶，可以将整个面板集中的面板以图标方式显示，再次单击该按钮则恢复面板的显示。在默认设置下，使用 F4 快捷键可以显示或隐藏所有面板而只显示舞台。

7.5.3 文档的基本操作

使用Flash CS5可以创建新文档以进行全新的动画制作，也可以打开以前保存的文档进行再次编辑。创建一个Flash动画文档有新建空白的动画文件和新建模板文件两种方式。

1. 新建文档

使用 Flash CS5 可以创建新的文档或打开以前保存的文档，也可以在工作时打开新的窗口并且设置新建文档或现有文档的属性。新建文档有两种方法，一种是新建空白文档，另一种是新建模板文档。

◉ 新建空白文档

选择【文件】|【新建】命令，打开【新建文档】对话框，如图 7-25 所示。默认打开的是【常规】选项卡，在【类型】列表框中可以选择需要新建文档类型，在右侧的【描述】列表框中会显示该类型的说明内容，单击【确定】按钮，即可创建一个名称为【未命名-1】的空白文档。

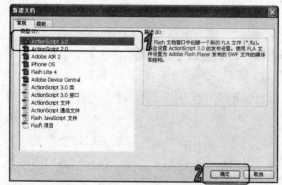

图 7-25 【新建文档】对话框

提示

默认第一次创建的文档名称为【未命名-1】，最后的数字符号是文档的序号，它是根据创建的顺序依次命名的，例如再次创建文档时，默认的文档名称为【未命名-2】，依此类推。

除了使用菜单命令新建 Flash 文档外，也可以单击【主工具栏】上的【新建】按钮 □ 新建一个空白 Flash 文档，选择【窗口】|【工具栏】|【主工具栏】命令，打开主工具栏，如图 7-26 所示。但要注意的是，使用此方法只能创建与上次创建文档的类型相同的空白文档。

图 7-26　主工具栏

◉　新建模板文档

选择【文件】|【新建】命令，打开【新建文档】对话框后，单击【模板】选项卡，打开【从模板新建】对话框，如图 7-27 所示，在【类别】列表框中选择创建的模板文档类别，在【模板】列表框中选择【模板】样式，单击【确定】按钮，即可新建一个模板文档。

图 7-27　【从模板新建】对话框

提示

如果要同时打开了多个文档，可以单击文档标签，轻松地在多个文档之间切换。默认情况下，各文档的标签是按创建先后顺序排列的，而且各文档的标签顺序无法通过拖动进行更改。

2. 保存文档

在完成对 Flash 文档的编辑和修改后，需要对其进行保存操作。可选择【文件】|【保存】命令，也可单击主工具栏上的【保存】按钮 🖫，打开【另存为】对话框，如图 7-28 所示，在该对话框中设置文件的保存路径、文件名和文件类型后，单击【保存】按钮即可。

图 7-28　【另存为】对话框

知识点

Flash 中有两种文件格式，分别是 fla 源文件格式和 swf 动画格式，其中只有 fla 格式才可以被编辑。

未保存文档的文档标签中的文档名称后会显示一个*号，而当文档被保存后*号会消失。如图 7-29 所示，其中【未命名-2】和【未命名-3】文档都是已保存的文档，其余文档为未保存的文档。

此外，如果将当前文档以低于 Flash CS5 版本的格式保存，譬如另存为 Flash CS4 格式的文档，那么系统会打开一个【Flash 兼容性】对话框，如图 7-30 所示。

图 7-29　文档保存前后标题栏和选项卡的对比

单击【另存为 Flash CS4】按钮，执行保存操作；单击【取消】按钮，将退出保存。还可以将文档保存为模板进行使用。选择【文件】|【另存为模板】命令，打开【另存为模板】对话框，如图 7-31 所示。在【名称】文本框中可以输入模板的名称，在【类别】下拉列表框中可以选择类别或新建类别名称，在【描述】文本框中可以输入模板的说明，然后单击【保存】按钮，即可以模板模式保存文档。

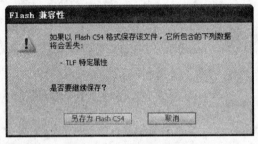

图 7-30　【Flash 兼容性】对话框

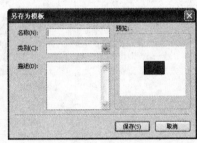

图 7-31　【另存为模板】对话框

 提示 ....

　　在【描述】文本框中，最多可以输入 255 个字符的说明文字。

3. 打开文档

选择【文件】|【打开】命令，或者单击【主工具栏】上的【打开】按钮，打开【打开】对话框，如图 7-32 所示，选择要打开的文件，单击【打开】按钮，即可打开选中的文件。

图 7-32　【打开】对话框

 提示 ....

　　在【打开】对话框中，显示了 fla 和 swf 两种格式的文件，如果打开的是 swf 文件，将自动打开 SWF 播放器播放打开的文件。

7.6 Flash CS5 图形绘制基础

在 Flash CS5 中，可以使用线条、椭圆、矩形和五角星形等基本图形绘制工具绘制基本图形，可以使用钢笔、铅笔等工具进行精细图形的绘制，还可以对已经绘制的图形进行旋转、缩放、扭曲等变形操作。另外，使用 Deco 绘图工具可以使绘图工作效率更高。

7.6.1 绘制简单图形

Flash 动画是由基本的图形组成，若想制作出高质量的动画效果，就必须能够熟练掌握 Flash CS5 中各种绘图工具的使用。每一个 Flash 形状都有其各自的构成元素，其中基本的构成元素包括线条、椭圆、矩形和多角星形等。

1. 使用【线条】工具

在 Flash CS5 中，【线条】工具主要用于绘制不同角度的矢量直线。在【工具】面板中选择【线条】工具，将光标移动到舞台上，会显示为十字形状，按住鼠标左键向任意方向拖动，即可绘制出一条直线。要绘制垂直或水平直线，按住 Shift 键，然后按住鼠标左键拖动即可，并且还可以绘制以 45°为角度增量倍数的直线。

如果绘制的是一条垂直或水平直线，光标中会显示一个较大的圆圈，如图 7-33 所示，则表示正在绘制的是垂直或水平线条；如果绘制的是一条斜线，光标中会显示一个较小的圆圈，如图 7-34 所示，表示正在绘制的斜线，通过这种方式可以很方便地确定绘制的是水平、垂直或倾斜直线。

图 7-33 绘制水平直线时的光标显示的圆圈较大   图 7-34 绘制倾斜直线时的光标显示的圆圈较小

2. 使用【矩形】和【基本矩形】工具

选择【工具】面板中的【矩形】工具，在设计区中按住鼠标左键拖动，即可开始绘制矩形。如果按住 Shift 键，可以绘制正方形图形。

选择【矩形】工具后，打开【属性】面板，如图 7-35 所示。在该面板中的主要参数选项的具体作用与【椭圆】工具属性面板相同，其中的【矩形选项】选项卡中的参数可以用来设置矩形的 4 个直角半径，正值为正半径，负值为反半径，如图 7-36 所示。

单击【属性】面板中的【将边角半径控件锁定为一个控件】按钮 ，可以为矩形的 4 个角设置不同的角度值。单击【重置】按钮将重置所有数值，即角度值还原为默认值 0。

图 7-35 【矩形】工具属性面板　　　　图 7-36 绘制正半径和反半径矩形

3. 使用【椭圆】和【基本椭圆】工具

选择【工具】面板中的【椭圆】工具，在设计区中按住鼠标拖动，即可绘制出椭圆。按住 Shift 键，可以绘制一个正圆图形。如图 7-37 所示，是使用【椭圆】工具绘制的椭圆和正圆图形。选择【椭圆】工具后，打开【属性】面板，如图 7-38 所示。在【椭圆】工具属性面板中，一些参数选项的作用与【线条】工具属性面板中类似，可以参考前文内容设置。

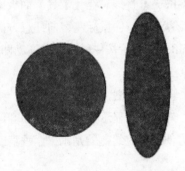

图 7-37 绘制椭圆和正圆图形　　　　图 7-38 【椭圆】工具属性面板

4. 使用【多角星形】工具

绘制几何图形时，【多角星形】工具也是常用工具。使用【多角星形】工具可以绘制多边形图形和多角星形图形，在实际动画制作过程中，这些图形是较多应用到的。如图 7-39 和图 7-40 所示为使用多角星形工具绘制的正五边形和正五角星。

图 7-39 绘制正五边形　　　　图 7-40 绘制正五角星

⑦.6.2 绘制复杂图形

在使用 Flash CS5 绘制动画对象时，大多数情况下动画对象不会是规则图形，这时候就需要【钢笔】工具和【铅笔】工具进行图形的自由绘制。使用【部分选取】工具可以对图形的节点进行调整，从而达到图形的创建和编辑。使用【橡皮擦】工具不仅可以帮助用户修改绘制错误，还可以起到编辑图形的作用。

1. 使用【钢笔】工具

【钢笔】工具常用于绘制比较复杂、精确的曲线。在 Flash CS5 中的【钢笔】工具分为【钢笔】、【添加锚点】、【删除锚点】和【转换锚点】工具，如图 7-41 所示。

选择工具箱中的【钢笔】工具 ，当光标变为 形状时，在设计区中单击确定起始锚点，再选择合适的位置单击确定第 2 个锚点，这时系统会在起点和第 2 个锚点之间自动连接一条直线。如果在创建第 2 个锚点时按下鼠标左键并拖动，会改变连接两锚点直线的曲率，使直线变为曲线，如图 7-42 所示。重复上述步骤，即可创建带有多个锚点的连续曲线。

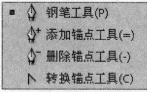

图 7-41　钢笔工具组的菜单

图 7-42　使用【钢笔】工具绘制曲线

 提示 -

要结束开放曲线的绘制，可以双击最后一个绘制的锚点或单击工具箱中的【钢笔】工具 ，也可以按住 Ctrl 键单击舞台中的任意位置；要结束闭合曲线的绘制，可以移动光标至起始锚点位置上，当光标显示为 形状时在该位置单击，即可闭合曲线并结束绘制操作。

在使用【钢笔】工具绘制曲线后，还可以对其进行简单编辑，如增加或删除曲线上的锚点。要在曲线上添加锚点，可以在工具箱中选择【添加锚点】工具 ，直接在曲线上单击即可，如图 7-43 所示。

使用【锚点转换】工具 ，可以将曲线上的锚点类型进行转换。在工具箱中选择【转换锚点】工具 后，当光标变为 形状时，移动光标至曲线上需操作的锚点位置单击，会将该锚点两边的曲线转换为直线，如图 7-44 所示。

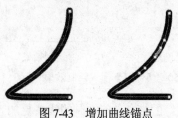

图 7-43　增加曲线锚点　　　　　　　　　　　图 7-44　转换锚点

2. 使用【部分选取】工具

【部分选取】工具 主要用于选择线条、移动线条和编辑节点以及节点方向等。它的使用方法和作用与【选择】工具 类似，区别在于，使用【部分选取】工具选中一个对象后，对象的轮廓线上将出现多个控制点，如图 7-45 所示，表示该对象已经被选中。在使用【部分选取】工具选中路径之后，可对其中的控制点进行拉伸或修改曲线，具体操作如下。

移动控制点：选择的图形对象周围将显示出由一些控制点围成的边框，用户可以选择其中的一个控制点，此时光标右下角会出现一个空白方块 ，拖动该控制点，可以改变图形轮廓，如图 7-46 所示。

改控制点曲度：可以选择其中一个控制点来设置图形在该点的曲度。选择某个控制点之后，该点附近将出现两个在此点调节曲形曲度的控制柄，此时空心的控制点将变为实心，可以拖动这两个控制柄，改变长度或者位置以实现对该控制点的曲度控制。如图 7-47 所示。

移动对象：使用【部分选取】工具靠近对象，当光标显示黑色实心方块 的时候，按下鼠标左键即可将对象拖动到所需位置，如图 7-48 所示。

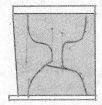　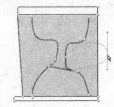　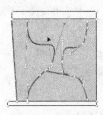　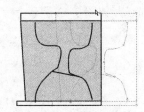

图 7-45　显示控制点　　　图 7-46　移动控制点　　　图 7-47　修改曲度　　　图 7-48　移动对象

3. 使用【铅笔】工具

在 Flash CS5 中，使用【铅笔】工具可以绘制任意线条。在工具箱中选择【铅笔】工具 后，在所需位置按下鼠标左键拖动即可。在使用【铅笔】工具绘制线条时，按住 Shift 键，可以绘制出水平或垂直方向的线条。

选择【铅笔】工具 后，在【工具】面板中会显示【铅笔模式】按钮 。单击该按钮，会打开模式选择菜单。在该菜单中，可以选择【铅笔】工具的绘图模式，如图 7-49 所示。

在【铅笔模式】选择菜单中的 3 个选项的具体作用如下。

- ◉ 　【伸直】：可以使绘制的线条尽可能地规整为几何图形。如图 7-50 所示为使用该模式绘制图形的效果。

　　　　　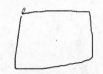　　　　

　　　　　　　　　　　　　　　　　　　　　　　　【伸直】模式绘制过程　　　　绘制效果

图 7-49　【铅笔模式】选择菜单　　　　　　图 7-50　【伸直】模式绘制效果

- ◉ 　【平滑】：可以使绘制的线条尽可能地消除线条边缘的棱角，使绘制的线条更加光滑。

如图 7-51 所示为使用该模式绘制图形的效果。

◉ 【墨水】：可以使绘制的线条更接近手写的感觉，在舞台上可以任意勾画。如图 7-52 所示为使用该模式绘制图形的效果。

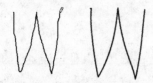

【平滑】模式绘制效果

图 7-51　使用【平滑】模式绘制效果

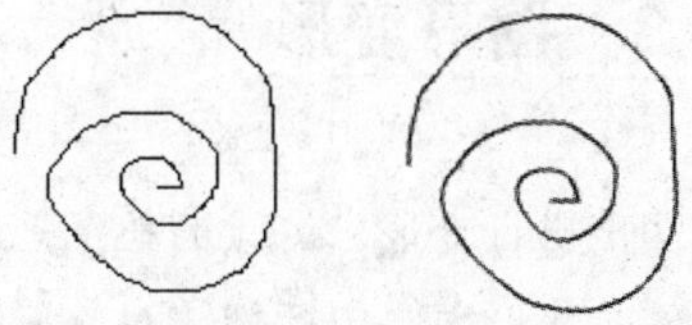

【墨水】模式绘制效果

图 7-52　使用【墨水】模式绘制效果

4. 使用【橡皮擦】工具

使用【橡皮擦】工具，可以快速擦除舞台中的任何矢量对象，包括笔触和填充区域。在使用该工具时，可以在工具箱中自定义擦除模式，以便只擦除笔触、多个填充区域或单个填充区域；还可以在工具箱中选择不同的橡皮擦形状。

选择【橡皮擦】工具后，在工具箱中，可以设置【橡皮擦】工具属性，如图 7-53 所示。单击【橡皮擦模式】按钮 ，可以在打开的【模式选择】菜单中选择橡皮擦模式，如图 7-54 所示。

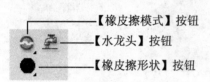

【橡皮擦模式】按钮
【水龙头】按钮
【橡皮擦形状】按钮

图 7-53　【橡皮擦】工具属性

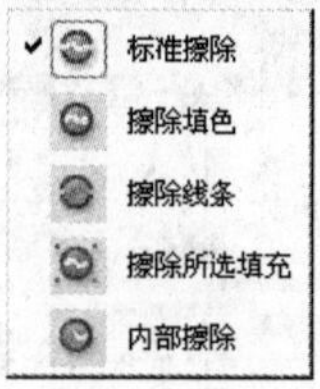

✓ 标准擦除
擦除填色
擦除线条
擦除所选填充
内部擦除

图 7-54　【橡皮擦】工具的模式菜单

在【橡皮擦模式】选择菜单中，有 5 种刷子模式，使用不同刷子模式的擦除效果如图 7-55 所示。

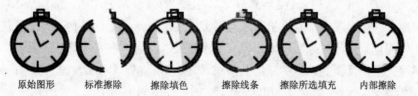

原始图形　　标准擦除　　擦除填色　　擦除线条　　擦除所选填充　　内部擦除

图 7-55　橡皮擦的 5 种擦除抹效果

◉ 【标准擦除】模式：可以擦除同一图层中擦除操作经过区域的笔触及填充。

◉ 【擦除填色】模式：只擦除对象的填充，而对笔触没有任何影响。

◉ 【擦除线条】模式：只擦除对象的笔触，而不会影响到其填充部分。

◉ 【擦除所选填充】模式：只擦除当前对象中选定的填充部分，对未选中的填充及笔触没有影响。

⊙ 【内部擦除】模式：则只擦除【橡皮擦】工具开始处的填充，如果从空白点处开始擦除，则不会擦除任何内容。选择该种擦除模式，同样不会对笔触产生影响。

7.6.3 图形变形

对图形进行变形，可以调整图形在设计区中的比例，或者协调其与其他设计区中的元素关系。对象的变形主要包括翻转对象、缩放对象、任意变形对象、扭曲对象和封套对象等操作。

1. 使用【变形】菜单命令

选择了舞台上的图形对象以后，可以选择【修改】|【变形】命令打开【变形】子菜单，在该子菜单中选择需要的变形命令进行图形的变形，如图 7-56 所示。这里的命令选项，大多与【变形】面板中的按钮命令或【任意变形】工具相同。

值得一提的是，在Flash CS5中，在对图形进行变形操作时，图形的周围会显示一个淡蓝色的矩形边框，矩形边框的边缘最初与舞台的边缘平行对齐，该功能是为了用户在图形变形时可以进行比较和参照，如图7-57所示。

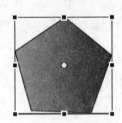
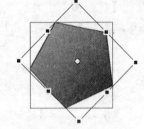

图 7-56　【变形】菜单命令　　　　图 7-57　图形的变形

2. 使用【变形】面板

选择对象后，选择【窗口】|【变形】命令，可以打开【变形】面板，如图 7-58 所示。使用【变形】面板不仅可以对图形对象进行较为精准的变形操作，还可以利用其【重制选区和变形】的功能，依靠单一图形对象，创建出复合变形效果的图形。在【变形】面板中可以设置旋转或倾斜的角度，单击【重制选区和变形】按钮 就可以复制对象了。图 7-59 所示为一个矩形以 30°角进行旋转，单击【重制选区和变形】按钮后所创建的图形。

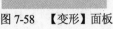
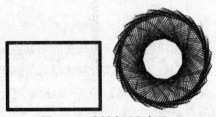

图 7-58　【变形】面板　　　　图 7-59　重制选区和变形

3. 使用【任意变形】工具

【任意变形】工具可以用来对对象进行旋转、扭曲、封套等操作。选择【工具】面板中的【任意变形】工具，在【工具】面板中会显示【贴紧至对象】、【旋转和倾斜】、【缩放】、【扭曲】和【封套】按钮，如图 7-60 所示。选中对象，在对象的四周会显示 8 个控制点■，在中心位置会显示 1 个变形点○，如图 7-61 所示。

其中，旋转与倾斜对象可以垂直或水平方向上缩放，还可以在垂直和水平方向上同时缩放。选择【工具】面板中的【任意变形】工具，然后单击【旋转与倾斜】按钮，选中对象，当光标显示为 形状时，可以旋转对象；当光标显示为 形状时，可以水平方向倾斜对象；当光标显示 形状时，可以垂直方向倾斜对象，如图 7-62 所示。

原图　　　旋转　　　水平倾斜　　垂直倾斜

图 7-60　【工具】面板　图 7-61　选择对象　　图 7-62　扭曲和锥化处理

7.6.4 Deco 装饰性绘画工具

Deco 工具是装饰性绘画工具，可以将创建的图形形状转变为复杂的几何图案。Deco 工具使用算术计算(称为过程绘图)。这些计算将应用于【库】面板中创建的【影片剪辑】或【图形】元件。Flash CS5 的 Deco 工具较之前版本有了很大的扩展，其绘制效果在原来的【藤蔓式填充】、【网格填充】和【对称刷子】这 3 个基础效果之上，又添加了【3D 刷子】、【建筑物刷子】、【装饰性刷子】、【火焰动画】和【火焰刷子】等一共 13 种。选择 Deco 工具后，在【属性】面板中打开【绘制效果】下拉列表框，可以查看和选择这些效果。限于篇幅，本节仅就几个常用的装饰绘画效果进行介绍。

 提示

几乎所有的 Deco 绘图效果都支持元件替换填充元素的功能，这意味着用户可以用自己喜欢的元件图案来进行效果填充，否则系统将会采用默认形状填充。

1. 藤蔓式填充

选择【藤蔓式填充】效果，可以用藤蔓式图案填充设计区、元件或封闭区域。用户还可以选择【库】中的元件替换叶子和花朵的插图，生成的图案将包含在影片剪辑中，而影片剪辑本身包含组成图案的元件。该效果的【属性】面板显示如图 7-63 所示，在【属性】面板中设置完毕后，在舞台中单击，即可应用藤蔓效果了，默认情况下的绘制效果如图 7-64 所示。

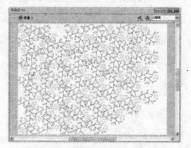

图 7-63　【藤蔓式填充】效果的属性面板　　　　　　图 7-64　【藤蔓式填充】效果

在【藤蔓式填充】效果【属性】面板中，主要参数选项的具体作用如下。

- ◉　【分支角度】：设置分支图案的角度。
- ◉　【分支颜色】：设置用于分支的颜色。
- ◉　【图案缩放】：缩放操作会使对象同时沿水平方向和垂直方向放大或缩小。
- ◉　【段长度】：设置花朵节点之间的段的长度。
- ◉　【动画图案】：设置的每次迭代都绘制到时间轴中的新帧。在绘制花朵图案时，此选项将创建花朵图案的逐帧动画序列。
- ◉　【帧步骤】：设置效果时每秒要横跨的帧数。

2. 网格式填充

选择【网格填充】效果，可以以元件填充设计区、元件或封闭区域。将网格填充绘制到设计区中，如果移动填充元件或调整其大小，则网格填充将随之移动或调整大小。使用【网格填充】效果，可以创建棋盘图案、平铺背景或自定义图案填充的区域或形状。对称效果的默认元件大小为 25×25 像素、无笔触的黑色矩形形状。

选择 Deco 工具，在【属性】面板中选择【网格填充】效果，打开该效果【属性】面板，如图 7-65 所示。可以看到，在【网格填充】效果下，用户可以添加多达 4 种元件，打开【高级选项】下拉列表框，还可以使用【平铺图案】、【砖形图案】和【楼层模式】3 种网格填充效果，如图 7-66 所示。

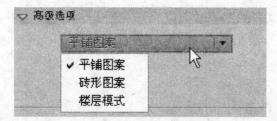

图 7-65　【网格填充】效果的属性面板　　　　　　图 7-66　多种平铺效果

在该面板中主要参数选项的具体作用如下。

- ◉　【水平间距】：设置网格填充中所用形状之间的水平距离(以像素为单位)。

◉ 【垂直间距】：设置网格填充中所用形状之间的垂直距离(以像素为单位)。

◉ 【图案缩放】：使对象同时沿水平方向和垂直方向放大或缩小。

3. 对称刷子效果

选择对称效果，可以围绕中心点对称排列元件。在设计区中绘制元件时，将显示一组手柄。可以使用手柄通过增加元件数、添加对称内容或者编辑和修改效果的方式来控制对称效果。使用对称效果，可以创建圆形界面元素(如模拟钟面或刻度盘仪表)和旋涡图案。对称效果的默认元件大小为 25×25 像素、无笔触的黑色矩形形状。

选择 Deco 工具，在【属性】面板中选择【对称刷子】效果，打开该效果【属性】面板，如图 7-67 所示。在【对称刷子】效果【属性】面板中显示了该效果的高级选项，可以设置【旋转】、【跨线反射】、【跨点反射】和【网格平移】4 个选项，如图 7-68 所示。

这些选项的具体介绍如下。

◉ 【旋转】：围绕指定的固定点旋转对称中的形状。默认参考点是对称的中心点。若要围绕对象的中心点旋转对象，请按圆形运动进行拖动。

◉ 【跨线反射】：围绕指定的不可见线条等距离翻转形状。

◉ 【跨点反射】：围绕指定的固定点等距离放置两个形状。

◉ 【网格平移】：使用按对称效果绘制的形状创建网格。每次在舞台上单击 Deco 工具，都会创建形状网格。使用由对称刷子手柄定义的 X 和 Y 轴坐标调整这些形状的高度和宽度。

图 7-67 【对称刷子】效果的【属性】面板

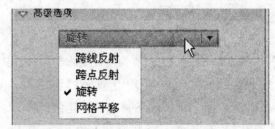

图 7-68 【对称刷子】效果的高级选项

4. 装饰性刷子效果

装饰性刷子效果在进行 Flash 绘图时很有用，用户可以通过应用装饰性刷效果，绘制出多种装饰线，例如梯形图案、绳形、星形、波浪线等，如图 7-69 所示。

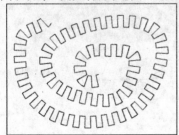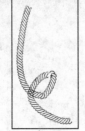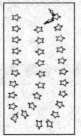

图 7-69 绘制多种线条效果

默认情况下，Flash CS5 提供了 20 种线条效果以供用户选择，选择 Deco 工具后，在【属性】面板中选择【装饰性刷子】效果，可打开该效果【属性】面板，如图 7-70 所示。在【高级选项】下拉列表框中，用户可以选择各种线条效果，如图 7-71 所示。

图 7-70　【装饰性刷子】效果的【属性】面板　　　　图 7-71　【装饰性刷子】效果的高级选项

7.7　在 Flash 中编辑文本

文本是 Flash 动画中重要的组成元素之一，它不仅可以帮助影片表述内容，也可以对影片起到一定的美化作用。Flash CS5 对【文本】工具有了很大的改变和加强，在丰富原有传统文本模式的基础上，又新增了 TLF 文本模式，可以使用户更有效地加强对文本的控制。

7.7.1　TLF 文本

TLF 文本是 Flash CS5 中的默认文本类型，TLF 文本的出现，使得 Flash 在文字排版方面的能力大大加强。在工具栏上选中【文本】工具 **T**，即可在舞台上创建 TLF 文本了。下面通过一个实例，来说明 TLF 文本的特点，并体会不同 TLF 文本类型的区别。

【例 7-1】在 Flash CS5 中新建一个文档，创建 TLF 文本框并输入文字，然后对文字进行排版设置，最后调整不同的 TLF 文本类型进行发布测试。

(1) 启动 Flash CS5 程序，选择【文件】|【新建】命令，新建一个 Flash 文档。

(2) 在工具箱中选择【文本】工具，在【属性】面板中选择【TLF 文本】选项，并选择【可选】选项，如图 7-72 所示。

(3) 在舞台中拖动光标绘制一个文本框，然后填入一段文字，如图 7-73 所示。

图 7-72　创建 TLF 文本

图 7-73　创建 TLF 文本框

(4) 在【属性】面板中打开【字符】选项组，设置字体为【华文行楷】，文字大小为 28，行距为 120，文字颜色为白色，加亮显示为橙色，字距调整为 0，如图 7-74 所示。此时舞台上文字的效果如图 7-75 所示。

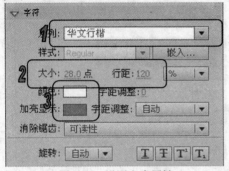

图 7-74　设置文本属性

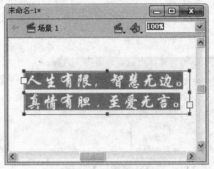

图 7-75　文字效果

(5) 在【属性】面板中打开【容器和流】选项组，设置【容器边框颜色】为蓝色，设置【容器背景颜色】为紫色，将【区域设置】下拉列表框中设置为【简体中文】选项，如图 7-76 所示。此时的舞台效果如图 7-77 所示。

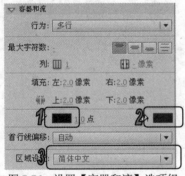

图 7-76　设置【容器和流】选项组

图 7-77　文字效果

(6) 在【属性】面板中打开【色彩效果】选项组，在【样式】下拉列表框中选择【亮度】选项，然后设置亮度为 30%；打开【显示】选项组，在【混合】下拉列表框中选择【正片叠底】选项，如图 7-78 所示。

(7) 此时按下 Ctrl+Enter 组合键测试文本效果，可以看到这是一个可以滚动调控(支持鼠标左键拖动和滚轮滚动)的文本框，而且影片中的文字可以被选中和复制粘贴，如图 7-79 所示。

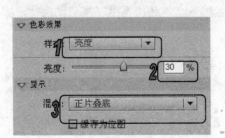

图 7-78　设置【色彩效果】和【显示】选项组

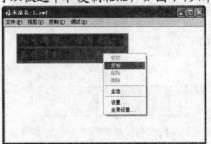

图 7-79　文本可被复制和粘贴

(8) 此时回到 Flash 文档中，在【属性】面板中将 TLF 文本设置为【可编辑】选项，如图 7-80 所示，然后再次按下 Ctrl+Enter 组合键测试文本效果，可以看到影片中的文本不仅支持滚动和复制，而且用户还可以对其进行自由编辑，如图 7-81 所示。

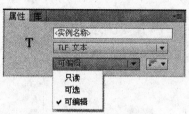

图 7-80　选择【可编辑】选项

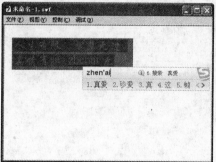

图 7-81　直接在导出的影片中进行文本编辑

提示 -

　　如果将 TLF 文本设置为【只读】选项，那么在导出的影片内用户无法进行任何操作，包括文本框的滚动、复制粘贴以及编辑。用户还可以在【属性】面板中将 TLF 转换为传统文本，但转换后 TLF 文本的专属设置将会丢失，而只保留文字字体、颜色、大小等基本设置。

7.7.2　传统文本

　　传统文本是 Flash 中的基础文本模式，它在图文制作方面发挥着重要的作用，是需要重点学习的知识点。

1. 静态文本

　　创建静态水平文本，选择【工具】面板中的【文本】工具 **T**，当光标变为 ⁺┠ 形状时，单击创建一个可扩展的静态水平文本框，该文本框的右上角具有圆形手柄标识，输入文本区域可随需要自动横向延长，如图 7-82 所示。

　　选择【文本】工具 **T**，可以拖动创建一个具有固定宽度的静态水平文本框，该文本框的右上角具有方型手柄标识，输入文本区域宽度是固定的，当输入文本超出宽度时将自动换行，如图 7-83 所示。

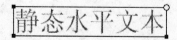

图 7-82　可扩展的静态水平文本框

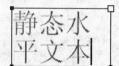

图 7-83　具有固定宽度的静态水平文本框

　　使用【文本】工具还可以创建静态垂直文本，选择【文本】工具，打开【属性】面板，单击该面板的【段落】选项卡中的【方向】按钮，在弹出的快捷菜单中可以选择【水平】、【垂直，从左向右】和【垂直】3 个选项，如图 7-84 所示。

2. 动态文本

要创建动态文本，选择【文本】工具 **T**，打开【属性】面板，单击【静态文本】按钮，在弹出的菜单中可以选择文本类型，如图 7-85 所示。

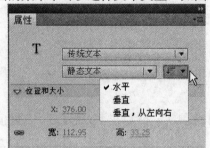

图 7-84   选择文本输入方向

图 7-85   选择文本类型

选择动态文本类型后，单击设计区，可以创建一个默认宽度为 104 像素、高度为 27.4 像素的具有固定宽度和高度的动态水平文本框；拖动可以创建一个自定义固定宽度的动态水平文本框；在文本框中输入文字，即可创建动态文本。

3. 输入文本

输入文本可以在动画中创建一个允许用户填充的文本区域，因此它主要出现在一些交互性比较强的动画中，譬如有些动画需要用到内容填写、用户名或者密码输入等操作，就都需要添加输入文本。

选择【文本】工具 **T**，在【属性】面板中选择输入文本后，单击设计区，可以创建一个具有固定宽度和高度的动态水平文本框；拖动可以创建一个自定义固定宽度的动态水平文本框。

此外，还可以利用输入文本创建动态可滚动文本框，该文本框的特点是：可以在指定大小的文本框内显示超过该范围的文本内容。在 Flash CS5 中，创建动态可滚动文本可以使用以下几种方法。

- ⊙ 按住 Shift 键的同时双击动态文本框的圆形或方形手柄。
- ⊙ 使用【选择】工具 选中动态文本框，然后选择【文本】|【可滚动】命令。
- ⊙ 使用【选择】工具 选中动态文本框，右击该动态文本框，在打开的快捷菜单中选择【可滚动】命令。

创建滚动文本框后，其文本框的右下方会显示一个黑色的实心矩形手柄，如图 7-86 所示。

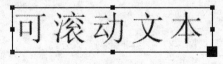

图 7-86   动态可滚动文本框

⑦.7.3　设置文字属性

为了使 Flash 动画中的文字更加灵活，用户可以使用【文本】工具的属性面板对文本的字体和段落属性进行设置。其中，文本的字符属性包括字体、字体大小、样式、颜色、字符间距、自动调整字距和字符位置等；段落属性包括对齐方式、边距、缩进和行距等。

1. 设置字体、字体大小、字体样式、字母间距、文本颜色和上下标

在【文本】工具的属性面板中，可以设置选定文本的字体、字体大小和颜色等。设置文本颜色时只能使用纯色，而不能使用渐变色。如果要向文本应用渐变色，必须将文本转换为线条或填充图形。

设置文本的属性时，可以先在工具箱中选择【文本】工具 T，然后在【文本】工具属性面板中的【设置字体系列】下拉列表框中选择字体或直接输入字体名称；在【大小】文本框中输入字体大小数值，或将光标移动到数值上，当出现 图标时向左右方向拖动以调整字体的大小数值；单击【文本(填充)颜色】按钮，在打开的调色板中选择文本的颜色。如果要对文本应用样式，可以打开【样式】下拉列表框将字体调整为粗体、斜体等样式。单击【嵌入】按钮，可以打开【字符嵌入】对话框。在该对话框中，可以选择嵌入字体轮廓的字符。

要设置字母间距，可以在【字母间距】文本框中进行数值的设定。值得一提的是，在 Flash CS5 中，字母间距的可调范围是 0~60 磅。如果要使用字体的内置字距微调，可以在选择文本框后，在【文本】工具属性面板中选中【自动调整字距】复选框。对于水平文本，间距和字距微调设置了字符间的水平距离；对于垂直文本，间距和字距可以设置字符间的垂直距离。

另外，在【文本】工具属性面板中单击【切换上标】或【切换下标】按钮，可将选中的字符以上标或下标形式显示。

2. 设置对齐、边距、缩进和行距

文本框的左侧和右侧边缘对齐；垂直文本相对于文本框的顶部和底部边缘对齐。文本可以与文本框的一侧边缘对齐、与文本框的中心对齐或者与文本框的两侧边缘对齐(即两端对齐)。图 7-87 所示为文本的不同对齐方式。

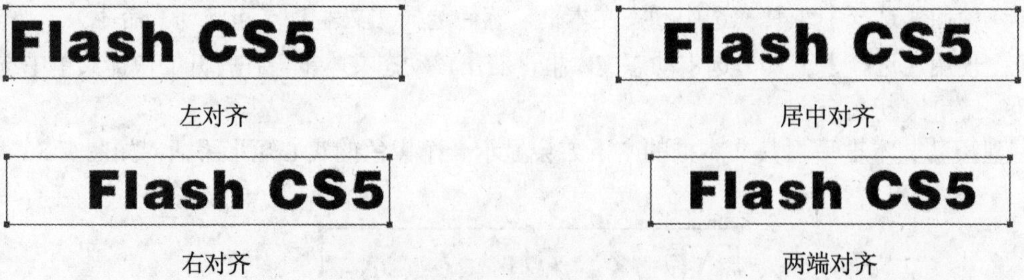

Flash CS5

左对齐

Flash CS5

居中对齐

Flash CS5

右对齐

Flash CS5

两端对齐

图 7-87　文本的不同对齐方式

边距确定了文本框的边框和文本段落之间的间隔；缩进确定了段落边界和首行开头之间的

距离；行距确定了段落中相邻行之间的距离。

要设置文本的边距、缩进和行距，可先选择需要设置文本边距、缩进和行距的段落或文本框，然后在【文本工具】属性面板中展开【段落】选项组，然后在其中进行相应的设置。在【行为】下拉列表框中，还可以设置【单行】、【多行】和【多行不换行】选项，如图 7-88 所示。

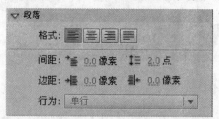

图 7-88 段落设置参数

 提示

只有文本框为【动态文本】和【输入文本】，才可以打开【行为】下拉列表框，【静态文本】无法进行设置。

各参数选项的作用如下。

- ◉ 【缩进】文本框：用于设置文本的缩进数值。文本是右缩进或左缩进，取决于文本方向是从左向右还是从右向左。
- ◉ 【行距】文本框：用于设置文本的行距大小。
- ◉ 【左边距】和【右边距】文本框：用于设置文本的边距大小。

⑦.7.4 文本的分离与变形

Flash 动画需要丰富多彩的文本效果，因此在对文本进行基础排版之后，常常还需要对其进行更进一步的加工，这时就需要用到文本的分离与变形了。

1. 分离文本

在 Flash CS5 中，文本的分离方法和分离原理与之前介绍到的组合对象相类似。选中文本后，选择【修改】|【分离】命令将文本分离 1 次可以使其中的文字成为单个的字符，分离 2 次可以使其成为填充图形，如图 7-89 所示。值得注意的是，文本一旦被分离为填充图形后就不再具有文本的属性，而是拥有了填充图形的属性。也就是说，对于分离为填充图形的文本，用户不能再更改其字体、字符间距等文本属性，但可以对其应用渐变填充或位图填充等填充属性。

　　　　Flash CS5

文本框　　　　　　　　第 1 次分离　　　　　　　　第 2 次分离

图 7-89 将文本分离为填充图形的过程

2. 文本变形

在将文本分离为填充图形后，可以非常方便地改变文字的形状。要改变分离后文本的形状，

计算机 基础与实训教材系列

可以使用工具箱中的【选择】工具或【部分选取】工具等，对其进行各种变形操作。

- 使用【选择】工具编辑分离文本的形状时，可以在未选中分离文本的情况下将光标靠近分离文本的边界，当光标变为或形状时按住鼠标左键进行拖动，即可改变分离文本的形状，如图 7-90 所示。

Flash CS   Flash CS

图 7-90　使用【选择】工具变形文本

- 使用【部分选取】工具对分离文本进行编辑操作时，可以先使用【部分选取】工具选中要修改的分离文本，使其显示出节点。然后选中节点进行拖动或编辑其曲线调整柄，如图 7-91 所示。

Flash CS   Flash CS

图 7-91　使用【部分选取】工具变形文本

【例 7-2】 在 Flash CS5 中新建一个文档，创建文本框，使用分离命令和变形工具制作倒影文字效果。

(1) 启动 Flash CS5 程序，选择【文件】|【新建】命令，新建一个 Flash 文档。

(2) 选择【修改】|【文档】命令，打开【文档设置】对话框，将【背景颜色】设置为淡蓝色，如图 7-92 所示。

(3) 返回舞台后，在工具箱中选择【文本】工具，在其【属性】面板中设置传统静态文本，设置字体为隶书、字号为 100，颜色为紫色，如图 7-93 所示。

图 7-92　设置文档属性

图 7-93　设置文本工具属性

(4) 在舞台中创建一个文本框，然后输入文字"水中倒影"，如图 7-94 所示。选中文本框后，按下 Ctrl+D 组合键将其复制一份到舞台。

(5) 在工具箱中选择【任意变形】工具，选择下方的文本框后，将其翻转并调整位置和大小，如图 7-95 所示。然后选中下方的文本框，连续按下两次 Ctrl+B 组合键，将其分离，如图 7-96 所示。

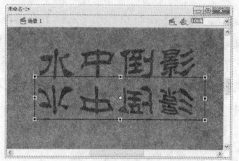

图 7-94 创建文本框　　　　　　　　　　图 7-95 复制并变形文本框

(6) 在工具箱中选择【椭圆】工具，设置其笔触颜色为背景色(淡蓝色)，设置填充颜色为透明，在文字上由内向外绘制多个椭圆形状，并逐渐增大该椭圆形状的大小和笔触高度(每次增量为 1)，最后的效果如图 7-97 所示。

图 7-96 分离文本　　　　　　　　　　　图 7-97 倒影文本效果

7.8 上机练习

本章介绍了数字动画处理的相关知识以及 Flash CS5 的基本使用方法。本次上机练习使用 Flash CS5 的滤镜效果来创建一个文字的滤镜特效。

(1) 启动 Flash CS5，选择【文件】|【新建】命令，新建一个 Flash 文档。在工具箱中选择【文本】工具 T，在【属性】面板中设置传统静态文本框，设置字体为【华文彩云】，文字大小为 45，文字颜色为【红色】，如图 7-98 所示。

(2) 在舞台上创建文本框，并输入文字，如图 7-99 所示。

图 7-98 设置文本属性　　　　　　　　　图 7-99 设置文字属性

计算机 基础与实训教材系列

（3）在【属性】面板中打开【滤镜】选项组，在工具箱中选择【选择】工具，选中完成属性设置的文本框，然后在【滤镜】面板中单击【添加滤镜】按钮，在弹出的菜单中选择【投影】选项，在【投影】设置选项的【模糊 X】和【模糊 Y】文本框中输入 10；在【品质】下拉列表框中选择【中】选项；在【角度】文本框中输入 5，设置投影颜色为红色，如图 7-100 所示。

（4）参照步骤(3)的操作在【滤镜】面板中添加【发光】选项，然后在【发光】设置选项区域中，设置【品质】为中，颜色为橙色，然后选中【内放光】复选框，如图 7-101 所示。

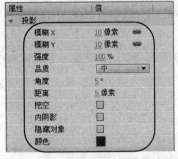

图 7-100　设置【投影】滤镜效果

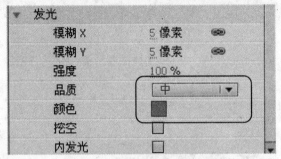

图 7-101　设置【发光】滤镜效果

（5）继续在【滤镜】面板中添加【渐变斜角】选项，然后在【渐变斜角】设置选项的【角度】文本框中输入 15，设置距离为 20 像素，设置类型为【内侧】选项，如图 7-102 所示。此时的文字效果如图 7-103 所示

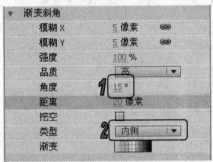

图 7-102　效果的叠放位置

图 7-103　【渐变斜角】滤镜效果

7.9　习题

1. 简述动画的概念及其基本原理。
2. 简述动画的分类。
3. 什么是位图和矢量图？它们有什么区别？
4. 使用 Flash CS5 的图形绘制功能，制作一个中国象棋的棋盘。
5. 使用 Flash CS5 的文字滤镜功能制作发光字效果。

第8章

使用 Flash CS5 制作动画

学习目标

第 7 章介绍了 Flash CS5 的基本使用方法，本章来介绍如何使用 Flash CS5 制作动画效果。通过对本章的学习，用户应掌握如何使用 Flash CS5 制作逐帧动画、补间动画、形状补间动画以及 ActionScript 语言的使用方法。

本章重点

- 时间轴和帧的概念
- 逐帧动画的制作
- 动作补间动画与形状补间动画
- 高级动画制作与 ActionScript 编程基础
- Flash 动画中的音频与视频

8.1　时间轴和帧的概念

时间轴是用于组织和控制动画内容在一定时间内播放的图层数与帧数。动画播放的长度不是以时间为单位的，而是以帧为单位，创建 Flash 动画，实际上就是创建连续帧上的内容。

8.1.1　认识时间轴

时间轴是 Flash 动画的控制台，所有关于动画的播放顺序、动作行为以及控制命令等工作都在时间轴中编排。

时间轴主要由图层、帧和播放头组成，在播放 Flash 动画时，播放头沿时间轴向后滑动，而图层和帧中的内容随着时间的变化而变化。

Flash CS5 中时间轴默认显示在工作界面的下部,位于编辑区的下方。用户也可以根据个人习惯,将时间轴放置在主窗口的下部或两边,或者将其作为一个单独的窗口显示甚至隐藏起来。

8.1.2 认识帧

帧是 Flash 动画的最基本组成部分,Flash 动画正是由不同的帧组合而成的。时间轴是摆放和控制帧的地方,帧在时间轴上的排列顺序将决定动画的播放顺序,至于每一帧中有什么具体内容,则需在相应的帧的工作区域内进行制作,比如在第一帧绘了一幅图,那么这幅图只能作为第一帧的内容,第二帧还是空的。

除了帧的排列顺序,动画播放的内容即帧的内容,也是至关紧要不可或缺的。帧的播放顺序,不一定会严格按照时间轴的横轴方向进行播放,比如自动播放到某一帧就停止下来接受用户的输入或回到起点重新播放,直到某个事件被激活后才能继续播放下去等,对于这种互动式 Flash 将涉及到 Flash 的动作脚本语言。

在 Flash CS5 中用来控制动画播放的帧具有不同的类型,选择【插入】|【时间轴】命令,在弹出的子菜单中显示了普通帧、关键帧和空白关键帧 3 种类型帧。不同类型的帧在动画中发挥的作用也不同,这 3 种类型的帧的具体作用如下。

◉ 普通帧:Flash CS5 中连续的普通帧在时间轴上用灰色显示,并且在连续普通帧的最后一帧中有一个空心矩形块,如图 8-1 所示。连续普通帧的内容都相同,在修改其中的某一帧时其他帧的内容也同时被更新。由于普通帧的这个特性,通常用它来放置动画中静止不变的对象(如背景和静态文字)。

◉ 关键帧:关键帧在时间轴中是含有黑色实心圆点的帧,如图 8-2 所示。关键帧是用来定义动画变化的帧,在动画制作过程中是最重要的帧类型。在使用关键帧时不能太频繁,过多的关键帧会增大文件的大小。补间动画的制作就是通过关键帧内插的方法实现的。

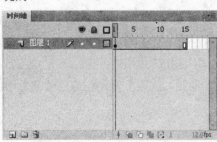
图 8-1 时间轴中的连续普通帧

图 8-2 时间轴中的关键帧

◉ 空白关键帧:在时间轴中插入关键帧后,左侧相邻帧的内容就会自动复制到该关键帧中,如果不想让新关键帧继承相邻左侧帧的内容,可以采用插入空白关键帧的方法。在每一个新建的 Flash 文档中都有一个空白关键帧。空白关键帧在时间轴中是含有空心小圆圈的帧,如图 8-3 所示。

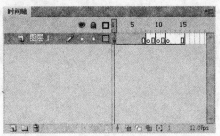

图 8-3 时间轴中的空白关键帧

提示

由于 Flash 文档会保存每一个关键帧中的形状,所以制作动画时只需在时间轴中有变化的点处创建关键帧。

⑧.1.3 帧的基本操作

在制作动画时,可以根据需要对帧进行一些基本操作,例如插入、选择、删除、清除、复制、移动和翻转帧等。

1. 插入与选择帧

要在时间轴上插入帧,可以通过以下几种方法实现。

- ◉ 在时间轴上选中要创建关键帧的帧位置,按下 F5 键,可以插入帧,按下 F6 键,可以插入关键帧,按下 F7 键,可以插入空白关键帧。
- ◉ 右击时间轴上要创建关键帧的帧位置,在弹出的快捷菜单中选择【插入帧】、【插入关键帧】或【插入空白关键帧】命令,可以插入帧、关键帧或空白关键帧。
- ◉ 在时间轴上选中要创建关键帧的帧位置,选择【插入】|【时间轴】命令,在弹出的子菜单中选择相应命令,可插入帧、关键帧和空白关键帧。

帧的选择是对帧以及帧中内容进行操作的前提条件。要对帧进行操作,首先必须选择【窗口】|【时间轴】命令,打开【时间轴】面板,选择帧可以通过以下几种方法实现。

- ◉ 选择单个帧:把光标移到需要的帧上,单击即可。
- ◉ 选择多个不连续的帧:按住 Ctrl 键,然后单击需要选择的帧,如图 8-4 所示。
- ◉ 选择多个连续的帧:按住 Shift 键,单击需要选中的该范围内的开始帧和结束帧,如图 8-5 所示。

图 8-4 选择多个不连续的帧

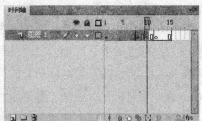

图 8-5 选择多个连续的帧

- ◉ 选择所有的帧:在任意一个帧上右击,从弹出的快捷菜单中选择【选择所有帧】命令,或者选择【编辑】|【时间轴】|【选择所有帧】命令,同样可以选择所有的帧。

计算机 基础与实训教材系列

提示

在插入了关键帧或空白关键帧之后，可以直接按下 F5 键，进行扩展。每按一次 F5 键，关键帧或空白关键帧长度将扩展 1 帧。

2. 删除帧与清除帧

删除帧操作不仅可以把帧中的内容清除，还可以把被选中的帧进行删除，还原为初始状态，如图 8-6 所示。

要进行删除帧的操作，可以按照选择帧的几种方法，先将要删除的帧选中，然后在选中的帧中的任意一帧上右击，从弹出的快捷菜单中选择【删除帧】命令；或者在选中帧以后选择【编辑】|【时间轴】|【删除帧】命令即可。

清除帧与删除帧的区别在于，清除帧仅把被选中的帧上的内容清除，并将这些帧自动转换为空白关键帧状态，如图 8-7 所示。

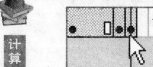  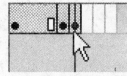 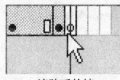

删除前的帧   删除后的帧   清除前的帧   清除后的帧

图 8-6　删除帧　　　　　　　　　　　　　图 8-7　清除前后的帧

要进行清除帧的操作，可以按照选择帧的几种方法，先将要清除的帧选中，然后在被选中帧中的任意一帧上右击，从弹出的快捷菜单中选择【清除帧】命令；或者在选中帧以后选择【编辑】|【时间轴】|【清除帧】命令。

3. 复制帧与移动帧

复制帧操作可以将同一个文档中的某些帧复制到该文档的其他帧位置，也可以将一个文档中的某些帧复制到另外一个文档的特定帧位置。

要进行复制帧的操作，可以按照选择帧的几种方法，先将要清除的帧选中，然后在被选中帧中的任意一帧上右击，从弹出的快捷菜单中选择【复制帧】命令；或者在选中帧以后选择【编辑】|【时间轴】|【复制帧】命令。最后把光标移动到需要粘贴的帧上右击，从弹出的快捷菜单中选择【粘贴帧】命令；或者在选中帧以后选择【编辑】|【时间轴】|【粘贴帧】命令即可。

在 Flash CS5 中经常需要移动帧的位置，进行帧的移动操作主要有下面两种方法。

◎ 选中要移动的帧，然后拖动选中的帧，移动到目标帧位置以后释放鼠标。此时的时间轴如图 8-8 所示。

◎ 选中需要移动的帧并右击，从打开的快捷菜单中选择【剪切帧】命令，然后用鼠标选中帧移动的目的地并右击，从打开的快捷菜单中选择【粘贴帧】命令，此时时间轴如图 8-9 所示。

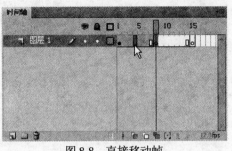

图 8-8 直接移动帧

图 8-9 粘贴帧

4．翻转帧

翻转帧功能可以使选定的一组帧按照顺序翻转过来，使原来的最后一帧变为第 1 帧，原来的第 1 帧变为最后一帧。

要进行翻转帧操作，首先在时间轴上将所有需要翻转的帧选中，然后右击被选中的帧，从弹出的快捷菜单中选择【翻转帧】命令，最后选择【控制】|【测试影片】命令，会发现播放顺序与翻转前相反。

⑧.2 逐帧动画的制作

对于大多数 Flash 动画的初学者而言，逐帧动画是最简单易懂的一种动画形式，学习起来也比较简单。

⑧.2.1 逐帧动画的原理

逐帧动画，也叫【帧帧动画】，是最常见的动画形式，最适合于图像在每一帧中都在变化而不是在舞台上移动的复杂动画。

逐帧动画的原理是在【连续的关键帧】中分解动画动作，也就是要创建每一帧的内容，才能连续播放而形成动画。逐帧动画的帧序列内容不一样，不仅增加制作负担，而且最终输出的文件量也很大。但它的优势也很明显，因为它与电影播放模式相似，适合于表演很细腻的动画，通常在网络上看到的行走、头发的飘动等动画，很多都是使用逐帧动画实现的。

逐帧动画在时间轴上表现为连续出现的关键帧。要创建逐帧动画，就要给每一个帧都定义为关键帧，给每个帧创建不同的对象。通常创建逐帧动画有以下几种方法。

- ⊙ 用导入的静态图片建立逐帧动画。
- ⊙ 将 jpg、png 等格式的静态图片连续导入到 Flash 中，就会建立一段逐帧动画。
- ⊙ 绘制矢量逐帧动画，用鼠标或压感笔在场景中一帧帧地画出帧内容。
- ⊙ 文字逐帧动画，用文字作帧中的元件，实现文字跳跃、旋转等特效。
- ⊙ 指令逐帧动画，在时间帧面板上，逐帧写入动作脚本语句来完成元件的变化。

● 导入序列图像，可以导入 gif 序列图像、swf 动画文件或者利用第三方软件(如 swish、swift 3D 等)产生的动画序列。

⑧.2.2 制作逐帧动画

本节通过实例介绍逐帧动画的制作过程。

【例 8-1】新建一个文档，制作倒计时动画效果，要求计数牌上的数字由 10 逐渐变化为 0。

(1) 启动 Flash CS5 程序，选择【文件】|【新建】命令，新建一个 Flash 文档，并将文件的背景设置为黑色。

(2) 选择【视图】|【标尺】命令，调出标尺工具，然后在标尺上拖出两条参考线，以确定图形的中心点位置，如图 8-10 所示。

(3) 选择【椭圆】工具，按住 Alt+Shift 键，以中心点为圆心，绘制一个正圆，并将该图层命名为【圆】，如图 8-11 所示。然后单击该图层上面的加锁标记，锁定图层。

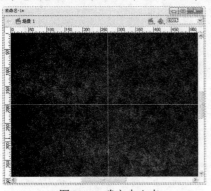
图 8-10　确定中心点

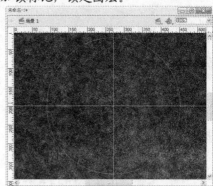
图 8-11　绘制正圆

(4) 创建图层 2 并将其命名为【数字】，然后选择【文本】工具，在【属性】面板中设置其为传统静态文本，字体为华文彩云，大小为 200 点，如图 8-12 所示。

(5) 设置完成后在该层中使用文本工具输入数字 "10"，并将数字的颜色设置为红色，然后将其调整到舞台的中央位置，如图 8-13 所示。

图 8-12　设置文本属性

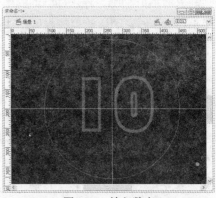
图 8-13　输入数字

(6) 在【数字】层中，依次在第 5、10、15、20、25、30、35、40、45、50 帧处插入关键帧，在第 55 帧处插入帧，如图 8-14 所示。

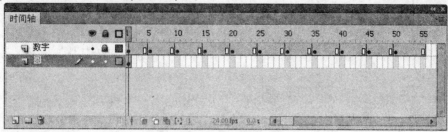

图 8-14 插入关键帧

(7) 插入完成后，分别将各帧处的数字改为 9、8、7、6、5、4、3、2、1、0，并使每一个数字都位于舞台的中央。另外用户还可对每个数字进行颜色调整，获得更好的效果。

(8) 将数字图层锁定，然后解开【圆】图层，使用【直线】工具，在圆的内部分别绘制两条水平和垂直的直线。绘制完成后，在第 55 帧处插入帧，然后将【帧速率】设置为 10.00fps，如图 8-15 所示。

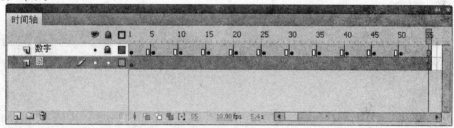

图 8-15 插入帧并设置帧速率

(9) 选择【文件】|【保存】命令，保存文档，然后按下 Ctrl+Enter 键对动画进行测试，效果如图 8-16 所示。

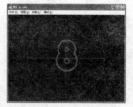

图 8-16 逐帧动画的播放效果

⑧.3 制作动作补间动画

当需要在动画中展示移动位置、改变大小、旋转、改变色彩等效果时，就可以使用动作补间动画了。在制作动作补间动画时，用户只需对最后一个关键帧的对象进行改变，其中间的变化过程即可自动形成，因此大大减少了工作量。

8.3.1 创建动作补间动画

动作补间动画也称动画补间动画，它可以用于补间实例、组和类型的位置、大小、旋转和倾斜，以及表现颜色、渐变颜色切换或淡入淡出效果。在动作补间动画中要改变组或文字的颜色，必须将其变换为元件；而要使文本块中的每个字符分别动起来，则必须将其分离为单个字符。下面通过一个简单实例说明动作补间动画的创建方法。

【例 8-2】新建一个文档，创建一个动画人物由远及近、由小变大并由近及远、由大变小的动画效果。

(1) 启动 Flash CS5，选择【文件】|【新建】命令，新建一个 Flash 文档。选择【文件】|【导入】|【导入到舞台】命令，导入一幅图像到舞台，如图 8-17 所示。

(2) 选择【修改】|【转换为元件】命令。在打开的【转换为元件】对话框中，将其转换为影片剪辑元件并给元件设置名称，如图 8-18 所示。

图 8-17　导入图像

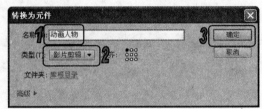
图 8-18　转换为元件

(3) 单击【确定】按钮，返回到舞台中。选中【时间轴】面板上的第 15 帧和第 30 帧，分别按下快捷键 F6 插入一个关键帧，如图 8-19 所示。

(4) 在工具箱中选择【任意变形】工具，选中第 1 帧，将舞台上的元件缩小并向右移动一段距离，如图 8-20 所示。

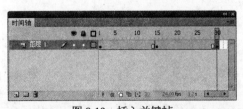
图 8-19　插入关键帧

图 8-20　缩小并平移图片

(5) 选中第 30 帧，将舞台上的元件缩小并向左移动一段距离，如图 8-21 所示。

(6) 设置完成后，分别右击第 1~15 帧和第 16~30 帧中的任意一帧，在弹出的快捷菜单中选择【创建传统补间】命令。此时，在开始关键帧和结束关键帧之间，将出现一个黑色箭头和一段淡紫色背景，如图 8-22 所示。

图 8-21 在第 30 帧缩小并平移元件

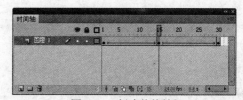

图 8-22 创建传统补间

(7) 动画制作完成后，选择【控制】|【测试影片】命令，即可看到元件在自右向左移动的同时逐渐放大然后又逐渐缩小的动画效果，最后将文件保存为【传统补间动画】。

⑧.3.2 编辑动作补间动画

在设置了动作补间动画之后，可以通过【属性】面板，对动作补间动画进行进一步的加工编辑。选中已创建的动作补间动画的任意一帧，打开【属性】面板，如图 8-23 所示。

在该【属性】面板中各选项的具体作用如下。

- 【缓动】：可以设置补间动画的缓动速度。如果该文本框中的值为正，则动画越来越慢；如果为负，则越来越快。
- 【旋转】：单击该按钮，在下拉列表中可以选择对象在运动的同时产生旋转效果，在后面的文本框中可以设置旋转的次数。
- 【调整到路径】：选择该复选框，可以使动画元素沿路径改变方向。
- 【同步】：选中该复选框，可以对实例进行同步校准。
- 【贴紧】：选中该复选框，可以将对象自动对齐到路径上。
- 【缩放】：选中该复选框，可以将对象缩放显示。

图 8-23 【属性】面板

 提示

在设置动作补间动画的旋转效果时，可以设置顺时针或逆时针旋转。

计算机 基础与实训教材系列

8.4 制作形状补间动画

形状补间是一种在制作对象形状变化时经常被使用到的动画形式，它的制作原理是通过在两个具有不同形状的关键帧之间指定形状补间以表现中间变化过程的方法形成动画。

8.4.1 创建形状补间动画

本节通过一个实例演示形状补间动画的制作。

【例8-3】利用补间动画功能，将图8-24中所示的两个图形做成一个连贯的动画变化效果。

(1) 启动 Flash CS5，选择【文件】|【新建】命令，新建一个 Flash 文档。

(2) 选择椭圆工具，设置其【笔触颜色】为蓝色，【填充颜色】为红色，【笔触】为18，如图8-25所示。

图8-24 创建补间形状动画

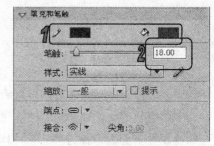

图8-25 设置椭圆选框工具属性

(3) 设置完成后，按住 Shift 键在舞台的正中央绘制一个正圆，如图8-26所示。然后在时间轴的第30帧处插入一个空白关键帧，并在该帧中绘制一个正五角星，如图8-27所示。

图8-26 绘制正圆

图8-27 绘制正五角星

(4) 选择第1帧到第30帧之间的任意一帧，右击鼠标，在弹出的快捷菜单中选择【创建补间形状】命令，如图8-28所示。

(5) 此时时间轴的效果如图8-29所示，在第1帧到第30帧之间出现一个向右的箭头。

图 8-28　创建补间形状

图 8-29　时间轴的效果

(6) 动画制作完成后，选择【控制】|【测试影片】命令，测试动画运行效果，如图 8-30 所示，显示了圆形变化成五角星的变化过程。

图 8-30　形状补间动画的变化过程

8.4.2　编辑形状补间动画

当建立了一个形状补间动画后，可以进行适当的编辑操作。选中已创建的补间动画中的某一帧，打开【属性】面板，如图 8-31 所示。在该面板中，主要参数选项的具体作用如下。

- ⦿ 【缓动】：设置补间形状动画会随之发生相应的变化。数值范围为 1~100，动画运动的速度从慢到快，朝运动结束的方向加速度补间；在 1~100 之间，动画运动的速度从快到慢，朝运动结束的方向减速度补间。默认情况下，补间帧之间的变化速率不变。

- ⦿ 【混合】：单击该按钮，在下拉列表中选择【角形】选项，在创建的动画中间形状会保留有明显的角和直线，适合于具有锐化转角和直线的混合形状；选择【分布式】选项，创建的动画中间形状比较平滑和不规则。

此外，在创建补间形状动画时，如果要控制较为复杂的形状变化，可使用形状提示。形状提示会标识起始形状和结束形状中相对应的点，以控制形状的变化，从而达到更加精确的动画效果。形状提示包含 26 个字母(从 a 到 z)，用于识别起始形状和结束形状中相对应的点。其中，起始关键帧的形状提示是黄色的，结束关键帧的形状提示是绿色的，而当形状提示不在一条曲线上时则为红色。在显示形状提示时，只有包含形状提示的层和关键帧处于当前状态下时，【显示形状提示】命令才可使用。

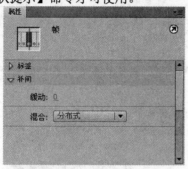

图 8-31　【属性】面板

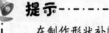

提示

在制作形状补间动画并使用形状提示时，如果按逆时针顺序从形状的左上角开始放置形状提示，将得到最好的工作效果。

在补间形状动画中遵循以下原则，可获得最佳的变形效果。

- 在复杂的补间形状中，最好先创建中间形状然后再进行补间，而不要只定义起始和结束的形状。

- 使用形状提示时要确保形状提示是符合逻辑的。例如，如果在一个三角形中使用 3 个形状提示，则在原始三角形和要补间的三角形中它们的顺序必须是一致的，而不能在第一个关键帧中是 abc，而在第二个关键帧中是 acb。

⑧.5　高级动画制作

使用图层可以制作比较高级的动画，Flash CS5 中使用不同的图层种类也可以制作不同动画。例如比较传统的引导层动画和遮罩层动画等传统动画方式，另外还包括了骨骼反向动画的新型动画种类。

⑧.5.1　引导层动画制作

引导层是一种特殊的图层，在该图层中，同样可以导入图形和引入元件，但是最终发布动画时引导层中的对象不会被显示出来。按照引导层发挥的功能不同，可以将其分为普通引导层和运动引导层两种类型。

1．普通引导层

普通引导层在【时间轴】面板的图层名称前方会显示 ✎ 图标，该图层主要用于辅助静态对象定位，并且可以不使用被引导层而单独使用。

创建普通引导层的方法与创建普通图层方法相似，右击要创建普通引导层的图层，在弹出的菜单中选择【引导层】命令，即可创建普通引导层，如图 8-32 所示。重复操作，右击普通引导层，在弹出的快捷菜单中选择【引导层】命令，可以转换为普通图层。

2. 传统运动引导层

传统运动引导层在时间轴上以 按钮表示，该图层主要用于绘制对象的运动路径，可以将图层链接到同一个运动引导层中，使图层中的对象沿引导层中的路径运动，这时该图层将位于运动引导层下方并成为被引导层。

右击要创建传统运动引导层的图层，在弹出的菜单中选择【添加传统运动引导层】命令，即可创建传统运动引导层，而该引导层下方的图层会自动转换为被引导层，如图 8-33 所示。

图 8-32　创建普通引导层

图 8-33　创建传统运动引导层

重复操作，右击传统运动引导层，在弹出的快捷菜单中选择【引导层】命令，可以转换为普通图层。

3. 制作引导层动画

【例 8-4】在 Flash CS5 中新建一个文档，使用运动引导层制作地球围绕太阳公转的示意图。

(1) 启动 Flash CS5 程序，选择【文件】|【新建】命令，新建一个 Flash 文档。

(2) 在时间轴上选中【图层 1】的第 1 帧，然后使用【椭圆】工具，在舞台的中央绘制一个正圆，并将其填充为红色，如图 8-34 所示。

(3) 在时间轴面板上单击【插入图层】按钮插入【图层 2】，然后使用【椭圆】工具，在舞台的右上角绘制一个较小的正圆，并将其填充为蓝色，如图 8-35 所示。

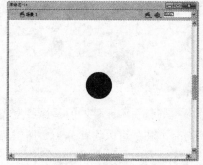

图 8-34　绘制较大正圆

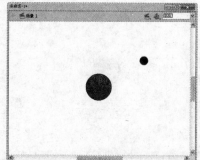

图 8-35　绘制较小正圆

(4) 右击【图层 2】，然后选中【添加传统运动引导层】命令，在【图层 2】添加一个运动引导层，如图 8-36 所示。

(5) 在工具箱中选择【椭圆】工具后，设置其【笔触颜色】为黑色，【填充颜色】为透明，然后在红色正圆的外围以红色正圆为中心绘制椭圆形引导线，如图 8-37 所示。

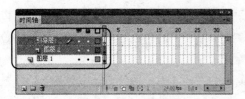

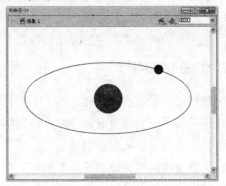

图 8-36 添加运动引导层   图 8-37 绘制引导线

(6) 分别选中【图层 1】和引导层，按下 F5 键直至添加帧到第 60 帧，然后选中【图层 2】，在时间轴上的第 60 帧处插入关键帧，此时的时间轴面板如图 8-38 所示。

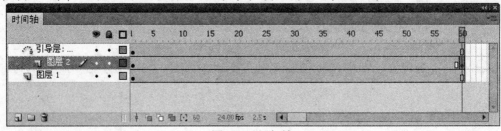

图 8-38 添加帧

(7) 选中【橡皮擦】工具，在椭圆引导线上擦出一个缺口，然后选择图层 2 上的第一帧，再单击【选择】工具，将蓝色正圆吸附在缺口靠左的端点上，如图 8-39 所示。

(8) 选择图层 2 上的第 60 帧，然后单击【选择】工具，将蓝色正圆吸附在缺口靠右的端点上，如图 8-40 所示。

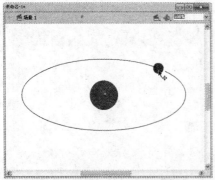

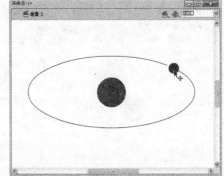

图 8-39 吸附对象到引导线起点   图 8-40 吸附对象到引导线终点

(9) 右击【图层 2】上第 1 到第 60 帧之间的任何一帧，在弹出的菜单中选择【创建传统补间】命令为其创建补间动画后，动画效果制作完毕，此时按下 Ctrl+Enter 快捷键可以预览动画的运行效果。

8.5.2　遮罩层动画制作

Flash 的遮罩层功能是一个强大的动画制作工具，利用遮罩层功能，在动画中只需要设置一个遮罩层，就能遮掩一些对象，可以制作出灯光移动或其他复杂的动画效果。

1. 遮罩层动画原理

Flash 中的遮罩层是制作动画时非常有用的一种特殊图层，它的作用就是可以通过遮罩层内的图形看到被遮罩层中的内容，利用这一原理，制作者可以使用遮罩层制作出多种复杂的动画效果。

在遮罩层中，与遮罩层相关联的图层中的实心对象将被视作一个透明的区域，透过这个区域可以看到遮罩层下面一层的内容；而与遮罩层没有关联的图层，则不会被看到。其中，遮罩层中的实心对象可以是填充的形状、文字对象、图形元件的实例或影片剪辑等，但是，线条不能作为与遮罩层相关联的图层中的实心对象。

此外，设计者还可以创建遮罩层动态效果。对于用作遮罩的填充形状，可以使用补间形状；对于对象、图形实例或影片剪辑，可以使用补间动画。当使用影片剪辑实例作为遮罩时，可以使遮罩沿着运动路径运动。

2. 创建遮罩层动画

了解了遮罩层的原理后，可以来创建遮罩层，此外，还可以对遮罩层进行适当的编辑操作。

Flash CS5 中没有专门的按钮来创建遮罩层，所有的遮罩层都是由普通层转换过来的。要将普通层转换为遮罩层，可以右击该图层，在弹出的快捷菜单中选择【遮罩层】命令，此时该图层的图标会变为■，表明它已被转换为遮罩层；而紧贴它下面的图层将自动转换为被遮罩层，图标为■，它们在图层面板上的表示如图 8-41 所示。

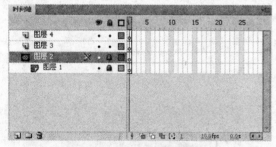

图 8-41　创建遮罩层

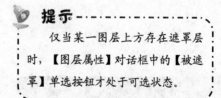

提示
仅当某一图层上方存在遮罩层时，【图层属性】对话框中的【被遮罩】单选按钮才处于可选状态。

在创建遮罩层后，通常遮罩层下方的一个图层会自动设置为被遮罩图层，若要创建遮罩层与普通图层的关联，使遮罩层能够同时遮罩多个图层，可以通过下列方法来实现。

- 在时间轴上的【图层】面板中，将现有的图层直接拖到遮罩层下面。
- 在遮罩层的下方创建新的图层。
- 选择【修改】|【时间轴】|【图层属性】命令，打开【图层属性】对话框，在【类型】

选项区域中选中【被遮罩】单选按钮即可。

如果要断开某个被遮罩图层与遮罩层的关联，可先选择要断开关联的图层，然后将该图层拖到遮罩层的上面；或选择【修改】|【时间轴】|【图层属性】命令，在打开的【图层属性】对话框中的【类型】选项区域中选中【一般】单选按钮。

【例8-5】新建一个文档，制作一个文字遮罩动画，使文字看起来有在水中飘动的效果。

(1) 启动Flash CS5，新建一个文档，选择【插入】|【新建元件】命令，打开【创建新元件】对话框，在【名称】文本框中输入"文字"，在【类型】选项组中选中【图形】单选按钮，如图8-42所示。

(2) 单击【确定】按钮，进入文字元件编辑模式，选择【文本】工具在其【属性】面板中设置字体为【华文琥珀】，大小为100点，然后输入文字"相映成趣"，如图8-43所示。

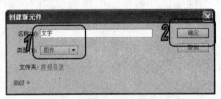

图8-42 【创建新元件】对话框

图8-43 输入元件文字

(3) 切换至【场景1】，将【文字】元件拖动到图层1的第1帧，将图层重命名为【遮罩层】，如图8-44所示。

(4) 新建图层2，将图层2命名为【被遮罩层】，并将该层下移一层。选择【文件】|【导入】|【导入到舞台】命令，导入一幅水波纹效果的图片到舞台中，如图8-45所示。

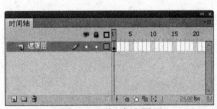

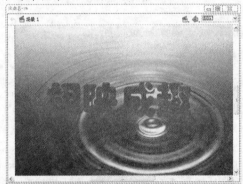

图8-44 创建遮罩层

图8-45 导入图片

(5) 在【被遮罩层】的第30帧插入关键帧，然后将图片向右平移一定的距离，再在第60帧插入关键帧，然后将图片向左平移一定的距离。然后在【被遮罩层】的第1到第30帧和第31到第60帧之间创建传统补间动画，此时的时间轴如图8-46所示。

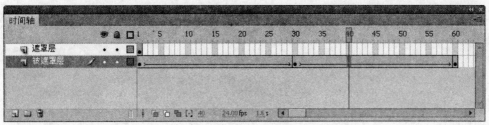

图 8-46　时间轴

（6）在【遮罩层】的第 60 帧处插入帧，然后右击【遮罩层】，选择【遮罩层】命令，将该层转换为遮罩层，同时下面一层自动转换为被遮罩层，如图 8-47 所示。

（7）此时完成文字遮罩层动画的创建，按下 Ctrl+Enter 键预览动画效果，如图 8-48 所示。

图 8-47　转换为遮罩层　　　　　　　　　　　　　图 8-48　文字效果

8.5.3　反相运动动画制作

反向运动(IK)是使用骨骼的有关节结构对一个对象或彼此相关的一组对象进行动画处理的方法。本节来介绍如何制作反相运动动画。

1．【骨骼】工具

使用【骨骼】工具 可以创建一系列链接的对象轻松创建链型效果，也可以使用【骨骼】工具 快速扭曲单个对象。使用【骨骼】工具，元件实例和形状对象可以按复杂而自然的方式移动，只需做很少的设计工作。例如，通过反向运动可以更加轻松地创建人物动画，如胳膊、腿和面部表情。

可以向单独的元件实例或单个形状的内部添加骨骼。在一个骨骼移动时，与启动运动的骨骼相关的其他连接骨骼也会移动。使用反向运动进行动画处理时，只需指定对象的开始位置和结束位置即可。骨骼链称为骨架。在父子层次结构中，骨架中的骨骼彼此相连。骨架可以是线性的或分支的。源于同一骨骼的骨架分支称为同级。骨骼之间的连接点称为关节。

在 Flash 中可以按两种方式使用【骨骼】工具，一是通过添加将每个实例与其他实例连接在一起的骨骼，用关节连接一系列的元件实例。二是向形状对象的内部添加骨架，可以在合并绘制模式或对象绘制模式中创建形状。在添加骨骼时，Flash 会自动创建与对象关联的骨架移动到时间轴中的姿势图层。此新图层称为骨架图层。每个骨架图层只能包含一个骨架及其关联的实例或形状。

2. 添加骨骼

对于形状，可以向单个形状的内部添加多个骨骼，还可以向在【对象绘制】模式下创建的形状添加骨骼。

向单个形状或一组形状添加骨骼。在任一情况下，在添加第一个骨骼之前必须选择所有形状。在将骨骼添加到所选内容后，Flash 将所有的形状和骨骼转换为骨骼形状对象，并将该对象移动到新的骨架图层。但某个形状转换为骨骼形状后，它无法再与骨骼形状外的其他形状合并。

在设计区中绘制一个图形，选中该图形，选择【工具】面板中的【骨骼】工具，在图形中单击并拖动到形状内的其他位置。在拖动时，将显示骨骼。释放鼠标后，在单击的点和释放鼠标的点之间将显示一个实心骨骼。每个骨骼都由头部、圆端和尾部组成，如图 8-49 所示。

骨架中的第一个骨骼是根骨骼。它显示为一个圆围绕骨骼头部。添加第一个骨骼时，在形状内希望骨架根部所在的位置中单击。也可以稍后编辑每个骨骼的头部和尾部的位置。

添加第一个骨骼时，Flash 将形状转换为骨骼形状对象并移至时间轴中的新的骨架图层。每个骨架图层只能包含一个骨架。Flash 向时间轴中现有的图层之间添加新的骨架图层，以保持舞台上对象的堆叠顺序。

该形状变为骨骼形状后，就无法再添加新笔触。仍可以向形状的现有笔触添加控制点或从中删除控制点。

图 8-49　添加骨骼

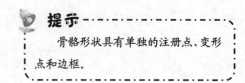

提示

骨骼形状具有单独的注册点、变形点和边框。

要添加其他骨骼，可以拖动第一个骨骼的尾部到形状内的其他位置即可，第二个骨骼将成为根骨骼的子级。按照要创建的父子关系的顺序，将形状的各区域与骨骼链接在一起。例如，如果要向手臂形状添加骨骼，添加从肩部到肘部的第一个骨骼、从肘部到手腕的第二个骨骼和从手腕到手部的第三个骨骼。

若要创建分支骨架，单击分支开始的现有骨骼的头部，然后进行拖动以创建新分支的第一个骨骼。骨架可以具有所需数量的分支，但分支不能连接到其他分支(根部除外)。

3. 编辑骨架

创建骨骼后，可以使用多种方法编辑骨骼，例如重新定位骨骼及其关联的对象，在对象内移动骨骼，更改骨骼的长度，删除骨骼，以及编辑包含骨骼的对象。

在编辑骨架时，只能在第一个帧(骨架在时间轴中的显示位置)中仅包含初始骨骼的骨架图层中编辑骨架。在骨架图层的后续帧中重新定位骨架后，无法对骨骼结构进行更改。若要编辑骨架，请从时间轴中删除位于骨架的第一个帧之后的任何附加姿势。如果要重新定位骨架以达到动画处理目的，则可以在姿势图层的任何帧中进行位置更改。Flash 将该帧转换为姿势帧。

4. 创建反向运动动画

创建骨骼动画的方式与 Flash 中的其他对象不同。对于骨架，只需向骨架图层中添加帧并在舞台上重新定位骨架即可创建关键帧。骨架图层中的关键帧称为姿势，每个姿势图层都自动充当补间图层。

要在时间轴中对骨架进行动画处理，可以右击骨架图层中要插入姿势的帧，在弹出的快捷菜单中选择【插入姿势】命令，插入姿势，然后使用选取工具更改骨架的配置。Flash 会自动在姿势之间的帧中内插骨骼的位置。如果要在时间轴中更改动画的长度，可以直接拖动骨骼图层中末尾的姿势即可。有关姿势的一些基本操作可以参考前文关于帧的基本操作小节内容。下面将通过一个实例，来介绍创建骨骼动画的方法。

【例 8-6】新建一个文档，通过骨骼动画制作一个简单的传动手臂的工作原理课件。

(1) 新建一个文档，使用【工具】面板中的【基本椭圆】工具，首先绘制一大一小两个圆形，然后使用【线条】工具绘制公切线，并为其填充颜色，最后效果如图 8-50 所示。

(2) 选中图形，按下 F8 键，将其转换为【曲轴】影片剪辑元件，如图 8-51 所示。

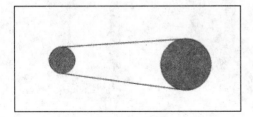

图 8-50　绘制图形

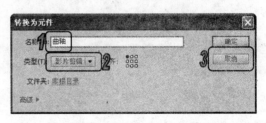

图 8-51　转换为影片剪辑元件

(3) 在工具箱中选择【基本矩形】工具，在舞台中绘制一个长条形状，然后使用【颜料桶】工具将其填充为紫色，并将其两端调整成圆形，然后将其转化为【连杆】元件，如图 8-52 所示。

(4) 将【连杆】影片剪辑元件拖动到【曲轴】影片剪辑元件的上方，然后在工具箱中使用【骨骼】工具，从曲轴向连杆创建一个骨骼，如图 8-53 所示。

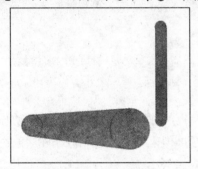

图 8-52　绘制图形

图 8-53　创建骨骼

计算机　基础与实训教材系列

（5）选中【图层1】的第60帧插入帧，然后在【骨架】图层上的第10帧插入帧。选中第10帧，在舞台中拖动【连杆】影片剪辑元件向上提，使【曲轴】影片剪辑元件旋转一些，如图8-54所示。

（6）参考步骤(5)，在第20、30、40、50和60帧上插入帧，并不断调整【连杆】和【曲轴】影片剪辑元件的位置，此时的时间轴如图8-55所示。

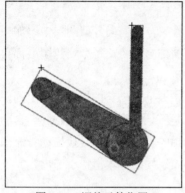

图8-54　调整元件位置

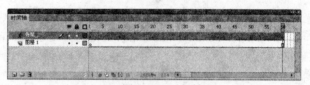

图8-55　时间轴

（7）按下 Ctrl+Enter 键，测试动画效果，如图 8-56 所示。绘制的图形会根据步骤(5)和步骤(6)中骨骼的调整而运动。

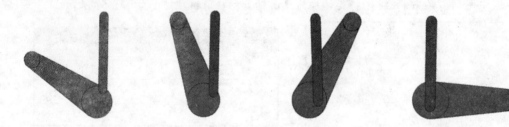

图8-56　测试效果

⑧.6　Flash 动画中的音频和视频

在 Flash 中加入声音和视频可以使动画效果更加生动形象，提高动画的可观赏性。本节来介绍在 Flash 中加入声音和视频信息的技巧。

⑧.6.1　导入声音文件

Flash 在导入声音时，可以给按钮添加音效，也可以将声音导入到时间轴上，作为整个动画的背景音乐。在 Flash CS5 中，可以导入外部的声音文件到动画中，也可以使用共享库中的声音文件。

1. 声音类型

在 Flash 动画中插入声音文件，首先要决定插入声音的类型。Flash CS5 中声音分为事件声音和音频流两种。

- 事件声音：事件声音必须在动画全部下载完后才可以播放，如果没有明确的停止命令，它将连续播放。在 Flash 动画中，事件声音常用于设置单击按钮时的音效，或者用来表现动画中某些短暂动画时的音效。因为事件声音在播放前必须全部下载才能播放，因此此类声音文件不能过大，以减少下载动画时间。在运用事件声音时要注意无论什么情况下，事件声音都是从头开始播放的且无论声音的长短都只能插入到一个帧中。
- 音频流：音频流在前几帧下载了足够的数据后就开始播放，通过和时间轴同步可以使其更好地在网站上播放，可以边看边下载。此类声音较多应用于动画的背景音乐。

在实际制作动画的过程中，绝大多数是结合事件声音和音频流两种类型声音的方法来插入音频的。

2. 导入声音

在 Flash CS5 中，可以导入 WAV、MP3 等文件格式的声音文件，但不能直接导入 MIDI 文件。如果系统上已经安装了 QuickTime 4 或更高版本的播放器，还可以导入 AIFF、Sun AU 等格式的声音文件。导入文档的声音文件一般会保存在【库】面板中，因此与元件一样，只需要创建声音文件的实例就可以以各种方式在动画中使用该声音。

声音在存储和使用时需要使用大量的磁盘空间和内存，最好使用 16 位 22kHz 单声(立体声的数据量是单声的两倍)。这是因为 Flash 只能导入采样比率为 11kHz，22kHz 或 44kHz 的 8 位和 16 位声音。当将声音导入到 Flash 时，如果声音的记录格式不是 11kHz 的倍数(如 8、16 或 32kHz 等)，会重新进行采样。如果要向 Flash 中添加声音效果，最好导入 16 位声音。如果内存有限，可以使用剪辑短的声音或使用 8 位声音。

要将声音文件导入 Flash 文档的【库】面板中，可以选择【文件】|【导入】|【导入到库】命令，打开【导入到库】对话框，如图 8-57 所示。选择需要导入的声音文件，单击【打开】按钮，即可添加声音文件至【库】面板中，如图 8-58 所示。

图 8-57　【导入到库】对话框

图 8-58　添加声音文件至【库】面板

3. 添加文档声音

导入声音文件后，可以将声音文件添加到文档中。

要在文档中添加声音，从【库】面板中拖动声音文件到设计区中，即可将其添加至当前文档中。选择【窗口】|【时间轴】命令，打开【时间轴】面板，在该面板中显示了声音文件的波形，如图 8-59 所示。

用户可以把多个声音放在同一图层上，或放在包含其他对象的图层上。不过，尽量能将每个声音放在独立的图层上。这样每个图层可以作为一个独立的声音通道。当回放 SWF 文件时，所有图层上的声音就可以混合在一起。

要测试添加到文档中的声音，可以使用与预览帧或测试 SWF 文件相同的方法，在包含声音的帧上面拖动播放头，或使用面板或【控制】菜单中的命令。

选择时间轴中包含声音波形的帧，打开【属性】面板，如图 8-60 所示。

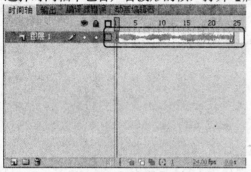

图 8-59 【时间轴】面板

图 8-60 帧【属性】面板

在帧【属性】面板中，主要参数选项的具体作用如下。

- ◉ 【名称】：选择导入的一个或多个声音文件名称。
- ◉ 【效果】：设置声音的播放效果。
- ◉ 【同步】：设置声音的同步方式。
- ◉ 【重复】：单击该按钮，在下拉列表中可以选择【重复】和【循环】两个选项，选择【重复】选项，可以在右侧的【循环次数】文本框中输入声音外部循环播放次数；选择【循环】选项，声音文件将循环播放。

⑧.6.2 导入视频文件

在 Flash CS5 中，可以将视频剪辑导入到 Flash 文档中。根据视频格式和所选导入方法的不同，可以将具有视频的影片发布为 Flash 影片(SWF 文件)或 QuickTime 影片(MOV 文件)。在导入视频剪辑时，可以将其设置为嵌入文件或链接文件。

1. Flash 中的视频格式

对于 Windows 平台而言，如果系统中安装了 QuickTime 6 或 DirectX 8(或更高版本)，就可以将包括 MOV、AVI 和 MPG/MPEG 等多种文件格式的视频剪辑导入到 Flash CS5 中。

在 Flash CS5 中可以导入的视频文件格式如表 8-1 所示。如果导入的视频文件格式是 Flash 不支持的文件格式，那么 Flash 会打开系统提示信息对话框，表明无法完成该操作。

表 8-1　Flash CS5 中可以导入的视频文件格式

文 件 类 型	扩 展 名	Windows 系统
音频视频交叉	.avi	√
数字视频	.dv	√
运动图像专家组	.mpg、.mpeg	√
Windows 媒体文件	.wmv、.asf	√

2. FLV 视频

Flash CS5 拥有 Video Encoder 视频编码应用程序，它可以将支持的视频格式转换为 Flash 4 特有的视频格式，即 FLV 格式。FLV 格式全称为 Flash Video，它的出现有效地解决了视频文件导入 Flash 的问题，已经成为现今主流的视频格式之一。

FLV 视频格式之所以能广泛流行于网络，它主要具有以下几个特点。

- FLV 视频文件体积小巧，占用的 CPU 资源较低。一般情况下，1 分钟清晰的 FLV 视频的大小在 1MB 左右，一部电影通常在 100MB 左右，仅为普通视频文件体积的 1/3。
- FLV 是一种流媒体格式文件，用户可以使用边下载边观看的方式进行欣赏，尤其对于网络连接速度较快的用户而言，在线观看几乎不需要等待时间。
- FLV 视频文件利用网页上广泛使用的 Flash Player 平台，这意味着网站的访问者只要能看 Flash 动画，自然也就能看 FLV 格式视频，用户无须通过本地的播放器播放视频。
- FLV 视频文件可以很方便地导入到 Flash 中进行再编辑，包括对其进行品质设置、裁剪视频大小、音频编码设置等操作，从而使其更符合用户的需要。

3. 导入视频

导入视频文件时，该视频文件将成为影片的一部分，就如同导入位图或矢量图文件一样，而导入的视频文件将会被转换为 FLV 格式以供 Flash 播放。

如果要将视频文件直接导入到 Flash 文档的舞台中，可以选择【文件】|【导入】|【导入视频】命令。打开【导入视频-选择视频】对话框，如图 8-61 所示，单击【浏览】按钮，打开【打开】对话框，选择要导入的视频文件，单击【打开】按钮，回到【导入视频】对话框。单击【下一步】按钮，打开【导入视频-外观】对话框，如图 8-62 所示。

图 8-61　【导入视频-选择视频】对话框

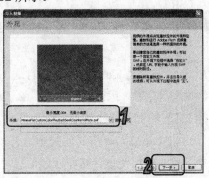

图 8-62　【导入视频-外观】对话框

在【导入视频-外观】对话框中，可以在【外观】下拉列表中选择播放条样式，单击【颜色】按钮，可以选择播放条样式颜色，然后单击【下一步】按钮，打开【导入视频-完成视频导入】对话框，如图 8-63 所示。在该对话框中显示了导入视频的一些信息，单击【完成】按钮，即可将视频文件导入到设计区中，如图 8-64 所示。

图 8-63　【导入视频-完成视频导入】对话框

图 8-64　导入视频

4. 编辑导入的视频文件

在 Flash 文档中选择嵌入的视频剪辑后，可以进行一些编辑操作。选中导入的视频文件，打开【属性】面板，如图 8-65 所示。

在【属性】面板中的【实例名称】文本框中，可以为该视频剪辑指定一个实例名称；在【宽】、【高】、X 和 Y 文本框中可以设置影片剪辑在舞台中的位置及大小。打开【组件参数】选项组，可以设置视频组件播放器的相关参数，如图 8-66 所示。

图 8-65　视频文件【属性】面板

图 8-66　【组件参数】选项组

⑧.7　ActionScript 编程基础

ActionScript 是 Flash 与程序进行通信的方式。可以通过输入代码，让系统自动执行相应的任务，并询问在影片运行时发生了什么。这种双向的通信方式，可以创建具有交互功能的影片，也使得 Flash 能优于其他动画制作软件。它是通过 Flash Player 中的 ActionScript 虚拟机(AVM)来执行的。ActionScript 与其他脚本语言一样，都遵循特定的语法规则、保留关键字、提供运算符，并且允许使用变量存储和获取信息，而且还包含内置的对象和函数，允许用户创建自己的对象和函数。

8.7.1　动作脚本的使用环境

在初次接触 ActionScript 时，先来了解一下动作脚本都会用在哪些地方，以及这些脚本是如何触发的。

1. 帧

动作脚本可以添加到动画中的关键帧上，这种代码会在 Flash 执行到该关键帧时开始执行。例如在某一个动画的第 15 帧处(该帧为关键帧)添加了停止代码，那么当动画播放到该帧时会停止动画的播放，如果动画中还有其他的继续播放的脚本语句，那么当用户触发该脚本语句时，动画即可继续播放。

2. 按钮

按钮是多媒体中比较常见的元素，在按钮中加入动作脚本代码后可以通过按钮来控制动画的播放。通常会将脚本代码添加到按钮的第 2 帧和第 3 帧中，当鼠标进入按钮敏感区域或者按下按钮时就会执行一帧脚本代码。

3. 电影剪辑

电影剪辑是 Flash CS5 中功能最为强大的对象，添加到电影剪辑上的动作脚本可以有很多种触发方式。例如电影的加载、卸载以及电影剪辑过程中的动作等诸多事件都可以触发电影剪辑中的动作脚本代码。

8.7.2　给动画中的帧添加脚本

本节通过一个具体实例来介绍如何为动画的帧添加动作脚本语句。

【例 8-7】使用 Stop 脚本控制动画的播放。

(1) 启动 Flash CS5，打开文件【蝴蝶绕花】。按下 Ctrl+Enter 键测试影片，发现影片是循环播放的，此时可以用动作脚本来控制影片只播放一次。

(2) 选中图层 2 的第 60 帧，选择【窗口】|【动作】命令，打开【动作-帧】对话框。然后在代码编辑区域输入函数 "Stop()"，如图 8-67 所示。

图 8-67　输入函数

> **提示**
>
> 使用 Stop 语句可以停止当前播放的动画，且该语句语法结构为 Stop() 不需要任何参数。

(3) 此时在图层 2 的第 60 帧上将出现一个 a 标记，说明在这一帧上使用了动作脚本，如图 8-68 所示。此时按下 Ctrl+Enter 键测试影片时，当动画播放到第 60 帧处时将自动停止。

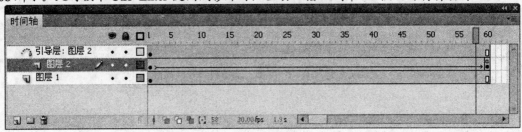

图 8-68　时间轴

⑧.7.3　给动画中的按钮添加动作

只有为按钮添加动作脚本，按钮才有实际意义。另外按钮动作的触发事件可以是鼠标的不同状态，例如单击、指针滑过和拖动等。

为按钮分配动作时，必须将该动作设置在 ON(Mouse Event)事件处理程序中，并制定触发动作的鼠标或键盘事件。

1. ON 函数的格式

ON 函数的格式如下：

```
ON(MouseEvent)
{ //此处填写用户语句 }
```

2. 按钮动作的触发事件

在 ON 函数中，当小括号中的事件被触发时，程序将自动执行大括号中的语句。其中 MouseEvent 被称为是事件触发器，在 Flash 中常见的动作触发事件有以下几种。

- ⊙　Press：在按钮上单击鼠标左键时，触发动作。
- ⊙　Release：在按钮上按下鼠标左键并在不移动鼠标的情况下释放鼠标时，触发动作。
- ⊙　ReleaseOutside：在按钮上按下鼠标左键并将鼠标指针移到按钮之外时释放鼠标，触发动作。
- ⊙　RollOut：鼠标指针由里向外滑过按钮区域时，触发动作。
- ⊙　RollOver：鼠标指针由外向里滑过按钮区域时，触发动作。
- ⊙　DragOut：鼠标指针滑过按钮区域时，按下鼠标左键，然后滑出此按钮区域时，触发动作。
- ⊙　DragOver：鼠标指针滑过按钮区域时，按下鼠标左键，然后滑出此按钮区域，再滑回此按钮区域时，触发动作。
- ⊙　KeyPress("<key>")：按下指定的键，触发动作。

8.8　上机练习

本章主要介绍了如何使用 Flash CS5 制作动画，包括逐帧动画的制作、动作补间动画的制作、遮罩层动画的制作以及高级动画的制作技巧。本次上机练习来制作一个图形变幻的动画效果，并使用 ActionScript 语言为动画添加一些控制按钮，方便用户控制动画的播放。

(1) 启动 Flash CS5 并新建一个文档，然后使用直线工具在舞台的上方绘制一条直线。

(2) 新建图层 2，并将图层 2 移至图层 1 的下方。选择【矩形】工具并设置其【笔触颜色】为红色，【填充颜色】为绿色，然后在直线的左端绘制一个矩形，如图 8-69 所示。

(3) 选中【图层 1】的第 1 帧，然后按下 F5 键插入帧，确定动画的播放时间到 60 帧，如图 8-70 所示。

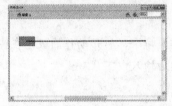

图 8-69　绘制直线和矩形

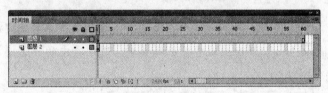

图 8-70　插入帧

(4) 在【图层 2】的第 30 帧处插入空白关键帧，然后使用【椭圆】工具在直线的中间部分绘制一个椭圆，如图 8-71 所示。

(5) 在【图层 2】的第 60 帧处插入空白关键帧，然后使用【多角形】工具在直线的末尾部分绘制一个三角形，如图 8-72 所示。

图 8-71　绘制椭圆

图 8-72　绘制三角形

(6) 在【图层 2】的第 1 和第 30 帧之间、第 31 和第 60 帧之间创建形状补间动画，此时的时间轴如图 8-73 所示。

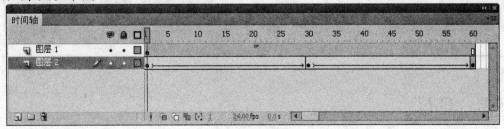

图 8-73　时间轴

计算机 基础与实训教材系列

(7) 按下 Ctrl+F8 键创建新元件，将新元件命名为【按钮】、类型设置为【按钮】，然后选择【椭圆】，并设置其笔触颜色为红色，填充颜色为蓝色，笔触为 5。设置完成后，绘制一个椭圆形的按钮，如图 8-74 所示。

(8) 切换至【场景 1】，新建【图层 3】，然后将【按钮】元件分 5 次拖动到【图层 3】中，并使用【文本】工具分别为按钮命名，效果如图 8-75 所示。

计算机 基础与实训教材系列

图 8-74　绘制按钮元件

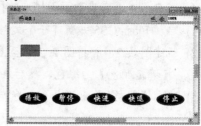

图 8-75　添加按钮

(9) 选中第一个按钮元件，右击并选择快捷菜单中的【动作】命令，打开动作面板，在编辑区输入 "on(" 后会出现参数选择菜单，选中其中的 release，然后输入以下代码：

```
{ play();
}
```

(10) 另外，用户还可展开左侧的【全局函数】|【时间轴控制】列表，双击其中相应的命令，也可将其添加到右侧的编辑区，效果如图 8-76 所示。

(11) 使用同样的方法为其余 4 个按钮分别添加如下代码。

【暂停】按钮代码：	【快进】按钮代码：	【快退】按钮代码：	【停止】按钮代码：
on (release)	on (release)	on (release)	on (release)
{ stop();	{ nextFrame();	{ prevFrame();	{ gotoAndstop(1);
}	}	}	}

(12) 添加完成后，按下 Ctrl+Enter 键测试动画，最终效果如图 8-77 所示，单击其中的任何一个按钮都将会产生相应的动作，图 8-77 中所示为暂停状态。

图 8-76　添加动作代码

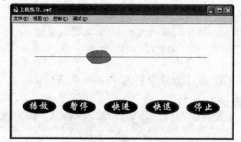

图 8-77　测试影片

8.9　习题

使用 Flash CS5 制作一个动作补间动画，并为其添加动作按钮。

第9章

视频处理技术

学习目标

随着计算机技术的迅猛发展，目前许多用户可以用自己的数码摄像机来拍摄数字电影，在自己的笔记本上进行电影的后期编辑，制作自己想要的特技效果。而这一切只需拥有一台数码摄像机和视频处理软件即可。Premiere Pro 是 Adobe 公司推出的视频处理专用软件，可以对文字、图像、声音、动画、视频等多种多媒体素材进行编辑加工，并最终合成视频文件，以供多媒体作品使用。本章主要来介绍视频处理的相关知识以及 Premiere Pro CS4 的基本使用方法。

本章重点

- ◉ 视频基础知识
- ◉ 视频的压缩与编码
- ◉ 使用 Adobe Premiere Pro CS4 处理视频
- ◉ 视频的后期处理

9.1 视频基础知识

视频处理是多媒体设计中的一项重要内容，在学习视频处理知识之前首先需要了解视频的基本知识，本节主要来介绍视频的概念及其相关常识。

9.1.1 视频的基本概念

连续的图像变化每秒超过 24 帧(frame)画面以上时，根据视觉暂留原理，人眼无法辨别单幅的静态画面，看上去是平滑连续的视觉效果，这样连续的画面叫做视频(英文：Video)。另外视频也泛指将一系列的静态影像以电信号方式加以捕捉，记录，处理，储存，传送与重现的各种技术。

视频技术最早是为了电视系统而发展，但是现在已经发展为各种不同的格式以利消费者将视频记录下来。网络技术的发达也促使视频的记录片段以流媒体的形式存在于因特网之上并可被电脑接收与播放。

⑨.1.2 视频的扫描原理

扫描是指电子枪发射出的电子束扫描电视或计算机屏幕的过程，它是电视机和显示器的基本原理之一。视频标准中最基本的参数是扫描格式，它主要包括图像在时间和空间上的抽象参数，即每行的像素数、每秒的帧数。扫描格式主要有两大类：525/59.94 和 625/50，前者是每帧的行数，后者是每秒的场数。扫描格式分为逐行扫描和隔行扫描两种形式。

在显示器上看到的图像是逐行扫描的结果，而从电视上看到的画面，却是隔行扫描的结果。隔行扫描与逐行扫描的区别是，前者是隔行跳读，先把单数行的内容读了，又从头开始读所有偶数行的内容；逐行扫描则是正常地一行行地阅读。

众所周知，电视荧光屏上的扫描频率(即帧频)有 30Hz(美国、日本等，帧频为 30fps 的称为NTFS 制式)和 25Hz(西欧、中国等，帧频为 25fps 的称为 PAL 制式)两种，即电视每秒钟可传送30 帧或 25 帧图像，30Hz 和 25Hz 分别与相应国家电源的频率一致。电影每秒钟放映 24 个画格，这意味着每秒传送 24 幅图像，与电视的帧频 24Hz 意义相同。电影和电视确定帧频的共同原则是为了使人们在银幕上或荧屏上能看到动作连续的运动图像，这要求帧频在 24Hz 以上。

场正是由于隔行扫描系统而产生的，两场为一帧，目前所看到的普通电视的成像，实际上是以水平分隔线的方式隔行保存帧的内容生成的。在显示时首先显示第 1 个场的交错间隔内容，然后再显示第 2 个场来填充第一个场留下的缝隙。

为了使人眼看不出银幕和荧屏上的亮度闪烁，电影放映时，屏幕的亮度闪烁频率必须高于48Hz。由于受信号带宽的限制，电视采用隔行扫描的方式满足这一要求。每帧分两场扫描，每个场消隐期间荧光屏不发光，于是荧屏亮度每秒闪烁 50 次(25 帧)和 60 次(30 帧)。这就是电影和电视帧频不同的历史原因。但是电影的标准在世界上是统一的。

现在，随着软件业的发展，逐行系统也就应运而生了，因为它的一幅画面不需要第二次扫描，所以场的概念也就可以忽略了，同样是在单位时间内完成的事情，由于没有时间的滞后及插补的偏差，逐行的质量要好得多，这就是大家要求放弃场技术的原因了，当然代价是，要求硬件(如电视)有双倍的带宽和线性更加优良的器件。当然，由于逐行生成的信号源(碟片)具有先天优势，所以同为隔行的电视播放，效果也是有显著差异的。

⑨.1.3 视频的宽高比

视频标准中的第 2 个重要参数是宽高比，可以用两个整数比来表示，也可以用小数来表示。

电影、SDTV 具有不同的宽高比。SDTV 的宽高比是 4:3 或 1.33；HDTV 和扩展清晰度电视的宽高比是 16:9 或 1.78；电影的宽高比从早期的 1.333 到宽银幕的 2.77。由于输入图像宽高比不同，便出现了在某一宽高比屏幕上显示不同宽高比图像的问题。

9.1.4　彩色视频的制式

彩色视频具有许多不同的制式，它们的主要区别在于其帧频、分辨率、信号带宽，以及载频、颜色空间的转换不同。目前国际上采用 3 种兼容制彩色视频制式，及 NTSC 制式、PAL 制式和 SECAM 制式。

1. NTSC 制式

NTSC 是 National Television System Committee 的英文缩写，NTSC 制式是由美国国家电视标准委员会于 1952 年制定的彩色电视广播标准。它采用正交平衡调幅技术，因此也被称为是正交平衡调幅制。目前采用这种制式的国家主要有美国、加拿大和日本等。

2. PAL 制式

PAL 是 Phase-Alternative Line 的英文缩写，PAL 制式是西德在 1962 年指定的彩色电视广播标准，它采用逐行倒相正交平衡调幅的技术方法，克服了NTSC制相位敏感造成色彩失真的缺点。目前采用这种制式的国家主要有英国，新加坡、中国大陆及香港，澳大利亚、新西兰等。

3. SECAM 制式

SECAM 是法文 Sequentiel Couleur a Memoire 的缩写，SECAM 制式是法国于 1956 年提出并与 1966 年制定的彩色电视广播标准。它采用顺序传送彩色信号与存储恢复彩色信号制，因此又被称为是顺序传送彩色与存储制。目前采用该制式的国家主要集中在法国、东欧和中东一带。

9.1.5　常见的视频文件格式

未经压缩的数字视频的数据量对于目前的计算机和网络来说，无论是存储或传输都是不现实的，因此在多媒体中应用数字视频的关键问题是数字视频的压缩技术，不同的压缩方法产生了不同的视频文件。

1. MPEG 文件格式

MPEG(Motion Picture Experts Group)是由国际标准组织(International Organization for Standardization，简称 IOS)与国际电工委员会(International Electrotechnical Commission，简称 IEC)于 1988 年联合成立的，其目标是致力于制定数码视频图像及其音频的编码标准。MPEG 不仅代表了运动图像专家组，还代表了这个专家组织所建立的标准编码格式，这也是 MPEG 成为视

计算机 基础与实训教材系列

频格式名称的原因。这类格式是视频影像阵营中的一个大家族，也是人们平常见到的最普遍的视频格式之一，主要包括 MPEG-1、MPEG-2、MPEG-4、DivX 等多种视频格式。

- MPEG-1 被广泛应用在 VCD 的制作和视频片段下载的网络应用上，大多数的 VCD 都是用 MPEG-1 格式压缩的(刻录软件自动将 MPEG-1 转为 DAT 格式)，使用 MPEG-1 压缩算法，可以将一部 120 分钟的电影压缩到 1.2 GB 左右。

- MPEG-2 的应用包括 DVD 的制作、HDTV(高清晰电视广播)和一些高要求视频编辑处理上。使用 MPEG-2 压缩算法压缩一部 120 分钟的电影，可以将其压缩到 5~8 GB 的大小，但是图像质量会远远高于 MPEG-1。

- MPEG-4 最有吸引力的地方在于它能够保存接近于 DVD 画质的小体积视频文件。但是，与 DVD 相比，由于 MPEG-4 采用的是高比率有损压缩的算法，所以图像质量根本无法和 DVD 的 MPEG-2 相提并论，所以 MPEG-4 不适用于在对图像质量要求较高的视频领域中。

- DivX 是由 DivX Networks 公司开发的视频格式，即通常所说的 DVDRip 格式。DivX 基于 MPEG-4 标准，可以把 MPEG-2 格式的多媒体文件压缩至原来体积的 10%。它采用 DivX 压缩技术对 DVD 盘片的视频图像进行高质量压缩，同时用 MP3 或 AC3 对音频进行压缩，然后再将视频与音频合成，并加上相应的外挂字幕文件形成视频格式。

2. AVI、ASF 和 WMV 文件格式

- AVI(Audio Video Interleaved)是一种"历史悠久"的视频格式，这种视频格式的优点是调用方便、图像质量高，缺点是文件体积过于庞大。

- ASF(Advanced Streaming Format)是 Microsoft 公司为了同 Real Player 竞争而发展出来的一种可以直接在网上观看视频节目的文件压缩格式。ASF 格式使用了 MPEG-4 的压缩算法，压缩率和图像的质量都较好。

- WMV(Windows Media Video)是 ASF 格式的升级版本，是一种在 Internet 上实时传播多媒体的技术标准。在同等视频质量下，WMV 格式的体积非常小，因此很适合在网上播放和传输。

3. RM、RMVB 文件格式

RM(Real Media)是 Real Networks 公司制定的音频、视频压缩规范，使用 Real Player 能够利用 Internet 资源对这些符合 Real Media 技术规范的音频、视频进行实况转播。RM 格式一开始就定位在视频流应用方面，是视频流技术的始创者，它可以在用 56K Modem 拨号上网的条件下实现不间断的视频播放，其图像质量比 VCD 差些。

RMVB(Real Media Variable Bitrate)是由 RM 视频格式升级延伸出的新视频格式，它打破了原先 RM 格式那种平均压缩采样的方式，在保证平均压缩比的基础上合理利用比特率资源，就是说在静止或动作场面少的画面场景下采用较低的编码速率，这样就可以留出更多的带宽空间，供快速运动的画面场景使用。这样，在保证了静止画面质量的前提下，大幅提高了运动图像的画面质量，使图像质量与文件大小之间达到了微妙的平衡。此外，相对于 DVDRip 格式，RMVB

视频也有较明显的优势：一部大小为 700MB 左右的 DVD 影片，如果将其转录成同样视听品质的 RMVB 格式，其大小最多也就 400MB 左右。除此之外，RMVB 视频格式还具有内置字幕和无须外挂插件支持等独特优点。

4. MOV 文件格式

MOV(Movie Digital Video Technology)是 Apple 公司创立的视频文件格式，由于该格式早期只是应用在苹果电脑上，所以并不被广大计算机用户所熟知。此外，MOV 格式能够通过网络提供实时的信息传输和不间断播放，这样无论是在本地播放还是作为视频流媒体在网上传播，它都是一种优良的视频编码格式。

5. 3GP 文件格式

3GP 是一种 3G 流媒体的视频编码格式，主要是为了配合 3G 网络的高传输速度而开发的，也是手机中的一种视频格式。3GP 是新的移动设备标准格式，应用在手机、PSP 等移动设备上，优点是文件体积小，移动性强，适合移动设备使用，缺点是在 PC 机上兼容性差，支持软件少，且播放质量差，帧数低，较 AVI 等格式相差很多。

9.2 视频的压缩与编码

数字视频之所以要压缩是因为它原先占用的空间大得吓人，视频经过压缩处理后，存储和移动时会更加方便快捷。数字视频经过压缩后并不会对视频效果造成太大的影响。因为它只影响人的视觉感受不到的那部分视频。

9.2.1 视频压缩的目标

视频压缩的目标是在尽可能保证视觉效果的前提下减少视频数据率。视频压缩比一般指压缩后的数据量与压缩前的数据量之比。由于视频是连续的静态图像，因此其压缩编码算法与静态图像的压缩编码算法有某些共同之处，但是运动的视频还有其自身的特性，因此在压缩时还应考虑其运动特性才能达到高压缩的目标。

从理论上讲，数字视频的最小压缩比表示它所能够达到的最高图像质量，最大压缩比表示在一定硬盘容量下它所能够记录的素材的最长时间。因此说要想既获得高质量的数字视频又要求存储量小是不可兼得的。

9.2.2 数字视频的压缩

要压缩视频可采用无损压缩和有损压缩，以及帧内压缩和帧间压缩等压缩方式。

1. 无损压缩和有损压缩

◉ 无损压缩：所谓无损压缩格式，是指利用数据的统计冗余进行压缩，可完全回复原始数据而不引起任何失真。但压缩率是受到数据统计冗余度的理论限制，一般为 2:1 到 5:1。这类方法广泛用于文本数据，程序和特殊应用场合的图像数据(如指纹图像，医学图像等)的压缩。但是由于压缩比的限制，仅使用无损压缩方法是不可能解决图像与数字视频的存储和传输的所有问题。目前常见的无损压缩方法有香农编码、哈弗曼编码、算术编码和 LZW 编码等。

◉ 有损压缩：有损压缩意味着压缩前后的数据不一致。它利用了人类对图像或声波中的某些频率成分不敏感的特性，允许压缩过程中损失一定的信息；虽然不能完全恢复原始数据，但是所损失的部分对理解原始图像的影响缩小，却换来了大得多的压缩比。有损压缩广泛应用于语音，图像和视频数据的压缩。有损压缩丢失的数据与压缩比有关，压缩比越大。则丢失的数据越多，解压缩后的效果一般会比较差。另外某些压缩算法采用多次重复压缩的方式，这样还会造成额外的数据丢失。

2. 帧内压缩和帧间压缩

◉ 帧内压缩：帧内压缩(Intraframe Compression)也称为空间压缩(Spatial Compression)。当压缩一帧图像时，仅考虑本帧的数据而不考虑相邻帧之间的冗余信息，这实际上与静态图像压缩类似。帧内一般采用有损压缩算法。

◉ 帧间压缩：帧间压缩(Interframe Compression)也称为是时间压缩(Temporal Compression)，它是基于许多视频或动画的连续前后两帧具有很大的相关性，或者说前后两帧信息变化很小的特点。也即连续的视频其相邻帧之间具有冗余信息，根据这一特性，压缩相邻帧之间的冗余量就可以进一步提高压缩量，减小压缩比。

计算机 基础与实训教材系列

9.2.3 数字视频的编码

随着数字化技术的发展和成熟，视频和音频的数字化已使数字高清晰度电视(HDTV)成为现实。高清晰度电视是新一代电视，其扫描线在 1000 行以上，每行 1920 个像素，宽高比为 16:9，较常规电视更符合人们的视觉特性，使图像质量与 35mm 首映电影相当。

但是由于像素数的大幅度增加，使本来数码位就较高的二进制编码形成极大的编码数据，使 HDTV 的信息量可达常规电视的 5 倍以上，传输时占用带宽较大，存储时占用媒体容量也大，这就要求编码器要有非常高的处理速度，这样就给实际应用开发带来了极大的困难。因此，必须对 HDTV 图像进行压缩编码。

1. 对称编码

对称编码(Symmetric Compression)是采用压缩和解压缩占用相同计算处理能力和时间的算法进行压缩的编码方式。对称的压缩编码算法适合于实时压缩和传送视频，例如视频会议就比较适合使用对称编码的算法。

2. 不对称编码

不对称编码(Asymmetric Compression)是在压缩时花费大量的处理能力和时间,而解压缩时则能较好地实时回放,即以不同的速度进行压缩和解压缩的编码方法。例如压缩一段 5 分钟的视频片段可能需要 15 分钟的时间,而该视频的实际回放时间只有 5 分钟。一些电子出版物常采用该种压缩方式。

⑨.3 Premiere Pro 视频制作基础

在了解了视频处理的相关基础知识后,接下来介绍如何对数字视频进行后期的编辑处理。要对数字视频影像进行处理需要借助专门的计算机软件来进行,Adobe Premiere Pro 是 Adobe Systems 公司推出的优秀视频编辑软件,它集视频、音频处理功能于一体,无论对于专业人士还是新手都是一个得力助手。

⑨.3.1 Premiere Pro 的工作界面

安装完 Premiere Pro,用户就可以启动 Premiere Pro 来创作影片了。双击 Premiere Pro 的启动图标,将出现 Premiere Pro 的启动画面。启动程序完成后,会出现如图 9-1 所示的欢迎窗口。

单击【新建项目】按钮,弹出【新建项目】对话框,如图 9-2 所示。默认打开的是【常规】选项卡,用户可以在此选项卡中设置相关参数。

图 9-1　启动界面

图 9-2　【新建项目】对话框

单击【确定】按钮,打开【新建序列】对话框,用户可通过【序列预置】、【常规】和【轨道】选项卡进行详细的设置,如图 9-3 所示。

设置完成后,单击【确定】按钮,如图 9-4 所示,新建视频项目并进入到 Premiere Pro 的工作界面中。

图 9-3　【新建序列】对话框　　　　图 9-4　Premiere Pro 的主界面

Premiere Pro 的工作界面主要有标题栏、菜单栏、项目窗口、监视器窗口、时间线窗口、工具箱、主声道电平面板和综合面板组组成，如图 9-5 所示。其中标题栏和菜单栏与其他常用软件相似在此不做详细介绍。

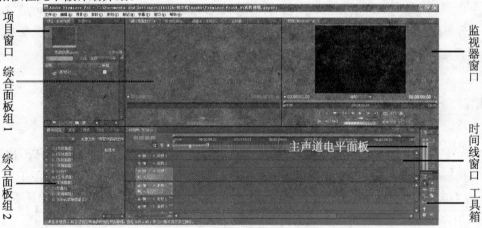

图 9-5　Premiere Pro 的工作界面

1. 项目窗口

项目窗口主要用于导入、存放和管理素材。编辑影片所用的全部素材应事先存放于项目窗口里，然后再调出使用。项目窗口的素材可以用列表和图标两种视图方式来显示，包括素材的缩略图、名称、格式、出入点等信息。另外也可以为素材分类、重命名或新建一些类型的素材。

2. 监视器窗口

监视器窗口分左右两个视窗(监视器)。左边是【素材源】监视器，主要用来预览或剪裁项目窗口中选中的某一原始素材。右边是【节目】监视器，主要用来预览时间线窗口序列中已经编辑的素材(影片)，也是最终输出视频效果的预览窗口。

3. 时间线窗口

时间线窗口是以轨道的方式实施视频音频组接编辑素材的阵地，用户的编辑工作都需要在时间线窗口中完成。素材片段按照播放时间的先后顺序及合成的先后层顺序在时间线上从左至右、由上及下排列在各自的轨道上，可以使用各种编辑工具对这些素材进行编辑操作。时间线窗口分为上下两个区域，上方为时间显示区，下方为轨道区。

4．工具箱

工具箱是视频与音频编辑工作的重要编辑工具，可以完成许多特殊编辑操作。除了默认的【选择工具】外，还有【轨道选择工具】、【波纹编辑工具】、【滚动编辑工具】、【速率伸缩工具】、【剃刀工具】、【错落工具】、【滑动工具】、【钢笔工具】、【手形把握工具】和【缩放工具】。

5．主声道电平面板

主声道电平面板用来显示混合声道输出音量大小。当音量超出了安全范围时，在柱状顶端会显示红色警告，用户可以及时调整音频的增益，以免损伤音频设备。

6．综合面板组 1

综合面板组 1 主要有【媒体浏览】面板、【信息】面板、【效果】面板和【历史】面板组成，它们各自的功用如下。

- ◉ 【媒体浏览】面板：可以查找或浏览用户电脑中各磁盘的文件。
- ◉ 【信息】面板：用于显示在项目窗口中所选中素材的相关信息。包括素材名称、类型、大小、开始及结束点等信息。
- ◉ 【效果】面板：存放了 Premiere Pro CS4 自带的各种音频、视频特效和视频切换效果，以及预置的效果。用户可以方便地为时间线窗口中的各种素材片段添加特效。
- ◉ 【历史】面板：能对创作者的编辑进行记录，可以返回到记录中的任意一步，然后对不合适的地方重新进行编辑。

7．综合面板组 2

综合面板组 2 主要有【特效控制台】面板和【调音台】面板等组成，它们的功用如下。

- ◉ 【特效控制台】面板：当为某一段素材添加了音频、视频特效之后，还需要在特效控制台面板中进行相应的参数设置和添加关键帧。制作画面的运动或透明度效果也需要在这里进行设置。
- ◉ 【调音台】面板：调音台面板主要用于完成对音频素材的各种加工和处理工作，如混合音频轨道、调整各声道音量平衡或录音等。

⑨.3.2　Premiere Pro 的创作流程

利用 Premiere 对多媒体视频处理，大体上分为以下几个步骤：整理素材，预设新项目，将各种素材进行合成，添加各种视频音频效果，保存并输出视频文件。下面分别进行简单介绍。

- ◉ 整理素材：将通过各种手段得到的视频音频文件进行整理，并保存到计算机中，如果不是数字化的视频音频，如通过摄影机或摄像机拍摄到的视频、音频素材等，要先将它们进行数字化。

● 预设新项目：在进行视频处理之前，先设置好新项目，引入并组织各种素材，然后将项目文件进行保存等。

● 合成素材：将各种素材进行衔接，按照指定的播放次序组接成整个视频片段，为了衔接的精确度，通常衔接操作精确到帧。

● 添加效果：对衔接好的视频添加字幕，对画面进行叠加，对图像进行过滤等。

● 保存输出：将原始视频文件进行保存以备修改，同时输出视频文件供多媒体作品使用。

9.3.3　视频处理中的常用术语

在视频处理中经常会用到一些专业的术语，例如联机方式与脱机方式、转场效果等。本节来介绍这些专业术语的含义。

1. 联机方式与脱机方式

联机方式与脱机方式是在声音和图像处理上的两种不同的编辑方法。

● 联机方式指的是在同一台计算机上，从对素材的粗糙编辑到生成最后影片所需要的所有工作。一般来说就是，对硬盘上的素材进行直接编辑。拥有高级计算机终端的多媒体创作者可以使用联机方式进行广播电视或动画片等多媒体项目的制作。需要注意的是，联机方式编辑数字化文件，所有的编辑都要保证计算机正常运行，才能实现真正的联机。

● 脱机方式指的是在编辑过程中所使用的都是原始文件的副本，最后使用高级终端设备输出最终制成的作品。可以先用 Premiere 对视频文件进行脱机编辑，然后移入到一个拥有高级终端的编辑器中，用该编辑器再对该视频文件进行编辑处理，输出高质量的影视作品。需要注意的是脱机编辑强调的是编辑速度而不是画面质量，画面质量和原始素材的质量有关，与最后的高级终端编辑器也有关。

除了联机编辑和脱机编辑以外，替代编辑和联合编辑也是比较常用的编辑方法。替代编辑是在原有的胶片节目上，改变其中的内容，即将新编好的内容换掉原来的内容。联合编辑是将视频的画面和音频的声音对应进行组接，即合成音频视频。

2. 转场

转场也就是场面转换，不同的场面转换可以产生不同的艺术效果，几乎所有的视频都会有从一个场景切换到另一个场景的操作，这是一门技术。Premiere 中实现转场功能的是过渡效果，它提供了多种特效，如淡入淡出、划等，通过它们可以轻松制作出许多转场效果。

● 淡入淡出：淡入，也称"显"，指的是影片从全黑的背景中逐渐显示出画面的下一个镜头，这个过程一般需要 2 到 3 秒的时间。在 Premiere 中可以扩大或缩短淡入的长度，也可以控制它的程度。淡出，也称"隐"，指的是影片镜头由明晰逐渐隐去，变成全黑的一个镜头。淡入淡出是 Premiere 中常用的转场效果。

◉ 划：也称"划变"，即前一个镜头渐渐划去的同时，空着的位置上出现下一个镜头。这也是前后两个镜头交替的过程，它是通过"划"来实现的，与淡入淡出不同。"划变"按方式划分，可分为圈入圈出和帘入帘出等。所谓圈入圈出就是指前一个镜头画面由一个整圈渐变成一个点后，下一个画面由这个点，以圆的形式逐渐变成整张画面，如图 9-6 所示。如果不以圆的形式，而以卷帘放帘的形式，实现前后两个镜头画面的交替的划变，就称为帘入帘出，如图 9-7 所示。很多视频中都运用划变，以使影片效果更加生动。

◉ 叠加：叠加实际上是指两个镜头的重叠效果。如静态画面飞入屏幕的效果，静态图片和背景的帧画面重叠在一起。在 Premiere 中进行叠加时，必须对附加轨道上的素材进行透明度设定，同时为它选择合适的颜色通道。例如在视频中要重叠两个或两个以上的画面，如果不选择合适的通道并保证一定的透明度，附加轨道中的画面将会完全覆盖主要显示的帧画面，这并不是希望出现的情况。叠加也会出现一些问题。例如一个透明的水杯，在彩色和黑色的背景下就会出现不同的效果，尤其是它和背景重叠的边缘部分，会有微小的视觉差别。

图 9-6　圈入圈出效果

图 9-7　帘入帘出效果

计算机 基础与实训教材系列

◉ 摇镜头：摇镜头指的是摄影机放在固定位置进行原地转动，通过摇动镜头进行拍摄，或者跟着拍摄对象进行移动式摇摄。摇镜头产生的素材在视频中常用于介绍环境或突出人物行动的意义和目的，一般分左右平摇、垂直摇镜头、快摇和慢摇等。在 Adobe Premiere 中，常使用左右平摇和垂直摇镜头这两种技巧。

◉ 推拉镜头：拉镜头是指人物位置不动，摄像机从特写处或其他景物处移向人物的远处从而变成中景或全景，以表现人物进行的活动或对象与人物和环境的关系。推镜头是指人物位置不动，摄像机从特写处或其他景物处移向人物的近处从而变成近景或特写，其效果使观众能从拍摄到的素材中深刻感受到人物的内心活动。

◉ 跟甩镜头：跟甩也是摄影常用的技巧，跟镜头指的是摄影机空间的各个方面始终跟随着拍摄行动中的某个表现对象，甩镜头指的是镜头突然从摄影对象身上甩开，此外还有晃镜头和使镜头变"虚"，变模糊等技巧。

9.4 使用 Premiere Pro 处理视频

认识了 Premiere Pro 后，就可以使用它来制作视频了，Premiere Pro 支持多种图像格式和视频格式，有 GIF 格式、BMP 格式、JPG 格式、PSD 格式、PIC 格式、FLM 格式、PCX 格式、EPS 格式、FLC 格式、WMF 格式、TIF 格式、TGA 格式、MPEG 格式和 AAF 格式等。本节来介绍使用 Premiere Pro 制作和处理视频的基本操作方法。

9.4.1 预设新项目

预设新项目是进行视频处理的前期工作，包括引入各种图像、音频、视频素材以及各种参数的设置等，下面通过一个例子来具体介绍一下预设新项目的操作，这可以作为广大读者的入门练习。

1. 新建项目

【例 9-1】新建一个视频项目。

(1) 首先整理好视频处理中要用到的各种素材。

(2) 启动 Premiere Pro，首先会弹出如图 9-8 所示的开始界面，提示是要打开旧的项目文件还是新建一个项目文件，由于本例是要预设新项目，因而单击【新建项目】按钮，将会打开【新建项目】对话框，如图 9-9 所示。

(3) 在【常规】选项卡中的【视频】选项区域中将【显示格式】设置为【时间码】，在【音频】选项区域中将【显示格式】设置为【音频采样】，在【采集】选项区域中将【采集格式】设置为 DV，在【位置】选项区域中设置项目保存的盘符(如 F:\)和文件夹名，在【名称】选项区域中填写制作的影片片名。

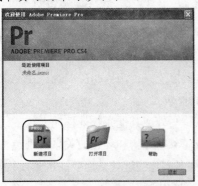

图 9-8 Premiere Pro 的开始界面

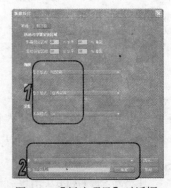

图 9-9 【新建项目】对话框

(4) 在【暂存盘】选项卡中，保持默认状态。单击【确定】按钮后，弹出【新建序列】对话框。在【序列预置】选项卡的【有效预置】项目组里，单击 DV-PAL 文件夹前的小三角按钮，选择 Standard 48kHz(如果制作宽屏电视节目，则选择 Widescreen 48kHz)，在【常规】选项卡和

【轨道】选项卡中保持默认状态，最后在【序列名称】文本框中填写序列名称，如图 9-10 所示。

(5) 设置完成后，单击【确定】按钮，即可进入 Adobe Premiere Pro CS4 非线性编辑工作界面，如图 9-11 所示。

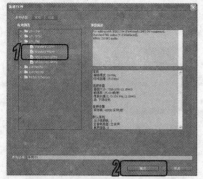

图 9-10　【新建序列】对话框

图 9-11　Premiere Pro CS4 工作界面

2. 视频采集

用非线性编辑软件制作电视节目时，首先需要把视频设备中的视频素材转化为电脑可以识别的数字信号并存放在硬盘中，这一过程称为素材采集。素材采集前，要确定采集的素材源、素材采集的路径以及压缩比，然后在非线性编辑系统中进行相应的设置。然后将录像机的视频、音频输出与非线性编辑工作站(计算机)采集卡上相应的视频、音频输入用专用线连接好，保证信号畅通。有条件时，还要接好视频监视器和监听音箱，便于对编辑过程的监视和监听。

对于 DV 摄像机拍摄的 DV 素材采集，可以通过 DV 摄像机(或 DV 录像机)的 DV 接口与电脑配有视频采集卡上的 IEEE 1394(DV)接口连接好，直接采集到电脑中。

3. 导入素材文件

Premiere Pro CS4 不仅可以通过采集的方式获取拍摄的素材，还可以通过导入的方式获取电脑硬盘里的素材文件。这些素材文件包括多种格式的图片、音频、视频、动画序列等。

【例 9-2】在 Premiere Pro CS4 中导入一组图片素材文件。

(1) 选择【文件】|【导入...】命令，如图 9-12 所示。在打开的【导入】对话框中，选择电脑硬盘中编辑所需要的素材文件，然后单击【打开】按钮，如图 9-13 所示，此时在 Premiere Pro CS4 项目窗口中即可看到刚刚导入的素材文件。

图 9-12　选择【文件】|【导入】命令

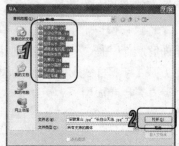

图 9-13　【导入】对话框

(2) 导入的各种多媒体素材将会显示在【项目】窗口中，素材在项目窗口中的显示有两种方式，一种是【列表】方式，一种是【图标】方式，可以通过【项目窗口】左下侧的【列表】按钮 和【图标】按钮 来进行切换。【列表】方式下，将会显示出每个素材的详细信息，如图 9-14 所示，【图标方式】下，将会显示出各种素材的缩略图，如图 9-15 所示。在文件区选择相应的素材文件，预览区将会播放该素材的内容。

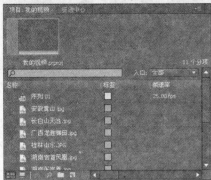

图 9-14　列表查看方式

图 9-15　缩略图查看方式

(3) 选择【文件】|【保存】命令，保存当前项目文件。以后直接打开这个项目文件，就可以进行视频处理了。

 提示

> 项目文件中引入的各种素材文件只是一种链接关系，如果改变了引入素材在电脑中的位置，项目文件将会出错，找不到相应的素材。另外，在保存文件时一定要记得保存源文件，以便以后修改和加工。

⑨.4.2　为视频添加字幕

字幕是视频中的一种重要的视觉元素，包括文字和图形两部分，常常作为标题或注释。漂亮的字幕，可以为视频增色不少。

Adobe Premiere Pro 中专门提供了【字幕设计】编辑器，用来制作多姿多彩的字幕。选择【文件】|【新建】|【字幕】命令，即可打开【新建字幕】对话框，如图 9-16 所示，在该对话框中可对字幕窗口做基本的设置。单击【确定】按钮，可打开字幕设计窗口，如图 9-17 所示。

在字幕设计窗口中，正中间的是编辑区，字幕的制作就是在编辑区域里完成。左边是工具箱，里面有制作字幕、图形的20种工具按钮以及对字幕、图形进行的排列和分布的相关按钮。窗口下方是【字幕样式】区，样式库中有系统设置好的多种文字样式，也可以将自己设置好的文字样式存入样式库中。右边是【字幕属性】区，里面有对字幕、图形设置的属性、填充、描边、阴影等栏目。其中在属性栏目里，用户可以设置字幕文字的字体、大小、字间距等；在填充栏目里，可以设置文字的颜色、透明度、光效等；在描边栏目里，可以设置文字内部、外部描边；在阴影栏目里，可以设置文字阴影的颜色、透明度、角度、距离和大小等。

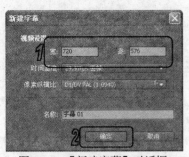

图 9-16 【新建字幕】对话框

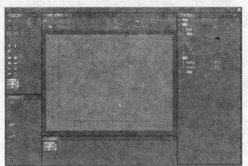

图 9-17 字幕设计窗口

1. 输入文字

在字幕设计窗口的工具箱中，单击【文字工具】按钮，在编辑区中单击鼠标，在【字幕属性】区里展开【属性】栏。在【字体】下拉列表框中选择所需要的字体后，用户就可以利用输入法在编辑区直接输入文字了。

若要改变字体，用户可选中文字，然后在【字幕属性】区域中展开【属性】栏，然后在【字体】下拉列表框中进行修改即可。

2. 属性设置

对文字的大小或位置的设置，可以直接单击【选择工具】按钮，编辑区刚才输入的文字被8 个小方块包围。用鼠标拖动小方块，可以改变文字大小；在包围区拖动鼠标，可以改变文字在屏幕中的位置。

对文字更具体的设置应该在属性栏里进行：在相关数值中，拖动鼠标，可以改变【字体大小】、【纵横比】、【行距】、【字距】、【跟踪】、【基线位移】、【倾斜】等参数。选中【小型大写字母】或【下划线】，可以对字母进行大写或下划线设置。展开【扭曲】下拉菜单，还可以对文字进行 X、Y 轴的扭曲变形参数的设置。

3. 效果设置

◉ 填充：填充是对文字的颜色或透明度进行设置。选中并展开【填充】栏，可以对文字的【填充类型】、【色彩】、【透明度】参数进行设置。选中并展开【光泽】或【纹理】下拉菜单，可以对文字进行添加光晕，产生金属的光泽，或对文字填充纹理图案。

◉ 描边：描边是对文字内部或外部进行勾边。展开【描边】栏，可以分别对文字【内侧边】和【外侧边】参数进行设置。

◉ 阴影：选中并展开【阴影】栏下拉菜单，可以对文字阴影的【色彩】、【透明度】、【角度】等参数进行设置。

4. 使用样式模板

对字幕设置的项目比较多，为了简便，可以直接使用系统设置好的样式模板，简化对字幕的设置。在编辑区中选中文字对象，在样式区中单击某个样式模板，文字对象便改变成这个模板的样式。

 提示

当使用样式模板后，有些汉字会出现空缺现象，这时用户只需要在【字体】下拉列表框中重新选择中文字体，便可以解决问题。

5. 字幕保存与修改

对字幕设置完成后，单击关闭字幕设计窗口，系统会自动将字幕保存，并将它作为一个素材出现在项目窗口中。

要对已做好的字幕进行修改时，只需要双击这个字幕素材，就可以重新打开这个字幕的字幕设计窗口，再次对这个字幕进行修改。修改后，同样需要对修改后的字幕进行保存。

 ⑨.4.3 视频图像的叠加

当多媒体中出现多个字幕、图像、动画或视频时，就需要对它们进行叠加处理。在 Premiere 中，每个视频片段都有一定的不透明度，在不透明度为 0%时，图像完全透明；在不透明度为 100%时，图像完全不透明；介于两者之间的不透明度，图像呈半透明。叠加是将一个片段部分地显示在另一个片段之上，它所利用的就是片段的不透明度，通过对不透明度的设置，制作透明叠加混合效果。

叠加画面可以提高视频效果，增强表现力，是视频处理经常采用的方法。Premiere 中建立叠加的效果，是在视轨轨道 1A 与视频轨道 1B 上的片段实现切换之后，再将视频轨道上的片段叠加到底层的片段上，视频轨道编号高的片段，会叠加在编号低的视频轨道片段上。

下面通过一个视频叠加特技的制作，简要介绍 Premiere 中的叠加处理方法。

【例 9-3】在 Premiere Pro CS4 中制作视频叠加特技。

(1) 首先启动 Premiere Pro 新建一个项目，并向【项目窗口】添加一个图像文件。

(2) 选择【文件】|【新建】|【字幕】命令，打开字幕编辑器。单击编辑器左侧工具箱的椭圆工具，在字幕区创建一个实心椭圆，注意椭圆的位置，使其与图像中"鹰"的位置对齐，如图 9-18 所示。将字幕文件保存，此时【项目窗口】中将会出现该字幕文件，如图 9-19 所示。

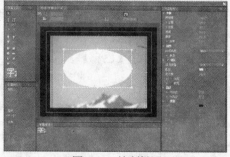
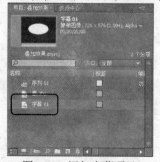

图 9-18 绘制椭圆　　　　　　　　　　图 9-19 添加字幕项目

(3) 将图像文件拖动到【时间线】窗口的【视频 2】前部，并设定一定的长度。然后将字幕文件拖动到【时间线】窗口的【视频 3】前部，设定其长度与图像文件相同，如图 9-20 所示。

(4) 在【视频 3】前部双击字幕片段，打开【字幕设计】编辑器，通过调整椭圆旁的控制句柄，调整椭圆的大小与位置，使其将"鹰"完全覆盖。

(5) 字幕文件与图像文件产生了叠加，在【字幕设计】编辑器右侧【字幕属性】部分，对字幕文件进行透明设置。打开【填充】下拉列表，将【填充类型】设置为【线性渐变】，单击【色彩】右侧的颜色块，在打开的【色彩】对话框中，拾取淡绿色，设置【色彩到透明】的参数为 20%，然后选中【阴影】复选框，效果如图 9-21 所示。

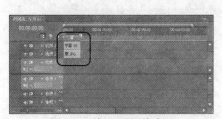

图 9-20　加入时间线窗口

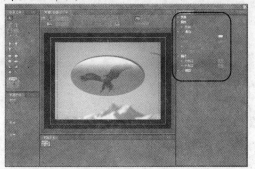

图 9-21　设置渐变色

(6) 下面使用遮罩将头像周围部分清除掉。在【时间线】窗口双击"鹰"图像片段，在【综合面板组 1】中，打开【效果】选项卡，在【视频特效】下拉选项中打开【键控】列表，然后将【轨道遮罩键】选项拖动至【监视器】窗口的【特效控制台】选项卡中。

(7) 设置【遮罩】为【视频 3】，在【合成方式】列表选项中选择【Alpha 遮罩】，如图 9-22 和图 9-23 所示。

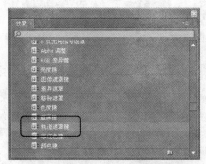

图 9-22　选择特效

图 9-23　设置特效参数

(8) 使用遮罩后的效果如图 9-24 所示，"鹰"图像周围部分已经清除掉了。

(9) 到此为止，已经完成了视频的叠加透明处理，但是为了达到强调的效果(实际上在作品制作中很少单独使用某一种效果的，常常是多个效果的综合使用)，对该视频片段使用一点视频转换效果。

(10) 在【项目窗口】中打开【效果】选项卡，执行【视频切换】|【3D 运动】|【旋转离开】

命令，如图 9-25 所示，然后将其拖动到【时间线】窗口中图像片段前部，如图 9-26 所示。

图 9-24　应用遮罩后的效果

图 9-25　选择切换效果

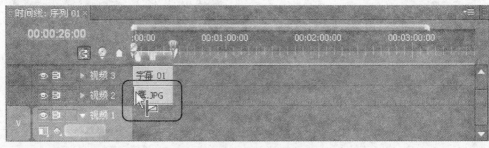

图 9-26　应用视频转换效果

(11) 此时在【监视器】窗口中单击播放按钮，观看视频效果，如图 9-27 所示。接下来将视频效果输出并保存原始文件即可。

图 9-27　视频叠加效果

Premiere Pro 中视频叠加方式有很多，如【蓝屏抠像】、【绿屏抠像】、【亮键】、【色键透明】、【混合透明】等，读者可根据想要获得的视频效果来选择相应的透明叠加方式。下面对它们进行简要介绍。

- ◉ 蓝屏抠像：用在纯蓝色为背景的画面上，创建透明叠加时，屏幕上的蓝色变为透明，所谓纯蓝是不含有任何红色和绿色，极其接近 Pantone2735 的颜色。
- ◉ 绿屏抠像：用在背景颜色是纯绿色的画面上，创建透明的时候，画面上的纯绿色变得透明，从而将底层轨道上的素材显露出来。
- ◉ 色键透明：【色键透明】是最常用的透明叠加方式，色键技术通过对在一个颜色背景上拍摄的数字化素材进行键控，指定一种颜色，系统会将图像中所有与其近似的像素键出，使其透明。

⊙ 混合透明：【混合透明】的叠加方式来源于 Photoshop 中的层模式，这种叠加方式可以对比叠加对象及其混合背景的像素，以确定透明区域，产生混合的效果。一般情况下，这种键控效果用于两轨影像的互相融合，Premiere 提供了 2 种混合透明方式，分别是增浓和增淡两种方式，它们的效果如图 9-28 所示。

Premiere Pro 中的视频叠加方式还有很多，这里不再一一介绍，在制作电影的过程中，可以根据需要选择恰当的叠加效果。值得一提的是，如何合理使用叠加效果中的淡入淡出效果很关键，如果能够在片段叠加中很好地使用的话，会有意想不到的效果。这部分内容将会放在视频的效果处理部分讲解。

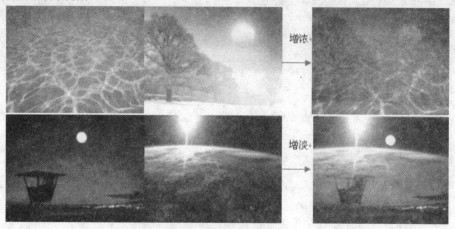

图 9-28　视频的混合效果

⑨.4.4　导入并处理声音

视频是画面与声音的综合媒体，一部好的视频片段，离不开一段美妙的背景音乐。使用 Premiere Pro 可以轻松实现画面与背景音乐的合成，可以根据剧情的发展配上不同的声音效果。此外，Premiere Pro 还提供了一些较好的声音处理方法，如声音的摇移、渐变等。

从【时间线】窗口可以看出，所有的音频轨道都包含两个通道：左通道和右通道。如果一个音频文件使用的是单声道，则 Premiere 可以改变一个声道的效果，如果使用的是立体声，Premiere 可以在两个声道间实现音频的特有效果。Premiere 处理音频有一定的顺序，添加音频效果的时候需要考虑添加的次序。Premiere 首先对应用的音频滤镜进行处理，然后再处理在 Timeline 的音频轨道中添加的任何摇移或者增益调整，从而得到最后的效果。

下面通过【例 9-4】来学习在 Premiere 中编辑声音文件的方法，包括音频持续时间、速度的调整，两个音频的交叉渐变、音频的摇移等内容。

【例 9-4】在视频中添加声音并进行相应处理。

(1) 首先启动 Premiere Pro，新建一个项目，导入一个视频文件和两个音频文件，其中音频文件一个是背景音乐，一个是特效音乐。许多影视片头在结尾处都会使用一种特殊音效，本例中的特效音乐用于模拟这种效果。

(2) 将音频文件拖动到【时间窗口】的【音频1】前部，将特效音乐拖动到【音频2】前部，将视频片段拖动到【视频3】前部。如图9-29所示。

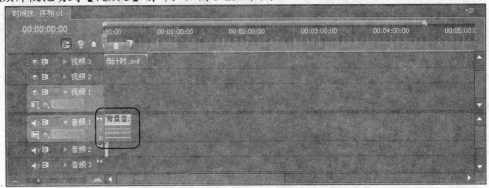

图9-29　将视频、音频素材拖入到【时间线】窗口

(3) 从时间线窗口中，可以看出视频片段长度和背景音乐长度是不同的。因而，必须对背景音乐的播放速度进行调节，使其与视频播放同步。可以通过背景音乐片段的边缘，使其与视频片段边缘对齐，实现同步，这种方法简单快捷。如果要实现它们的精确同步，可以先通过【信息面板】察看视频的长度，然后单击选中背景音乐，单击鼠标右键，在弹出菜单中选择【速度/持续时间】，将会打开【速度/持续时间】对话框，在【持续时间】右侧重新输入以设置音频的长度，如图9-30所示。通过该对话框，还可以控制音频播放的速度。

(4) 特效音乐是放置在视频的最后播放的，如果保持在前部，就会与背景音乐在一开始就播放出来，因而，需要对特效音乐的位置进行调整，拖动特效音乐片段，使其与视频片段结尾处对齐。此时，时间线窗口中各种素材的位置如图9-31所示。

图9-30　设置背景音乐长度

图9-31　调整素材播放次序

(5) 在视频片头结束时，需要将背景音乐音量逐渐减小，以突出特效音乐效果。拖动【时间】线窗口左下角的缩放滑竿，将视频音频波形放大，以便于编辑。

(6) 展开【音频1】轨道，显示出背景音乐的波形。单击【显示关键帧】按钮下的小三角，在弹出菜单中选择【显示轨道关键帧】命令，如图9-32所示，将时间线移动到特效音乐开始处，单击【显示关键帧】按钮右侧的【添加/删除关键帧】按钮　，在背景音乐的该时间点创建一个关键帧，同理，在背景音乐结尾处，添加一个关键帧，如图9-33所示。

图 9-32 选择相应命令

图 9-33 在背景音乐结尾处添加关键帧

(7) 下面来减小背景音乐在结尾处的音量，使其逐渐减小。单击选择结尾处的关键帧，将其拖拽至最下方，使其音量为 0，如图 9-34 所示。

图 9-34 降低背景音乐结尾处音量

(8) 调整音频整体的音量大小，使其与视频相匹配，也是视频处理过程中经常要解决的问题。选择【窗口】|【工作区】|【音频】命令，将会打开【调音台】对话框，通过该对话框可以对各个音频轨道上的音频文件进行音量控制。调整完成后，将合成的视频音频进行输出，并注意保存原始文件。

 提示

当视频中要合成多个音频时，就要平衡几个素材的增益。否则一个素材的音频信号或低或高，都会影响最终效果。可为多个音频剪辑设置整体的增益。尽管音频增益的调整在音量、摇摆/平衡和音频效果调整之后，但它并不会删除这些设置。增益设置对于平衡几个剪辑的增益级别，或者调节一个剪辑太高或太低的音频信号是十分有用的。

⑨.4.5 生成动画

Premiere Pro 最大的优点就是能够对声音、图像、视频等素材进行综合处理，合成输出完整的视频片段。它虽然不是专门的动画处理软件，但也拥有强大的动画生成功能。通过 Premiere Pro，可以很容易地将图像、视频进行移动、旋转或变形，使静止的图像产生运动效果，从而与视频片段有机结合起来，这也是视频处理的一种技巧。

事实上，在前面介绍字幕和图像叠加处理时，已经涉及到 Premiere Pro 中运动部分的内容，下面通过【例 9-5】来介绍一下在 Premiere Pro 中通过特效生成运动的办法，这个例子可用于模拟视频节目片头的制作。

【例 9-5】练习使用视频特效生成动画。

(1) 首先启动 Premiere Pro，新建一个项目，导入 5 个图像文件。

(2) 单击【视频 1】，它将呈灰色显示，单击鼠标右键，在弹出菜单中选择【添加轨道】，将会弹出【添加轨道】对话框，在【视频轨】选项部分，将添加数目设置为 3，单击【确定】

按钮，此时，【时间线】窗口将会出现 6 个视频轨道。

（3）分别将这 5 个图像文件拖动到不同的视频轨道中，将它们的长度均设置为 10 秒左右。并且使它们相互间产生一定的叠加。为便于编辑，单击【时间线】窗口左下角的【放大】按钮，将各个视频片段放大显示，如图 9-35 所示。

（4）在【视频 1】中单击选择视频片段，在【综合面板组 1】中打开【效果】选项卡，在【视频切换】下选择【3D 运动】，然后在其样式中选择【帘式】，将其拖动到【视频 1】视频片段的前端，然后选择【摆出】，将其拖动到【视频 1】视频片段的末端。

（5）使用同样的方法，在【视频 2】、【视频 3】、【视频 4】、【视频 5】中的视频片段中分别加入不同的特效。如图 9-36 所示。

图 9-35　将视频片段叠加放置

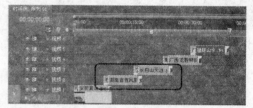

图 9-36　添加切换特效

（6）添加过运动特效后，还可以对每个运动特效进行控制。例如单击【视频 1】中视频片段的前部，在【特效控制台】窗口将会出现该运动特效的设置参数，如图 9-37 所示，在该参数面板中，可以设置特效持续时间等参数。

图 9-37　【帘式】特效的控制参数

> **提示**
>
> 其实，添加运动特效的过程，也就是建立转场的过程，也即如何实现视频片段之间的衔接问题。

⑨.4.6　视频的裁剪

在对视频进行编辑时，有时候需要对视频素材进行裁剪，以满足编辑的需要。使用 Premiere Pro 既可以对创建或引入的视频素材进行裁剪，从而保留所需的部分并进行编辑。同时使用 Premiere Pro 对视频的裁剪时不会影响原始素材，下面介绍其具体方法。

【例 9-6】练习使用 Premiere Pro 裁剪视频片段。

（1）首先启动 Premiere Pro，新建一个项目，导入一个视频文件，将其放置到【视频 2】轨道上，为便于编辑处理，在【时间线】窗口将该视频片段放大。

　　(2) 在【监视器】窗口播放该视频片段，可以看到，这是一个音乐 MTV。视频中的演员边跳舞边唱歌，其中有局部镜头也有全景，如图 9-38 所示。现在只需要视频中显示全景镜头的部分，也就是说将显示全景镜头的片段抠取出来。

图 9-38　视频片段中的镜头

　　(3) 要抠取显示全景镜头的片段，首先必须找到全景镜头出现的时间点。通过观察，得知是从第 1 分 50 秒处开始并在第 2 分 19 秒处结束的。在【时间线】窗口中，将时间线放置到第 1 分 50 秒的位置。单击工具箱中的【剃刀工具】按钮，放置到视频片段中第 1 分 50 秒的位置，使其与时间线重合并单击，将视频片段切为两个部分，使用同样的方法在【时间线】窗口中，将时间线放置到第 2 分 19 秒的位置。单击工具箱中的【剃刀工具】按钮，放置到视频片段中第 2 分 19 秒的位置，使其与时间线重合并单击，再次切割视频，此时视频被分为 3 个部分，效果如图 9-39 所示。

　　(4) 单击工具箱的【选择工具】按钮，在【视频 2】中选择前面和后面的视频片段，按 Delete 键即可将其删除，仅保留中间的片段，效果如图 9-40 所示。切割完成后选择【文件】|【保存】命令，将裁切结果进行保存即可。

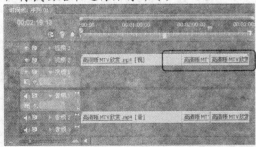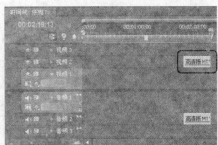

图 9-39　切割视频片段　　　　　　图 9-40　删除不要的部分

⑨.4.7　视频的特殊效果

　　在视频处理中，一段视频结束，另一段视频紧接着开始，这就是镜头切换。为了使切换衔接自然或更加有趣，可以使用各种赏心悦目的过渡效果，来增强视频作品的艺术感染力。

在 Premiere Pro 的【综合面板组 1】中，打开【效果】选项卡，其中提供了 5 类效果，分别是【预置】、【音频特效】、【音频过渡】、【视频特效】和【视频切换】。在前面内容中，曾介绍和使用过一些视频和音频效果；在本节中，将较为系统地介绍一下使用 Premiere 为视频添加过渡效果的方法与技巧。

虽然每个过渡效果切换都是唯一的，但是控制视频切换过渡效果的方式却有多种。它们都位于【效果】选项卡下的【视频切换】下拉选项中。在使用各种过渡效果之前，需要对每一种效果的特点和用途有一个全面的了解，这样才能根据需要进行选择。本节通过一个实例来介绍添加视频过渡效果的方法。

【例 9-7】利用【叠化】中的过渡效果来处理视频。

(1) 打开要处理的视频素材，在【叠化】下选择【抖动溶解】选项，如图 9-41 所示。然后将其拖拽到视频片段中要添加过渡效果的位置。

(2) 在【时间线】窗口的视频轨道中单击过渡片段，在【监视器】窗口中打开【特效控制台】选项卡，会出现该过渡效果的控制参数。将【持续时间】设置为 3 秒，然后启用【显示实际来源】复选框，可以显示过渡素材作用的素材画面，如图 9-42 所示。

图 9-41　选择特效

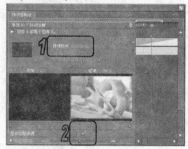

图 9-42　设置特效参数

(3) 设置完成后，在监视器中播放【抖动溶解】的过渡效果，如图 9-43 所示。另外用户还可为视频添加更多的切换效果，限于篇幅原因，本书不再一一介绍。

图 9-43　播放效果展示

⑨.5　视频的后期处理

多媒体素材进行合成处理后，在输出视频或图像之前，需要进行一些后期处理，包括视频画面亮度、对比度的调整、颜色的调整、视频输出设置等操作。

⑨.5.1　调整视频的亮度和对比度

Premiere Pro 自身合成或通过引用的素材，由于受原始素材的影响，画面的亮度和对比度可能不是很完美，通过【亮度与对比度】功能，可以对这些缺陷进行修正。

【例 9-8】在 Premiere Pro 中调整视频的亮度和对比度。

(1) 首先新建一个项目，导入要进行调整的视频片段。

(2) 将该视频片段拖拽放置到【视频 2】上，在【监视器】窗口中播放该视频片段，发现背景图像光线有些暗淡，这可能是背景图像在拍摄时环境光线过暗的原因。

(3) 打开【效果】选项卡，在【视频特效】的【色彩校正】下选择【亮度与对比度】选项，并将其拖拽到视频片段上，如图 9-44 所示。

(4) 在【监视器】窗口中，打开【特效控制台】选项卡，展开【亮度与对比度】下的参数。然后将【亮度】的值设置为 30，如图 9-45 所示。

(5) 在【监视器】右侧窗口中播放视频片段观看效果，显然，经过亮度和对比度调整后的图像品质更好一些。

图 9-44　拖动【亮度与对比度】选项

图 9-45　设置亮度的参数值

⑨.5.2　视频角度的转换

在影视作品中，有时为了突出人物的某一造型或是场景的某一部位，需要在拍摄时通过摄影机的推拉、角度的转换，来实现不同的视觉效果。同样在多媒体作品中，有时也需要进行视频角度转换，在视频的后期加工中，可以通过【摄像机视图】功能来完成。

【例 9-9】在 Premiere Pro 中使用【摄像机视图】效果。

(1) 首先在视频项目中引入要添加【摄像机视图】效果的视频片段，并将其拖拽到视频轨道上相应的位置。

(2) 在【视频特效】下的【变换】选项中选择【摄像机视图】选项，将其拖曳到视频片段中。在【监视器】窗口中打开【特效控制台】选项卡，对【摄像机视图】滤镜参数进行设置，将【经度】设置为 50，将【距离】设置为 50，将【缩放】设置为 10，将【填充颜色】设置为蓝色，如图 9-46 所示。

(3) 在【监视器】右窗口中播放视频片段，前后效果对比如图 9-47 所示。

图 9-46　设置参数　　　　　　图 9-47　播放效果对比图

9.5.3　视频的输出设置

多媒体素材在 Premiere 中经过合成后，可以输出不同的结果，既可以输出图像，也可以输出视频，还可以单独输出音频。

1. 导出媒体

视频加工处理完成后，选择【文件】|【导出】|【媒体】命令，将会打开【导出设置】对话框，如图 9-48 所示。在【格式】下拉列表框中可以设置导出媒体的格式。若要导出媒体中的视频和声音，可同时选中【导出视频】和【导出音频】复选框，若要仅导出音频或视频，取消相应的复选框的选中状态即可。另外，单击【输出名称】选项，可设置媒体导出的位置。设置完成后，单击【确定】按钮，即可导出媒体文件。

2. 导出字幕

若要导出字幕，用户可选择【文件】|【导出】|【字幕】命令，打开【保存字幕】对话框，如图 9-49 所示，在该对话框中设置字幕保存的位置和名称，然后单击【保存】按钮，即可导出项目中的字幕。

图 9-48　【导出设置】对话框　　　　图 9-49　【保存字幕】对话框

9.6　上机练习

本章主要介绍了视频处理的相关知识，以及视频处理软件 Adobe Premiere Pro CS4 的基本使用方法。通过本章的学习，读者应该能够熟练地使用 Adobe Premiere Pro CS4 进行简单的视频处理。本次上机练习通过制作一个视频实例，来巩固本章所学习的内容。

(1) 启动 Adobe Premiere Pro CS4 并新建一个项目文件，选择【文件】|【导入】命令，打开【导入】对话框，在该对话框中选中要导入的素材，如图 9-50 所示。

(2) 单击【打开】按钮，导入这些素材文件，如图 9-51 所示，然后拖动【自然风光】图片，将其放置在【时间线】窗口【视频 1】的前端并拖出一段时间。

图 9-50　【导入】对话框

图 9-51　素材已导入

(3) 选择【文件】|【新建】|【字幕】命令，打开字幕设计窗口，在字幕窗口中输入文字"美丽的大自然"，然后设置其字体大小和样式，并选中【阴影】选项，效果如图 9-52 所示。

(4) 编辑完成后，关闭字体设计窗口，然后从项目列表中将字体素材拖动至【时间线】窗口【视频 2】的前端，效果如图 9-53 所示。

图 9-52　字幕设计窗口

图 9-53　加入字幕素材

(5) 打开【效果】选项卡的【视频切换】选项组，选择【擦除】选项组中的【百叶窗】选项，然后将该选项拖动至【时间线】窗口中【字幕】素材的前端。在【监视器】窗口中打开【特效控制台】选项卡，对【百叶窗】的参数进行设置，在此设置【持续时间】为 2 秒，如图 9-54 所示。

(6) 将项目中的其他素材文件分别拖动至【时间线】窗口中的相应的视频轨道上，然后放大时间线窗口，效果如图 9-55 所示。

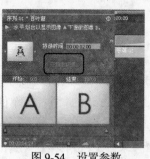

图9-54　设置参数　　　　　　　　　　　　图9-55　加入其他图片素材

(7) 打开【效果】选项卡的【视频切换】选项组，选择【卷页】选项组中的【翻页】选项，然后将该选项拖动至【时间线】窗口中【美丽的野花】素材的前端，如图9-56所示。

(8) 在【监视器】窗口中打开【特效控制台】选项卡，对【翻页】的参数进行设置，在此设置【持续时间】为2秒，如图9-57所示。

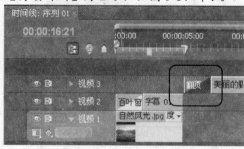

图9-56　添加切换效果

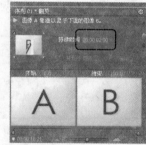

图9-57　设置【翻页】效果参数

(9) 使用同样的方法为其他素材文件添加切换效果，并设置【持续时间】，最终时间线窗口的效果如图9-58所示。制作完成后，保存并导出媒体文件即可。

图9-58　【时间线】窗口

9.7　习题

1. 常见的视频文件格式有哪些？

2. 使用 Adobe Premiere Pro CS4 制作一个简单的图片切换视频。

3. 完善9.6节上机练习中制作的视频文件，要求为每一幅图片都添加文字说明，并配上背景音乐。

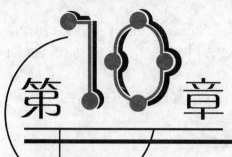

多媒体演示文稿制作

学习目标

在向观众介绍一个计划工作或一种新产品时，需要事先制作一个演示文稿，这样就会使阐述过程变得简明而清晰，从而更有效地与他人沟通。PowerPoint 2007 是目前比较常用的一个多媒体演示文稿制作软件，可以将文字、图形、图像、动画、声音和视频剪辑等多种媒体对象集合于一体，在一组图文并茂的画面中显示出来。本章主要来介绍如何使用 PowerPoint 2007 制作演示文稿。

本章重点

- ◉ 创建演示文稿与幻灯片的基本操作
- ◉ 编辑文本和表格与插入多媒体元素
- ◉ 设置演示文稿外观和动画效果
- ◉ 设置交互式演示文稿与演示文稿的放映

10.1　认识 PowerPoint 2007

PowerPoint 2007 和 Word 2007 应用软件一样，是 Microsoft 公司推出的 Office 系列软件之一。它可以制作出集文字、图形、图像、声音、视频等多媒体对象为一体的演示文稿，把学术交流、辅助教学、广告宣传、产品演示等信息以更轻松、更高效的方式表达出来。

10.1.1　启动与退出 PowerPoint 2007

当用户安装完 Office 2007(默认安装)之后，PowerPoint 2007 也将自动安装到系统中，这时启动 PowerPoint 2007 就可以正常使用它来创建演示文稿了。常用的启动方法有 2 种：一种是单

击【开始】按钮，然后选择【所有程序】| Microsoft Office | Microsoft Office PowerPoint 2007 命令，如图 10-1 所示；另一种是双击已经建立好的 PowerPoint 快捷图标，即可启动 PowerPoint 2007，如图 10-2 所示。

退出 PowerPoint 2007 也有多种方式，用户可根据自己的习惯选择下面任何一种。

◉   单击 PowerPoint 2007 工作界面右上角的关闭按钮 ×。

◉   单击 Office 按钮，然后单击【退出 PowerPoint】按钮。

◉   直接按 Alt+F4 快捷键。

◉   双击 PowerPoint 2007 工作界面左上角的 Office 按钮。

与 Word 2007 和 Excel 2007 一样，如果幻灯片的内容自上次存盘之后做过了修改，则在退出 PowerPoint 之前，系统会提示是否保存修改的内容。单击【是】按钮，保存修改；单击【否】按钮，取消修改；单击【取消】按钮，则终止退出 PowerPoint 的操作。

图 10-1   【开始】菜单

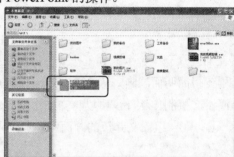

图 10-2   通过双击文件图标启动 PowerPoint 2007

10.1.2   PowerPoint 2007 的工作界面

启动 PowerPoint 2007 应用程序后，用户将看到全新的工作界面，如图 10-3 所示。PowerPoint 2007 的界面不仅美观实用，而且各个工具按钮的摆放更便于用户的操作。

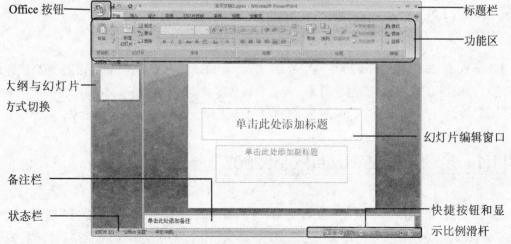

图 10-3   PowerPoint 2007 界面构成

- ◉ 幻灯片编辑窗口是 PowerPoint 2007 工作界面中最大的组成部分，它是使用 PowerPoint 进行幻灯片制作的主要工作区。
- ◉ 在【快捷按钮和显示比例滑杆】区域中，提供切换幻灯片视图模式的快捷按钮，通过显示比例滑杆可以控制幻灯片在整个编辑区的视图比例。
- ◉ 备注栏是用来供演讲者查阅该幻灯片的信息，以及在播放演示文稿时对幻灯片添加说明和注释的区域。

10.2　创建演示文稿

在 PowerPoint 中，存在演示文稿和幻灯片两个概念，使用 PowerPoint 制作出来的整个文件叫演示文稿。而演示文稿中的每一页叫做幻灯片，每张幻灯片都是演示文稿中既相互独立又相互联系的内容。在 PowerPoint 2007 中，可以使用多种方法来新建演示文稿，如使用模板和根据现有文档等方法。

10.2.1　创建空白演示文稿

空演示文稿是一种形式最简单的演示文稿，没有应用模板设计、配色方案以及动画方案，可以自由设计。创建空演示文稿的方法主要有以下两种。

1. 启动 PowerPoint 自动创建

无论是使用【开始】按钮启动 PowerPoint 2007，还是通过创建新文档启动，或者通过现有演示文稿启动，都将自动打开空演示文稿，如图 10-4 所示。

2. 使用 Office 按钮创建

单击工作界面左上角的 Office 按钮，在弹出的菜单中选择【新建】命令，打开【新建演示文稿】对话框。单击对话框的【模板】列表框中的【空白文档和最近使用的文档】选项，再选择【空白演示文稿】选项，然后单击【创建】按钮，即可新建一个空演示文稿，如图 10-5 所示。

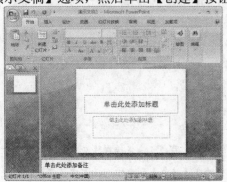

图 10-4　空白演示文稿

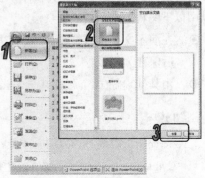

图 10-5　使用 Office 按钮创建

计算机 基础与实训教材系列

10.2.2 根据模板创建演示文稿

模板是一种以特殊格式保存的演示文稿，一旦应用了一种模板后，幻灯片的背景图形、配色方案等就都已经确定，所以套用模板可以提高创建演示文稿的效率。

1. 根据现有模板创建演示文稿

PowerPoint 2007 提供了许多美观的设计模板，这些设计模板将演示文稿的样式、风格，包括幻灯片的背景、装饰图案、文字布局及颜色、大小等均预先定义好。用户在设计演示文稿时可以先选择演示文稿的整体风格，然后再进行进一步的编辑和修改。

【例 10-1】根据现有模板创建演示文稿。

(1) 启动 PowerPoint 2007 应用程序，打开工作界面。单击 Office 按钮，在弹出的菜单中选择【新建】命令，打开【新建演示文稿】对话框。

(2) 在对话框左侧的【模板】列表框中选择【已安装的模板】选项，在右侧的【已安装的模板】列表框中选择【现代型相册】模板，如图 10-6 所示。

(3) 单击【创建】按钮，此时【现代型相册】模板应用在演示文稿中，如图 10-7 所示。

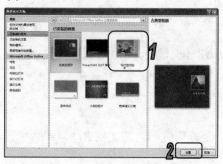

图 10-6 【新建演示文稿】对话框

图 10-7 新建的演示文稿效果

2. 根据自定义模板创建演示文稿

用户可以将自定义演示文稿保存为【PowerPoint 模板】类型，使其成为一个自定义模板保存在【我的模板】中。当以后需要使用该模板时，在【我的模板】列表框中调用即可。自定义模板可以由以下两种方法获得。

◎ 在演示文稿中自行设计主题、版式、字体样式、背景图案、配色方案等基本要素，然后保存为模版。

◎ 由其他途径(如下载、共享、光盘等)获得的模板。

📓 知识点 - - - - -

　　PowerPoint 2007 的 Office Online 功能也提供大量免费的模板，用户可以直接在【新建演示文稿】对话框中使用 Office Online 功能。在【新建演示文稿】对话框的在【特色】列表中选择需要的模板，单击【下载】按钮即可下载模板，下载完成后 Office Online 中的模板自动应用到演示文稿中。

10.2.3　根据现有内容创建演示文稿

如果想使用现有演示文稿中的一些内容或风格来设计其他的演示文稿，就可以使用PowerPoint 2007 的【根据现有内容新建】功能。

要根据现有内容新建演示文稿，只需在【新建演示文稿】对话框中选择【根据现有内容新建】选项，然后在打开的【根据现有演示文稿新建】对话框中选择需要应用的演示文稿文件，单击【新建】按钮即可。

10.3　幻灯片的基本操作

在 PowerPoint 中，幻灯片作为一种对象，和一般对象一样，可以对其进行编辑操作，例如添加新幻灯片、选择幻灯片、复制幻灯片、调整幻灯片顺序和删除幻灯片等。在对幻灯片的编辑过程中，最为方便的视图模式是幻灯片浏览视图，小范围或少量的幻灯片操作也可以在普通视图模式下进行。

10.3.1　添加与选择幻灯片

启动 PowerPoint 2007 后，程序会自动建立一张空白幻灯片，而大多数演示文稿需要两张或更多的幻灯片来表达主题，这时就需要添加幻灯片。

要添加新幻灯片，在【开始】选项卡的【幻灯片】选项组中单击【新建幻灯片】按钮，即可添加一张默认版式的幻灯片。当需要应用其他版式时，单击【新建幻灯片】按钮右下方的倒三角按钮，在弹出的快捷菜单中选择需要的版式即可将其应用到当前幻灯片中。

> **提示**
>
> 在幻灯片预览窗格中，选择一张幻灯片，按下 Enter 键，即可在该幻灯片的下方添加新幻灯片。

在 PowerPoint 中可以一次选中一张幻灯片，也可以同时选中多张幻灯片，然后对选中的幻灯片进行操作。

- ◎　选定单张幻灯片：无论是在普通视图的【大纲】或【幻灯片】选项卡中，还是在幻灯片浏览视图中，只需单击需要的幻灯片，即可选中该张幻灯片。
- ◎　选定编号相连的多张幻灯片：单击起始编号的幻灯片，然后按住 Shift 键，再单击结束编号的幻灯片，此时将有多张幻灯片被同时选中。
- ◎　选定编号不相连的多张幻灯片：在按住 Ctrl 键的同时，依次单击需要选择的每张幻灯片，此时被单击的多张幻灯片同时选中。在按住 Ctrl 键的同时再次单击已被选中的幻灯片，则该幻灯片被取消选定。

10.3.2 移动与复制幻灯片

在制作演示文稿时，如果需要重新排列幻灯片的顺序，就需要移动幻灯片。移动幻灯片可以用到【剪切】 按钮和【粘贴】按钮，其操作步骤与使用【复制】和【粘贴】按钮相似。

在普通视图中，选中需要移动顺序的幻灯片，然后按住鼠标左键并拖动选中的幻灯片，此时目标位置上将出现一条横线，如图 10-8 所示。释放鼠标后，第 2 张幻灯片就移动到了第 4 张幻灯片的下方，第 3 张和第 4 张幻灯片向上移动一个位置，如图 10-9 所示。

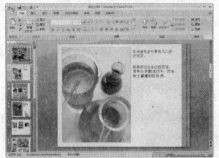
图 10-8 移动幻灯片

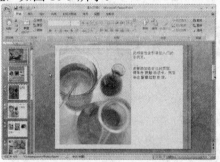
图 10-9 移动后的效果

PowerPoint 支持以幻灯片为对象的复制操作，可以将整张幻灯片及其内容进行复制。

◉ 选中需要复制的幻灯片，在【开始】选项卡的【剪贴板】选项组中单击【复制】按钮 。

◉ 在需要插入幻灯片的位置处单击，然后在【开始】选项卡的【剪贴板】选项组中单击【粘贴】按钮。

提示

在 PowerPoint 中也可以同时选择多张幻灯片进行移动或复制操作。另外，Ctrl+C、Ctrl+V 快捷键同样适用于幻灯片的复制/粘贴操作。

10.3.3 保存与删除幻灯片

幻灯片编辑完成后应将其保存，以备日后使用。要保存幻灯片，用户可单击 Office 按钮，选择【保存】或【另存为】命令即可。演示文稿的保存，PowerPoint 2007 提供了多种方式，用户可根据需要在【另存为】对话框的【保存类型】下拉列表中选择相应的选项即可。

删除多余的幻灯片，是快速地清除演示文稿中大量冗余信息的有效方法。常用的删除演示文稿的方法主要有以下几种。

◉ 选中需要删除的幻灯片，直接按下 Delete 键。

◉ 右击需要删除的幻灯片，从弹出的快捷菜单中选择【删除幻灯片】命令。

◉ 选中需要删除的幻灯片，在【开始】选项卡的【幻灯片】选项组中单击【删除幻灯片】按钮 。

10.4　编辑幻灯片中的文本和表格

创建完演示文稿后，就可以在幻灯片中添加文字与对象。文字是演示文稿中的重要组成部分，是最常用的解释说明的方法。用户也可以在幻灯片中插入其他对象，如图形、图片、艺术字、图表和表格等，使其页面效果更加丰富。

10.4.1　输入文本

在 PowerPoint 2007 中，不能直接在幻灯片中输入文字，只能通过占位符或文本框来添加。输入文本的方法有很多种，常用的方法有使用占位符、使用文本框和从外部导入文本。

1. 在占位符中输入文本

大多数幻灯片的版式中都提供了文本占位符，这种占位符中预设了文字的属性和样式，供用户添加标题文字、项目文字等。

【例 10-2】在幻灯片的文本占位符中添加文本。

(1) 启动 PowerPoint 2007 应用程序，新建一个空白演示文稿，单击【单击此处添加标题】文本占位符内部，此时占位符中将出现闪烁的光标，然后在占位符中输入文字"纪念我们如歌的童年岁月"，如图 10-10 所示。

(2) 使用相同的方法，在【单击此处添加副标题】文本占位符中输入文字"献给亲爱的 80后"，如图 10-11 所示。

图 10-10　输入标题文字

图 10-11　输入副标题文字

(3) 单击 Office 按钮，在弹出的菜单中选择【另存为】命令，将该演示文稿以文件名【童年记忆】进行保存。

2. 使用文本框添加文本

PowerPoint 2007 提供了两种形式的文本框：横排文本框和垂直文本框，它们分别用来放置水平方向的文字和垂直方向的文字。

【例 10-3】在幻灯片中使用文本框添加文字。

（1）启动 PowerPoint 2007 应用程序，打开【例 10-2】制作的【童年记忆】演示文稿。

（2）打开【插入】选项卡，在【文本】选项组中单击【文本框】按钮下方的下拉箭头，从弹出的快捷菜单中选择【横排文本框】命令。

（3）移动鼠标指针到幻灯片的编辑窗口，当指针形状变为↓形状时，在幻灯片页面中按住鼠标左键并拖动，鼠标指针变成十形状。当拖动到合适大小的矩形框后，释放鼠标完成横排文本框的插入，如图 10-12 所示。

（4）此时光标自动位于文本框内，在其中输入文字"llhui 制作于 2010 年 9 月 28 日星期六"，然后根据内容的多少调整文本框的大小和位置，效果如图 10-13 所示。

（5）在幻灯片中任意空白处单击，退出文本框文字编辑状态，在快速访问工具栏中单击【保存】按钮，保存演示文稿。

图 10-12　绘制文本框

图 10-13　在文本框中输入文字

提示

文本框中新输入的文字没有任何格式，需要用户根据演示文稿的实际需要进行设置。文本框上方有一个绿色的旋转控制点，拖动该控制点可以方便地将文本框旋转至任意角度。

3. 从外部导入文本

用户除了使用复制的方法从其他文档中将文本粘贴到幻灯片中，还可以在【插入】选项卡中选择【对象】命令，打开【插入对象】对话框，单击【浏览】按钮，打开【浏览】对话框选择需要导入的文本，单击【确定】按钮，即可将文本文档导入到幻灯片中，如图 10-14 所示。

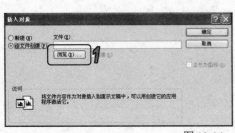

图 10-14　从外部导入文本

10.4.2　设置文本属性

为了使演示文稿更加美观、清晰，通常需要对文本属性进行设置。文本的基本属性设置包括字体、字形、字号及字体颜色等设置。在 PowerPoint 中，当幻灯片应用了版式后，幻灯片中的文字也具有了预先定义的属性。但在很多情况下，用户仍然需要按照自己的要求对它们重新进行设置。

在 PowerPoint 2007 中，打开【开始】选项卡，在如图 10-15 所示的【字体】选项组中的【字体】下拉列表框中可以设置字体；在【字号】下拉列表框中可以设置字号；单击【字体】选项组中的【字体颜色】下拉按钮，从弹出的颜色面板中可以选择颜色图块；单击其他按钮可以设置文字的相应的特殊效果，如为文字添加删除线等。

打开【开始】选项卡，然后在【字体】选项组中单击对话框启动器，打开【字体】对话框，如图 10-16 所示。在【西文字体】和【中文字体】下拉列表框中同样可以设置字符字体；在【字号】下拉列表框中可以设置字符字号；在【字体颜色】下拉列表框中选择颜色图块；在【字体样式】下拉列表框中可以设置字体字形；在【效果】选项区域中，提供了多种特殊的文本格式供用户选择。

计算机 基础与实训教材系列

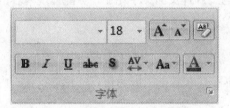

图 10-15　通过【字体】组设置字体

图 10-16　【字体】对话框

【例 10-4】在幻灯片中设置文本格式。

(1) 启动 PowerPoint 2007 应用程序，打开【例 10-3】制作的【童年记忆】演示文稿。

(2) 在默认打开的第一张幻灯片中选中【纪念我们如歌的童年岁月】占位符，在【开始】选项卡的【字体】选项组中单击【字体】下拉按钮，在弹出的菜单中选择【汉仪蝶语体简】选项(该字体需要用户自行安装)，在【字号】下拉列表中选择 66 选项，在【字体颜色】下拉菜单中选择【黑色，文字 1，淡色 25%】选项，为正标题文字应用格式，如图 10-17 和图 10-18 所示。

图 10-17　设置标题占位符格式

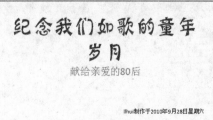

图 10-18　设置后的效果

(3) 选中副标题占位符，在【开始】选项卡的【字体】选项组中单击【字体】下拉按钮，在弹出的菜单中选择【楷体_GB2312】选项，在【字号】下拉列表中选择 32 选项，在【字体颜色】下拉菜单中选择【深蓝】选项，应用文本格式，如图 10-19 和图 10-20 所示。

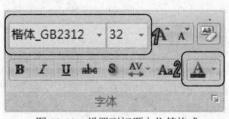

图 10-19　设置副标题占位符格式

图 10-20　设置后的效果

(4) 设置完成后，在快速访问工具栏中单击【保存】按钮，保存编辑后的演示文稿。

⑩.4.3　添加和编辑表格

使用 PowerPoint 制作一些专业型演示文稿时，通常需要使用表格。例如，销售统计表、个人简历表、财务报表等。表格采用行列化的形式，它与幻灯片页面文字相比，更能体现内容的对应性及内在的联系。

1. 自动插入表格

当需要在幻灯片中直接添加表格时，可以使用【插入】按钮插入或为该幻灯片选择含有内容的版式。

- 使用【表格】按钮插入表格：打开【插入】选项卡，在【表格】选项组中单击【表格】按钮，从弹出的菜单中的网格框中拖动鼠标左键可以确定要创建表格的行数和列数，再次单击鼠标即可完成一个规则表格的创建，如图 10-21 所示。

- 使用包含内容的版式插入表格：新幻灯片自动带有包含内容的版式，在【单击此处添加文本】文本占位符中单击【插入表格】按钮，如图 10-22 所示，打开【插入表格】对话框，在对话框中设置【列数】和【行数】属性，单击【确定】按钮即可。

图 10-21　使用表格按钮

图 10-22　使用包含内容

2. 手动绘制表格

当插入的表格并不是完全规则时，也可以直接在幻灯片中绘制表格。绘制表格的方法很简单，只要在【插入】选项卡的【表格】选项组中单击【表格】按钮，从弹出的快捷菜单中选择【绘制表格】命令，如图 10-23 所示。选择该命令后，鼠标指针将变为 形状，此时可以在幻灯片中进行绘制，如图 10-24 所示。

图 10-23　选择【绘制表格】命令

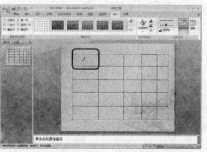

图 10-24　绘制表格

3. 设置表格样式

插入到幻灯片中的表格不仅可以像文本框和占位符一样被选中、移动、调整大小及删除，还可以为其添加底纹、设置边框样式、应用阴影效果等。选中插入的表格，功能区将自动激活表格工具的【设计】选项卡。该选项卡可以帮助用户快速设置表格外观和边框样式。

【例 10-5】在【童年记忆】演示文稿中，插入表格，并对其进行编辑。

(1) 启动 PowerPoint 2007 应用程序，打开【童年记忆】演示文稿。在幻灯片预览窗口中选择第 1 张幻灯片缩略图，然后按下 Enter 键，添加一张新的幻灯片，如图 10-25 所示。在第 2 张幻灯片的空白处单击鼠标，按下 Ctrl+A 组合键，同时选中两个占位符，单击 Delete 键将其删除。然后使用文本框工具输入文字并设置文字格式，效果如图 10-26 所示。

图 10-25　复制幻灯片

图 10-26　修改文字后的效果

(2) 在【插入】选项卡的【表格】选项组中单击【表格】按钮，从弹出的菜单中的网格线中拖动鼠标左键选中 8 行 5 列，如图 10-27 所示。

(3) 选中后单击鼠标即可完成一个规则表格的创建，此时表格添加到幻灯片中，效果如图 10-28 所示。

图 10-27　插入表格

图 10-28　插入表格后的效果

(4) 调整表格大小，并在表格中输入文字，字体保持默认设置，如图 10-29 所示。打开【局部】选项卡，在【对齐方式】选项组中，单击【居中】按钮和【垂直居中】按钮，设置文本居中垂直对齐，如图 10-30 所示。

图 10-29　设置字体格式

图 10-30　设置对齐方式

(5) 打开【设计】选项卡，在【表格样式】选项组中单击【其他】按钮，从弹出的样式列表中选择【中度样式 3-强调 6】样式，将其应用到当前表格中，如图 10-31 和图 10-32 所示。

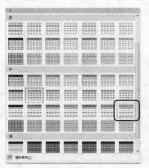

图 10-31　应用表格样式

图 10-32　应用样式后的效果

10.5　插入多媒体元素

为了使幻灯片更加形象生动，可以在幻灯片中插入多媒体元素。多媒体元素包括艺术字、图片、声音和视频等。

10.5.1　插入艺术字

艺术字是一种特殊的图形文字，常被用来表现幻灯片的标题文字。既可对其设置其字号、加粗、倾斜等效果，也可以像图形对象那样设置它的边框、填充等属性，还可以对其进行大小调整、旋转或添加阴影、三维效果等。

1. 插入艺术字

在【插入】选项卡的【文本】选项组中单击【艺术字】按钮，打开艺术字样式列表，选择需要的样式，即可在幻灯片中插入艺术字，如图 10-33 所示。

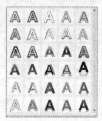

图 10-33　艺术字列表和艺术字占位符

2. 编辑艺术字

用户在插入艺术字后，如果对艺术字的效果不满意，可以对其进行编辑修改。选中艺术字，在【格式】选项卡的【艺术字样式】选项组中单击对话框启动器，在打开的【设置文本效果格式】对话框中进行编辑即可，如图 10-34 所示。

提示

如果要将艺术字转换为普通文字，可以在选中文字后，在【格式】选项卡的【艺术字样式】选项组中单击【其他】按钮，在弹出的菜单中选择【清除艺术字】命令即可。

图 10-34　设置艺术字格式

计算机基础与实训教材系列

【例 10-6】在幻灯片中添加并编辑艺术字。

(1) 启动 PowerPoint 2007 应用程序，打开【童年记忆】演示文稿。

(2) 在幻灯片预览窗口中选择第 2 张幻灯片缩略图，按下 Enter 键，添加一张新幻灯片，同时选中两个占位符，按下 Delete 键将其删除。

(3) 打开【插入】选项卡，在【文本】选项组中单击【艺术字】按钮，在弹出的菜单中选择【渐变填充-强调文字颜色 1，轮廓-白色，发光-强调文字颜色 2】艺术字样式，将其应用到幻灯片中，如图 10-35 所示。

(4) 在艺术字占位符中输入文字"记忆中的纸飞机，承载着儿时的梦想！"，并将其拖动到适当位置，然后调整其宽度，最终效果如图10-36所示。

图10-35　插入艺术字

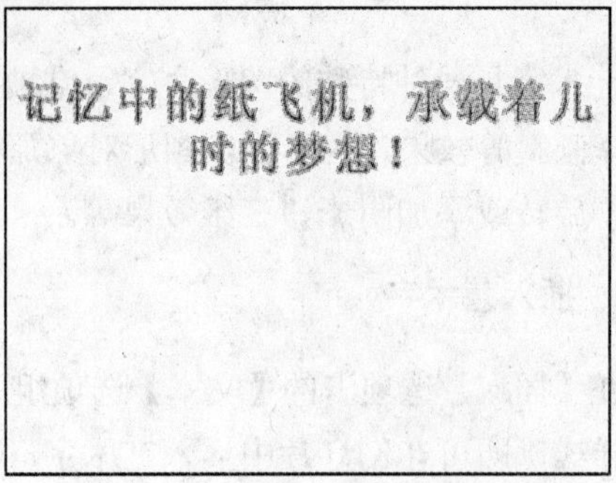

记忆中的纸飞机，承载着儿时的梦想！

图10-36　输入文字和调节位置

(5) 激活绘图工具的【格式】选项卡，在【艺术字样式】选项组中单击【艺术字效果】按钮，从弹出的菜单中选择【发光】|【强调文字颜色2，8pt发光】命令，应用艺术字效果，如图10-37和图10-38所示。

(6) 在快速访问工具栏中单击【保存】按钮，保存编辑后的演示文稿。

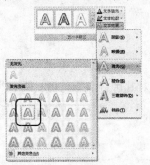

图10-37　应用艺术字发光效果

图10-38　应用后的效果

10.5.2　插入图片

在演示文稿中插入图片，可以更生动形象地阐述其主题和要表达的思想。在插入图片时，要充分考虑幻灯片的主题，使图片和主题和谐一致。

1. 插入剪贴画

PowerPoint 2007附带的剪贴画库内容非常丰富，所有的图片都经过专业设计，它们能够表达不同的主题，适合于制作各种不同风格的演示文稿。在【插入】选项卡的【插图】选项组中单击【剪贴画】按钮，打开【剪贴画】窗格，如图10-39所示，单击剪贴画即可插入。

2. 插入来自文件的图片

用户除了插入PowerPoint 2007附带的剪贴画之外，还可以插入文件中的图片。在【插入】

选项卡的【插图】选项组中单击【图片】按钮,打开如 10-40 所示的【插入图片】对话框,选择需要的图片后,单击【插入】按钮即可。

图 10-39 【剪贴画】窗格

图 10-40 【插入图片】对话框

3. 编辑图片

在幻灯片中添加图片后,PowerPoint 2007 功能区会自动打开【格式】选项卡,如图 10-41 所示。使用其中的按钮可以完成各种编辑操作,例如设置色彩、对比度、亮度、裁剪及透明色等,使它们更能适应演示文稿的需要。

图 10-41 选中图片后出现的【格式】选项卡

【例 10-7】在幻灯片中插入剪贴画和图片,并对其进行编辑。

(1) 启动 PowerPoint 2007 应用程序,打开【童年记忆】演示文稿。

(2) 选择第 3 张幻灯片,在【插入】选项卡的【插图】选项组中单击【剪贴画】按钮,打开【剪贴画】任务窗格。

(3) 在【搜索文字】文本框中输入"纸飞机",单击【搜索】按钮,开始搜索剪贴画,然后在下面的列表框中单击要插入的剪贴画,插入两幅剪贴画,并调节其位置,如图 10-42 所示。

搜索剪贴画

插入并调整剪贴画

图 10-42 插入剪贴画

(4) 从图 10-42 右图中可以看出，右上角的图片挡住了文字，因此单击该图片并打开图片的【格式】选项卡，在【排列】选项组中单击【置于底层】按钮，将图片置于底层，如图 10-43 所示。

(5) 使用鼠标拖动的方法，将图片放大，使其和幻灯片背景同样大小，然后调整另一张图片的大小和位置，最终效果如图 10-44 所示。在快速访问工具栏中单击【保存】按钮，保存编辑后的演示文稿。

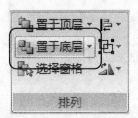

图 10-43　插入来自文件的图片　　　　　　　　　　图 10-44　设置图片格式

10.5.3　插入声音

在【插入】选项卡中单击【声音】按钮下方的下拉箭头，在打开的菜单中选择【剪辑管理器中的声音】命令，此时 PowerPoint 将自动打开【剪贴画】窗格，该窗格显示了剪辑中所有的声音，如图 10-45 所示。

在插入声音时，PowerPoint 2007 会打开如图 10-46 所示的对话框，单击【自动】按钮，声音将会在放映当前幻灯片时自动播放；单击【在单击时】按钮，则在放映幻灯片时，只有用户单击声音图标后才播放插入的声音。插入声音后，PowerPoint 会自动在当前幻灯片中显示声音图标 。

图 10-45　显示可以插入的所有声音　　　　　　　图 10-46　设置声音的播放方式

另外，从文件中插入声音时，需要在命令列表中选择【文件中的声音】命令，打开【插入声音】对话框，从该对话框中选择需要插入的声音文件即可。

【例 10-8】在【童年记忆】演示文稿中插入一首歌曲【童年】。

(1) 启动 PowerPoint 2007 应用程序，打开【童年记忆】演示文稿。

(2) 选择第 1 张幻灯片，在【插入】选项卡的【媒体】选项组中单击【声音】按钮，选择

【文件中的声音】命令，如图 10-47 所示。随即打开【插入声音】对话框，然后在该对话框中选中【童年.mp3】文件，如图 10-48 所示。

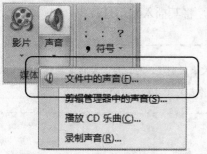

图 10-47　单击【声音】按钮

图 10-48　【插入声音】对话框

(3) 单击【确定】按钮，打开如图 10-49 所示的对话框，然后单击【自动】按钮，此时即可插入声音，在幻灯片中将显示声音图标 ，如图 10-50 所示。

图 10-49　单击【自动】按钮

图 10-50　显示声音图标

(4) 双击该声音图标，打开声音的【选项】选项卡，在【声音选项】选项组中选中【放映时隐藏】和【循环播放，直到停止】两个复选框，如图 10-51 所示。

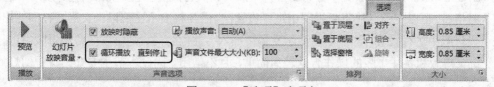

图 10-51　【选项】选项卡

(5) 设置完成后，在快速访问工具栏中单击【保存】按钮，保存编辑后的演示文稿。

10.5.4　插入影片

在功能区显示【插入】选项卡，在【媒体剪辑】选项组中单击【影片】按钮下方的下拉箭头，在弹出的菜单中选择【剪辑管理器中的影片】命令，此时 PowerPoint 将自动打开【剪贴画】窗格，该窗格显示了剪辑中所有的影片。

很多情况下，PowerPoint 剪辑库中提供的影片并不能满足用户的需要，这时可以选择插入来自文件中的影片。单击【影片】按钮下方的箭头，在弹出的菜单中选择【文件中的影片】命令，打开【插入影片】对话框。在【查找范围】下拉列表框中选择查找影片文件的目录，然后在文件列表中选择需要的影片文件，单击【确定】按钮，将其插入到幻灯片中。

 提示 --

对于插入到幻灯片中的视频，不仅可以调整它们的位置、大小、亮度、对比度、旋转等操作，还可以进行剪裁、设置透明色、重新着色及设置边框线条等，这些操作都与图片的操作相同。

10.6 设置演示文稿外观

PowerPoint 2007 提供了大量的预设格式，例如设计模板、主题样式与动画方案等，应用这些格式，可以轻松地制作出具有专业效果的演示文稿。此外，还可为演示文稿添加背景和填充效果，使演示文稿更加美观。

10.6.1 设置幻灯片母版

幻灯片母版决定着幻灯片的外观，用于设置幻灯片的标题、正文文字等样式，包括字体、字号、字体颜色、阴影等效果；也可以设置幻灯片的页眉和页脚等。也就是说，幻灯片母版可以为所有幻灯片设置默认的版式。

1. 查看幻灯片母版

PowerPoint 2007 中的母版类型分为幻灯片母版、讲义母版和备注母版 3 种类型。当需要设置幻灯片风格时，可以在幻灯片母版视图中进行设置；当需要将演示文稿以讲义形式打印输出时，可以在讲义母版中进行设置；当需要在演示文稿中插入备注内容时，则可以在备注母版中进行设置。由于讲义母版和备注母版的操作方法较为简单，且不常用，因此本节主要介绍查看幻灯片母版的方法。

幻灯片母版是存储模板信息的设计模板的一个元素。幻灯片母版中的信息包括字形、占位符大小和位置、背景设计和配色方案。用户通过更改这些信息，就可以更改整个演示文稿中幻灯片的外观。

打开【视图】选项卡，在【演示文稿视图】选项组中单击【幻灯片母版】按钮，打开幻灯片母版视图，此时将自动激活【幻灯片母版】选项卡，如图 10-52 和图 10-53 所示。

2. 编辑幻灯片母版

在 PowerPoint 2007 中创建的演示文稿都带有默认的版式，这些版式一方面决定了占位符、文本框、图片、图表等内容在幻灯片中的位置，另一方面决定了幻灯片中文本的样式。在幻灯片母版视图中，用户可以按照需要设置母版版式。

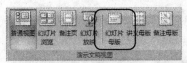

图 10-52 【演示文稿视图】选项组

图 10-53 幻灯片母版视图

10.6.2 应用自定义主题

PowerPoint 2007 为每种设计模板提供了几十种内置的主题颜色，用户可以根据需要选择不同的颜色来设计演示文稿。这些颜色是预先设置好的协调色，自动应用于幻灯片的背景、文本线条、阴影、标题文本、填充、强调和超链接。

1. 套用主题样式

应用设计模板后，在功能区打开【设计】选项卡，单击【主题】选项组中的【颜色】按钮 ▣ 颜色 ▾，将打开主题颜色菜单。在该菜单中，用户可以根据自己的需求，快速为幻灯片套用其他主题样式。

2. 自定义主题

如果对系统自带的主题配色方案不满意，还可以自定义配色方案，方法如下。

- 在演示文稿中，打开【设计】选项卡，单击【主题】选项组中的【颜色】按钮，在弹出的菜单中选择【新建主题颜色】命令，打开【新建主题颜色】对话框。在对话框中为幻灯片中的文字、背景、超链接等定义颜色，并将新建的主题命名然后保存到当前演示文稿中。
- 在【设计】选项卡的【主题】选项组中单击【主题效果】按钮 ▣ 效果 ▾，在弹出的列表中选择要使用的效果，用于指定前演示文稿的线条与填充效果。
- 在【设计】选项卡的【主题】选项组中单击【字体】按钮 ▣ 字体 ▾，在弹出的内置字体命令中选择一种字体类型，或选择【新建主题字体】命令，打开【新建主题字体】对话框。在对话框中定义幻灯片中文字的字体，并将主题命名保存到当前演示文稿中。

10.6.3 设置幻灯片背景

为幻灯片设置背景可使幻灯片更加美观。PowerPoint 2007 提供了几种背景色样式，供用户使用。如果对提供的样式不满意，还可以自定义其他的背景，如渐变色、纹理或图案等。

计算机 基础与实训教材系列

1. 套用背景样式

应用现有背景样式方法很简单，首先打开需要套用背景样式的演示文稿，然后打开【设计】选项，在【背景】选项组中单击【背景样式】按钮，在弹出的列表框中选择一种填充样式，即可将其应用到演示文稿中，如图 10-54 和图 10-55 所示。

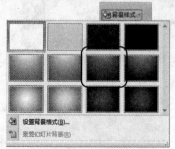

图 10-54 【演示文稿视图】选项组

图 10-55 幻灯片母版视图

2. 自定义背景样式

当用户不满足于 PowerPoint 提供的背景样式时，可以在背景样式菜单中选择【设置背景格式】命令，打开【设置背景格式】对话框，在该对话框中可以设置背景的填充样式、渐变以及纹理格式等。具体的设置方法如下。

◉ 使用纯色作为背景色：在【设置背景格式】对话框选中【纯色填充】单选按钮，单击【颜色】按钮，在弹出的菜单中选择一种颜色。其下方的【透明度】微调框可以用来输入颜色的透明度。

◉ 使用渐变色作为背景色：选中【渐变填充】单选按钮，单击【预设颜色】按钮，在打开的样式列表中选择一种演示样式，在【类型】下拉列表框中选择渐变的方式，单击【方向】按钮，在打开的列表中选择颜色渐变的方向，在【渐变光圈】选项区域中设置渐变色中的光圈数量及颜色。

◉ 使用纹理作为背景色：选中【图片或纹理填充】单选按钮，单击【纹理】按钮，在打开的下拉列表框中选择一种纹理样式。

◉ 使用图片作为背景色：选中【图片或纹理填充】单选按钮，在【插入自】选项区域中单击【文件】按钮 文件(F) 按钮，选择本地磁盘中的图片作为背景；单击【剪贴板】按钮 剪贴板(C) 将刚执行复制或剪切操作后的图片粘贴到幻灯片中作为背景；单击【剪贴画】按钮 剪贴画(R) 则可以在剪贴画窗格中选择剪贴画作为背景。

【例 10-9】在【童年记忆】演示文稿中为第 1 张和第 2 张幻灯片设置背景。

(1) 启动 PowerPoint 2007 应用程序，打开【童年记忆】演示文稿。

(2) 选择第 1 张幻灯片，打开【设计】选项卡，在【背景】选项组中单击【背景样式】按钮，打开背景列表，然后单击【样式 11】选项，应用该背景效果，如图 10-56 和图 10-57 所示。此时该演示文稿中的所有幻灯片都将自动使用该背景模式。

(3) 选择第 2 张幻灯片，单击【背景】选项组中的【设置背景格式】按钮，打开【设置背景格式】对话框，如图 10-58 所示。

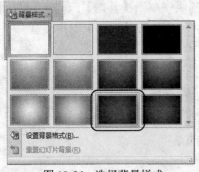

图 10-56　选择背景样式

图 10-57　应用背景后的效果

(4) 选中【图片或纹理填充】单选按钮，然后单击【文件】按钮，打开【插入图片】对话框，在【插入图片】对话框中选择要查插入的图片，单击【插入】按钮，插入背景图片，最终效果如图 10-59 所示。

图 10-58　【设置背景格式】对话框

图 10-59　应用背景后的效果

(5) 设置完成后，在快速访问工具栏中单击【保存】按钮，保存编辑后的演示文稿。

10.7　为幻灯片设置动画效果

演示文稿制作完成后，还可以为幻灯片添加一些特殊效果，例如飞入动画、插入图片、添加音乐和声音效果、添加动作按钮等。另外，还可为幻灯片设置不同的放映方式。

10.7.1　设置幻灯片切换动画

幻灯片切换效果是指一张幻灯片如何从屏幕上消失，以及另一张幻灯片如何显示在屏幕上的方式。幻灯片切换方式可以是简单地以一个幻灯片代替另一个幻灯片，也可以使幻灯片以特殊的效果出现在屏幕上。可以为一组幻灯片设置同一种切换方式，也可以为每张幻灯片设置不同的切换方式。

为幻灯片添加切换动画，可以打开【动画】选项卡，然后在【切换到此幻灯片】选项组中进行设置，如图 10-60 所示。在【切换到此幻灯片】选项组中单击【其他】按钮，将打开幻灯片动画效果列表，当鼠标指针指向某个选项时，幻灯片将应用该效果，供用户预览。

图 10-60　【动画】选项卡

【切换到此幻灯片】组中其他选项的含义如下。

- 【切换声音】下拉列表框：该下拉列表框提供了多种声音效果，选择这些选项可以在两张幻灯片切换之间添加特殊的声音效果。
- 【切换速度】下拉列表框：该下拉列表框包含 3 个选项，即慢速、中速和快速，用户应该根据放映节奏进行选择。
- 【全部应用】按钮：单击该按钮，当前演示文稿中的所有幻灯片将应用该切换方式。
- 【单击鼠标时】复选框：选中该复选框，则在幻灯片放映过程中单击鼠标，演示画面将切换到下一张幻灯片。
- 【在此之后自动设置动画效果】复选框：选中该复选框，可以在其右侧的文本框中输入等待时间。当一张幻灯片在放映过程中已经显示了规定的时间后，演示画面将自动切换到下一张幻灯片。

【例 10-10】为演示文稿中的幻灯片设置切换效果。

(1) 启动 PowerPoint 2007 应用程序，打开【童年记忆】演示文稿，此时默认选中第 1 张幻灯片，如图 10-61 所示。

(2) 在功能区中打开【动画】选项卡，在【切换到此幻灯片】选项组中单击 按钮，在弹出的菜单中选择【从内到外水平分割】选项，如图 10-62 所示。

(3) 在【切换到此幻灯片】选项组中单击【切换声音】右侧的下拉按钮，从弹出的【切换声音】下拉列表框中选择【风铃】选项。

(4) 在【切换到此幻灯片】选项组中单击【切换速度】右侧的下拉按钮，从弹出的【切换速度】下拉列表框中选择【慢速】选项。

图 10-61　打开演示文稿

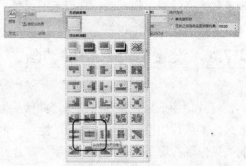

图 10-62　设置切换动画

(5) 选中第 2 张幻灯片,在【切换到此幻灯片】选项组中单击 按钮,在弹出的菜单中选择【溶解】选项,如图 10-63 所示。

(6) 在【切换到此幻灯片】选项组中单击【切换声音】右侧的下拉按钮,从弹出的【切换声音】下拉列表框中选择【风铃】选项。

(7) 在【切换到此幻灯片】选项组中单击【切换速度】右侧的下拉按钮,从弹出的【切换速度】下拉列表框中选择【慢速】选项。

(8) 选中【在此之后自动设置动画效果】复选框,并在其右侧的文本框中输入 "00: 10" 。

(9) 在功能区中打开【幻灯片放映】选项卡,单击【开始放映幻灯片】选项组中的【从头开始】按钮 ,从第 1 张幻灯片开始放映。幻灯片切换效果如图 10-64 所示。

(10) 设置完成后,在快速访问工具栏中单击【保存】按钮,保存编辑后的演示文稿。

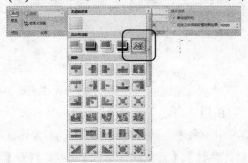

图 10-63　幻灯片切换效果

图 10-64　幻灯片的溶解切换效果

10.7.2　设置对象自定义动画

在 PowerPoint 中,除了幻灯片切换动画外,还包括自定义动画。所谓自定义动画,是指为幻灯片内部各个对象设置的动画,它又可以分为项目动画和对象动画。其中项目动画是指为文本中的段落设置的动画,对象动画是指为幻灯片中的图形、表格、SmartArt 图形等设置的动画。

1. 进入式动画效果

进入动画可以设置文本或其他对象以多种动画效果进入放映屏幕。在添加动画效果之前需要选中对象。对于占位符或文本框来说,选中占位符、文本框,以及进入其文本编辑状态时,都可以为它们添加动画效果。

选中对象后,在【动画】选项卡的【动画】选项组中单击【自定义动画效果】按钮 ,打开【自定义动画】窗格。在任务窗格中单击【添加效果】按钮,在弹出的菜单中选择【进入】菜单下的命令,即可为对象添加进入式动画效果;选择【进入】|【其他效果】命令,可以在打开的【添加进入效果】对话框中选择更多的动画效果。

2. 强调式动画效果

强调动画是为了突出幻灯片中的某部分内容而设置的特殊动画效果。添加强调动画的过程和

添加进入动画大体相同，选择对象后，在【自定义动画】任务窗格中单击【添加效果】按钮，选择【强调】菜单中的命令，即可为幻灯片中的对象添加强调式动画效果；同样选择【强调】|【其他效果】命令，打开【添加强调效果】对话框，添加更多强调动画效果。

3. 退出式动画效果

除了可以给幻灯片中的对象添加进入、强调动画效果外，还可以添加退出动画。退出动画可以设置幻灯片中的对象退出屏幕的效果。添加退出动画的过程和添加进入、强调动画大体相同。

在幻灯片中选中需要添加退出效果的对象，单击【添加效果】按钮，选择【退出】菜单中的命令，即可为幻灯片中的对象添加退出动画效果；选择【退出】|【其他效果】命令，打开【添加退出效果】对话框，在该对话框中为对象添加更多的动画效果。

⑩.7.3 动作路径动画效果

动作路径动画又称为路径动画，可以指定文本等对象沿预定的路径运动。PowerPoint 中的动作路径动画不仅提供了大量预设路径效果，还可以由用户自定义路径动画。

单击【添加效果】按钮，选择【动作路径】菜单中的命令，即可为幻灯片中的对象添加动作路径动画效果，如图 10-65 所示。也可以选择【动作路径】|【其他动作路径】命令，打开【添加动作路径】对话框选择更多的动作路径，如图 10-66 所示。

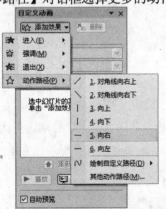

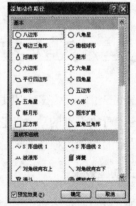

图 10-65 【动作路径】菜单   图 10-66 【添加动作路径】对话框

在【动作路径】菜单中选择【绘制自定义路径】命令，将出现下一级菜单，该级菜单包含【直线】、【曲线】、【任意多边形】和【自由曲线】4 个命令。在选择了绘制自定义路径的命令后，就可以在幻灯片中拖动鼠标绘制出需要的图形。当双击鼠标时，结束绘制，动作路径即出现在幻灯片中。

绘制完的动作路径起始端将显示一个绿色的▶标志，结束端将显示一个红色的◀标志，两个标志以一条虚线连接，如图 10-67 所示。当需要改变动作路径的位置时，只需要单击该路径拖动即可。拖动路径周围的控制点，可以改变路径的大小。

在绘制路径时，当路径的终点与起点重合时双击鼠标，此时的动作路径变为闭合状，路径

上只有一个绿色的 标志，如图 10-68 所示。

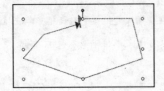

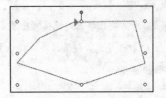

图 10-67　选择【任意多边形】命令绘制的路径　　　　图 10-68　绘制的闭合路径

10.8　创建交互式演示文稿

在 PowerPoint 中，用户可以为幻灯片中的文本、图形、图片等对象添加超链接或者动作。当放映幻灯片时，可以在添加了动作的按钮或者超链接的文本上单击，程序将自动跳转到指定的幻灯片页面，或者执行指定的程序。

10.8.1　添加超链接

超链接是指向特定位置或文件的一种连接方式，可以利用它指定程序的跳转位置(当前演示文稿中的特定幻灯片或者其他演示文稿中特定的幻灯片)。超链接只有在幻灯片放映时才有效，当鼠标移至超链接文本时，鼠标将变为手形指针。

要为文本添加超链接，可先选定文本，然后打开【插入】选项卡，在【链接】选项组中单击【超链接】按钮 ，打开【插入超链接】对话框。

在【链接到】列表中可以选择目标链接的类型和位置，在右侧可选择要链接的具体内容，例如选择本演示文稿中的第 3 张幻灯片，如图 10-69 所示。

选择完成后，单击【确定】按钮，添加了超链接的文字将变为不同于原来的颜色，且文字下方出现下划线，如图 10-70 所示。幻灯片放映时，如果单击该超链接，演示文稿将自动跳转到第 3 张幻灯片。

图 10-69　【插入超链接】对话框

图 10-70　添加超链接后的效果

> **知识点**
>
> 如果用户需要在单击超链接时出现屏幕提示信息，那么可以在【插入超链接】对话框中单击【屏幕提示】按钮，打开【设置超链接屏幕提示】对话框，在【屏幕提示文字】文本框中输入提示文字，单击【确定】按钮即可。

10.8.2 添加动作按钮

动作按钮是 PowerPoint 中预先设置好的一组带有特定动作的图形按钮，这些按钮被预先设置为指向前一张、后一张、第一张、最后一张幻灯片、播放声音及播放电影等链接，应用这些预置好的按钮，可以实现在放映幻灯片时跳转的目的。

要添加动作按钮，用户可打开【插入】选项卡，在【插图】选项组中单击【形状】按钮，在弹出的菜单中选择【动作按钮】选项组中的命令，此时在幻灯片中拖动鼠标绘制该动作按钮的轮廓，即可插入一个动作按钮，如图 10-71 所示。

当释放鼠标时，系统将自动打开【动作设置】对话框，用户可在该对话框中设置按钮的具体动作，如图 10-72 所示。

设置完成后，在幻灯片放映时，当按下该动作按钮后演示文稿自动跳转到动作按钮所指向的目标位置。

图 10-71 绘制动作按钮

图 10-72 【动作设置】对话框

10.8.3 隐藏幻灯片

如果通过添加超链接或动作按钮将演示文稿的结构设置得较为复杂时，并希望在正常的放映中不显示这些幻灯片，只有单击指向它们的链接时才会被显示。要达到这样的效果，就可以使用幻灯片的隐藏功能。

在普通视图模式下，右击幻灯片预览窗口中的幻灯片缩略图，在弹出的快捷菜单中选择【隐藏幻灯片】命令，或者在功能区的【幻灯片放映】选项卡中单击【隐藏幻灯片】按钮，即可隐藏幻灯片。被隐藏的幻灯片编号上将显示一个带有斜线的灰色小方框，则该张幻灯片在正常放映时不会被显示，只有当用户单击了指向它的超链接或动作按钮后才会显示。

10.9　播放演示文稿

对演示文稿设置完毕后，即可对其进行播放操作。但在放映幻灯片前，还需要根据实际情况对幻灯片进行一系列的设置。

10.9.1　设置幻灯片放映方式

PowerPoint 2007 提供了多种演示文稿的放映方式，最常用的是幻灯片页面的演示控制，主要有幻灯片的定时放映、连续放映及循环放映。

1. 定时放映幻灯片

用户在设置幻灯片切换效果时，可以设置每张幻灯片在放映时停留的时间，当等待到设定的时间后，幻灯片将自动向下放映。

在如图 10-73 所示的【动画】选项卡中选中【单击鼠标时】复选框，则用户单击鼠标或按下 Enter 键和空格键时，放映的演示文稿将切换到下一张幻灯片；选中【在此之后自动设置动画效果】复选框，并在其右侧的文本框中输入时间(时间为秒)后，则在演示文稿放映时，当幻灯片等待了设定的秒数之后，将会自动切换到下一张幻灯片。

图 10-73　【动画】选项卡

2. 连续放映幻灯片

在【动画】选项卡中为当前选定的幻灯片设置自动切换时间后，单击【全部应用】按钮，为演示文稿中的每张幻灯片设定相同的切换时间，这样就实现了幻灯片的连续自动放映。

由于每张幻灯片的内容不同，放映的时间可能不同，所以设置连续放映的最常见方法是通过排练计时功能完成。用户也可以根据每张幻灯片的内容，在【幻灯片切换】窗格中为每张幻灯片设定放映时间。

3. 循环放映幻灯片

用户将制作好的演示文稿设置为循环放映，可以应用于如展览会场的展台等场合，让演示文稿自动运行并循环播放。

在【幻灯片放映】选项卡中单击【设置幻灯片放映】按钮，打开【设置放映方式】对话框，在【放映选项】选项区域中选中【循环放映，按 Esc 键终止】复选框，则在播放完最后一张幻灯片后，会自动跳转到第 1 张幻灯片，而不是结束放映，直到用户按 Esc 键退出放映状态。

4. 自定义放映幻灯片

自定义放映是指用户可以自定义演示文稿放映的张数，使一个演示文稿适用于多种观众，即可以将一个演示文稿中的多张幻灯片进行分组，以便该特定的观众放映演示文稿中的特定部分。用户可以用超链接分别指向演示文稿中的各个自定义放映，也可以在放映整个演示文稿时只放映其中的某个自定义放映。

计算机 基础与实训教材系列

⑩.9.2　放映幻灯片

完成放映前的准备工作后就可以开始放映幻灯片了。常用的放映方法为【从头开始放映】和【从当前幻灯片开始放映】。

- 从头开始放映：按下 F5 键或者在【幻灯片放映】选项卡的【开始放映幻灯片】选项组中单击【从头开始】按钮。
- 从当前幻灯片开始放映：在状态栏的幻灯片视图切换按钮区域中单击【幻灯片放映】按钮，或者在【幻灯片放映】选项卡的【开始放映幻灯片】选项组中单击【从当前幻灯片开始】按钮。

如果需要按放映次序依次放映，则可以进行如下操作。

- 单击鼠标左键。
- 在放映屏幕的左下角单击 ➡ 按钮。
- 在放映屏幕的左下角单击 🗏 按钮，在弹出的菜单中选择【下一张】命令。
- 单击鼠标右键，在弹出的快捷菜单中选择【下一张】命令。

 提示 --

　　当最后一张幻灯片放映结束后，系统会在屏幕的正上方提示【放映结束，单击鼠标退出】，此时直接单击鼠标左键，或按 Esc 键，结束放映。

⑩.9.3　添加标记

使用 PowerPoint 2007 提供的绘图笔可以为重点内容做上标记。绘图笔的作用类似于板书笔，常用于强调或添加注释。用户可以选择绘图笔的形状和颜色，还能随时擦除绘制的笔迹。

在幻灯片放映过程中，单击鼠标右键，在弹出的快捷菜单中选择【指针选项】|【毡尖笔】

命令，将绘图笔设置为毡尖笔样式，然后选择【指针选项】|【墨迹颜色】命令，在打开的【主题颜色】面板中选择【深红】选项，如图 10-74 所示。此时鼠标变为一个小圆点，在需要绘制重点的地方拖动鼠标绘制标注，如图 10-75 所示。

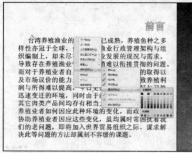

图 10-74 选择绘图笔形状和颜色

图 10-75 在幻灯片中拖动鼠标绘制重点

10.10 上机练习

本章主要介绍了使用 PowerPoint 2007 制作演示文稿的基本方法，通过对本章的学习，用户应能使用 PowerPoint 2007 制作图文并茂，内容生动丰富的演示文稿。本次上机练习通过为演示文稿添加交互式效果和动作按钮，来使读者进一步巩固本章所学习的内容。

(1) 启动 PowerPoint 2007 应用程序，打开【童年记忆】演示文稿，此时默认选中第 1 张幻灯片，然后选中【献给亲爱的 80 后】文本，如图 10-76 所示。

(2) 打开【插入】选项卡，在【链接】选项组中单击【超链接】按钮，打开【插入超链接】对话框。在【链接到】列表中单击【本文档中的位置】按钮，在【请选择文档中的位置】列表框中单击【幻灯片标题】展开列表中的【幻灯片 2】选项，如图 10-77 所示。

图 10-76 选中要添加超链接的文本

图 10-77 【插入超链接】对话框

(3) 单击【屏幕提示】按钮，打开【设置超链接屏幕提示】对话框，在【屏幕提示文字】文本框中输入“单击此处跳转到第 2 张幻灯片”，如图 10-78 所示。

(4) 单击【确定】按钮关闭打开的对话框，完成超链接的设置，然后选择第 2 张幻灯片，打开【插入】选项卡，在【插图】选项组中单击【形状】按钮，在弹出的菜单中选择【第一张】

命令，在幻灯片中拖动鼠标绘制该图形，如图 10-79 所示。

图 10-78 设置屏幕提示文字

图 10-79 绘制动作按钮

(5) 当释放鼠标时，系统将自动打开【动作设置】对话框，在【单击鼠标时的动作】选项区域中选中【超链接到】单选按钮，然后在【超链接到】下拉列表框中选择【第一张幻灯片】选项，如图 10-80 所示。

(6) 切换至【鼠标移过】选项卡，选中【播放声音】复选框，然后在其下方的下拉列表中选择【激光】选项，如图 10-81 所示。

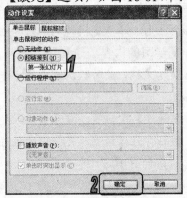

图 10-80 设置屏幕提示文字

图 10-81 绘制动作按钮

(7) 设置完成后，单击【确定】按钮，使设置生效。然后在快速访问工具栏中单击【保存】按钮，保存编辑后的演示文稿。

10.11 习题

1. 在 PowerPoint 2007 中有几种创建演示文稿的方法？

2. 根据 10.7.2 节所学的知识，为演示文稿中的文本添加进入式和强调式动画效果。

3. 使用 PowerPoint 2007 完善本章实例【童年记忆】演示文稿，为其添加多张幻灯片并设置交互式效果和幻灯片切换效果。

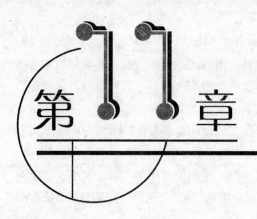

第11章

多媒体合成软件
Authorware 7.0

> **学习目标**

　　Authorware 7.0 是著名的多媒体软件供应商 Macromedia 公司的优秀产品，它是一个基于流程图标的交互式多媒体制作软件，采用面向对象的设计思想。在多媒体项目的制作过程中，通常将众多的多媒体素材交给专用的素材软件处理，Authorware 则主要承担多媒体素材的集成和组织任务。该软件功能强大，应用范围涉及教育、娱乐、科学等多个领域。本章主要介绍 Authorware 7.0 的功能、特点、工作界面以及基本使用方法等。

> **本章重点**

- ◉ Authorware 7.0 的功能
- ◉ Authorware 7.0 的特点
- ◉ Authorware 7.0 的工作界面
- ◉ Authorware 7.0 的基本操作

11.1　Authorware 7.0 的功能与特点

　　Authorware 采用面向对象的流程线设计方法，具有强大的功能，能够创作出图、文、声、像俱全的作品；并且易学易用，即使创作者不具备高级语言的编程经验，也能创作出高水平的多媒体作品，非常适合初学者使用。

11.1.1　Authorware 7.0 的功能

　　总的来说 Authorware 7.0 具有以下功能。

- ◉ 多媒体素材的集成能力：要创作出高水平的多媒体作品，离不开各种专业人士的参与，如美工、摄像和录音师等。Authorware 7.0 本身并不能进行声音和数字化电影的生成，在图像处理方面也比不上专业的图像处理软件。但 Authorware 7.0 能够很好地支持多种格式的多媒体文件，并能够把这些多媒体文件集成到一起，以它特有的方式合理地进行组织安排，最后形成一个交互性强、富有表现力的作品。

- 文字/图形/图像/动画处理能力：虽然在图形图像处理和动画制作等领域有很多非常专业的应用软件，但 Authorware 7.0 也并不完全依赖于这些专业软件，它自身具备文字、图形图像和动画的处理能力，能够进行文字编辑、绘制简单图形、缩放图像及控制对象运动等操作，并且在开发过程中可以随时对不满意的地方进行修改(双击需要修改的项目即可打开修改)。

- 多样化的交互作用能力：使用 Authorware 7.0 进行多媒体交互创作时，有多种交互作用响应类型可供用户选择，而每种交互作用响应类型又可以对用户的输入作出若干种不同的反馈，对程序流程的控制既可以简单也可以复杂。对于最终生成的程序，可使用其中菜单、按钮甚至是屏幕上的一幅图像或一片区域同用户进行交互。

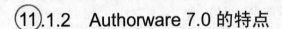

11.1.2 Authorware 7.0 的特点

- 面向对象的流程线设计：Authorware 7.0 提供了 14 种不同用途的图标，在制作多媒体应用程序时，只需在窗口式界面中按照一定的顺序将这些图标组合起来，不需要编写冗长的程序行，如图 11-1 所示。图中程序结构严谨、逻辑性强、便于组织管理，其中每个图标代表着一个基本的演示内容，如文本、动画、图片、声音等，如果要导入外部素材，可直接在相应的图标中载入即可。

- 交互性强：Authorware 7.0 预留有按钮、热区、热键等 10 种交互作用响应，程序设计只需选定交互作用方式，完成对话框设置即可。程序运行时，可通过响应对程序的流程进行控制。

- 程序调试和修改直观：程序运行时，可以逐步跟踪程序的运行和流向。程序调试运行中，若想修改某个对象，只需双击该对象，系统立即暂停程序运行，自动打开编辑窗口并给出该对象的设置和编辑工具，修改完毕后关闭编辑窗口可继续运行。

- 模块和库的支持：用户可将开发成果以模块或库的形式进行保存，以便以后重复使用。同时，这也便于分工合作，避免大量的重复劳动。

- 提供了设计模板：Authorware 7.0 中提供了一种智能化的设计模板，即知识对象。用户可以在多媒体创作过程中根据需要选用不同的知识对象，大大提高了工作效率。

- 提供了系统变量和函数：Authorware 7.0 提供了大量的系统变量和函数，使用这些变量和函数可以进行复杂的运算，并允许用户自定义变量和函数。此外，Authorware 7.0 还支持 ODBC、OLE 和 ActiveX 技术，利用这些技术，用户可开发出具有专业水平的应用程序。

- 编译输出应用广泛：调试完毕后，即可将程序打包成可执行文件，生成的可执行文件可脱离 Authorware 7.0 在 Windows 环境中运行。

⑪.2　Authorware 7.0 的工作界面

Authorware 7.0 安装完成后，执行【开始】|【所有程序】| Macromedia | Macromedia Authorware 7.0 命令，即可打开 Authorware 7.0 的工作界面，如图 11-1 所示。Authorware 7.0 具有图形化的操作界面和各种简单易用的媒体设置工具，可以很方便地通过选择命令或拖动图标来创建多媒体程序，从而大大提高了创作效率。

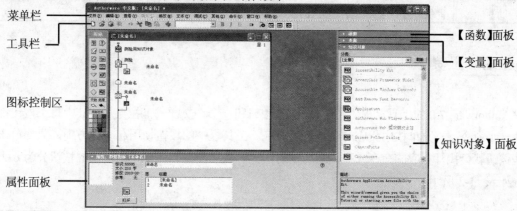

图 11-1　Authorware 7.0 的工作界面

由图 11-1 可以看出，Authorware 7.0 的窗体结构主要包括 6 个部分，分别是菜单栏、工具栏、图标控制区、设计窗口、【属性】面板和右侧面板，下面分别介绍这 6 个部分。

⑪.2.1　菜单栏

Authorware 7.0 的菜单栏包含 11 个菜单，在菜单的部分选项中又包含有子菜单，提供了文件操作、编辑、窗口设置、运行控制等一系列的命令和选项，如表 11-1 所示。

表 11-1　菜单栏选项及其相应功能

菜 单 选 项	提供的子菜单及其功能
【文件】	提供了用于文件操作的【新建】、【打开】、【保存】、【关闭】、【导入和导出】、【页面设置】和【发送邮件】等菜单选项
【编辑】	提供了常用的编辑操作，如【撤销】、【剪切】、【复制】、【粘贴】、【选择全部】和【查找】等工具
【查看】	提供了控制当前图标、各工具栏及网格的隐藏及显示状态等功能
【插入】	提供了插入【图标】、【图像】、【OLE 对象】、【控件】和【媒体】等功能

（续表）

菜 单 选 项	提供的子菜单及其功能
【修改】	提供了修改文件和图标属性、【排列】、【群组】和【取消群组】等选项
【文本】	提供了文字设置所需的【字体】、【大小】、【风格】和【对齐】等选项
【调试】	提供了对程序的运行和测试进行控制的选项
【其他】	提供了【库链接】、【拼写检查】和其他诸如 WAV 文件向 SWA 文件转化的选项
【命令】	提供了连接 Authorware 在线资源、【RTF 对象编辑器】以及【查找 Xtras】等选项
【窗口】	主要对软件按主界面中的各个面板和窗口进行控制
【帮助】	提供了内容翔实、功能强大的在线帮助选项

11.2.2 工具栏

Authorware 7.0 的工具栏提供了 17 个工具按钮和一个正文样式下拉菜单，其中每个按钮都代表一个命令，与菜单栏中相应的菜单选项对应。工具栏中的按钮使用起来很方便，只要单击这些按钮就会执行相应的命令或弹出相应的对话框。从功能上，可以将工具栏的按钮分为 6 大类，如表 11-2 所示。

表 11-2　工具栏按钮及其功能

工具栏按钮		相 应 功 能
文件操作类	【新建】	新建一个 Authorware 文件或库
	【打开】	打开一个已经存在的文件或库
	【保存】	对文件或库保存但不退出编辑状态
	【导入】	用于向流程线、显示图标或交互图标导入外部的媒体元素
编辑操作类	【撤销】	撤销最近一次的操作
	【剪切】	将当前选择的内容剪切到剪贴板上
	【复制】	将当前选择的内容复制到剪贴板上
	【粘贴】	配合【剪切】和【复制】，将剪贴板上内容粘贴到指定位置
	【查找】	用于查找特定的对象
文本样式类	【文本风格】下拉列表框	选择文本样式，以应用到当前选择的文本中
	【粗体】	将当前选择文本的字体转换为粗体
	【斜体】	将当前选择文本的字体转换为斜体
	【下划线】	为当前选择文本的字体加上下划线
程序运行类	【重新开始】	运行当前正在编辑的 Authorware 多媒体程序
	【控制面板】	单击该按钮，将会弹出【控制面板】对话框以调试程序

（续表）

工具栏按钮		相 应 功 能
函数变量类	【函数窗口】	单击将弹出【函数窗口】，其中列出了所有的系统函数、自定义函数以及函数的描述
	【变量窗口】	单击将弹出【变量窗口】，其中列出了所有的系统变量、自定义变量以及变量的描述
知识对象类	【知识对象】	单击将弹出【知识对象窗口】，该窗口中列出了 Authorware 提供的所有知识对象

11.2.3 图标控制区

图标控制区位于工作界面的左侧，是 Authorware 7.0 流程线的核心组件，如图 11-2 所示，包括 14 个设计图标、【开始旗帜】图标、【结束旗帜】图标和【图标色彩】调色板。设计图标是构成 Authorware 多媒体应用程序的基本元素，在设计中有着及其重要的作用，可以完成程序的计算、显示、判断和控制等功能。【开始旗帜】和【结束旗帜】主要用于控制程序执行的起始位置和结束位置。【图标色彩】调色板用于为图标着色。

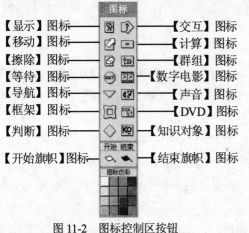

【显示】图标 ———
【移动】图标 ———
【擦除】图标 ———
【等待】图标 ———
【导航】图标 ———
【框架】图标 ———
【判断】图标 ———

——【交互】图标
——【计算】图标
——【群组】图标
——【数字电影】图标
——【声音】图标
——【DVD】图标
——【知识对象】图标

【开始旗帜】图标 ——— ——【结束旗帜】图标

图 11-2 图标控制区按钮

 提示

在最下端的【图标色彩】调色板中 Authorware 7.0 提供了 16 种图标颜色，用于对图标区的各种图标设置颜色，使它们以不同的颜色显示在流程线上，以区分其层次性、重要性或特殊性。

11.2.4 设计窗口

设计窗口是 Authorware 7.0 的程序设计中心，Authorware 对流程设计的可视化主要就体现在设计窗口中。设计窗口位于 Authorware 7.0 的主窗口中，在设计过程中，一个打开的程序可以拥有一个或多个设计窗口。从图 11-1 可以看到，设计窗口中左侧有一条垂直的直线，该直线称为主流程线，主流程线的两端有两个矩形标志，上端标志用于标记流程的开始，底端的矩形用来标记流程的结束。

在主流程线的左侧有一个手形标记，称之为【粘贴手】。在设计窗口的任意位置单击，就可以跳至相应的位置。粘贴手主要是为了粘贴操作定位而设计的，它有两个功能：一是指示要从剪贴板上粘贴某一设计图标在流程图上的位置，另一种功能就是用于指示可以在当前位置沿何种流向放置下一个设计图标。

Authorware 7.0 的设计窗口具有以下特点。

- 标题栏与其他 Windows 应用程序窗口的标题栏类似，只是【最大化】按钮永远是灰色禁用的。
- 在任何时刻，当前设计窗口只能有一个，其标题栏会高亮显示。
- 单击某图标或图标的标题可选中该图标及其标题，该图标及其标题会以反色显示。
- 设计窗口右上角的数字表示该设计窗口所处的层次。双击窗口中任何一个群组图标将会打开下一层设计窗口，并显示出该群组图标的内容。
- 第一层设计窗口的标题是当前打开的程序文件名，以下各层设计窗口分别以各自所属的群组图标的标题命名。
- 第一层设计窗口的矩形开始标志和结束标志代表整个程序的起点和终点；以下各层设计窗口的矩形开始标志和结束标志分别代表一个群组的入口和出口。
- 执行粘贴操作时，剪贴板上的内容将会复制到手形插入指针所处的位置。

11.2.5 属性面板

属性面板位于 Authorware 7.0 的工作界面的下方，用于对文件和图标的属性进行设置。在程序流程线上选择不同的图标时，将打开不同的属性面板。对于属性面板，用户可以执行下列操作。

- 若要关闭属性面板，可右击该面板的标题栏，在弹出的快捷菜单中执行【关闭】命令。
- 若要折叠属性面板，可直接单击其标题栏(或选择标题栏快捷菜单中的【塌陷】选项)。再次单击可展开属性面板(或选择标题栏快捷菜单中的【折叠】选项)。
- 若要移动属性面板的位置，可将光标定位在其标题栏左侧的位置，待光标变为十字形状时，拖动属性面板到适当位置即可。
- 若要在属性面板关闭后，再次打开属性面板。可以执行【修改】|【文件】|【属性】命令(此命令会打开当前文件的属性面板)；也可以在流程线上选择图标后，执行【修改】|【图标】|【属性】命令，直接打开该图标的属性面板。

11.2.6 右侧面板

右侧面板包含【函数】面板、【变量】面板和【知识对象】面板，默认状态下，这 3 个面板是关闭的，用户可通过【窗口】|【面板】命令来打开和关闭这些面板。

11.3　Authorware 7.0 的基本操作

Authorware 7.0 创建多媒体是基于图标的创作方式，该软件提供了许多图标快捷方式，如即拖即放的设计图标，灵活方便的工具按钮等。熟练掌握图标的基本操作是进行多媒体创作的基本功。

11.3.1　添加和命名图标

添加图标的方法很简单，在图标控制区相应图标上单击并按下鼠标左键，然后拖拽到流程线上相应位置释放鼠标，流程线上会出现一个【未命名】的图标。

要对图标命名，只需单击图标，图标右边的名称将以反白显示，可根据需要为该图标键入名称。输入完成后，单击设计窗口其他位置或按回车键确认。

另外，流程线上的图标可以是任意多个，并且图标的名称可以是重复的。不过，为了以后的检查方便，最好给图标以醒目的名称。

11.3.2　插入和编辑图标

设计窗口中流程线左侧的手形标志是用来定位图标插入位置的，在选定的位置单击鼠标，手形标志将会移动到该位置，这时即可添加图标。

图标的编辑操作主要包括选择图标、恢复和删除图标、移动图标、复制图标、粘贴图标、设置图标属性以及图标的群组等操作。

- ◉ 要选择单个图标，只需用鼠标单击该图标即可，该图标将高亮显示。要选择多个连续的图标，可以用框选法，也就是用鼠标在设计窗口中拖动出一个窗口，那么该窗口中所有的图标都将被选中。要选择多个不连续图标，则按下 Shift 键，同时再单击其他要选择的图标。如图 11-3 所示，显示了这 3 种不同的选择方法。

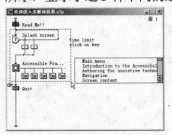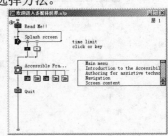

图 11-3　图标的 3 种选择方法

- ◉ 要删除某个或某部分图标，只需首先选中这些图标，然后按下 Delete 键即可。要取消上次操作，按下 Ctrl+Z 组合键即可。
- ◉ 要移动图标，只需在流程线上选择指定的图标，然后按住鼠标左键并将其拖动到目标位置即可。

提示

移动图标一般只能对单个图标进行，多个图标只能采取剪切/粘贴操作或先进行图标归组再移动，然后再解组。

⊙ 复制图标的操作与 Windows 中复制文字的操作相似。首先选择图标，按下 Ctrl+C 组合键，即可实现图标的快速复制，配合 Ctrl+V 键可以快速将图标粘贴到指定位置。也可以使用【常用】工具栏中的【复制】按钮、【粘贴】按钮，或【编辑】菜单中的【复制】、【粘贴】、【清除】等命令来实现上述操作。

⊙ 要更改图标的属性，可以在菜单栏执行【修改】|【图标】|【属性】命令，将会打开图标的【属性】面板，通过该面板来设置图标的属性，也可以执行【修改】|【图标】|【计算】命令，为图标附加一个计算脚本。

11.3.3 图标的群组功能

图标的群组在流程线的编辑中非常有用，使用这一功能，Authorware 7.0 将令人眼花缭乱的流程图变得十分清晰，这也在一定程度上大大简化了设计窗口的空间。要将两个或多个图标群组，首先选择它们，然后执行【修改】|【群组】命令，图标群组后，将会变为一个【群组】图标，图标默认为【未命名】，也可以对该群组图标重新命名。如果要将其中的图标释放出来，可执行【修改】|【取消群组】命令。

提示

每一个【群组】图标通常拥有自己的流程线，如图 11-4 所示，双击群组图标，屏幕又将弹出一个窗口，标题为【群组图标】(第二级窗口)。在第二级窗口中，同样也有流程线，当遇到一个【群组】图标时，程序将先执行图标内部的流程线，当执行完最后一个图标时，将退出该【群组】图标，执行第一级设计窗口中的下一个图标。在【群组】图标内可以放置各种图标，包括下一级的【群组】图标，这样 Authorware 7.0 的设计空间将得到不断扩展。

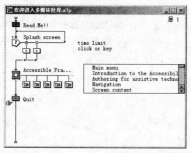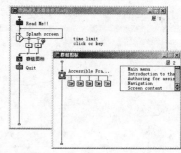

图 11-4　群组前后设计窗口对比

11.4　上机练习

本章主要介绍了 Authorware 7.0 的功能和基本操作方法，本次上机练习通过一个具体实例，使读者进一步熟悉 Authorware 7.0 的基本使用方法。

1．本例说明

本例的运行过程可分为【欢迎部分】、【动画部分】和【视频部分】3 个群组。

- 欢迎部分：首先在屏幕上出现一幅背景画面，然后出现"祝你生日快乐！ 特别的爱，给特别的你！"几个文字并从小到大逐渐显示出来，同时播放背景音乐。音乐结束后，将消除屏幕上的文字。
- 动画部分：接下来以各种精美图片播放一段动画。
- 视频部分：播放一段影片。

2．本例知识点

- 文本显示模式的使用。
- 内容的展示与切换。
- 使用图标，包括【显示】图标、【声音】图标、【电影】图标等图标的设置方法。
- 程序的调试、修改与保存。

3．制作步骤

(1) 启动 Authorware 7.0 应用程序，选择【新建】|【文件】命令，新建一个程序文件。单击工具栏中的【保存】按钮，将文件保存为【生日快乐.a7p】。

(2) 选择【修改】|【文件】|【属性】命令，工作界面的底部将会出现【属性：文件】面板，设置窗口的背景色为粉红色，大小设置为 640×480，选中【屏幕居中】、【标准外观】等选项，如图 11-5 所示。然后删除【部分】按钮。

图 11-5　设置窗口属性

(3) 接下来制作片头部分，也就是多媒体的【欢迎部分】。从图标控制区中拖动【群组】图标到设计窗口的主流程线上，并将该群组图标重新命名为【欢迎部分】，如图 11-6 所示。

(4) 在设计窗口中双击【欢迎部分】图标，将会打开【层 2】为标记的第二层设计窗口。从图标控制区拖动【声音】图标到【欢迎部分】的设计窗口中，并将该图标命名为【背景音乐】，如图 11-7 所示。

图 11-6　添加群组

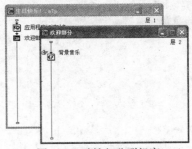

图 11-7　欢迎部分群组窗口

（5）双击该图标，工作界面的底部将会出现该图标的属性面板，如图 11-8 所示。单击【导入】按钮，将会打开【导入哪个文件？】对话框。在本地磁盘中选择某个音乐文件作为本例的背景音乐，单击【确定】按钮，如图 11-9 所示。在【执行方式】下拉列表中选择【同时】，这样音乐响起时下面图标内容会同时进行，而不是等到音乐完成后再执行。需要注意的是导入的音乐文件格式必须为 Authorware 7.0 支持的格式才可以。

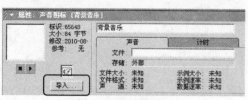

图 11-8　属性面板

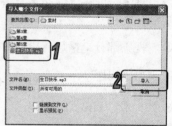

图 11-9　导入文件

（6）从图标控制区拖动【显示】图标到【声音】图标下方，并将其命名为【背景图片】。双击【背景图片】图标，便会进入 Authorware 7.0 的演示窗口，然后单击【插入】菜单下的【图像】命令，屏幕上就会打开【属性：图像】对话框，如图 11-10 所示。

（7）单击【导入】按钮，系统将打开【导入哪一个文件？】对话框，在【查找范围】下拉列表框和下面的文件列表框查找图形文件，然后双击该文件即可将其插入，插入后用户可使用鼠标调整图片的大小使其和演示窗口的大小吻合，效果如图 11-11 所示。

图 11-10　【属性：图像】对话框

图 11-11　演示窗口

（8）从图标控制区拖动一个【显示】图标到【背景图片】图标下方，并定义该图标为【文本】，如图 11-12 所示。双击【文本】图标使用编辑工具箱的【文本】工具在演示窗口中输入文字"祝你生日快乐！特别的爱，给特别的你！"，并使用字体工具设置文字的大小、颜色和位置，效果如图 11-13 所示。

图 11-12　添加文本图标

图 11-13　文字效果

(9) 为使文本动态方式显示,选择【文本】图标,在其【属性】面板中,单击【特效】右侧按钮,将会打开【特效方式】对话框,如图 11-14 所示,选择特效方式为【以点式由内往外】,将【周期】设置为 2,【平滑】设置为 1。

(10) 在【文本】图标下,添加一个【等待】图标,在其【属性】面板中将【时间】设置为 2,如图 11-15 所示。

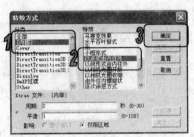

图 11-14 【特效方式】对话框

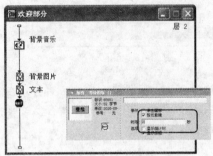

图 11-15 设置等待时间

(11) 在【等待】图标下,添加一个命名为【清除屏幕】的【擦除】图标。在【属性】面板中单击【被擦除的图标】单选按钮,在屏幕出现的【演示窗口】中单击【祝你生日快乐! 特别的爱,给特别的你! 】文字。同样,也可以对擦除方式设置特效。

(12) 到此为止,【欢迎部分】已经制作完成,其流程如图 11-16 所示。Authorware 7.0 创建多媒体的优点之一就是可以边创建边调试。单击工具栏的【运行】按钮来对程序进行试运行,如图 11-17 所示,也可以单击【控制面板】的【显示跟踪】按钮,利用打开的【控制面板】对程序进行单步调试,以便从中发现错误并进行修改。

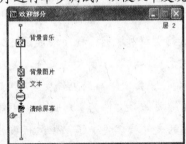

图 11-16 流程图

图 11-17 运行效果

(13) 同步骤(4)一样,在【欢迎部分】群组下添加命名为【动画部分】的群组图标,双击【动画部分】图标,打开其第二层设计窗口。

(14) 拖动 3 个【显示】图标到【动画部分】设计窗口中,分别命名为【图片 1】、【图片 2】、【图片 3】,并插入不同的图片。单击【图片 1】图标,然后在【属性】面板中设置其【特效】方式为【马赛克效果】,如图 11-18 所示。按照同样的方法,分别设置【图片 2】的【特效】效果为【水平百叶窗式】,【图片 3】的【特效】效果为【以点式由内向外】。

(15) 在 3 个【显示】按钮之间插入 3 个【等待】按钮,并将其时间都设置为 3 秒,然后分别在【欢迎部分】复制【等待】图标和【擦除】图标,并在【动画部分】设计窗口中【图片 3】

图标后的位置粘贴。用于清除屏幕，如图 11-19 所示。

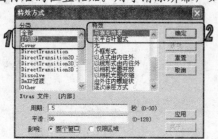

图 11-18　设置特效

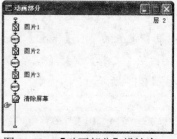

图 11-19　【动画部分】设计窗口

(16) 最后，来设计一下视频部分，在【动画部分】后添加命名为【视频部分】的群组图标。双击打开【视频部分】的设计窗口，首先添加一个命名为【电影】的【数字电影】图标，打开它的【属性】面板，单击【导入】按钮，在程序中导入剪切的影片，如图 11-20 所示。

(17) 然后在【电影】图标后添加一个命名为【退出程序】的【计算】图标。双击该【计算】图标，在弹出的【退出程序】对话框中输入系统函数 "QUIT()"，如图 11-21 所示，即可在电影播放完毕后完全退出程序。

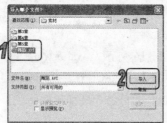

图 11-20　导入电影文件

图 11-21　输入函数

(18) 程序的设计部分已经全部完成，剩下的就是对程序进行调试和运行。程序经调试达到要求后，可选择【文件】|【保存】命令，将文件保存起来。对于"体积"比较大的文件，复制和转移起来很不方便，Authorware 7.0 还提供了压缩保存的方式，它会使编写的文件变得很小。选择【文件】|【压缩保存】命令，Authorware 7.0 会打开【压缩并保存文件为】对话框，用保存文件的方式可以将其压缩保存。需要注意的是经过压缩保存的文件虽然变小了，但运行该程序时，它的速度会有所减慢。

11.5　习题

1. 简述 Authorware 7.0 的功能和特点。
2. 使用 Authorware 7.0 制作一个简单的多媒体程序。
3. 通过实践了解【图标】区各种图标的用途。

多媒体技术综合实例

学习目标

本书主要介绍了多媒体技术的基础知识和相关的多媒体设计软件的基本使用方法，这些软件包括 Word 2007、Cool 3D、Photoshop、Adobe Audition、Flash、Premiere Pro、PowerPoint 2007 和 Authorware。通过对本书的学习，读者应能熟练地使用这些软件进行多媒体素材的创作。本章结合前面学过的知识，制作一些特殊实例，以使读者更加熟练地使用相关软件。

本章重点

- ◉ 使用 Word 制作精美菜谱
- ◉ 使用 Photoshop 制作泡泡效果
- ◉ 使用 Flash 制作卷轴画效果
- ◉ 使用 Premiere Pro 制作镜头光晕特效
- ◉ 使用 PowerPoint 制作公司简介
- ◉ 使用 Authorware 制作化学课件

12.1 使用 Word 制作精美菜谱

本节使用 Word 2007 来制作一份图文并茂的【家常菜谱】，帮助用户巩固本书所学习的有关 Word 2007 方面的内容。

(1) 启动 Word 2007，创建新文档保存为【家常菜谱】文档。打开【视图】选项卡，在【显示比例】选项组中单击【单页】按钮，文档将以整页的形式显示，如图 12-1 所示。

(2) 打开【页面布局】选项卡，在【页面背景】选项组中，单击【页面颜色】按钮，在弹出的菜单中选择【填充效果】命令，打开【填充效果】对话框。

(3) 打开【渐变】选项卡，在【颜色】选项区域中选择【双色】单选按钮，在【颜色1】下拉列表框中选择【红色】，在【颜色2】下拉列表框中选择【橙色】，在【底纹】选项区域中选择【斜上】单选按钮,如图 12-2 所示。

(4) 单击【确定】按钮,返回文档窗口,即可查看为页面设置的填充效果,如图 12-3 所示。

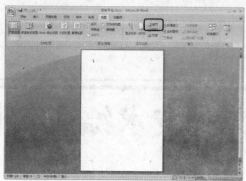

图 12-1　整页显示

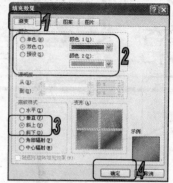

图 12-2　选择背景的填充颜色

(5) 在【页面背景】选项组中,单击【页面边框】按钮,打开【边框和底纹】对话框的【页面边框】选项卡,在【设置】选项区域中选择【方框】选项,在【艺术型】下拉列表框中选择一种样式,设置完成后单击【确定】按钮,如图 12-4 所示。

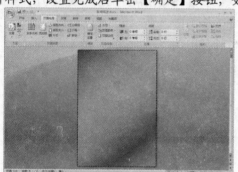

图 12-3　应用填充效果

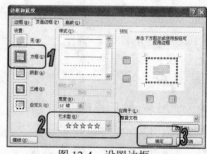

图 12-4　设置边框

(6) 返回文档窗口,此时设置好的页面边框如图 12-5 所示。

(7) 打开【插入】选项卡,在【文本】选项组中单击【艺术字】按钮,从打开的艺术字库列表中选择一种样式,如图 12-6 所示。

图 12-5　添加页面边框

图 12-6　选择艺术样式

(8) 打开【编辑艺术字文字】对话框,在【字体】下拉列表框中选择【华文新魏】选项,在【字号】下拉列表框中选择 66,单击【加粗】按钮,并在【文字】列表框中输入"家常菜谱",最后单击【确定】按钮,即可在文档中插入艺术字,如图 12-7 所示。

(9) 右击插入的艺术字，在弹出的快捷菜单中选择【设置艺术字格式】命令，打开【设置艺术字格式】对话框。打开【版式】选项卡，在【环绕方式】选项区域中选择【浮于文字上方】选项，设置艺术字的环绕方式，然后单击【确定】按钮，如图 12-8 所示。

图 12-7　设置艺术字选项　　　　　　　　　图 12-8　设置艺术字颜色

(10) 完成制作标题艺术字，拖动艺术字到适当的位置并调整其大小，效果如图 12-9 所示。打开【插入】选项卡，在【插图】选项组中单击【图片】按钮，打开【插入图片】对话框，选择素材中的【灯笼】图片，如图 12-10 所示。

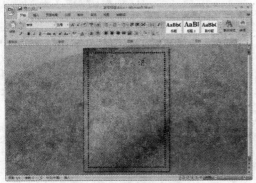
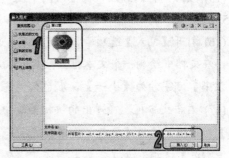

图 12-9　标题艺术文字的效果　　　　　　　　图 12-10　插入图片

(11) 单击【插入】按钮，插入图片，在【格式】选项卡中单击【重新着色】按钮，将图片外围的白色部分设置为透明，然后在【排列】选项组中单击【文字环绕】按钮，选择【浮于文字上方】命令，如图 12-11 所示。

(12) 设置完成后，调整图片的大小和位置，然后再次插入同一张图片并调整其大小和位置，效果如图 12-12 所示。

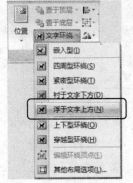

图 12-11　设置环绕格式　　　　　　　　　图 12-12　调整图片后的效果

(13) 打开【插入】选项卡，在【插图】选项组中单击【形状】按钮，选择【圆角矩形】，然后在文档中绘制一个圆角矩形。此时在【格式】选项卡的【形状样式】选项组中单击【填充】按钮右侧的三角按钮，选择【其他填充颜色】命令，如图 12-13 所示。

(14) 在【打开】的【颜色】对话框中选择一种颜色，然后将【透明度】设置为 80%，如图 12-14 所示。

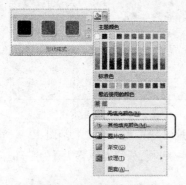

图 12-13　设置填充颜色

图 12-14　【颜色】对话框

(15) 按照同样的方法，再插入两个圆角矩形，然后调整这些矩形的大小和位置，效果如图 12-15 所示。

(16) 打开【插入】选项卡，在【文本】选项组中单击【文本框】按钮，选择【绘制文本框】命令，在文档中绘制一个文本框，然后输入文字"精品小菜"。选择所输入的文字，设置字体为【隶书】，字号为【小一】，颜色为【深蓝】。

(17) 右击文本框，在弹出的快捷菜单中选择【设置文本框格式】命令，打开【设置文本框格式】对话框，选择【颜色与线条】选项卡，在【填充】选项区域的【颜色】下拉列表框中选择【无颜色】选项，在【线条】选项区域的【颜色】下拉列表框中选择【无颜色】选项，设置完成后单击【确定】按钮，如图 12-16 所示。

图 12-15　插入圆角矩形后的效果

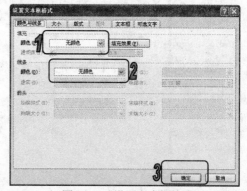

图 12-16　设置文本框格式

(18) 设置完成后，调整文本框的位置和大小，然后在文本框中输入精品小菜的名称和价格，设置其字体为【华文行楷】，字号为【四号】，颜色为【黄色】，效果如图 12-17 所示。

(19) 使用同样的方法，插入另外两个文本框，并在文本框中输入相应的内容，最终效果如图 12-18 所示。

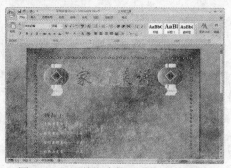

图 12-17 调整文本框和文字后的效果

图 12-18 输入所有菜名后的效果

(20) 打开【插入】选项卡，在【插图】选项组中单击【形状】按钮，选择【流程图：资料带】，然后在文档中绘制该图形，并对该图形进行适当的旋转、调整其大小和位置、设置其填充颜色为【橙色】，效果如图 12-19 所示。

(21) 在【插图】选项组中单击【图片】按钮，打开【插入图片】对话框，选择素材中的【地图】图片，如图 12-20 所示。

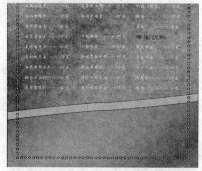

图 12-19 插入并调整形状

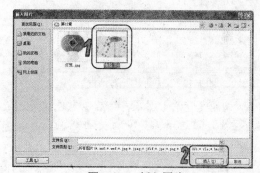

图 12-20 插入图片

(22) 单击【插入图片】按钮，插入图片，然后将图片的环绕方式设置为浮于文字上方，并调整图片的位置和大小效果如图 12-21 所示。

(23) 继续插入文本框，并设置为无填充颜色和线条颜色，然后输入对应的文字并设置其字体和大小，最终效果如图 12-22 所示。

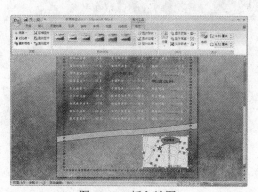

图 12-21 插入地图

图 12-22 最终效果展示

12.2　使用 Photoshop 制作泡泡效果

Photoshop CS5 具有强大的图片处理功能，本节使用 Photoshop CS5 来制作一个泡泡的照片效果，以此来温习和巩固 Photoshop CS5 的基本使用方法。

(1) 启动 Adobe Photoshop CS5，选择【文件】|【新建】命令，打开【新建】对话框，设置【宽度】为【500 像素】，【高度】为【400 像素】，色彩模式为【RGB 颜色】、【16 位】，如图 12-23 所示。

(2) 单击【确定】按钮，新建文件，单击【图层】面板中的【创建新图层】按钮，创建【图层 1】，如图 12-24 所示。

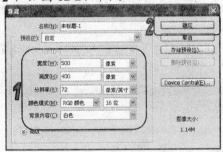

图 12-23　【新建】对话框

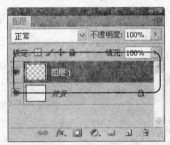

图 12-24　创建新图层

(3) 选择【背景】图层，然后以黑色填充。选中【图层 1】，选择工具箱中的【椭圆选框工具】，按住 Alt+Shift 键，在画布中绘制一个正圆，如图 12-25 所示。

(4) 用白色填充正圆选区，然后选择【选择】|【修改】|【羽化】命令，打开【羽化选区】对话框，然后把【羽化半径】设置为 6，如图 12-26 和图 12-27 所示。

图 12-25　绘制正圆

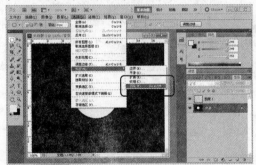

图 12-26　选择【羽化】命令

(5) 单击【确定】按钮，羽化选区，然后按下键盘上的 Delete 键，删除选区中的内容，效果如图 12-28 所示。

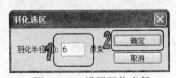

图 12-27　设置羽化半径

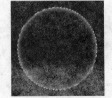

图 12-28　删除选区后的效果

(6) 按 Ctrl+D 键取消选区，接下来使用画笔工具为泡泡加上高光部分。单击【图层】面板中的【创建新图层】按钮，创建【图层 2】，如图 12-29 所示。

(7) 将前景色设置为白色，选择工具箱中的【画笔】工具，然后单击属性栏中的【画笔预设选取器】，在弹出的调板中将画笔的大小设置为 12，如图 12-30 所示。

图 12-29　创建新图层

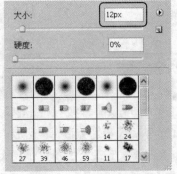

图 12-30　设置画笔大小

(8) 将不透明度设置为 70%，流量为 100%，然后在正圆中画出高光部分，绘制高光时，用户可按下键盘上的中括号键调整画笔的大小，绘制高光后的效果如图 12-31 所示。

(9) 选中【图层 2】，然后按下 Ctrl+E 键，向下合并【图层 1】和【图层 2】，此时【图层】面板中的效果如图 12-32 所示。

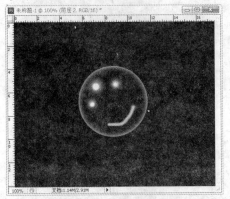

图 12-31　绘制高光部分

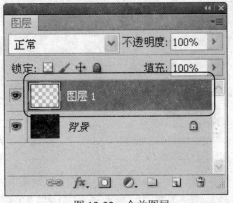

图 12-32　合并图层

(10) 选择【图像】|【调整】|【反相】命令，如图 12-33 所示，然后将【背景】层隐藏，即可看到绘制好的泡泡图像，如图 12-34 所示。

图 12-33　反相图像

图 12-34　隐藏背景层

(11) 选择【编辑】|【定义画笔预设】命令，打开【画笔名称】对话框，然后将画笔名称设置为【泡泡】，如图 12-35 和图 12-36 所示。

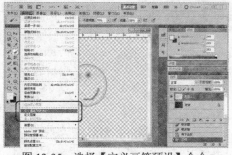

图 12-35　选择【定义画笔预设】命令

图 12-36　【画笔名称】对话框

(12) 单击【确定】按钮，然后选择工具箱中的【画笔】工具，按下 F5 键打开【画笔调板】窗口，在【画笔预设】选项中，将大小设置为 60，如图 12-37 所示。

(13) 选择【画笔笔尖形状】选项，将【间距】设置为 181%，如图 12-38 所示，选择【形状动态】选项，将【大小抖动】设置为 100%，如图 12-39 所示。

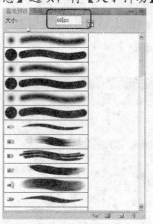

图 12-37　设置画笔大小

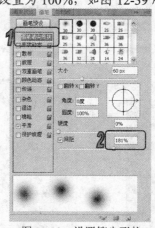

图 12-38　设置笔尖形状

图 12-39　设置形状动态

(14) 选择【散布】选项，选中【两轴】复选框，并设置数值为 1000%，如图 12-40 所示。关闭【画笔调板】窗口，然后选择【文件】|【打开】命令，打开【打开】对话框，在该对话框中选择一幅要添加泡泡效果的图片，如图 12-41 所示。

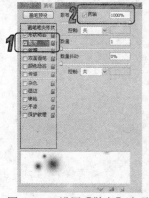

图 12-40　设置【散布】选项

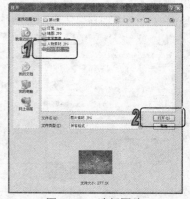

图 12-41　选择图片

(15) 单击【打开】按钮，打开该图片，如图 12-42 所示，然后选择【画笔】工具，在图片中拖动鼠标，即可添加栩栩如生的泡泡效果了，如图 12-43 所示。

图 12-42　打开图片

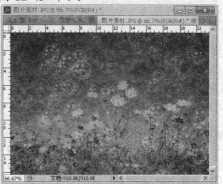
图 12-43　添加泡泡效果

12.3　使用 Flash 制作卷轴画效果

本节使用 Flash 来制作一个卷轴画效果，以使读者温习图层、补间动画、关键帧、遮罩动画、图形绘制等方面的知识。

(1) 启动 Flash CS5，新建一个 Flash 文档。

(2) 选择【文件】|【导入】|【导入到库】命令，打开【导入到库】对话框，然后选择一幅要导入的图片，如图 12-44 和图 12-45 所示。

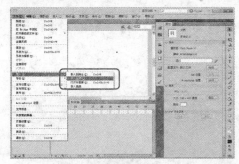
图 12-44　选择【导入到库】命令

图 12-45　【导入到库】对话框

(3) 单击【打开】按钮，将图片导入到【库】中，然后选中【图层 1】的第 1 帧，将图片从库中拖动至舞台，并调节图片和舞台使之大小相等，如图 12-46 所示。

(4) 选中图片，然后按下 F8 键，打开【转换为元件】对话框，将图片转化为【影片剪辑】，如图 12-47 所示。

(5) 单击【确定】按钮，关闭【转换为元件】对话框，然后在时间轴的第 90 帧处按下 F5 键，插入帧。

(6) 在【图层 1】的上方新建【图层 2】，然后复制【图层 1】的第 1 帧，将其粘贴在【图层 2】的第一帧处，效果如图 12-48 所示。

图 12-46　导入并调整图片

图 12-47　转换为影片剪辑元件

(7) 在舞台中选中这个影片剪辑元件 1，然后在【属性】栏中展开【滤镜】选项，单击【添加滤镜】按钮，选择【模糊】选项，如图 12-49 所示。

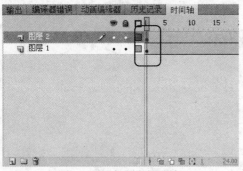

图 12-48　复制和粘贴帧

图 12-49　添加滤镜

(8) 接下来设置模糊的 X 轴和 Y 轴的参数为 15，【品质】为【高】，如图 12-50 所示。此时舞台中的画面效果如图 12-51 所示。

图 12-50　设置模糊滤镜的参数

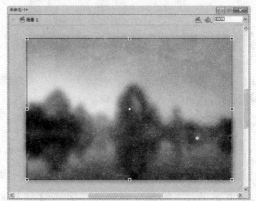

图 12-51　添加滤镜后的效果

(9) 在【图层 2】上新建【图层 3】，然后选择工具箱中的【矩形工具】，用矩形工具在舞台中绘制一个和舞台大小一样的长方形(本例中舞台的大小为 600×400)，选中这个图形，然后属性栏里将它的 X 轴和 Y 轴的坐标都设置为 0，如图 12-52 所示。

(10) 在【图层 3】的第 90 帧处按下 F6 键插入关键帧，然后在【属性】面板中，将它的 X

轴的坐标设置为 600(即是使之向右平移了 600 个像素)，再在第 1 帧与第 90 帧之间，任意选中一帧，然后右击鼠标，选择【创建补间形状】命令，如图 12-53 所示，创建形状补间动画。

图 12-52　设置坐标

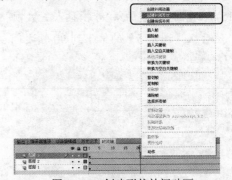

图 12-53　创建形状补间动画

(11) 选中【图层 3】右击鼠标，然后选择【遮罩层】命令，创建一个遮罩动画，使【图层 3】对【图层 2】进行遮罩，如图 12-54 所示。

(12) 在【图层 3】上面新建【图层 4】，复制【图层 1】的第 1 帧，粘贴到【图层 4】的第 1 帧，然后在【图层 4】的第 90 帧按 F6 键插入关键帧，如图 12-55 所示。

图 12-54　创建遮罩层

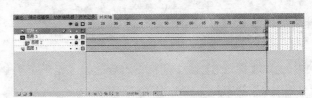

图 12-55　插入关键帧

(13) 在【图层 4】上面新建【图层 5】，然后选择第 1 帧，在工具栏中选择【矩形工具】，在【属性】面板中，把轮廓颜色设为无，如图 12-56 所示。接下来选择填充颜色，在【颜色】面板上选择【线性渐变】，设置全部为白，然后如图 12-57 所示设置参数，在第一个位置的透明度为 0%，第二个位置为 50%，第三个位置的透明度为 0%，第四个位置的透明度为 30%，第五个位置为 0%。

图 12-56　设置轮廓颜色

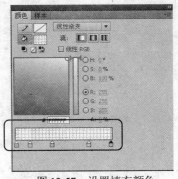

图 12-57　设置填充颜色

计算机 基础与实训教材系列

(14) 选中【图层 5】的第一帧，在舞台中用矩形工具绘制一个矩形，宽(即为卷轴的宽度)为 40，高为舞台的高度(本例为 400)，坐标位置 X，Y 为(0，0)，如图 12-58 所示。

(15) 在【图层 5】的第 90 帧插入关键帧，并设置卷轴的 X，Y 位置为(600，0)，如图 12-59所示，然后在【图层 5】的第 1 到 90 帧之间创建形状补间。

图 12-58　设置卷轴的大小和坐标

图 12-59　设置 90 帧处的坐标

(16) 在【图层 5】上新建【图层 6】，选择【图层 5】的所有帧，右击鼠标，选择【复制帧】，然后选择【图层 6】的第一帧，右击鼠标选择【粘贴帧】，此时时间轴如图 12-60 所示。

图 12-60　时间轴

(17) 选中【图层 5】右击鼠标，然后选择【遮罩层】命令，创建一个遮罩动画，使【图层5】对【图层 4】进行遮罩，如图 12-61 所示。

(18) 分别选择【图层 4】的第 1 帧和第 90 帧上的元件，在【属性】面板中将其 Alpha 值设置为 39%，如图 12-62 所示(本步操作的目的是便于下一步的调节，调节完成后，仍会调回原样)。

图 12-61　创建遮罩层

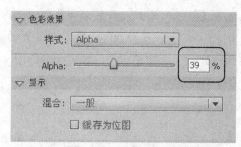
图 12-62　调整 Alpha 值

(19) 选择【图层 4】的第 1 帧，然后选中舞台中的【元件 1】这个影片剪辑，选择【修改】|【变形】|【水平翻转】命令，水平翻转图片，然后拖动该元件使其和【图层 1】的元件以卷轴的左侧为中心对称，如图 12-63 所示。

(20) 同理调整【图层 4】的第 90 帧处的元件，使其和【图层 1】的元件以卷轴的右侧为中心对称，如图 12-64 所示。

图 12-63　调整第 1 帧处的元件

图 12-64　调整第 90 帧处的元件

(21) 调节完成后，重新将【图层 4】的第 1 帧和第 90 帧上的元件的 Alpha 值设置为 100%，然后在第 1 帧和第 90 帧之间创建传统补间动画，最终的时间轴效果如图 12-65 所示。

图 12-65　时间轴

(22) 到此为止，卷轴动画已制作完成，按下 Ctrl+Enter 键测试影片，一个精美的卷轴效果的动画就呈现在眼前了，如图 12-66 所示。

图 12-66　动画效果展示

⑫.4　使用 Premiere Pro 制作镜头光晕特效

镜头光晕是一种比较常用的视频特效，主要用来表现太阳的光晕效果。本例使用 Adobe

Premiere Pro CS4 制作镜头光晕效果，以此来温习 Adobe Premiere Pro CS4 的基本使用方法。

(1) 启动 Adobe Premiere Pro CS4，打开【新建项目】对话框，在【位置】列表框中设置项目的存储位置，在【名称】文本框中设置文本的名称为【镜头光晕】，如图 12-67 所示。

(2) 单击【确定】按钮，打开【新建序列】对话框，展开 DV-PAL 选项，然后选择 Widescreen 48kHz 选项，如图 12-68 所示。

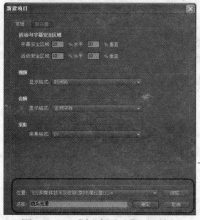
图 12-67 【新建项目】对话框

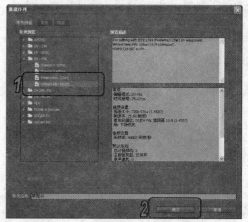
图 12-68 【新建序列】对话框

(3) 单击【确定】按钮，新建项目并打开 Adobe Premiere Pro CS4 的主界面，然后选择【文件】|【导入】命令，如图 12-69 所示。

(4) 在打开的【导入】对话框中选择一张图片(也可以导入一段视频，本例导入一张图片素材来加以说明)，如图 12-70 所示。

图 12-69 选择【导入】命令

图 12-70 【导入】对话框

(5) 单击【打开】按钮，导入图片，此时导入的图片会显示在 Adobe Premiere Pro CS4 的主界面的项目窗口中，如图 12-71 所示。

(6) 将图片素材从【项目】窗口中拖动到【时间线】窗口的【视频1】轨道上，然后右击图片素材，选择【速度/持续时间】命令，打开【素材速度/持续时间】对话框，在该对话框中设置【持续时间】为 10 秒，如图 12-72 所示。

(7) 打开【效果】面板，然后依次展开【视频特效】|【生成】选项，选中其中的【镜头光晕】选项，如图 12-73 所示。

图 12-71 项目窗口

图 12-72 【素材速度/持续时间】对话框

(8) 选中【镜头光晕】选项后，将其拖动到【时间线】窗口的【视频 1】轨道的图片素材上，如图 12-74 所示。

图 12-73 选择特效

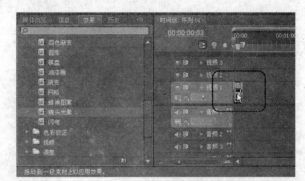

图 12-74 拖动并添加特效

(9) 此时在监视器窗口中可以看到，图片素材上已被加入了光晕效果，如图 12-75 所示。接下来打开【特效控制台】选项卡，设置特效参数。

(10) 将时间线定位在视频的最前端，然后单击【添加/移除关键帧】按钮，添加一个关键帧，并将【光晕中心】的参数值设置为(1000,600)(坐标根据导入图片的尺寸而定，本例导入的图片为 1920×1200)，如图 12-76 所示。

图 12-75 应用光晕后的效果

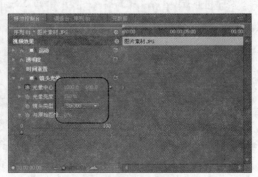

图 12-76 设置参数

计算机 基础与实训教材系列

(11) 将时间线定位在视频的末端，然后单击【添加/移除关键帧】按钮，添加一个关键帧，并将【光晕中心】的参数值设置为(1800,600)(坐标根据导入图片的尺寸而定，本例导入的图片为 1920×1200)，如图 12-77 所示。

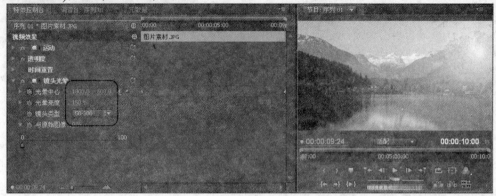

图 12-77　设置视频末端的特效参数值

(12) 设置完成后，按下 Enter 键，渲染视频，如图 12-78 所示，渲染完成后将自动预览和播放视频，效果如图 12-79 所示。

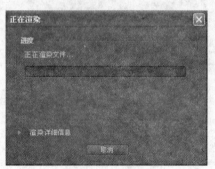

图 12-78　渲染视频

图 12-79　最终播放效果

12.5　使用 PowerPoint 制作公司简介

本节将利用 PowerPoint 来制作一个公司简介，通过本节的制作练习，读者应该更加熟练地掌握 PowerPoint 的基本使用方法。

(1) 启动 PowerPoint 2007，单击 Office 按钮，选择【新建】命令，打开【新建演示文稿】对话框，如图 12-80 所示。

(2) 单击【新建演示文稿】对话框中的【已安装的主题】选项，打开【已安装的主题】选项卡，在该选项卡的【已安装的主题】选项区域中选择【平衡】选项，然后单击【创建】按钮，即可创建基于该模板的演示文稿，如图 12-81 所示。

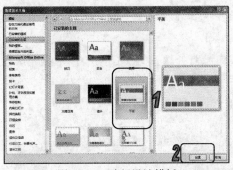

图 12-80　选择设计模板

图 12-81　已创建演示文稿

(3) 单击 Office 按钮，选择【保存】命令 ，打开【另存为】对话框，在【文件名】文本框中输入"公司简介"，然后单击【保存】按钮。

(4) 在【单击此处添加标题】占位符中输入"李扬科技有限公司"，然后将字体设置为【楷体】，大小设置为 50 号字，格式为【加粗】。在【单击此处添加副标题】占位符中输入"今日科技，明日之星"，然后选中此占位符，按住鼠标左键不放，将其拖动到合适的位置，并将字体设置为【隶书】，大小设置为 36 号字，如图 12-82 所示。

(5) 按下 Ctrl + M 组合键，添加一张新的幻灯片，在主标题占位符中输入"公司理念"，将字体设置为【楷体】，大小为 48 号字，格式为【加粗】。在文本占位符中输入如图 12-83 所示的文字，输入完成后，将字体设置为【隶书】，大小为 32 号字，并用鼠标将文本占位符拖动到幻灯片的合适位置。

 提示

每输入一段文字后，按下 Enter 键，系统会自动添加项目符号。

图 12-82　输入文字并设置字体

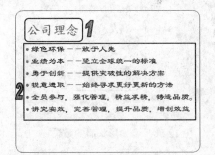

图 12-83　添加新幻灯片

(6) 按 Ctrl + M 组合键，添加一张新的幻灯片，在主标题占位符中输入"公司组织结构"，并将字体设置为【楷体】，大小为 48 号字，格式为【加粗】，如图 12-84 所示。打开【插入】选项卡，在【插图】选项组中单击 SmartArt 选项，如图 12-85 所示，打开【选择 SmartArt 图形】对话框。

图 12-84　设置文本格式

图 12-85　【插图】选项组

计算机 基础与实训教材系列

(7) 在【选择 SmartArt 图形】对话框的左侧列表中选择【循环】选项，然后在中间区域选择【基本射线图】，如图 12-86 所示。

(8) 单击【确定】按钮，即可插入基本射线图。同时打开【设计】选项卡，系统默认插入的射线图包含一个中心和四个分支，如图 12-87 所示。

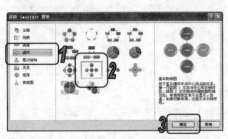
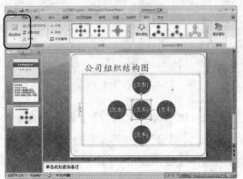

图 12-86　【选择 SmartArt 图形】对话框　　　　图 12-87　插入基本射线图

(9) 用户可单击【设计】选项卡【创建图形】区域的【添加形状】按钮来增加分支的数量，同时如果用户觉得分支太多，可选中某个分支，然后按下 Delete 键可删除选定分支。在此，单击一次【添加形状】按钮，增加一个分支，如图 12-88 所示。

(10) 在【设计】选项卡的 SmartArt 样式组中单击【更改颜色】按钮，然后在弹出的列表中选择【彩色】组中的第 4 个样式，如图 12-89 所示。

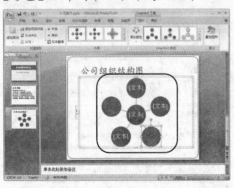
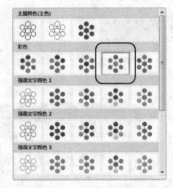

图 12-88　添加形状后的效果　　　　　　　　图 12-89　选择颜色

(11) 在射线图的中心圆中输入"总经理"，在四周的 5 个圆圈中分别输入"技术部"、"策划部"、"人事部"、"销售部"、"财务部"，效果如图 12-90 所示。

(12) 按下 Ctrl + M 键，添加一张新的幻灯片，在主标题占位符中输入"公司概况"，并将字体设置为【楷体】，大小为 48 号字，格式为【加粗】。打开【插入】选项卡，在【插图】选项组中单击【剪贴画】按钮，打开【剪贴画】任务窗格，在【搜索文字】文本框中输入"公司"，然后单击【搜索】按钮，系统开始搜索所有与公司相关的剪贴画。搜索完成后，选择如图 12-91 所示的剪贴画，将该剪贴画插入到幻灯片中。

计算机 基础与实训教材系列

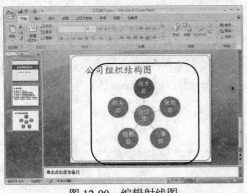

图 12-90　编辑射线图

图 12-91　选择并插入剪贴画

(13) 选中插入的剪贴画，并按住鼠标左键不放，拖动鼠标，将其拖动到合适的位置，然后将光标定位在文本占位符中，按 BackSpace 键，删除掉系统自带的项目符号，并输入如图 12-92 所示的文本。

(14) 单击【插入】选项卡的【文本】选项组中的【文本框】按钮，当鼠标变为向下的箭头时，在幻灯片中绘制一个文本框，然后输入图 12-93 所示的文字，并调节该文本框的大小和位置，最终效果如图 12-93 所示。

图 12-92　输入文本

图 12-93　输入文本框

(15) 此时幻灯片的内容部分已制作完毕，为使幻灯片更加美观，接下来为幻灯片设置背景颜色。打开【设计】选项卡，在【背景】选项组中单击【背景样式】按钮，打开【设置背景格式】对话框，如图 12-94 所示。选中【渐变填充】单选按钮，然后在【预设颜色】下拉列表中选择【熊熊火焰】选项，如图 12-95 所示。

图 12-94　【设置背景格式】对话框

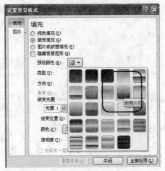

图 12-95　设置填充颜色

(16) 单击【确定】按钮，应用背景颜色，效果如图 12-96 所示。接下来为幻灯片设置动画效果。打开【动画】选项卡，在【切换到此幻灯片】选项组中选择【溶解】选项，在【切换速度】下拉列表框中选择【慢速】选项，取消【单击鼠标时】复选框的选中状态，然后选中【在此之后自动设置动画效果】复选框并设置时间为 5 秒，如图 12-97 所示。

图 12-96　设置背景颜色后的效果

图 12-97　设置动画

(17) 设置完成后，单击【全部应用】按钮，在每个幻灯片缩略图的左上角将出现 标志，如图 12-98 所示。接下来为幻灯片设置放映方式。

(18) 打开【幻灯片放映】选项卡，在【设置】选项组中单击【设置幻灯片放映】按钮，打开【设置放映方式】对话框，在【放映类型】组合框中选中【在展台浏览(全屏幕)】单选按钮，然后单击【确定】按钮，如图 12-99 所示。

(19) 设置完成后，按 F5 键，即可播放幻灯片，在该种放映方式下，幻灯片在播放过程中，是不可人工干预的，幻灯片会一直循环放映，直到按下 Esc 键后结束放映。若想在幻灯片播放时加入人工干预，可修改放映方式。

图 12-98　幻灯片缩略图

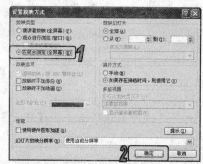

图 12-99　【设置放映方式】对话框

⑫.6　使用 Authorware 制作化学课件

本节使用 Authorware 7.0 制作一个化学课件——识别化学仪器，当学生选择正确答案时，将自动转到下一题，选择错误答案时，显示回答错误的提示并重新回答。

(1) 启动 Authorware 7.0 应用程序，选择【新建】|【文件】命令，新建一个程序文件。单击工具栏中的【保存】按钮，将文件保存为【识别化学仪器.a7p】。

(2) 选择【修改】|【文件】|【属性】命令，工作界面的底部将会出现【属性：文件】面板，设置窗口的背景色为淡蓝色，大小设置为 640×480，选中【屏幕居中】、【标准外观】等选项，如图 12-100 所示。然后删除界面中原有的按钮。

图 12-100　设置窗口属性

(3) 从工具栏中分别拖动 1 个显示图标、1 个等待图标、1 个擦除图标、1 个判断图标和 3 个群组图标到流程线上，并将它们全部更名，效果如图 12-101 所示。

(4) 双击【课件封面】显示图标，单击工具栏中的文本按钮，在演示窗口中输入文本并选择【文件】|【导入和导出】|【导入媒体】命令，导入一张图片，效果如图 12-102 所示。

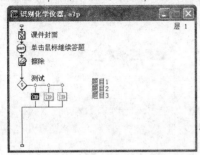

图 12-101　拖动图标并更名

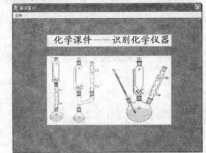

图 12-102　封面显示部分设计

(5) 双击【单击鼠标继续答题】等待图标，在【属性】面板中选择【单击鼠标】复选框，然后取消【显示按钮】复选框的选中状态。然后双击【擦除】图标，擦除封面内的所有内容。

(6) 双击【测试】判断图标，在【属性】面板的【重复】下拉列表框中选择【不重复】选项，在【分支】下拉列表框中选择【顺序分支路径】选项。

(7) 双击【题目 1】群组图标，打开其群组设计流程窗口，从工具栏中拖动 1 个显示图标、1 个交互图标和 3 个群组图标到流程线上，并将它们更名(群组图标的名字用空格代替)，效果如图 12-103 所示。在拖动第一个群组图标时，在打开的对话框中选择【按钮】选项。

(8) 双击【第一件容器】图标，设置其显示窗口如图 12-104 所示。

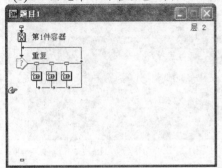

图 12-103　设置题目 1 群组

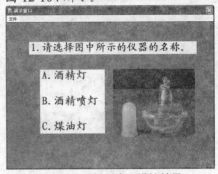

图 12-104　显示窗口设计结果

(9) 依次双击 3 个群组图标上方的【交互类型】符号，在【属性】面板中单击【按钮】按钮，如图 12-105 所示，打开【按钮】对话框，然后选择如图 12-106 所示的按钮样式。

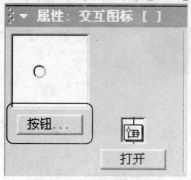

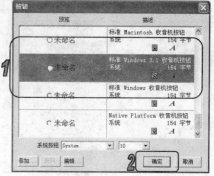

图 12-105 【属性】面板 　　　　　　图 12-106 【按钮】对话框

(10) 依次双击 3 个群组图标，分别设计它们的流程设计窗口的效果如图 12-107 所示(其中第二个和第三个完全相同，擦除图标应擦除上一页显示的内容)。

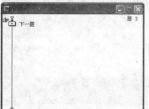

图 12-107　3 个群组图标的流程设计窗口

(11) 双击第 1 个群组设计窗口中的【下一题】计算图标，在其脚本编辑窗口中输入命令：GoTo(IconID@"题目 2")。

(12) 双击第 2 个群组设计窗口的【错误提示】显示图标，设计其界面如图 12-108 所示。在【重复选择第一件容器】右侧的计算图标的脚本编辑窗口中输入命令：GoTo(IconID@"题目 1")。

(13) 参照步骤(12)，设置第 3 个群组图标。

(14) 打开【题目 1】演示窗口，按住 Shift 键双击【重复】交互图标，在打开的窗口中调整 3 个单选按钮到合适的位置，如图 12-109 所示。

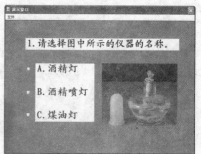

图 12-108　错误提示窗口 　　　　　　图 12-109　调整按钮位置后的效果

(15) 参照步骤(7)~步骤(14)，设置题目 2 和题目 3 群组图标。

(16) 整个课件制作完毕后，选择【文件】|【保存】命令，保存课件即可。